DUMONT NOIR

Die Originalausgabe erschien unter dem Titel
Payback bei Victor Gollancz Ltd., London

Deutsche Erstausgabe

Die Deutsche Bibliothek – CIP-Einheitsaufnahme
James, Russell:
Payback / Russell James.
Christian Jentzsch (Übers.). – Köln : DuMont, 1999
(DuMont Noir ; Bd. 9) Einheitssacht.: Payback <dt.>
ISBN 3-7701-4856-8

Erste Auflage 1999

Umschlag- und Reihengestaltung: Groothuis & Consorten
Gesetzt aus der Elzevir und der Antique Olive
Gedruckt auf säurefreiem und chlorfrei gebleichtem Papier
Satz: Greiner & Reichel, Köln
Druck und Verarbeitung: Clausen & Bosse, Leck

Printed in Germany
ISBN 3-7701-4856-8

Russell James

Payback

DuMont Noir 9

Aus dem Englischen übersetzt von Christian Jentzsch

Für Charles und Edna

Der Tote ist im Eßzimmer aufgebahrt worden. Jemand hat eine feuerrote Decke auf dem Tisch ausgebreitet, und darauf hat man den Sarg gestellt. Darin liegt mein Bruder Albie in einem dunkelblauen Anzug. Er trägt ein gestreiftes Hemd mit Kragen und Krawatte und hat die Augen geschlossen. Seine Haare brauchen eine Wäsche.

Die brauchten sie immer. Seine schmutzigblonden Haare sind mit dunklen Strähnen durchzogen, und das Gesicht darunter ist immer noch von den Masern vernarbt, die er als Teenager hatte. Vernarbte Haut und fettige Haare. Obwohl ihn der Leichenbestatter gewaschen und mit dem blauen Anzug ausstaffiert hat, sieht Albie wie ein Mechaniker aus, der unter einem Wagen liegt.

Ich werfe einen Blick auf seine Hände, ob Dreck unter den Fingernägeln ist. Das ist nicht der Fall. Am Mittelfinger der rechten Hand trägt er einen goldenen Siegelring, mit dem man ihn auch begraben wird. Nein, einäschern. Bevor sie ihn ins Feuer schieben, werden sie ihm den Ring wohl vom Finger ziehen, schätze ich. Macht keinen Sinn, ihn einfach zu vergeuden.

»Es ist ein Piniensarg«, sagt Ludo. »Echte Pinie.«

Er steht massig und hilflos neben mir in einem alten grünen Pullover. Seine Augen haben den kummervollen Blick eines erkälteten Bluthunds, und er zappelt herum, während er sich überlegt, was er sagen soll. Dann fährt er sich mit den Fingern durch seine drahtigen roten Haare und sagt: »Ich bin froh, daß dein Flugzeug pünktlich war, Floyd. Nicht so wie beim letztenmal.«

Das ist kein Vorwurf: Er ist nur froh, mich zu sehen. Albie zu verlieren, war ein Schock für ihn, und die letzten drei Tage waren sehr einsam. Es ist das erste Mal, daß Ludo so lange auf sich allein gestellt war. Ein paar Stunden kommt er damit zurecht, aber wenn es auf den Abend zugeht, braucht er jemanden, der ihm etwas zu essen macht und ihn ins Bett schickt.

Ich gehe zum Fenster in der rückwärtigen Wand des Zimmers und schiebe den braunen Vorhang beiseite. Draußen knallt die Aprilsonne von einem blauen Himmel herunter. Der Rasen hinter dem Haus müßte gemäht werden. Die Blumenbeete sehen überwuchert aus. Auf der steinernen Veranda liegt eine leere Pappschachtel, die von irgendwo hergeweht worden ist. Eine Katze beschnüffelt sie und geht weg.

Ich lasse den Vorhang vor das Tageslicht fallen und wende mich vom Fenster ab. »Wo ist Onkel Paul?« frage ich.

»Na ja«, sagt Ludo zögernd. »Er ist rausgegangen, um sich Zigaretten zu holen.«

»Übernachtet er hier?«

»Nein, er geht nach Hause.«

»Wer sorgt für dein Essen und deine Kleidung?«

»Das schaffe ich schon, Floyd. Ich kann das allein.«

»Gut.«

»Albie hat mir beigebracht, wie man den Herd bedient. Und die Waschmaschine.«

Ich lächle ihn ermutigend an. In diesen letzten zehn Jahren habe ich ihn zweimal gesehen. Ich habe eigentlich nicht damit gerechnet, daß er sich verändern würde, aber ich habe mich geirrt. Obwohl er bereits Anfang dreißig ist, entwickelt er sich noch. Ludo ist nur langsam erwachsen geworden, das ist alles.

»Willst du eine Tasse Tee?« fragt er. »Ich kann gut Tee kochen, Floyd.«

Wir verlassen das Zimmer.

Seit ich zuletzt hier war, ist die Küche neu gestrichen worden. Die Wände haben jetzt eine hellgelbe Farbe, die im Licht der durch das rückwärtige Fenster einfallenden Frühlingssonne grell aussieht. Selbstbewußt macht Ludo den Tee. Er wartet, bis das Wasser im Kessel brodelt, und gießt es dann rasch auf die Teeblätter, bevor die Temperatur absinken kann. »Milch und Zucker?« fragt er.

»Ich nehme ihn schwarz.«

Er holt eine Dose von der Anrichte an der Wand und schüttelt ein paar Kekse auf einen Teller. Dann setzen wir uns an den Küchentisch. »Onkel Paul ist letzte Nacht tatsächlich geblieben«, sagt Ludo. »Wegen der Leiche, weißt du?«

Ich nippe an dem Tee. »Du wolltest nicht allein mit ihr sein.«

»Ich habe keine Angst vor Albies Leiche, Floyd. Sie macht mich nur traurig.«

»Du wirst ihn vermissen.«

»Ja.«

Er will noch etwas hinzufügen, erklären, was er empfindet, doch es ist zu schwierig. Also runzelt er die Stirn und trinkt einen Schluck Tee. »Bleibst du nach der Beerdigung noch länger?« fragt er.

Ich antworte nicht. Zehn Jahre habe ich mich von hier ferngehalten, mein eigenes Leben geführt. Ich bin nicht zurückgekommen, um zu bleiben.

»Was wirst du tun?« fragt Ludo.

»Ich kann in meinem alten Zimmer schlafen.«

»Ich meine, was wirst du wegen Albie tun? Wirst du sie dafür drankriegen, daß sie es getan haben?«

Ich wußte, jemand würde fragen. Ich wußte es in der ersten Minute, nachdem ich das Telegramm gelesen hatte: »Albie bei Verkehrsunfall getötet«. Ein Verkehrsunfall. Albie hatte keine Unfälle. Ihm stieß niemals etwas zufällig zu.

Aber das sage ich nicht zu Ludo. »Es war ein Unfall.«

»Mit Fahrerflucht.«

»Die Leute bekommen es mit der Angst. Jemand läuft ihnen vor den Wagen. Sie können nicht mehr bremsen. Es ist spät in der Nacht, sie haben den einen oder anderen Drink intus, niemand hat es gesehen. Sie fahren weg, um sich aus allem Ärger rauszuhalten.«

Er läßt mich ausreden. Seine beiden großen Hände umschließen die warme Teetasse, und seine braunen Augen schauen in meine. »Es ist tagsüber passiert.«

Ich zucke die Achseln. »Unfälle können auch tagsüber passieren.«

Er schüttelt den Kopf und trinkt noch einen Schluck Tee.

»Es war kein …« murmelt er.

»War kein was?«

»Na ja, ich hab's doch gesehen, Floyd. Ich hab doch gesehen, wie der Wagen ihn traf. Der Wagen verfolgte ihn auf dem Gehsteig.«

»Auf dem Gehsteig? Was haben die Bullen dazu gesagt?«

»Tja«, seufzt Ludo und starrt dabei auf den Boden seiner Teetasse. »Das weiß ich nicht.«

»Hast du es ihnen erzählt?«

»Natürlich.« Er stellt die Tasse ab und sieht mich wütend an. »Sie haben mir nicht zugehört. Niemand hört mir zu.«

»Aber du hast es ihnen erzählt?«

»Ja.« Es scheint ihn zu empören, daß ich überhaupt frage.

»Was haben sie gesagt?«

»Daß es ein Unfall war.«

Nach Albies Einäscherung schleppt sich die Autokolonne zum Haus zurück. Bevor wir losfuhren, haben Paul und Vera noch Essen und Getränke bereitgestellt. Vera muß den ganzen Morgen in ihrer Küche verbracht und Teller mit dreieckigen Sandwiches vorbereitet haben, die jetzt unter glänzender Klarsichtfolie eingequetscht sind. Pauls Aufgabe waren die Getränke: Whisky, Portwein und kastenweise Bier. Sie haben für einen ordentlichen Leichenschmaus gesorgt.

Ausgeliehene Gläser stehen auf der Anrichte neben in Klarsichtfolie gehüllten Tellern mit zusätzlichen Sandwiches. Während die Gäste allmählich ins Zimmer tröpfeln, drängt Onkel Paul ihnen Drinks auf. Vera verteilt Sandwiches. Das Essen ist dort auf dem Tisch arrangiert, wo heute morgen noch Albies Sarg gestanden hat. Vera hat die rote Decke durch ein weißes Tischtuch ersetzt.

Zwanzig Personen zwängen sich in unser Eßzimmer, um sich einen Teller und ein Glas zu holen. Ich biete an, beim Austeilen zu helfen, aber ich werde weggescheucht. Sie sagen, es sei nicht richtig, daß ich auf meines Bruders Beerdigung solche Dinge erledige: ich sei in Trauer. Also stehen Ludo und ich verlegen mitten im Zimmer, während die Leute an uns vorbeischleichen, um uns ihr Beileid auszusprechen. In der linken Hand halte ich einen Teller mit kaltem Essen, die rechte benutze ich zum Händeschütteln. Ich versuche gar nicht erst zu essen. Jedesmal, wenn ich ein Sandwich berühre, kommt jemand, um mir die Hand zu geben.

Ich erkenne schätzungsweise die Hälfte der Gesichter wieder. Sie kondolieren und gehen dann weiter, wobei sie mich wachsam beobachten. Sie fühlen sich nicht wohl in meiner Gegenwart – teils, weil ich der Hinterbliebene bin, und teils, weil ich jetzt ein Fremder bin. Ludo gegenüber können sie sich ganz natürlich geben: Sie können ihm tröstend eine Hand auf die Schulter legen. Ein Gespräch mit ihm stellt keine hohen Anforderungen an sie. Auf Ludo brauchen sie nur einzureden, und er steht nickend da und pflichtet ihnen bei. Für die Beerdigung hat er einen schwarzen Anzug ausgegraben, der ihm eine Nummer zu klein ist, und dazu eine scheußliche Krawatte. Seine roten Haare sind an den Stellen, die er angefeuchtet hat, damit sie besser liegen, getrocknet, und jetzt stehen einzelne Büschel von seinem Kopf ab wie das Fell bei einer wütenden Katze.

Ich folge Onkel Paul ins vordere Wohnzimmer. Er trägt einen dunklen Anzug mit Streifen und eine fröhliche Krawatte. Seit ich ihn zuletzt gesehen habe, sind seine Haare dünner und grau geworden. Ich sage ihm, ich sei dankbar für die Art und Weise, wie er alles geregelt habe. Es sei seine Familie, sagt er. Wir könnten später darüber reden, wenn die Leute gegangen seien. Ich nehme an, er meint, daß wir dann über die Beerdigungskosten reden.

Paul wendet sich von mir ab. »Was meint ihr, wie unser Floyd aussieht?« fragt er herzlich in die versammelte Runde. »Er hat viel mehr Sonne gesehen, als wir hier in London abbekommen. Gefällt euch seine Bräune?«

Sie lächeln mich alle an. Die Männer haben alle das graue Südlondoner Aussehen, und die Frauen sind angemalt.

»Sie sehen gut aus, Floyd«, sagt ein dünner Mann. »Schicker Anzug.«

»Nur ausländisch, das ist alles.«

»Die Sachen in *unseren* Geschäften sind heutzutage auch ausländisch, Floyd. Wo haben Sie den gekauft?«

»In keinem speziellen Geschäft. Im Urlaub in Neapel.«

»Ach so, in Neapel!« lacht eine alte Frau. »Ist das alles?«

Ich nehme eines von meinen unberührten Sandwiches.

»Ich habe auch mal in der Gegend Urlaub gemacht«, sagt der dünne Mann. »In Sorrento. Waren Sie dort auch, Floyd?«

Ich bejahe. Das Sandwich biegt sich in meiner Hand, und ich lege es wieder auf meinen Teller.

»Sie waren überall, nehme ich an«, sagt die alte Frau mit einem Lachen. »Ist jedenfalls ein netter Anzug, woher Sie ihn auch haben. Was fangen Sie jetzt mit sich an – kommen Sie zurück?«

»Ich lebe jetzt in Deutschland.«

»Er ist nur nach Hause gekommen, um sich anständige Kleidung zu kaufen.«

Die Leute scherzen über meinen Anzug, weil er sicheres Terrain ist. Sie beziehen mich in die Unterhaltung mit ein, weil dies das Haus meiner Familie und der Tote mein Bruder ist. Doch niemand weiß, was er zu mir sagen soll. Sie wissen nicht mehr, wer ich bin.

Wir setzen höfliche Mienen auf. Die Gäste sagen mir ein paar angemessene Worte, in erster Linie über die Beerdigung, und sie sagen Ludo, falls er etwas brauche, müsse er nur fragen. Dann reden sie untereinander. Ich fühle mich unbehaglich zwischen ihnen und weiß nicht, was ich sagen soll. Ich kann hier nicht entspannt sein. Ich gehöre nicht hierher.

Eine andere alte Frau baut sich vor mir auf und fragt mich, ob ich mich noch an sie erinnere. Ich sage, das täte ich. »Sie sind nett und braun«, sagt sie. »Obwohl Sie nicht mehr wie ein Engländer aussehen, wenn es Ihnen nichts ausmacht, daß ich das sage.«

Ich lächle.

»Sie waren schon immer der Gutaussehende, Floyd. Vielleicht hätten Sie Albie mitnehmen sollen. Ein wenig Sonne hätte ihm gutgetan.«

Neben uns hören die Leute auf zu reden, als dürfe man auf Albies Beerdigung seinen Namen nicht in den Mund nehmen.

»Ich habe ihn einmal gefragt«, sage ich zu ihr. »Als ich das Fitness-Studio in Deutschland eröffnet habe. Aber er zog es vor, hier zu leben.«

»In London wußte er, wo er war«, sagt sie. »Wahrscheinlich wäre er im Ausland ohnehin nicht zurechtgekommen.«

Ein alter Mann, ihr Ehemann, vermute ich, nimmt ihren Arm. »Du redest schon wieder wie ein Wasserfall«, sagt er. »Komm mit.«

Als er versucht, sie wegzuführen, schüttelt sie ihn ab. »Sie bleiben jetzt hier, nehme ich an?«

»Ich fürchte, nein.«

»Müssen Sie sich denn nicht um Albies Geschäft kümmern?«

»Hatte er denn eines?«

»Er hatte immer ein Geschäft. Sie kennen doch Albie.«

Sie grinst mich wissend an, aber ich lächle nur und lasse sie stehen.

»Es tut mir leid, daß nicht mehr Leute da waren, Sohn. Weil wir doch alle verständigt haben.«

Onkel Paul sitzt mir gegenüber auf einem Sessel. Wir halten jeder ein Glas Scotch in der Hand. »Natürlich sind viele weggezogen. Für einige wäre es eine lange Reise gewesen.«

»Das spielt keine Rolle, Paul. Wirklich nicht.«

Die Sonne ist hinter den Häusern verschwunden, das vordere Wohnzimmer ist an diesem Aprilabend merklich kühler geworden. Durch das Fenster kann ich frühe Blätter an einem Baum in der Straße sehen. Sie zittern im Wind.

»Und Albie hat die Leute immer auf die Palme gebracht. Tja, *dir* brauche ich das wohl kaum zu sagen, oder?«

»Das ist vergangen und vorbei.«

»Ich will nicht, daß du glaubst, sie wären deinetwegen nicht gekommen, Floyd.«

Ich nippe an meinem Scotch. »Es war Albies Beerdigung, nicht meine.«

Aus dem hinteren Teil des Hauses dringen die Geräusche des Abwaschs, den Vera und Ludo besorgen. Sie schwatzt und lacht. Ludo versucht mitzuhalten. Geschirr und Besteck klirrt, und der Wasserhahn läuft.

»Die Leute machen dich für den Krach verantwortlich«, sagt Paul plötzlich. »Sie sagen, du hättest ihn im Stich gelassen.«

»Ich bin einfach nur gegangen, das ist alles.«

»Ach, für dich war es leicht. Du hast Albie mit den Problemen zurückgelassen.«

»Zehn Jahre, Paul.«

»Eine lange Zeit.«

Und jetzt habe ich mich in Deutschland niedergelassen. Ich führe zusammen mit zwei Freunden ein Fitness-Studio in München. Rolf regelt die Finanzen, Gerhard kümmert sich um die Geräte und den Verzehr, und ich leite das Studio. Ich erstelle den Leuten ihre Fitness-Programme und helfe ihnen dabei, ihre Schlaffheit loszuwerden. Aber ich boxe nicht mehr.

Paul sagt: »Die Leute bewahren sich ihren Groll. Manche haben nichts anderes, womit sie sich beschäftigen können.«

»Empfinden sie so in bezug auf mich?«

»Ich weiß es nicht. Vielleicht nicht.«

Wir sitzen schweigend da und trinken unseren Whisky aus. Pauls dünner werdendes Haar zeigt, daß zehn Jahre vergangen sind. Ich bin ebenfalls gealtert. Ich frage mich, ob er recht hat und die

Leute tatsächlich so ein langes Gedächtnis haben. Nach zehn Jahren sollte die Vergangenheit tot sein.

»Ludo scheint gut zurechtzukommen«, sage ich. »Vielleicht ist Albies Tod noch gar nicht richtig zu ihm durchgedrungen.«

»Natürlich ist er das. Ludo ist nicht dämlich. Du warst zu lange weg, Floyd. Du tust ihm unrecht.«

»Wahrscheinlich hast du recht.«

»Ich habe ganz bestimmt recht. Ludo ist kein kleines Kind mehr, weißt du. Die Ärzte sagen, daß er geistig auf der Stufe eines Zwölfjährigen steht. Und Zwölfjährige sind ganz schön helle, besonders in London. Sie müssen es sein. Sie fahren mit Bussen und Zügen, kaufen ein, kochen einfache Mahlzeiten. Früher sind die Kinder mit zwölf aus dem Haus gegangen, um zu arbeiten.«

»Als *du* jung warst, was, Paul?«

»Immer noch der Witzbold. Tja, was wirst du denn nun tatsächlich tun, Floyd? Ich habe gehört, daß dich das alle gefragt haben. Wirst du zurückkommen und an Albies Stelle weitermachen? Er hat sich nach dem Tod eures Vaters sehr gut um Ludo gekümmert. Obwohl Ludo kein Problem ist. Nicht, wenn man ihn kennt.«

»Ludo ist mein Bruder.«

»Vera und ich könnten natürlich ein Auge auf ihn werfen.«

»Das ist nett von dir, Paul, aber ich bin für ihn verantwortlich. Ich habe in diesen letzten zehn Jahren nichts für ihn getan.«

Paul beugt sich auf seinem Sessel vor und tätschelt mein Knie. »Das höre ich gern. Familien sollten zusammenhalten.«

2

Jamie Farrant wohnt in einer Bude in der Malpas Road. Nach seinen Maßstäben ist die Malpas Road ein Abstieg. Sie liegt nicht einmal in Deptford, sondern in New Cross, gleich nebenan. Er wohnt hundert Meter von der Bahnlinie entfernt, die vom Bahnhof New Cross nach Forest Hill und dann weiter nach Sydenham und Crystal Palace verläuft. Wenn sein Fenster geöffnet ist, hört er das Murmeln des Verkehrs und die vorbeifahrenden Züge.

Jamie hat schon immer in dieser Gegend gewohnt. Als wir noch Kinder waren, gingen wir in verschiedene Schulen. Er ging zur Grove Street, ich zur Clyde. Aber so um seinen zwölften Geburtstag herum ging er nicht mehr hin. Er kam zu dem Schluß, er habe alles gelernt, was die Schule ihm beibringen könne. Alles andere würde er auf der Straße lernen.

Später, als ich versuchte, es im Boxring zu etwas zu bringen, hangelte Jamie sich von einem Job zum andern. Er war Busschaffner, Müllmann, Parkwächter, sogar Laternenwart. Dafür mußte er vor Sonnenaufgang in Deptford herumlaufen und die Lampen überprüfen, um festzustellen, welche defekt waren. Das war ein toller Job. Er dauerte sechs Monate.

Manchmal begleitete ich ihn auf seinem Rundgang. An manchen schönen trockenen Morgen pflegten wir noch im Dunkeln durch die leeren Straßen zu gehen und miteinander zu reden und zu lachen. Natürlich kamen wir auch an Straßenlaternen vorbei, die nicht funktionierten, aber er trug sie nicht in sein Notizbuch ein. Wenn das Licht aus war, konnte er nicht schreiben.

An manchen regnerischen Morgen stand er nicht auf. Mit etwas Glück hatte er vielleicht die Hälfte seines Reviers schon in der Nacht zuvor abgegrast, wenn er von Pub zu Pub schlenderte und sich dabei defekte Lampen merkte. Oder er setzte sich in einen Bus der Linie 188 und notierte sich die defekten Lampen entlang dessen Route. Und an den Tagen, an denen er sein Revier vollständig abging, ließ er auch schon mal einige defekte Lampen in seinem Bericht aus, wenn er sein Soll an entdeckten ausgebrannten Neonröhren bereits erfüllt hatte, um sie sich für den nächsten Tag aufzubewahren. Dann konnte er im Bett bleiben.

Ich bewunderte Jamie. Alle anderen in unserer Gegend bewunderten meinen älteren Bruder Albie – den raffinierten Burschen –, aber ich mochte Jamie. Er brachte mich zum Lachen. Er betrachtete das Leben auf eine schiefe Art und Weise, der ich leicht folgen konnte. Verglichen mit Albie war Jamie geradeheraus und anständig. Er blieb so lange bei jedem seiner öden Jobs, bis er sich langweilte, dann kündigte er. In der nächsten Woche machte er dann etwas anderes. Er machte nur Sachen, die ihm gefielen.

Aber ihm gefielen die meisten Sachen.

Ich treffe um elf Uhr morgens in der Malpas Road ein und läute bei Jamie.

Er erscheint gähnend im Morgenmantel, als sei er herunter gekommen, um die Milch zu holen. Er ist so wenig überrascht, mich zu sehen, als träfen wir uns jede Woche einmal im Pub. »Immer herein«, sagt er mit einem schläfrigen Grinsen. »Wir waren wohl auf der Sonnenbank, was?« Wir gehen die Treppe hinauf.

Seine Wohnung hat das triste Flair der Malpas Road, was jedoch keine Auswirkungen auf Jamie hat. Er hantiert in der Kochnische herum und setzt Kaffee auf, wobei er eine Melodie aus einem viktorianischen Varieté vor sich hin pfeift. Er ist munter und lebhaft. Genauso, wie ich ihn in Erinnerung habe.

»Willst du einen Schuß Brandy in den Kaffee?« ruft er mir zu. »Wo du doch sozusagen vom Kontinent stammst.«

»Warum nicht?«

Jamie hat dunkle, fast schwarze Haare, und eine schwere Locke fällt ihm nach vorn in die Stirn. Das war schon immer so. Als wir noch jünger waren, faßten Mädchen diese Haarlocke gern an. Sie versuchten sie zu glätten und zurückzustreichen. Er war gutaussehend. Sie strichen ihm immer mit den Fingern über die Wange.

Wir sind jetzt beide älter. Gehen auf die Vierzig zu. Die Haarsträhne hängt jetzt einfach nur noch herunter, schlaff und leblos. Sie ist grau gesprenkelt. Die Lachfältchen in Jamies Wangen sind jetzt tiefe Furchen.

»Nette Beerdigung, was? Sind viele gekommen?«

»Ungefähr zwanzig.«

»Oh, die Leute haben dir wohl einen Korb gegeben? Ts, ts, ts. Ich hätte gedacht, sie würden kommen, um sich zu vergewissern, daß er tot ist.«

»Du hast Albie wohl nie gemocht?«

»Ich habe ihn genug gemocht.«

Jamie setzt sich schwer auf ein durchhängendes Sofa. Er bedeutet mir, mich auf den einzigen anständigen Sessel zu setzen. »Du wirst doch jetzt, wo er tot ist, nicht plötzlich weich in deiner Einstellung ihm gegenüber, Floyd? Kommst zu dem Schluß, daß er letzten Endes doch kein so übler Bursche war?«

Ich zucke die Achseln. »Ich habe Albie in den letzten zehn Jahren kaum gesehen.«

»Das war doch auch deine Absicht. Deshalb bist du doch weggegangen.«

Ich trinke einen Schluck Kaffee. »Und was hast *du* gemacht, Jamie? Erzähl mal.«

Ich hätte nicht fragen sollen. Ein Blick in sein Zimmer verrät alles. Jamie und seine Umgebung sind schmuddeliger geworden, trauriger. Er macht einen erstickten, bedrückten Eindruck – ist bereits im fortgeschrittenen Alter. Etwas in ihm hat aufgegeben.

Er sitzt auf seinem schäbigen Sofa und erzählt mir, womit er seine Zeit verbringt. Zwar macht er die eine oder andere geistreiche Bemerkung, aber er hat vergessen, wie man sie witzig rüberbringt. Die ganze Zeit, während Jamie erzählt, zieht er den Kopf ein und ruckt mit ihm hin und her wie ein Verlierer im Ring.

Ich stehe auf und schleiche im Zimmer herum. Am Fenster schaue ich hinunter auf die Straße. Als Jamie sagt, wie er mich um mein Leben beneidet, starre ich mit finsterer Miene durch die Scheibe. Ich will ihn nicht so reden hören.

»Du hast irgendwas an dir, Floyd, was Besonderes, weißt du das? Etwas, das ich nie hatte. Ich kann es nicht richtig erklären.«

Jamie hat London seit drei Jahren nicht mehr verlassen, sagt er. Im Ausland sei er zuletzt vor fünf Jahren gewesen, als er mit einem Mädchen nach Spanien geflogen sei.

»Was ist mit ihr passiert?«

»Sie kommen, sie gehen.«

»Wieder mal ein Urlaub würde dir guttun.«

Er lacht. Sein ganzes Leben sei ein Urlaub. Warum solle er wegfahren? Ich sage, das Leben habe mehr zu bieten.

»Mehr als diese Bude, meinst du? Ja, die ist lausig. Aber hier schlafe ich nur. Ich habe ganz London da draußen, Floyd. Ich brauche keine schicke Bude und auch kein ausländisches Hotel. Alles, was ich brauche, ist hier.«

»Ist das wahr?«

»Was haben diese ausländischen Drecklöcher, das London nicht hat?«

Als ich aus Jamies Fenster starre, vermisse ich die Sonne. »Kennst du den Kerl in dem blauen Anorak«, frage ich ihn, »da drüben an der Mauer?«

Der Mann lehnt an einer Hauswand, steht auf einem Bein. Das andere hat er angewinkelt und den Fuß flach gegen die Mauer gestemmt. Er sieht gelangweilt aus.

Jamie gesellt sich zu mir ans Fenster. »Ein Freund von dir?«

»Er ist an derselben Haltestelle wie ich in den Bus gestiegen. Und auch mit mir ausgestiegen.«

»Wir sollten vielleicht mal ein Wort mit ihm wechseln«, sagt Jamie.

Als Jamie sich vom Fenster abwendet, schaut der Mann im Anorak auf. Unsere Blicke begegnen sich. Ich trete beiläufig von der Scheibe zurück.

»Er hat mich gerade gesehen. Gehen wir.«

Wir eilen aus Jamies Wohnung und die Treppe hinunter. Als wir die Straße erreichen, ist er verschwunden.

»Da läuft er«, sagt Jamie. Er zeigt die Malpas Road entlang. Der Anorak entfernt sich mit raschen Schritten in Richtung Brockley Cross. Er biegt um eine Ecke und dreht sich nicht um.

Wir schlagen die Richtung zu Brockley Cross ein. Die frische Luft bringt Farbe auf Jamies Wangen. Ich frage ihn, wer ein Interesse daran haben könnte, mich zu beschatten.

»Diejenigen, die Albie abserviert haben.«

»Die ihn *abserviert* haben? Es war ein Unfall!«

»Niemand glaubt daran. Sogar in der verdammten Zeitung stand nichts von einem Unfall. ›Fahrerflucht‹ hat es dort nur geheißen.«

Also glaubt Jamie auch nicht, daß es ein Unfall war. Niemand glaubt es, hat er gesagt. Als wir die Ecke erreicht haben, schauen wir in alle fünf Straßen, die von Brockley Cross abgehen.

»Wir könnten es am Bahnhof versuchen«, schlage ich vor und deute auf die Stelle, wo die Brockley Road unter der grauen Eisenbahnbrücke verschwindet.

»In Brockley? Dahin würde er nicht gehen. Dort könnte er eine halbe Stunde sitzen und auf einen Zug warten. Vielleicht will er es am New Cross Gate versuchen.«

Wir biegen um die Ecke der Shardeloes Road, die in einer Gabel fast parallel zur Malpas Road verläuft, aber dort ist er nicht. Die Shardeloes Road erstreckt sich hundert Meter weit geradeaus, bevor sie eine Kurve beschreibt. Sie sieht noch genauso aus wie vor zehn Jahren: eine Reihe armseliger Häuser rechts und links. Wir schlendern die linke, schattige Seite der Straße entlang. Jamie zupft das Unkraut, das aus Rissen in der hohen Betonmauer wächst, und ich trete gegen Ciderflaschen, die im Rinnstein liegen.

»Glaubst du wirklich, er ist dir gefolgt?«

»Er war in meinem Bus.«

Jamie spitzt die Lippen. »Der Bursche kennt jetzt meine Adresse. Glaubst du, er kommt noch mal bei mir vorbei?«

»Machst du dir Sorgen?«

Jamie zuckt die Achseln. »Er könnte glauben, ich arbeite für dich.«

»Und tust was?«

Er wirft mir seinen alten verschlagenen Blick unter seiner grauschwarzen Locke zu. »Das weiß ich noch nicht.«

»Ich bin nur zur Beerdigung gekommen, Jamie.«

»Hör schon auf damit. Wir kennen euch Carters besser.«

Ich seufze. »Das war Albie, nicht ich.«

»Ach ja? Komm schon, Floyd, ihr zwei habt euch in nichts nachgestanden. Ihr hattet eure Meinungsverschiedenheiten, aber ihr habt zusammengehalten wie Pech und Schwefel. Hab ich recht?«

Ich gebe keine Antwort. Er hat recht, was den alten Floyd Carter angeht, nicht den neuen.

»Und obendrein glaube ich, daß du jetzt, wo Albie so plötzlich von uns gegangen ist und einiges unerledigt gelassen hat, seinen Laden übernehmen willst.«

Ich schüttle den Kopf. Mein Bruder ist tot, doch ich bin ihn immer noch nicht los. Ich hätte den Pfarrer um einen Exorzismus bitten sollen.

3

»Ich nehme einen Saint Clements«, sagt Ludo.

»Ist das ein Drink?«

Die Bar ist voll, und es ist nicht leicht, den Barmann auf sich aufmerksam zu machen. Es sind sogar zwei an der Arbeit. Heutzutage mixen Barmänner Cocktails anstatt Pints zu zapfen. Das dauert länger.

Der Barmann, der uns am nächsten steht, werkelt an einer Runde für sechs Personen, und jeder Drink ist anders. Er serviert einen roten, einen pinkfarbenen, zwei bernsteinfarbene, die nicht Bier sind, und zwei Biere, die nicht bernsteinfarben sind.

»Einen Saint Clements«, sage ich zu dem Barmann. »Wissen Sie, was das ist?«

»Klar.« Er nimmt eine Flasche mit Orangensaft und eine andere mit Bitter Lemon und gießt beides zusammen in ein Glas. »Eis und Zitronenscheibe?«

»Klingt gut.«

»Oranges and lemons«, singt Ludo mir leise ins Ohr, »say the bells of Saint Clements.«

»Ich nehme ein Pint«, sage ich zu dem Barmann.

Wir nehmen unsere Getränke, entfernen uns von der Bar und stellen uns in die Menge. Alle Tische sind besetzt.

»Prost!« sage ich.

»Wie ist dein Bier?«

Ich trinke einen Schluck. »Nicht schlecht. Wenigstens ein paar Dinge ändern sich nicht.«

»Sie mußten wieder richtiges Ale ausschenken«, sagt Ludo gutunterrichtet. »Die Leute wollten das andere Zeugs nicht trinken.«

Ich sehe zu ihm auf. Hier im Pub sieht er weniger unbeholfen aus. Er steht mit dem Glas an der Bar, das sich in seiner gewaltigen Faust verliert, wie jeder andere Dreißigjährige, der sich bei einem Drink entspannt. Abgesehen davon, daß er größer ist.

»Was für ein Bier trinkst du?« frage ich.

»Ich trinke kein Bier.«

»Was schmeckt dir – abgesehen von Saint Clements?«

»Na ja. Mir schmeckt Limonade. Aber in Pubs wird sie immer schal serviert.«

»Was noch?«

»Ach, eigentlich fast alles. Bitter Lemon, Grapefruitsaft, Cola. Cola wird auch immer schal serviert.«

»Nichts Stärkeres?«

Ludo begutachtet den Inhalt seines Glases, kommt zu dem Schluß, daß er zu schnell trinkt, und stellt das Glas auf irgend jemandes Tisch ab. »Mir schmeckt – äh – Alkohol nicht besonders. Ich komme damit nicht zurecht. Ich kann ihn trinken, aber er schmeckt mir nicht.«

Ludo ist ein anspruchsloser Gesprächspartner. Er beginnt keine Unterhaltung, antwortet aber auf alles, was ich sage, wie ein Bekannter, der eine Bemerkung über das Wetter macht. Er entwickelt sich. Früher mußte ich ungeduldig warten, während er sich seine Sätze zusammenbastelte. Als Kind hängte er sich immer an Albie und mich, lang und schlaksig, und brachte uns in Verlegenheit. Wir wollten ihn nicht dabei haben. Wir hätten ihn in Pflege geben können. Das wurde uns sogar empfohlen. Es gab nur Dad, um auf uns drei aufzupassen, und Ludo war schwierig.

Aber wir dachten nicht daran. Wir glaubten nicht, daß Ludo so zurückgeblieben und problematisch sei, daß wir ihn weggeben müßten, also blieb er bei uns. In der Schule bekam er Förderunterricht, mit dem er seine liebe Mühe hatte. Doch weil er groß war, wurde er auf dem Schulhof nicht verspottet. Er wuchs in einer freundlichen Umgebung auf. Er war schwer von Begriff, aber liebenswert. Er vertraute den Leuten. Manchmal war seine Begriffsstutzigkeit zum Verzweifeln, aber wir waren nachsichtig. Weil er sich solche Mühe gab, hatten wir immer Geduld mit ihm.

Ludo steht da, wischt mit den Fingern über den Boden des Glases und leckt dann ab, was er gefunden hat. Ich trinke mein Pint aus und frage ihn, ob er noch einen Saint Clements wolle.

»Ich gehe«, sagt er und nimmt mein Glas. »Laß mich.«

Daß er Geld in der Tasche hat, überrascht mich. Ich sehe in ihm immer noch das Kind. Ich muß aufhören, mich zu benehmen wie ein Onkel auf einem Ausflug.

In der Bar ist es immer noch voll. Ludo setzt nicht seine Kraft ein, um sich zum Tresen zu drängen, aber wenn er hinter Leuten auftaucht, machen sie ihm automatisch Platz. Er beugt sich mit seinen drahtigen, hochstehenden Haaren über den Tresen und legt seine großen Hände darauf.

»Ja, Sir?« fragt der Barmann. Respektvoll.

Die Londonder Straßen sind nachts kalt und schmutzig. Nur wenige Leute sind zu Fuß unterwegs. Ich habe mich an das Leben in wärmeren Ländern gewöhnt, wo die Leute an milden Abenden spazierengehen und frische Luft schnappen. Ich habe vergessen, wie die Briten sich in ihren Häusern einsperren.

Ein paar Kinder sind draußen. Sie lungern auf dem Gehsteig herum, treten gegen Dosen. Sie rufen. Sie lachen. Sie langweilen sich.

Die Straßen werden ruhiger, je länger wir unterwegs sind.

In einem Wagen am Ende unserer Straße warten die Männer. Ich nehme an, sie haben es im Haus versucht, festgestellt, daß wir nicht da sind, und dann gewartet. Es hätte schlimmer kommen können. Sie hätten drinnen auf uns warten können.

Sie steigen aus, als wir uns nähern. Ludo bemerkt es nicht. Er latscht unschuldig auf sie zu, da er annimmt, daß Männer jederzeit aus einem Wagen aussteigen können. Aber ich sehe ihren Gesichtsausdruck. Ich berühre seinen Ellbogen.

»Seid ihr die Carter-Jungens?« beginnt eine Stimme, die weiß, daß wir es sind.

Ludo nickt. »Ja«, sagt er freundlich. »Das stimmt.«

»Wir haben eine Nachricht für euch.«

Es sind vier – drei Weiße und ein Schwarzer. Sie tragen Freizeitkleidung und feste Schuhe. Zwei haben die Hände in der Tasche. Einer übernimmt das Reden.

»Es geht um euren Bruder Albie.«

»Ich fürchte, er ist tot«, sagt Ludo.

»Ist wirklich ein Jammer, nicht, Kumpel?«

Ludo runzelt die Stirn.

»Euer Bruder Albie ist mit Schulden gestorben.«

Ludo will etwas sagen, doch ich drücke seinen Arm. Das Sprachrohr sieht es. Er richtet seine nächsten Worte an mich. »Du übernimmst seine Geschäfte, Floyd?«

Ich nehme an, er will zeigen, daß er meinen Namen kennt. Ich sage nichts. Ich warte.

»Dann übernimmst du auch seine Schulden. Hat Albie euch vor seinem Abgang noch gesagt, wieviel es ist?«

»Nein«, sagt Ludo.

Das Sprachrohr lächelt. Es ist kein freundliches Lächeln. »Dann werde ich es tun. Albie schuldet uns zehn Riesen, und wir wollen sie zurück.«

»Zehntausend Pfund?« fragt Ludo.

»Genau, Kumpel. Hat er nichts davon erwähnt?«

»Nein.« Ludo klingt aufrichtig überrascht. Ich bin es jedenfalls.

Der Schwarze findet, daß er auch etwas sagen sollte. »Aber ich wette, er hat dir gesagt, wo er die Lieferung versteckt hat, stimmt's?«

Ich stoße Ludo an, doch er antwortet: »Nein.«

»Komm schon, Mann, du bist sein Bruder. Du hast ihm bei seinen Sachen geholfen, oder?«

Ludos Miene zeigt, daß er nicht kapiert, was los ist. Der Schwarze kapiert auch nichts. Ihm scheint nicht klar zu sein, daß es unklug sein könnte, Ludo dumm zu kommen. »Verstehst du kein Englisch oder was?«

Ich weiche einen Schritt nach links aus. Ludo braucht vielleicht Bewegungsspielraum. Während ich mich bewege, sage ich: »Auf euer Geld könnt ihr lange warten.«

Das Sprachrohr wendet sich an mich. »Wir wollen unsere zehn Riesen oder die ganze Lieferung zurück.«

»Und wenn nicht?«

»Das zeigen wir euch sofort.«

Der dritte Mann kommt auf mich zu. Er hat einen Bürstenschnitt. Ich weiß, daß er mit einem Tiefschlag beginnen wird, also blocke ich ihn ab. Als er mit der rechten Faust auf meine Rippen zielt, mache ich einen Schritt auf ihn zu. Der Schlag gleitet von meinem Ellbogen ab. Ich ramme ihm meine Rechte in den Solarplexus und die Linke in die Rippen und pflanze ihm dann noch einmal die Rechte unter das Kinn. Er setzt sich schwer auf den Hintern.

Einen Moment lang bewegt sich niemand. Ein leichte Brise kommt auf. Dann schlägt der Schwarze nach Ludo, verfehlt ihn und bekommt Ludos Riesenfaust mitten ins Gesicht. Er gibt auf und setzt sich zur Ruhe.

Zwei der vier Männer liegen jetzt auf dem Gehsteig.

Die anderen beiden halten den Zeitpunkt für gekommen, für Chancengleichheit zu sorgen. Messer gleiten aus ihren Taschen, wie an der Schnur gezogen. Die Männer tasten sich vorwärts.

Jeder von uns wartet darauf, daß ein anderer den ersten Zug macht. Ludo hat es mit dem Sprachrohr zu tun, ich mit seinem Freund. Beide Männer halten ihre Messer hoch wie Maurer ihre Spachtel. Eine Pause. Der Wind weht wieder durch die feuchte Nachtluft.

Ludos Hand zuckt vor und packt das Handgelenk des Sprachrohrs. Zwar tut er es schnell, scheint sich dabei aber nicht zu beeilen. Er greift einfach nach dem Messer, als strecke er die Hand aus, um einen Kricketball zu fangen. Es dauert nur einen Augenblick. Dann packt Ludo mit der anderen Hand zu, öffnet die klammernden Finger des Sprachrohrs und nimmt ihm das Messer weg. Die Augen des Sprachrohrs quellen fast aus den Höhlen. Ludo sieht kurz das Messer an und wirft es dann weg.

Ich grinse.

Dann krümme ich mich. Aber nicht vor Lachen. Ich krümme mich, weil der Fiesling mit dem Bürstenschnitt, der auf dem Gehsteig lag und sich den Bauch hielt, mir plötzlich die Faust zwischen die Beine gerammt hat. Keuchend sinke ich auf ein Knie. Auf einer Ebene mit Bürstenschnitt, schmettere ich ihm die Faust ins Gesicht. Während er zusammensackt, steigt mir eine Welle der Übelkeit die Kehle empor. In meinem Kopf dreht sich alles.

Jetzt hat der zweite Messerstecher meine Haare gepackt. Die Spitze seiner Stahlklinge liegt genau unter meinem Auge. Sie liegt so dicht darunter, daß meine Wimpern die Klinge berühren würden, wenn ich blinzelte. Das Messer und seine Hand sind außerhalb meines Blickfelds. Ich rühre mich nicht.

Er spricht mit Ludo. »Laß ihn los, oder dein Bruder ist blind.«

Ludo läßt das Sprachrohr los und läuft zu mir. Er wird aufgefordert stehenzubleiben.

Bürstenschnitt rappelt sich mühsam auf. Der Schwarze kommt ebenfalls auf die Beine, wobei er ein ehemals weißes Taschentuch auf sein Gesicht preßt, um das Blut von der Stelle abzuwischen, die Ludo getroffen hat. Während der Schwarze über das Pflaster geht, um das weggeworfene Messer zu holen, schnippt das Sprachrohr mit den Fingern in seine Richtung. »Steig in den Wagen«, sagt er.

Ludo geht darauf zu.

»Nicht du, Idiot.«

Ludo bleibt stehen. Der einzige, der sich bewegt, ist der Schwarze, der sich immer noch das Arsenal-Taschentuch vor das Gesicht hält. Er steigt in den Wagen und läßt den Motor an. Ludo wartet allein auf dem Gehsteig und weiß nicht, was er tun soll. Das Sprachrohr wendet sich an mich. »Dafür sollten wir dir ein Auge ausstechen, Kumpel.«

Ich knie auf dem kalten Pflaster, während die Klinge des Messerstechers flach auf meiner Wange liegt. Die Spitze sticht in den kleinen Sack unter meinem Auge. Von dem Schlag, den mir Bürstenschnitt zwischen die Beine gerammt hat, fühlt sich mein Magen an, als habe ein Stier darauf herumgetrampelt. Vielleicht kotze ich noch.

»Sollen wir deinem Bruder ein Auge ausstechen?«

Ludo murmelt irgendwas, aber das Sprachrohr unterbricht ihn. »Fang schon mal an, die Straße entlangzugehen, Großer, dann tun wir's vielleicht nicht. Verstanden?«

Mehrere lange Sekunden tut Ludo gar nichts. Dann sagt er: »Nein.«

»Was soll das heißen, ›Nein‹?«

»Das soll heißen, nein, ich verstehe nicht. Was wollen Sie von mir? Soll ich die Straße entlanggehen oder nicht?«

Ich mische mich ein. »Geh einfach, Ludo. Sonst stechen sie mir ein Auge aus.«

Er zögert, scharrt mit den Füßen und sieht mich mit gerunzelter Stirn an. Dann wendet er sich widerwillig ab und geht weg. Bürstenschnitt tritt beiseite, um ihn vorbei zu lassen.

»Guter Junge«, sagt das Sprachrohr. Dann hält er sein Gesicht dicht vor meines. »Also, hast du die Nachricht jetzt begriffen, Carter? Du hast drei Tage Zeit, zehn Riesen aufzutreiben. Andernfalls bist du ein toter Mann. Ist das klar?«

Ich nicke nicht, weil ich nicht kann. Der Messerstecher hat seine Klinge immer noch unter meinem Auge. Er hat seine Finger in meine Haare gekrallt. »Ich hab's vernommen«, antworte ich.

Das Sprachrohr sieht sich auf der Straße nach Ludo um. »Geh weiter, Großer.«

Die Messerklinge bleibt auf meiner Wange. Sie hat ihre Kühle verloren, nicht aber ihre Bedrohlichkeit. Das Sprachrohr geht zu dem Wagen, der am Randstein schnurrt, und öffnet eine Tür. Er wirft einen Blick auf den gemein aussehenden Weißen mit dem Bürstenschnitt, der dumm herumsteht, dann sieht er mich an. Bürstenschnitt sieht mich ebenfalls an. Er glaubt, mir noch etwas schuldig zu sein.

»Sorg dafür, daß Carter die Botschaft begriffen hat«, sagt das Sprachrohr. Dann verschwindet er im Wagen.

Die Finger des Messerstechers verkrampfen sich in meinen Haaren. Die Messerklinge bleibt, wo sie ist. Bürstenschnitt wischt sich Blut von der Oberlippe. Dann kommt er auf mich zu. Ohne seinen Schritt zu verändern, läßt er sein Bein vorschießen. Ich bekomme den Tritt voll ins Gesicht.

Ich sitze sehr still in der Küche, die Augen geschlossen und ein nasses Handtuch auf dem Gesicht. Mein Kopf fühlt sich an, als halte ich ihn zu nah an ein loderndes Feuer. Meine Zunge fühlt immer wieder nach meinen gelockerten Zähnen.

Ludo füllt eine Schüssel mit frischem Wasser. Das Plätschern des Wassers kommt mir seltsam laut vor. Er fängt an, um den Küchentisch herumzumarschieren. Er überlegt sich, was er sonst noch tun kann. Als ich ihm sage, er solle sich setzen, kommen meine Worte verstümmelt heraus. Er kann nicht verstehen, was ich zu sagen versuche.

Nach zwanzig Minuten hört meine Wange auf zu bluten. Mein Kiefer fühlt sich an, als sei Zement darin, und ich habe den Verdacht, daß ich zwei Zähne verlieren werde.

Jedes einzelne Wort langsam und deutlich formulierend, sage ich Ludo, er solle ein Taxi rufen.

4

Im Greenwich Hospital werde ich kurz von einer jungen Schwester mit müden Augen untersucht. Sie sagt, ich müsse mich setzen und warten. Es gebe dringendere Fälle.

Fast eine Stunde lang warten Ludo und ich auf Vinylstühlen im trostlosen Wartebereich. Vielleicht sieht er bei Tageslicht fröhlicher aus, aber ich bezweifle es. Ich schlage Ludo vor, sich einen Kaffee zu holen, aber er sagt, nein, er werde bei mir bleiben. Er sitzt vorgebeugt auf dem kleinen Stuhl, die Ellbogen auf die Oberschenkel gestützt, während die Hände zwischen den Knien herumzappeln. Er sieht so verdammt schuldbewußt aus, daß man meinen könnte, er sei derjenige, der mich so zugerichtet hat.

Die Minuten verstreichen langsam. Die Schmerzen in meinem Gesicht sind zu einem Teil von mir geworden wie chronische Zahnschmerzen. Bis ein Arzt zu mir kommt, um den Schnitt in meiner Wange zu nähen, wird er die Wunde wieder öffnen müssen. Sie hat aufgehört zu bluten und von allein zu heilen begonnen. Vielleicht ist das die Absicht. Wenn sie mich lange genug hier sitzen lassen, langweile ich mich wahrscheinlich so sehr, daß ich aufstehe und wieder nach Hause gehe.

Als eine Schwester »Carter« aufruft, erhebe ich mich von dem harten Stuhl und mache mich auf, ihr zu folgen. Dann bleibe ich stehen – weil sie ihre Hand auf meine Schulter legt. Sie mustert mein ramponiertes Gesicht.

»Floyd Carter! Was hast du denn angestellt?«

»Ich bin aus einem Bus gefallen –«, beginne ich, bevor ich sie wiedererkenne. Suzie Peters. Ich versuche ein Lächeln.

»Setz dich«, sagt sie.

Suzie sieht älter aus, aber tun wir das nicht alle? Sie trägt eine hellblaue und weiße Uniform mit einer Uhr auf dem Busen und zwei Kugelschreibern in der Tasche. Das Blond ihrer Haare ist verblaßt, und sie trägt sie zurückgekämmt. Sie hat grüne Augen. Ich kann mich jetzt wieder an sie erinnern. Die Falten rings um ihre Augen sind neu, aber um diese Tageszeit sehe ich auch nicht mehr wie ein Teenager aus. Suzies üppige Figur scheint hinter ihrer gestärkten Schürze und dem Gürtel gut in Form für eine Frau von – wie alt ist sie jetzt? – achtunddreißig. Als sie mich anlächelt, verliert sie zehn Jahre.

»Du siehst furchtbar aus, Junge.« Sie schüttelt den Kopf.

Ludo sagt ihr, ich sei gestolpert.

»Worüber gestolpert – über die London Bridge?«

Ich ziehe einen Stuhl heran, so daß sie sich setzen kann. Aber sie schüttelt den Kopf.

»Ich habe Dienst.« Dann streckt sie die Hand aus und berührt vorsichtig den Riß an meinem Kiefer. »Willst du meine persönliche Einschätzung hören?«

Ich nicke.

»Versuche kein Comeback für die Meisterschaft.« Sie grinst. »Bleibst du länger, jetzt, wo du wieder da bist?«

Ich zucke die Achseln.

»Ach, ich vergaß«, ruft sie. »Es tut mir leid wegen Albie.«

»Ja.«

»Er wurde überfahren«, sagt Ludo.

»Ja, das habe ich gehört. Es tut mir wirklich leid.« Suzie mustert mich kühl. »Also warst du in einen Kampf verwickelt, Floyd. Wie lange bist du schon wieder zurück?«

»Ein paar Tage.«

»Und bereits in Schwierigkeiten.«

»Das ist eine lange Geschichte. Willst du sie hören?«

Suzie lächelt. »Jetzt ist nicht der rechte Zeitpunkt, mein Junge. Morgen habe ich frei.« Sie beugt sich vor und berührt meine Haare. Ein stechender Schmerz schießt durch meine Kopfhaut, und ich zucke zusammen. Als Suzie ihre Hand wegnimmt, sieht sie Blut an ihren Fingerspitzen.

»Das sieht schlimm aus.«

Ich versuche zu grinsen. »Vom Hals abwärts bin ich okay.«

»Sie haben dir schon immer gesagt, daß du nicht mit dem Kinn führen sollst.«

Ich schlafe unruhig. Wenn ich nicht wach liege und in die Dunkelheit starre, träume ich allen möglichen Unsinn. Alle Fäden in meinem Unterbewußtsein verknoten sich miteinander und verwirren sich. Ich sehe, wie Ludo von einem Wagen überfahren wird. Albie taucht Arm in Arm mit Suzie auf seiner Beerdigung auf, und sie lachen ständig. Ich weiß nicht, warum. Jemand öffnet den Sarg, und er ist voller Geldscheine. Ludo klettert aus einem offenen Grab und rammt mir eine Schaufel in den Mund. Ich wandere draußen in den leeren Straßen umher, bis ich Jamie finde. Er zählt Straßenlaternen. Jamie sagt, er werde mit mir zum Zahnarzt gehen, doch obwohl wir stundenlang herumlaufen, können wir keine Zahnarztpraxis finden. Es ist eine schlimme Nacht.

Während ich zusehe, wie die Dunkelheit zu einem wesenlosen Grau verblaßt, höre ich die Geräusche aufwachender Nachbarn: zuerst Stimmen, Haustüren, ein paar Autos. Allmählich wird der Verkehrslärm zu einem beständigen Hintergrundmurmeln. Die Sonne scheint durch den Vorhang. Ich höre Ludo aus seinem Zimmer kommen, nach unten gehen und in der Küche herumklappern. Der Wasserhahn läuft. Ich schlafe ein.

Um zehn Uhr schrecke ich hoch. Es dauert mehrere Sekunden, bis mir wieder einfällt, wo ich bin. Ich starre auf die verblaßte Tapete, als hätte ich ihr Muster noch nie zuvor gesehen. Der Kleiderschrank an der Wand hat noch nie so häßlich ausgesehen. Er muß im Zweiten Weltkrieg zusammengeleimt worden sein. Die Kommode mit den Schubladen stammt aus derselben Periode und ist in demselben dicken Dunkelbraun lackiert, der Farbe polierter Roßkastanien.

Irgendwann, während ich geschlafen habe, hat Ludo mein Frühstück auf das Nachtschränkchen gestellt – Toast und Marmelade, ein Glas Limonensaft, zwei Aspirin. Ich brauche mehr als Aspirin. Und der Toast ist kalt.

Als ich mich auf die Seite wälze, um die Tabletten zu schlucken, fühlt sich mein Mund an, als hätte ich auf einer verrosteten Eisenstange gekaut. Ich spüle die Tabletten mit dem Limonensaft herunter und lasse mich wieder auf die Kissen sinken. Sie sind hart wie eine zusammengefaltete Jacke. Ich stemme mich hoch, schüttle die Kissen auf und lege mich wieder hin.

Zehn Sekunden liege ich mit geschlossenen Augen auf dem Rücken. Dann öffne ich sie und atme aus.

Ich schwinge die Beine über die Bettkante und stehe auf.

»Hat Albie mit dir je über Geschäfte geredet, Ludo?«

»Äh, Geschäfte? Nein, ich glaube nicht.«

»Warst du daran beteiligt? Hast du irgendwelche Jobs für ihn erledigt?«

»Na ja.« Ludo runzelt die Stirn, während er mir Tee eingießt. Er schiebt die Tasse über den Küchentisch und sagt: »Ja, in gewisser Weise.«

Ich rühre die Tasse nicht an. »In welcher Weise?«

»Ich habe immer Sachen gekauft.«

»Was zum Beispiel?«

»Na ja, Zigaretten, du weißt schon, vom Laden an der Ecke. Den *Evening Standard*. Und manchmal habe ich auch das Essen eingekauft. Albie hat mir immer eine Liste gegeben.«

Ich erkläre ihm, daß dies nicht die Sorte Einkäufe sei, die mir vorschwebt. Als ich ihm erkläre, was ich tatsächlich damit meine, schiebt Ludo die Unterlippe vor. »Solche Sachen wollte Albie mich nicht machen lassen.«

»Aber hast du gewußt, was er vorhatte?«

»Na ja.« Seine Stirn legt sich wieder in tiefe Falten. Dann verzieht sich sein Gesicht zu einem schelmischen Grinsen. Er sieht wie ein zu groß geratenes Kind aus, das der Lehrer in die Ecke des Klassenzimmers geschickt hat. »Ich wußte, er war – du weißt schon –, alle wußten, Albie war – die Leute sagten, er wäre ein ziemlicher Draufgänger.«

»Ja, das war er.«

»Ja.« Ludo reibt sich die Wange. »Er war schon zum Lachen, Albie.«

Ich kann sehen, wie Ludo sich an seinen mißratenen Bruder erinnert. Aber er begreift nicht, was Albie vorhatte, er weiß nicht, warum er getötet wurde, und er hat keine Ahnung, warum er und ich letzte Nacht angegriffen wurden. Ich beuge mich vor und tätschle seine Hand. »Keine Sorge. Wir regeln das schon.«

»Du und ich, Floyd. Wir zeigen's ihnen, was?«

»Sicher, Ludo, sicher.«

Eine halbe Minute sitzen wir noch da und trinken stumm unseren Tee. Dann steht Ludo auf und trägt das Geschirr zum Waschbecken. Er dreht den Wasserhahn auf. Als ich meinen Stuhl zurückschiebe, sagt er mir, ich solle sitzen bleiben. Er werde sich um den Abwasch kümmern. Das sei sein Job.

Ich sehe ihm zu, wie er die großen Hände in das heiße Abwaschwasser taucht. Ich sehe ihm zu, wie er immer ein Teil aus dem Wasser holt, es eingehend betrachtet und dann mit dem Spültuch abwischt. Ich sehe ihm zu, wie er nachdenkt.

»Ich wünschte, wir hätten diese Burschen geschnappt«, sagt er.

»Letzte Nacht?«

»Ja. Ich hätte nicht weggehen sollen.«

»Du hattest keine Wahl.«

»Ich war schon zu weit weg, um sie aufzuhalten.«

»Du hast getan, was du konntest.«

Als er letzte Nacht zurückgelaufen kam, warteten sie nicht, bis er sie erreichte. Der Wagen fuhr mit geöffneten Türen los, während zwei von ihnen noch einstiegen. Ludo versuchte, ihn mit einem gewaltigen Satz zu erreichen. Er hätte den Wagen verfolgt. Doch statt dessen kniete er sich neben mich.

Jetzt sieht er sich in der Küche um, ob noch etwas abzuwaschen ist. Es ist nichts mehr da. Er leert den Inhalt der Plastikschüssel in das Waschbecken. Er trocknet sich die Hände ab. »Weißt du, was ich glaube?« sagt er plötzlich. »Diese Männer – ich wette, sie gehören zu derselben Bande, die Albie umgebracht hat. Und wir haben sie laufen lassen.«

»Sie haben Albie nicht umgebracht.«

»Du glaubst, daß *niemand* ihn umgebracht hat, Floyd! Nicht absichtlich.«

Er schaut mich empört an. Ich schaue zu Boden. Ich will nicht glauben, daß Albie ermordet wurde. Ich will nichts über ihn wissen. Ich bin nicht interessiert an dem Leben, das er geführt hat.

Schließlich sage ich: »Diese Burschen letzte Nacht sagten, er schulde ihnen zehn Riesen. Warum sollten sie ihn umbringen? Wenn sie das getan hätten, würden sie kein Geld von ihm bekommen haben.«

Ludo denkt darüber nach. »Wer war es dann?«

Ich zucke die Achseln. »Es wimmelt hier von Ganoven, und mit den meisten davon hat Albie sich eingelassen. Es könnte jeder gewesen sein. Vielleicht hat er es sogar verdient.«

»Hör auf, Floyd. Albie war unser Bruder.«

»Und ein Ganove. Er war mehr als nur ›ein ziemlicher Draufgänger‹, Ludo. Er war kriminell.«

Ludo sieht gekränkt aus. »Er hat sich immer um mich gekümmert. Ich mochte ihn. Du kanntest Albie nicht richtig, weil du nicht hier warst.«

»Wenn jemand ihn umgebracht hat, dann deshalb, weil zwei Ganoven sich gestritten haben. Was sollen wir tun – einen Rachefeldzug starten? Würde das die Dinge wieder ins Lot bringen?«

Ludo versucht nicht, darauf zu antworten. Er sieht mich nur an. Ich rechne damit, daß er sagt, sein Bruder Albie würde anders reagiert haben, würde sich aufgemacht haben, um sich diese Burschen zu schnappen, würde ihnen gezeigt haben, wer der Boß sei. Aber das tut er nicht. Er sagt: »Ich glaube, wir sollten Deptford verlassen und irgendwoanders neu anfangen. Jedenfalls werde ich das tun, glaube ich.«

Ich betrachte ihn mit Interesse. Dieser Gedanke ist ihm nicht gerade erst gekommen. Er denkt schon länger darüber nach. Ich frage ihn, wohin er gehen wolle.

»Das weiß ich nicht genau.« Er setzt sich. »Ich meine, ich würde gern gehen. Ich will in diesem Haus nicht ohne Albie leben.«

»Sollen wir es verkaufen?«

Er nickt nachdrücklich. Mit dem Finger malt er einen Kringel auf die Tischplatte. »Wer würde das Geld bekommen?« fragt er. »Ich meine, wenn wir das Haus verkauften, wer würde Albies Geld bekommen?«

»Albie hatte kein Geld. Dieses Haus hat nicht ihm gehört. Es gehört der Familie.«

»Oh.« Ludo hält wieder inne. »Also dir und mir, richtig?«

»Tja, eigentlich dir, Ludo. Ich wohne hier nicht.«

Ludo wirft einen Blick auf die blaßgelben Wände der Küche. »Dann ist das also mein Haus?«

»Das würde ich sagen, ja.«

»Ich könnte es verkaufen oder nicht? Mir irgendwo ein anderes kaufen?«

»Wenn du willst. Würdest du das gern tun?«

Fünf lange Sekunden halten wir über den Tisch hinweg Blickkontakt. Dann schaut er weg. »Nicht wirklich«, sagt er.

»Es ist deine Entscheidung, Ludo.«

Ludo nickt, während er immer noch nachdenkt.

»Ich könnte mit dir nach Deutschland gehen.«

»Da wird Deutsch gesprochen, Ludo. Du wärst sehr einsam dort. Du gehörst nach London.«

»Wahrscheinlich hast du recht. Aber wohin gehörst *du*, Floyd? Gehst du wieder zurück nach – äh – München?«

»Ich muß.«

»Was wird dann aus *mir*?«

5

Ich lade Jamie in den Duke of Edinburgh auf der anderen Straßenseite ein und spendiere ihm einen Scotch. Er haut ihn weg, wie er eine Auster schlürfen würde: alles in einem Zug, den er im Mund herumrollt, mit der Zunge genießt und dann herunterschluckt. Er strahlt mich an.

»Meine Runde«, sagt er.

»Überlaß das mir.«

»Bist du flüssig?«

»Du kannst die nächste bezahlen.«

Diese kleinen englischen Schnapsmaße befeuchten kaum das Glas. Es lohnt sich nicht, den Tresen vor dem zweiten zu verlassen. Wieder wie bei Austern: Die richtige Methode, sie zu essen, besteht darin, am Tresen zu bleiben, und zwar mit einem halben Dutzend auf und mit einem Drink seiner Wahl neben dem Teller auf der Marmorplatte der Bar.

Aber hier wird man keine Austern bekommen.

Der alte Mann hinter der Bar schlurft zu den Flaschen, um unsere Gläser erneut zu füllen. Er trägt Jeans, Slipper und etwas, das wie eine Schlafanzugjacke aussieht. Hinter dem dreiseitigen Tresen in der Mitte der dunklen Bar fühlt er sich wohl.

Jamie und ich drehen uns um und lehnen uns mit dem Rücken an den Tresen. In der Ecke der Bar stehen ein geschlossenes Pianino und zwei Hocker für Duos. Ein großer holzgerahmter Spiegel hängt darüber. Als mein Blick auf mein Spiegelbild fällt, merke ich, daß ich langsam wieder britisch aussehe. Ich trage ältere Kleidung. Meine Haare sind zerzaust. Ich habe ein Pflaster unter der Wange und eine geschwollene Lippe. Meine Bräune verblasst. Vielleicht liegt es nur am Licht. Vielleicht saugt Deptford mich wieder in sein innerstädtisches Grau zurück.

»Willst du noch einen?« fragt Jamie.

»Ja, und Erdnüsse.«

Ich schlendere zu einem kleinen Tisch zwischen Tür und Gasofen. Davor liegt ein Gummiläufer, der zur Dartscheibe führt. Niemand spielt. Die Atmosphäre ist verschlafen. An einem nassen dunklen Abend wäre dies ein Pub, in dem ich mich langsam aber entschieden betrinken könnte.

Ich setze mich.

Jamie bringt die beiden Whiskys. Als er das Zellophanpaket ungeschickt aufreißt, verstreut er Erdnüsse über den ganzen Tisch. »Bedien dich«, sagt er.

Ein paar Gäste nippen an ihren Mittagsdrinks und sind in gemurmelte Unterhaltungen vertieft. Zwei Männer sitzen allein an einem Tisch. Einer liest den *Mirror*, der andere starrt auf seine Fingernägel. Ich frage Jamie, ob er den Mann wiedergesehen habe, der mir gestern gefolgt ist.

»Den Gauner mit dem Anorak? Nein. Bist du wirklich sicher, daß er dich verfolgt hat?«

»Ja.«

»Er hat sich ziemlich schnell verkrümelt.«

»Seitdem hast du niemanden gesehen?«

»Niemanden, den ich nicht kenne.«

Ich trinke einen Schluck. Ich esse eine Erdnuß. »Glaubst du, es hatte irgendwas mit Albies Tod zu tun?«

Er verzieht das Gesicht. »Ich hoffe nicht. Bist du sicher, daß er keiner von denen war, die dich und Ludo letzte Nacht angegriffen haben?«

»Ja. Er war keiner von denen.«

Jamie trinkt seinen Scotch aus. »Wenn ich du wäre, Sonnenschein, würde ich nicht allein auf die Straße gehen. Besonders nicht nachts. Burschen wie die letzte Nacht halten nichts von einem fairen Kampf. Sie wollen dich fertigmachen. Sie kämpfen nicht nach den Queensberry-Regeln.«

»Ich kann auf mich aufpassen.«

»Warte bis zum nächstenmal. Ich sage dir, das ist kein sportlicher Wettkampf, Floyd. Du stehst nicht im Boxring.«

»Ich habe seit Jahren nicht mehr geboxt.«

»Du bist zu alt.« Jamie grinst. »Ich will dich nicht runtermachen, Floyd, ich bin nur besorgt. Du bist diese Art Kampf nicht gewöhnt. Was, glaubst du, wollten sie von dir?«

»Sie sind wegen Albie gekommen.«

»Hat er ihnen Schwierigkeiten gemacht?«

»Sie waren zusammen in irgendwas verwickelt.«

Ich lasse das auf ihn wirken. Warte auf seine Reaktion.

»Er war immer in irgendwas verwickelt, dein Bruder.«

Ich bleibe stumm. Vielleicht kann Jamie mir sagen, was dieses Irgendwas war.

»Könnte alles mögliche gewesen sein«, sagt er. Ich nicke. Jamie grinst sein verschlagenes Grinsen. »Aber du hast schon 'ne ziemlich gute Vorstellung, was es war, hab ich recht, Floyd?«

»Wie meinst du das?«

»Tja.« Er streicht sich eine glatte Locke schwarz-grauer Haare aus der Stirn. »Du hast doch mit dazugehört, oder?«

Ich kaufe den vierten Whisky und ein paar Sandwiches. Wir strecken die Füße zum Gasofen aus und unterhalten uns leise. Jemand kommt herein. Ein Pärchen geht heraus.

»Ich will wissen, wo ich mit dazugehört haben soll.«

Jamie erzählt es mir. Und so, wie es sich anhört, hat Albie eine Menge Unsinn von sich gegeben. Vielleicht lag es daran, daß er in der Welt nicht zurechtkam. Vielleicht mußte er reden. Die Zeit, als ich noch hier bei ihm wohnte und man zu Albie aufsah, war längst vorbei. Damals war er jemand.

Er war zwei Jahre älter als ich, und das ließ er mich spüren. Als Dad gesundheitliche Probleme bekam, wollte Albie zeigen, daß er derjenige war, der den Laden übernehmen würde. Ich weiß noch, wie er immer um das Haus stolzierte wie ein Hirsch, der sein Revier abschreitet, um die alten Männchen aus dem Rudel zu vertreiben. Als Ältester hätte Albie der Liebling sein müssen, aber das war er nicht. Nicht bei Dad. Vielleicht wäre er Mas Liebling gewesen, wenn sie noch gelebt hätte. Aber sie war gestorben als wir noch sehr klein waren. Wir wuchsen ohne sie auf.

Albie hatte Probleme als Teenager und Probleme als Mann. Aber die hielt er von der Familie fern. Für uns spielte er gerne den Brotverdiener: Er machte mühelos Geld und brachte es immer nach Hause. Überall im Haus versteckte er Dosen und Kästchen mit losen Geldscheinen darin. Albie sagte, mit ihm im Haus würden wir niemals knapp bei Kasse sein. Er sagte es sehr oft. Es machte Dad wütend.

Vielleicht tat Dad Albie sehr unrecht, denn als Dad starb, übernahm Albie den Laden tatsächlich. Er übernahm das Haus, er übernahm Ludo. Er tat es vernünftig.

Da waren sie natürlich nur noch zu zweit. Ich war schon seit sechs Jahren fort.

»Albie hatte seine guten Seiten«, sage ich zu Jamie.

»Das weiß ich, Sonnenschein. Ich habe gesehen, wie er sich um Ludo gekümmert hat, und ich habe gesehen, wie er sich um deinen Dad gekümmert hat, als der krank wurde. Aber Albie hatte auch noch eine andere Seite, das weißt du.«

»Sicher weiß ich das.«

»Worüber habt ihr euch entzweit – wegen einer Frau?«

»Ja.«

»Welche?«

Ich zucke die Achseln.

»Ach, die«, sagt Jamie mit einem Kichern. »Ist Albie ihr an die Wäsche gegangen? Komm schon, Floyd, es ist zehn Jahre her.«

»Albie ist tot.«

»Ein Grund mehr.«

Ich lächle nur. Manche Geschichten erzählt man niemals. Ich erzähle ihm nicht, wie ich einmal früher Schluß hatte, zu ihrer Wohnung ging und eintrat, ohne zu klingeln. Sie war nicht allein. Albie lag mit einer Zigarette im Mund in ihrem Bett und grinste die Decke an. »Man kann doch niemandem trauen, nicht?«

Jamie sagt: »Albie tat gern so, als gehöre ihm die ganze Gegend.«

»Niemand hätte das geglaubt.«

Jamie zuckt die Achseln. »Ihr Carters habt einen Ruf wie die Richardsons. Weißt du, was ich meine?«

»Gibt es die immer noch?«

Jamie beäugt mich neugierig. »Bist du so wenig auf dem laufenden?«

»Ich war lange weg.«

»Ich schätze, das warst du. Tja, Tod Richardson gibt's noch. Sam sitzt. Frank ist tot. Aber die Bande ist immer noch aktiv. Sie haben einen Namen.«

»Hatte Albie irgendwas mit ihnen zu tun?«

»So sah es aus.«

»Wer wußte das?«

»Die Kunden.«

»Womit hat er diese Kunden versorgt?«

Auf Jamies Gesicht lauert die Andeutung eines Lächelns. Er schaut mir direkt in die Augen und versucht meine Gedanken zu lesen.

»Tja, er hatte mit Import und Verteilung zu tun.«

»Was hat er importiert?«

»Woher sollte ich das wohl wissen, Floyd?«

Jamie grinst.

6

Suzies Haus ist ein schiefergedecktes Reihenhaus, das sich zum Gehsteig hin öffnet. Es ist weiß gestrichen. Die Tür ist grün. Kinder spielen hier auf der Straße, die Gegend um den Crofton Park ist eine reine Familiengegend. Zwei kleine Mädchen rennen den Gehsteig entlang und ziehen dabei einen klapprigen Buggy hinter sich her, der aus einer Holzkiste besteht, die auf dem Fahrgestell eines alten Kinderwagens montiert ist. Darin sitzt ein kleiner Junge, fast noch ein Säugling. Er hält sich an den beiden Wänden der Kiste fest und schreit vor Lachen. Ich trete beiseite, um sie vorbei zu lassen.

Als ich mich umdrehe, um noch einmal zu klingeln, wird die Tür geöffnet. Suzie trägt einen hellblauen Hausmantel. Ihre blonden Haare hängen herunter. Sie sagt: »Schau, schau. Es ist Pretty Boy Floyd, der Gesetzlose.«

Ich zeige auf das Pflaster an meinem verletzten Kiefer. »Ich bin ein kranker Mann.«

»Wenigstens hast du nicht an deinem Verband herumgefummelt.«

Wir gehen durch die schmale Diele in die warme Küche. Ein kleiner Pinientisch ist für zwei Personen gedeckt. Auf dem Gasherd pfeift ein Kessel. Der Backofen ist an.

Ich beobachte Suzies fließende Gestalt, als sie sich in ihrer Küche zu schaffen macht. Sie hat sich gut gehalten. Wir sind zehn Jahre lang zusammen zur Schule gegangen. Wir wurden Teenager. Wir wurden erwachsen. Vor langer Zeit hatten wir eine kurzlebige Affäre miteinander, aber mehr ist daraus nicht geworden. Wir waren zwölf, wenn ich mich recht erinnere.

Ich schnuppere. »Der Toast ist fertig.«

Sie beeilt sich, das Blech aus dem Backofen zu holen. »Du hast meine ganze Zeitplanung durcheinandergebracht«, sagt sie mit einem Lachen. »Willst du mitessen, oder hast du schon? Es gibt Rührei.«

»Gerne.«

»Behalt das im Auge.« Sie stellt eine Pfanne auf die Gasflamme und gibt einen Klecks Butter hinein, dann wendet sie sich vom

Herd ab und drückt dabei meinen Arm. Aus der Küchentür ruft sie die Treppe hinauf: »Ich mache jetzt die Eier. Komm runter und sag Guten Tag.«

Ich werfe einen Blick in die Pfanne. Die Butter ist geschmolzen und brutzelt bereits, also greife ich nach dem Holzlöffel.

»Steh mir nicht im Weg und setz dich«, sagt sie.

»Soll ich ein drittes Gedeck auflegen?«

»So kenne ich meinen Floyd.«

Suzie nimmt die Pfanne von der Flamme und schlägt noch zwei Eier in die Schüssel. Dann schlägt sie alles noch einmal mit einer Gabel durch, fügt noch etwas Pfeffer und Salz hinzu und gießt die Mischung in die Pfanne. Ich lege mein Gedeck auf.

Im Backofen wird mehr Toast geröstet, während sie in den Eiern rührt. Mein Teller gesellt sich zu den beiden, die bereits zum Vorwärmen dort stehen. Ich gieße jedem eine Tasse Tee ein.

»Beide mit Milch?« frage ich.

»Wie sonst?«

Vor langer Zeit, in meinem ersten Jahr im Ausland, habe ich damit aufgehört, den Tee mit Milch zu trinken. Jetzt trinke ich ihn schwarz. Suzie verteilt das Rührei auf die warmen Teller. Ohne ihren Platz am Herd zu verlassen, ruft sie: »Es ist fertig.«

Ich höre Schritte auf der Treppe, die nach unten eilen.

Ich erinnere mich, zu wem sie gehören.

Kurz bevor Suzie die Schule verließ, begann sie mit Tom Peters auszugehen. Er war neu in unsere Klasse gekommen. Natürlich redeten die Leute, und ihre Eltern spielten verrückt: Suzie sei noch zu jung für einen festen Freund, und abgesehen davon sei Tom auch nicht der Richtige.

Nichts davon konnte Suzie beeindrucken. Sie wollte ihn nicht aufgeben, nur weil ihre Eltern nicht wollten, daß sie sich mit einem farbigen Jungen traf – obwohl die Situation damals noch ganz anders war. Das war in der Zeit, als die Regierung sagte, wir hätten schon viel zu viele Schwarze. Sie verabschiedeten Gesetze, um sie an der Einreise zu hindern. Leute mußten hier Familie haben, was Tom auch hatte, um ins Land zu dürfen. Einwanderer waren nicht willkommen. Es gab viele Vorurteile. Ob die Regierung auf die Stimmung in der Bevölkerung oder die Öffentlichkeit auf die Diskriminierung der Regierung reagierte, weiß ich nicht. Ich war ein Teenager. In Deptford hatten wir bereits so viele Leute jeder Hautfarbe und Religion, daß wir die Dinge anders sahen. Jeder zweite von uns war ohnehin kein Engländer.

Schließlich wurde Suzie schwanger – vielleicht absichtlich – und erklärte, sie werde ihn heiraten müssen. Die beiden Familien mußten das Beste daraus machen. Tja, ich war auf der Hochzeit, und es war ein freudiger Tag. Beide Familien lächelten die ganze Zeit und kamen hinterher prima miteinander aus. Toms und Suzies Baby kam ein paar Monate später zur Welt. Ein kleines Mädchen. Sie nannten sie Tamsin.

Dieses kleine Mädchen muß ungefähr sieben Jahre alt gewesen sein, als ich ins Ausland ging. Ich erinnere mich nicht mehr so genau. Eines Tages packte ich einfach eine Tasche und ging.

Tom und Suzie gehörten zu meinen engsten Freunden, aber wir verloren uns aus den Augen. Jahre vergingen. Dann fiel Tom vor ungefähr drei Jahren auf der Arbeit von einem Baugerüst und war sofort tot. Ich hörte erst sechs Monate später davon. Hätte ich es gewußt, wäre ich natürlich zu seiner Beerdigung gekommen, aber als ich es dann erfuhr, konnte ich nur noch eine Beileidskarte schicken.

Mir scheint, ich komme nur zu Beerdigungen nach Hause. Zuerst war es Dad. Jetzt ist es Albie. Das drittemal wäre es Tom gewesen.

In der Küchentür erscheint Tamsin.

Sie bleibt mit einer Hand in senkrecht erhobener Stellung in der Tür stehen und sieht mich durch den Raum an. Sie trägt einen langen cremefarbenen Pullover über einer engen Jeans. Sie sagt: »Hi.«

»Ich bin Floyd Carter.«

Suzie stellt den dritten Teller auf den Tisch und setzt sich. »Kannst du dich noch an Tamsin erinnern, Floyd? Sie muß sich verändert haben.«

»Sie wird sich nicht mehr an mich erinnern.«

Tamsin geht zum Tisch und gleitet auf ihren Stuhl. »Du bist Albies Bruder. Tut mir leid, daß er gestorben ist.«

Sie beginnen zu essen.

Als ich Tamsin zuletzt gesehen habe, hatte sie hinten bunte Bänder im Haar. Jetzt hängen ihre Haare wie schwarzer nasser Teer in Wellen neben ihrem Gesicht. Ihre glatte Haut hat die Farbe von nassem Sand, und ihre großen braunen Augen blicken traurig drein.

Sie stochert in ihrem Rührei herum, schneidet sich kleine Stückchen Toast ab und kaut alles mit den Schneidezähnen, als äße sie keine Eier, sondern Kaviar. So, wie sie ihr Essen zerlegt, würde ich sagen, daß sie immer sehr spärlich ißt. Sie ist zierlich. Sie hat den Körper einer schlanken Vierzehnjährigen.

Suzie sieht, daß ich sie beobachte. »Was hältst du von meiner Tochter?«

Sofort sieht Tamsin aus, als fühle sie sich unwohl.

»Sie ist sehr hübsch.«

Tamsin legt ihr Messer nieder und seufzt. Suzie lächelt. »Siehst du irgendeine Ähnlichkeit? Oder glaubst du, sie kommt nach Tom?« Suzie hält meinen Blick fest, um anzuzeigen, daß es in Ordnung ist, den Namen ihres toten Ehemanns zu benutzen.

»Sie hat ein wenig von euch beiden und etwas Eigenes.«

Tamsin legt ihre Gabel auf den Teller neben das Messer und schaut wütend auf. »Müßt ihr über mich reden wie über ein Ausstellungsstück in einem Museum? Ich bin eine Person, wißt ihr?«

»Jedenfalls bist du ganz sicher nicht aus einem Museum«, lacht Suzie. »Höchstens aus einer Galerie. Ein Kunstwerk.«

»Mum!«

Wäre ich nicht hier, ein Gast an ihrem Tisch, wäre Tamsin längst aufgesprungen und zur Tür hinaus. »Auf welche Schule gehst du?« frage ich rasch.

»Ich gehe nicht zur Schule.«

»Sie ist achtzehn«, erklärt Suzie.

Ich sehe Tamsin an. Ihr zu sagen, daß sie jünger aussieht, würde sie nur wieder wütend machen. Ich wechsle das Thema. »Das ist erst das zweite Mal in den letzten zehn Jahren, daß ich in England bin. Ich komme mir wie ein Fremder vor.«

»In welcher Beziehung?« fragt Suzie.

»Viele Dinge sind anders, als ich sie in Erinnerung habe. Wenn ich in einen Bus steige oder in eine Bar gehe, kann ich keinen Kontakt mehr herstellen. Ich habe das Gefühl, als sähe ich von draußen zu. Ich lebe hier nicht mehr.«

»Du Glücklicher«, murmelt Tamsin.

Suzie sagt: »In diesen letzten zehn Jahren hat sich eine Menge verändert.«

Ich schiebe ein Stück Ei über meinen Teller. Ich habe vielleicht drei Gabeln gegessen. »London scheint sich nicht zum besseren verändert zu haben«, sage ich leise. »Auf dem Flug hierher zur Beerdigung dachte ich halb und halb daran, endgültig nach Hause zu kommen. Ich dachte, nach zehn Jahren sei es vielleicht an der Zeit zurückzukehren.«

»Besonders jetzt, wo Albie tot ist«, pflichtet Suzie mir bei.

Ich sehe sie an. Sie beobachtet mich kühl. Wiederum will sie mir zeigen, daß man nicht vermeidet, über Leute zu reden, nur weil sie tot sind. Ich verstehe sie. Suzie und ich haben uns zehn Jahre nicht gesehen, aber wir haben uns immer sehr nahegestanden. Ich war in den schlechten Zeiten hier, die sie und Tom gemeinsam durchmachten, als die Leute auf der Straße vor ihnen ausspien, als sie auf den Mischling Tamsin in ihrem Kinderwagen zeigten und flüsterten, die Ehe werde nicht lange dauern. Und Suzie erinnert sich noch daran, als *ich* jung war. Sie erinnert sich an Albie und mich als Rabauken. Sie erinnert sich an unsere Jugendzeit. Sie erinnert sich, warum ich ging, warum Albie blieb.

»Also bleibst du nicht?« fragt Tamsin.

Ich halte einen Augenblick inne. »Nein.«

Tamsin sieht überrascht aus. »Ich dachte, du würdest bleiben.«

Sie sticht mit der Gabel durch das kalte Rührei in den labberigen Toast und legt die Gabel dann wieder auf den Teller. Tamsin wird nichts mehr essen. Sie doch nicht. Sie ißt kein kaltes Rührei.

Plötzlich fragt sie: »Kennst du einen Mann namens Huey Carmichael?«

»Sollte ich ihn kennen?«

»Er scheint *dich* zu kennen. Er fragte, was wohl passiert, jetzt, wo du zurückgekommen bist. Er sagte, du wärst anders als Albie.«

»In welcher Beziehung?«

Sie schaut auf. »Ich habe nicht gefragt. Er hat nicht mit mir geredet.«

»Wer ist dieser Huey Carmichael?«

Huey »the Snake« Carmichael nennt man ihn. Tamsin sagt, er sei in England geboren, jamaikanischer Abstammung und ungefähr dreißig Jahre alt. Offenbar immer schick gekleidet. Er muß einer von den harten Burschen auf der Straße gewesen sein, als ich ging, obwohl er keinen Eindruck bei mir hinterlassen hat. Ich kann mich nicht an ihn erinnern.

Er muß schnell aufgestiegen sein. Ungefähr um die Zeit, als ich England verlassen habe, sagt Suzie, sei Huey aus den üblichen Straßenbanden ausgestiegen und habe eine eigene gegründet. Die Diners, habe er sie genannt. Sie waren hart. Und das zeigten sie allen.

Man durfte sie nicht übersehen. In und um Deptford gab es hundert andere Banden. Von achtzig werden Sie noch nie etwas gehört haben – sie hatten ein kleines Revier und begnügten sich mit kleinen Gaunereien und Autodiebstählen. Die anderen zwanzig sind vielleicht mal beiläufig im *Mercury* oder der *South London Press* erwähnt worden: bewaffnete Raubüberfälle, Bandenkämpfe, Drogen. Vielleicht zwei Banden – nur zwei aus den ganzen hundert – würden den Aufstieg zum Crackdealen und zum Schwerverbrechen geschafft haben. Das wären dann die Banden, deren Namen Sie vielleicht schon mal gehört haben.

Um eine Spitzengang zu werden, muß man mehr tun, als nur Verbrechen zu begehen: man muß gesehen werden. Beachtet. Man muß die richtige Kleidung tragen, bewaffnet sein. Man braucht eine Identität.

Wenn sie sich auf die Hinterbeine stellten, mochten sie nach einer Weile gar nicht mehr als kriminell angesehen werden. Sie kauften Immobilien, eröffneten eine Reihe legal aussehender Geschäfte, ließen sich hin und wieder an schicken öffentlichen Orten fotografieren – in Restaurants und Nachtclubs, beim Pferderennen und bei Shows. Die Leute gewöhnten sich an ihren Namen, benutzten ihn entspannter. Sie lernten, sich damit zu arrangieren. Sie fragten nicht mehr, wie die Bande dorthin gekommen war, wo sie jetzt stand, oder woher das Geld kam.

Denn wenn man es wirklich geschafft hat, wenn man sich an die Spitze des glitschigen Haufens vorgearbeitet hat, lächeln die Leute, wenn sie den Namen hören. Ja, sicher, sagen sie, ich habe den Burschen mal getroffen, er wohnte gar nicht weit weg. Wißt ihr noch, als er diesen Witz gerissen hat? Er hat einfach dagestanden. Erinnert ihr euch noch an diese Bar, in der wir uns alle immer getroffen haben? Ich gehe immer noch hin. Da verkehrt ein Haufen Leute, die dem Mann Geld geliehen haben – oder vielleicht hat er es auch ihnen geliehen – die Geschichte variiert. Jeder beansprucht etwas von seinem schurkischen Ruhm.

Sie glauben, ich scherze?

Denken Sie an die Kray-Zwillinge. Wir alle erinnern uns an sie. Zwei mörderische Erpresser, die Gliedmaßen an den Boden nagelten, die Gesichter entstellten, die Leute mit den Füßen in Eimer mit langsam trocknendem Zement stellten und sie dann in die Themse warfen. Die Krays benutzten elektrisch geladene Drähte so enthusiastisch wie die südamerikanische Polizei. Sie waren für diese Dinge bekannt. Sie wurden lebenslänglich eingesperrt.

In ihrem Fall setzte der warme Glanz erst einige Jahre nach Antritt ihrer Strafe ein. Sicher, die Krays seien hart gewesen, sagten die

Leute, aber sie seien auch nett zu alten Damen gewesen. Die Krays hätten ihre Mutter geachtet. Zwar hätten sie eine ganze Wagenladung Geld ergaunert, aber sie seien großzügig zu den Armen gewesen. »Wir haben uns sicher gefühlt, als sie noch hier waren«, behaupteten Leute in Bethnal Green. »Sie haben uns beschützt.«

Ich wette, das taten sie. Die Krays kannten sich mit Schutz aus. Die Leute vergessen die Gliedmaßen, die die Krays an den Boden nagelten. »Sie haben niemals jemandem was getan«, sagten die Leute. »Nur, wenn sie es auch verdienten. Diese Krays sollten aus dem Gefängnis entlassen werden. Sie haben lange genug eingesessen.« Künstler schrieben Lieder über sie. Und Theaterstücke. Und Bücher. Und zwei magere Popsänger glorifizierten sie in einem Film. Wir haben ihn alle gesehen. Haben Geld dafür bezahlt, ihn uns anzusehen. Wir haben zu den Krays aufgeschaut.

Nun, vor ein paar hundert Jahren machten die Familien, die wir jetzt Aristokratie nennen, ihr Vermögen auf dieselbe Weise wie die Krays: durch Plündern, Töten und Landraub. Dann blieben sie so lange darauf sitzen, bis niemand mehr da war, der einen rechtmäßigen Anspruch darauf geltend machen konnte. Jetzt schauen wir auch zur Aristokratie auf.

»Woher kennst du den Mann, Tamsin?«

»Er ist mein Boß.«

Ich lehne mich auf meinem Stuhl zurück. »Was machst du für ihn?«

»Ich singe.«

Der Geruch von Kaffee breitet sich im Zimmer aus, als Suzie eingießt.

»Erzähl mir mehr.«

»Was gibt es da zu erzählen?«

Suzie fragt Tamsin, ob sie Kaffee wolle. »Nein, ich muß los.«

Tamsins Gesichtsausdruck läßt vermuten, daß sie mit weiteren Fragen über diesen Huey Carmichael rechnet, aber ich frage nicht. Wenn sie die Verschlossene spielen will, werde ich einfach warten und ihre Ma fragen.

In der Küchentür sagt Tamsin: »Huey sagte, er würde dich gern kennenlernen. Vielleicht solltest du mal bei ihm vorbeischauen.«

Ich nicke. Er würde mich gern kennenlernen. Kann sein, er hat Tamsin gebeten, mir das auszurichten. Sie sagt es nicht. Draußen in der Diele nimmt sie ihre Jacke vom Haken, ruft uns einen kurzen Gruß zu und schlägt die Tür hinter sich zu. Suzie stellt eine Tasse Kaffee vor mir ab.

»Was meint sie damit, sie singt?«

»Sie ist Sängerin. Carmichael besitzt einen Club.«

»In welcher Beziehung stehen sie zueinander?«

»In keiner.« Suzie rührt in ihrem Kaffee. »Tamsin ist achtzehn. Sie singt nur dort. Sie hat versucht, dich zu beeindrucken. Sie ist jung.«

Der Kaffee ist heiß und stark. Suzie fragt: »Wirst du zu diesem ›Snake‹ Carmichael gehen?« Sie macht sich über den Namen lustig.

»Denkst du, ich sollte?«

Suzie spitzt die Lippen. Ich kann mir vorstellen, daß sie diese Miene im Krankenhaus aufsetzt, wenn sie einen unerwarteten Wert von ihrem Thermometer abliest.

»Könnte Carmichael Geschäfte mit meinem Bruder Albie gemacht haben?«

»Ich habe keine Ahnung.«

»Sag's mir, Suzie, sag's mir ganz ehrlich: Weißt du, wie Albie sein Geld verdient hat, bevor er starb?«

»Bei Albie wußte man das nie.«

Ich denke, das kannst du zweimal sagen. Ich trinke den Kaffee, stehe auf und bringe unsere beiden Tassen und Untertassen zum Waschbecken. Ich drehe den Wasserhahn auf.

»Willst du abwaschen?« fragt sie.

»Ich bin domestiziert. Wenn man zehn Jahre allein lebt, muß man lernen, sich in der Küche zurechtzufinden, sonst verhungert man.«

»Ist das Leben nicht schrecklich ohne Dienstboten?« Wir lächeln beide. »Soll ich dir helfen?«

»Nein, bleib sitzen. Wo ist dieser Laden, in dem Tamsin singt?«

»Es ist ein Club namens *The Parrot*.«

»Terry Starrs Laden?«

»Nicht mehr. Eine Menge ist passiert, während du weg warst. Terry ist gestorben. Seine Frau und sein Sohn haben den Laden übernommen, dann haben sie ihn an die Richardsons verkauft. Carmichael hat ihn von denen übernommen.«

»Wieviel von ihrem Geschäft hat er übernommen – nur den Club?«

»Was bin ich – eine Expertin?«

»Dieser Huey scheint eine ziemlich große Nummer zu sein.«

Ich scheuere das Geschirr im heißen Spülwasser. Ich scheuere die Tassen und Teller, bis alles blitzblank ist.

»Du bist genau der richtige Mann, den ich an diesem Waschbecken brauche. Ein Jammer, daß du nicht bleibst.«

Die Schüssel ist jetzt bis auf das heiße Wasser leer. Ich gieße es weg. »Es gibt nichts, was mich hier hält.« Ich trockne mir die Hände ab. »Aber bevor ich gehe, könnte ich mir diesen Huey Carmichael noch aus der Nähe ansehen.«

»Das kann nicht schaden«, sagt Suzie.

7

Ludo besteht darauf, er wisse, wie man die Maschinen bedient. Ich könne ihn hier mit den beiden Beuteln Wäsche lassen, und er werde die Kleider bei ihrem Waschgang beobachten und sie dann in die Schleuder stecken. Er werde sie zweimal schleudern. Er werde sie im Trockner nicht verbrennen. Er wisse, was er tue, und es gefalle ihm hier. Es sei warm. Leute gingen ein und aus. Sie redeten mit ihm.

Es gefalle ihm, den Kleidern dabei zuzusehen, wie sie sich in der Trommel der großen Schleuder drehten. Das sei sein liebster Zeitvertreib. Manchmal, während er darauf warte, daß die Maschine den Waschgang beende, sitze er vor den Trockenschleudern und sehe dabei zu, wie anderer Leute Kleider herumgewirbelt würden. Das bringe ihn zum Lachen.

Ich lasse ihn in dem Waschsalon und gehe Tanners Hill bis zur New Cross Road entlang, die ich überquere. Gegenüber ist der Markt am Anfang der Deptford High Street. Es ist voll dort. Zwischen den beiden Reihen von Ständen drängeln und schubsen Einheimische. Hierher kommen keine Touristen. An den Ständen gibt es billige Kleidung, Obst und Gemüse, Elektrogeräte, Musik auf Cassetten und CD. Die meisten Händler sind schwarz oder braun. Das Angebot von Kleidung besteht unter anderem aus Rastahüten, Seide für Saris, afrikanischem Schmuck und polnischen Schuhen. Bei den Gemüsesorten sind Yamswurzeln, Okra- und Chilischoten und Bohnen vorherrschend. Man kann gesalzenen Fisch kaufen, Pisangs und Papayas, Naturarmbänder und Perlen.

Ich quetsche mich durch die Leute zwischen den Ständen in der überfüllten Straße. Ich könnte hinter die Stände auf den leeren Gehsteig wechseln und bequem an den kleinen Ladenfenstern vorbeischlendern, aber ich ziehe es vor, durch die Menge auf der Straße zu wandern. Vielleicht hilft mir das dabei, wieder ein Gefühl für diese Gegend zu entwickeln.

Binnen einer Minute winkt mir ein Standbesitzer zu. Joe sounds o. Wir haben mal zusammen im Repton Boxing Club trainiert, aber wir waren nicht in derselben Gewichtsklasse. Andernfalls würde ich mich besser an ihn erinnern. Ich winke zurück, und er ruft: »Hast dich beim Rasieren geschnitten, was, Floyd?« Ich gehe weiter.

Es macht einen Unterschied, wenn man von jemandem beim Namen genannt wird. Es wird einem gleich viel wärmer. Man fängt an zu lächeln. Ich glaube, auch in den Augen anderer Leute ein Erkennen aufflackern zu sehen, doch niemand sagt etwas. Sie beobachten mich im Vorbeigehen.

Ich halte den Kopf hoch, als ich mich dem *Deptford Arms* nähere. Der Pub hat sich nicht verändert. Er befindet sich an einer Ecke mitten im Bereich des Marktes, und seine großen Fenster machen ihn fast zu einem Teil der Straße draußen. Ich gehe hinein.

Derselbe alte Tresen, niedrig, der niedrigste, den ich kenne. Man steht hier an der Bar, und die Hände baumeln wie vor dem Waschbecken eines Kindergartens, und man kommt sich groß vor. Jeder kommt sich so vor. Dies ist eine Bar, an der sich sogar Zwerge groß fühlen können.

Ich bestelle ein Jameson's.

Hinter mir an den Tischen sitzen Markthändler, Stammgäste, Laufkundschaft. Zwei Männer spielen Domino. Ein Quartett

Westindier nimmt auf einem Tisch einen Ghettoblaster auseinander. Eine alte Dame liest die *Sun*.

Jenseits des Tresens ist Platz für einen Pool-Tisch. Ein paar Männer spielen. Als der Barmann mir mein Wechselgeld gibt, nicke ich zum Pool-Tisch. »Der Bursche mit dem Bürstenschnitt – wie heißt er?«

Der Barmann sieht mich an. »Kenne ich Sie nicht?«

»Wie heißt er?«

»Dirkin. Vinnie Dirkin.«

Ich stelle mein Glas ab.

Dirkin. Das ist der Bursche, der sich vor zwei Tagen von mir mit einem Tritt ins Gesicht verabschiedet hat. Jetzt hat er sich über den grünen Tisch gebeugt, um einen leichten Ball einzulochen. Sein Queue stößt zu, die weiße Kugel trifft, und die glänzende rote Zielkugel läuft zum Loch. Doch sie schafft es nicht. Ich habe meine Hand darauf.

Ich halte die Kugel in der Hand, während ich um den Tisch herum schlendere. Dirkin überlegt krampfhaft, wie er sich verhalten soll. Er packt sein Queue fester.

Einer seiner Freunde tritt mir in den Weg. Ich sage ihm, er solle aus dem Weg gehen. Doch er hat sich in eine Lage gebracht, in der er keinen Rückzieher mehr machen kann, also starrt er mir durchdringend ins Gesicht. Ich weiß, dies ist nicht sein Kampf, aber ich habe keine Zeit, ihm das zu erklären. Meine Faust mit der Kugel darin explodiert unterhalb seiner Brust. Er krümmt sich. Dirkin schluckt.

»Leg das Queue weg, Vinnie.«

Er tut es nicht.

Aber er hätte es tun sollen. Ein Billardqueue ist eine armselige

Waffe. Er hält es falsch. Er versucht damit nach mir zu stechen, als sei das Queue ein Dolch, doch ich wische es beiseite. Meine linke Hand packt seinen Kragen, und meine rechte knallt gegen seinen Mund. Er läßt das Queue fallen. Ich lasse die Kugel fallen. Sein Mund blutet.

Während ich Dirkin vorn am Hemd festhalte, rede ich mit seinen Freunden. Ich sage ihnen, daß sie sich raushalten sollen.

Ich drücke gegen Dirkins Kehle, um ihn zum Rückwärtsgehen zu bewegen. Als wir die Tür zur Herrentoilette erreichen, stoße ich ihn hindurch. Dahinter ist alles weiß gekachelt. Leicht zu säubern.

Dirkin hat zwei Möglichkeiten. Entweder wartet er ab, was ich mit ihm mache, oder er riskiert etwas. Er riskiert etwas. Er hat Pech, daß ich ihn schräg vor mir halte, so daß er keinen guten Tritt ansetzen kann. Er muß seine Faust benutzen. Natürlich zielt er tief, und natürlich hebe ich den linken Oberschenkel, um den Schlag zu parieren. Dann pflanze ich ihm meine rechte Faust auf die Nase, und zwar genau über der Stelle, wo ich ihn am Pool-Tisch getroffen habe. Er schreit vor Schmerzen auf. Ich halte ihn weiter an seinem schmutzigen Hemdkragen fest und verpasse ihm noch einen Schlag ins Gesicht.

Dann lasse ich ihn los.

Dirkin sinkt auf die Knie und hält sich dabei an meiner Hose fest. Wenn jemand hereinkommt, könnte dieser Jemand annehmen, daß Dirkin mir einen bläst. Also ramme ich ihm mein Knie ins Gesicht. Er fällt zurück. Diese falsche Annahme kann jetzt niemand mehr machen.

Während Dirkin sich auf dem Boden krümmt, wasche ich mir im Waschbecken die Hände. Ein Aushang des Gesundheitsministeriums warnt mich vor allen Möglichkeiten, wie ich mir AIDS holen kann. Wenn man Drogen nehme, heißt es, dürfe man nie sein Besteck mit anderen teilen. Das ist die Botschaft des letzten Jahrzehnts: man teilt nichts mehr.

Ich sage Vinnie, er solle aufstehen.

Er ignoriert mich. Ich rechne jeden Augenblick damit, daß die Tür zur Toilette aufgestoßen wird. Seine sogenannten Freunde werden am Pool-Tisch stehen, die geschlossene Toilettentür anstarren und sich fragen, was dahinter geschieht. Schließlich werden sie kommen, um es herauszufinden.

»Wer hat dich geschickt?« will ich von ihm wissen.

Vinnie stöhnt.

»Antworte, oder ich trete dir den Schädel ein.«

Er stöhnt wieder. Dann wälzt er sich herum und kriecht weg von mir. Ich folge ihm rasch und packe ihn am Hemdrücken. Als ich daran ziehe, wimmert Vinnie. Vorne platzen die Knöpfe ab, und das Hemd wird plötzlich locker in meiner Hand.

Die Eingangstür zur Toilette wird aufgestoßen.

Endlich stolpern seine drei Freunde herein, wobei sie sich bemühen, so groß wie möglich auszusehen. »Raus«, knurre ich. Aber sie bleiben und schließen die Tür.

Ich gehe einen Schritt auf sie zu. Ich muß etwas Raum zwischen mich und Dirkin legen, falls er sich entschließen sollte, seinen Freunden vom Boden aus zu helfen. Er versucht es erst gar nicht. Als seine Freunde in Stellung gehen, höre ich ihn in eine Kabine kriechen und die Tür von innen verriegeln. Dort wird er sich sicher fühlen.

Ich warte darauf, daß Bewegung in die drei Musketiere kommt. Sie können ruhig anfangen. Bei drei gegen einen wartet man immer. Wenn man selbst die Initiative ergreift, machen sie einen fertig.

Wenn man wartet, kommen sie einer nach dem anderen. Der erste wird nicht alles geben, was er hat. Irgendwie hält er sich in dem Wissen, noch zwei Freunde hinter sich zu haben, ein wenig zurück. Im Gegensatz zu einem selbst.

Also warten wir.

Dann öffnet sich die Tür zum zweitenmal, und der Barmann erscheint. Er ist nicht allein.

»Also gut, alles raus hier. Ich will euch nicht in meinem Pub haben.«

Als Vinnies Freunde sich ihm zuwenden, sehen sie erleichterter aus als ich. Sie sind nur aus Pflichtgefühl gekommen.

»Euer Freund ist in der Kabine«, sage ich zu ihnen. »Ihr helft ihm besser beim Abwischen.«

»Raus!« sagt der Barmann zu mir.

Ich zeige auf Vinnies Freunde, die unschlüssig vor der Tür stehen und mir den Weg versperren. Ich hebe unschuldig eine Augenbraue.

»Laßt ihn durch«, sagt der Barmann.

Sie treten zur Seite.

Ich lächle mich in meinem Schlafzimmerspiegel an und komme zu dem Schluß, daß ich trotz allem gar nicht so übel aussehe. Ich trage den weichen marineblauen Blazer, den ich mir in Düsseldorf gekauft habe, eine beigefarbene Hose und ein cremefarbenes Leinenhemd. Ich habe die gestreifte Krawatte abgenommen und auf das Bett geworfen. Sie sah zu förmlich aus.

Zuvor habe ich das Pflaster von meinem Gesicht entfernt, um die Wunde zu inspizieren. Sie verheilt gut. Ich kann den Krankenhausverband durch einen kleineren ersetzen.

Als ich jetzt aus meinem Schlafzimmer komme, pfeife ich vor mich hin. Aus irgendeinem Grund habe ich mich von dem Augenblick an, als ich aus dem *Deptford Arms* und in das Deptforder Tageslicht trat, gut gefühlt, in gehobener Stimmung. Der alte Elan pulsiert durch meine Adern, als sei ich wieder in der Boxhalle. Ich bin wie ein Junge, der von seiner ersten erfolgreichen Verabredung kommt.

Ludo sieht neidisch aus. »Hallo, Floyd. Gehst du wieder aus?«

»Ich muß jemanden besuchen.«

»Kann ich mitkommen?«

»Das ist geschäftlich. Aber heute abend gehen wir zusammen aus. Vielleicht irgendwo essen.«

Ludo starrt auf den Küchentisch. »Dann bleibe ich hier.«

Ich lege eine Hand auf seinen Arm. »Es tut mir leid, Ludo. Wir können nicht alles zusammen machen.«

»Ich schätze, ich könnte die Glotze anmachen.«

»Gibt es nichts anderes, was du gern tätest?«

Er hält seinen kummervollen Blick aufrecht. »Nein, ich glaube nicht.«

»Kannst du nirgendwohin gehen?«

»Ich könnte etwas spazierengehen. Wenn ich wieder nach Hause komme, könnte ich bügeln.«

»Das ist gut. Frische Luft tut dir gut.«

Ihn Trübsal blasend in der Küche zurückzulassen, weckt ein Schuldgefühl in mir, aber ich setze ein Lächeln auf. Als ich in die Diele gehe, fragt Ludo: »Wirst du ihnen das Geld bezahlen?«

Ich bleibe stehen. »Welches Geld?«

»Diese zehntausend Pfund. Wolltest du das jetzt nicht erledigen?«

»Nein.«

»Du sagtest, du gehst geschäftlich aus. Ich dachte … Welche anderen Geschäfte hast du sonst noch?«

Ich gehe wieder zurück in die Küche. »Hast du jemals den Namen Vinnie Dirkin gehört?« frage ich.

Ludo runzelt die Stirn. »Ist das ein Fußballspieler?«

»Nein. Hat Albie ihn je erwähnt?«

»Das glaube ich nicht. Ist er ein Boxer?«

»Er war einer von denen auf der Straße. Der Kerl, der mich getreten hat.«

»Oh.« Ludos Miene hellt sich auf. »Wirst du es ihm heimzahlen?«

»Das habe ich schon getan. Aber du hast den Namen nie gehört?«

Er schüttelt den Kopf.

»Erinnerst du dich überhaupt an einen Namen, der mit Albies Geschäft zu tun hatte?«

»Wie ich schon sagte, Floyd, er hat nie darüber geredet. Nicht mit mir.«

Ich wende mich zum Gehen. Ludo fragt: »Was ist nun mit diesem Geld?«

»Was soll damit sein?«

»Sie sagten, wir müßten es zurückzahlen.«

»Wir bezahlen niemanden.«

»Sie könnten wiederkommen.«

»Keine Sorge. Das werden sie nicht tun.«

Es gibt zwei Türen. Die massiven Außentüren aus Holz fungieren als Jalousien und schützen die hübschen Glaspaneelen in der Haupttür dahinter. Wenn der Club geschlossen ist, sind diese

Holztüren verriegelt und versperren den Eingang so wirksam, daß, wenn man versuchten würde, mit einem Lastwagen hindurchzufahren, man höchstwahrscheinlich eher den Lastwagen demolieren würde als die Türen. Vielleicht rechnet man hier damit, daß genau so etwas passieren könnte. Man kann nie wissen.

Die trostlose Front des *Parrot* grenzt an einen leeren Betonparkplatz. Er wird bis zum Einbruch der Nacht leer bleiben. Bei Tag sind das Schild mit dem Neon-Papagei und die verrostete Kette mit bunten Lichtern ausgeschaltet. Der Laden sieht tot aus.

Ich habe dreimal an die Holztür gehämmert, doch niemand antwortet. Hinter mir weht der Wind leere Bierdosen und Zeitungspapier über den Beton. Vor mir, neben der malträtierten Tür, werben Plakate für zukünftige und vergangene Attraktionen. Reggae Superstars, Soul, Soul, Soul. Big Bamboo und Vagabond Joy. Dennis Brown. Das Steelband Music Festival.

An den Parkplatz grenzen hohe schmuddelige Häuser, die zu Mietshäusern umgebaut worden sind. Feuerleitern kleben an den Hauswänden. Als ich um den Club herum zur Rückseite gehe, knirschen meine Schuhe auf Glasscherben.

Dem ersten Lebenszeichen begegne ich an der Ecke. Aus dem Club kann ich das gedämpfte Jaulen einer Verstärkerrückkopplung hören. Eine Gitarre setzt ein und spielt wahllos Noten und Läufe. Jemand schlägt eine Trommel.

Am Ende der Seitenwand befindet sich eine einzelne Tür. Sie ist offen. Über dem Rahmen, wo man ein Schild mit der Aufschrift »Bühneneingang« erwarten würde, hängt eine schäbige Notiz: »Privat – Kein Zutritt.« Ich trete ein.

Huey »the Snake« Carmichael begrüßt mich freundlich, aber er steht nicht auf. Er ist ein schlanker, hochgewachsener, brauchbar aussehender Bursche mit strahlenden Augen. Seine Haut ist sumpfig braun, und um sie dunkler wirken zu lassen, trägt er Weiß: weißes T-Shirt, weißer Leinenanzug, weiße Schuhe. Er sitzt hinter seinem weißen Schreibtisch und starrt mich an. Auf der weißen Schreibunterlage aus Leder hat er seine weißen Lederschuhe abgelegt. Er lümmelt sich in einem hochlehnigen weichen Ledersessel, braun, nicht weiß, von der Farbe eines hellen Karameltoffees. Der Teppich ist cremefarben, die Bürowände sind kastanienbraun.

Hinter ihm gibt ein rechteckiges Fenster den Blick auf den tiefer gelegenen Clubraum frei. Auf der Bühne dort unten beschäftigt sich ein schwarzes Quartett mit seinen Instrumenten. Ich kann die Musiker sehen, aber nicht hören. Der Raum ist schalldicht. Ich wette, das Fenster ist von der anderen Seite ein Spiegel.

»Ich bin froh, daß Sie vorbeigekommen sind«, sagt Carmichael. Seine Zähne strahlen weißer als sein T-Shirt. Sein dünner Schnurrbart sieht aus wie aufgemalt. Seine Augen sind feucht. Es sind die Augen eines Hundes: immer in Bewegung.

Er wendet den Blick von meinem Gesicht und sagt dem Schläger hinter mir, er solle verschwinden. Wir warten. Die Bürotür öffnet sich und wird dann leise wieder geschlossen.

Carmichael schwingt die Füße von seiner Schreibtischplatte und steht auf. Er bietet mir einen Drink an. »Was hätten Sie denn gern? Wir sind immer gut bestückt.«

»Ich nehme einen Whisky.«

Sein Barschrank ist niedrig und ebenfalls weiß und paßt zum Schreibtisch. Als Carmichael sich bückt, um hineinzugreifen, bewegt er sich geschmeidig wie ein Athlet. Seine weiße Jacke fällt seitlich herunter und enthüllt seine schlanke Statur. Sie enthüllt außerdem die Pistole, die in seinem Hosenbund steckt: eine Cowboy-Kanone – silberner Lauf und weiße Perlmuttintarsien auf dem Kolben.

Er gießt einen großen Whisky ein und reicht ihn mir. Für sich selbst macht er eine große Lucozade. Er nimmt Eis. Ich nicht.

Carmichael hebt sein Glas zu einem Trinkspruch. Wir könnten im *Old Colonial Club* sitzen, nicht im *Parrot*. »Auf das Überleben«, sagt er. Ich trinke einen Schluck.

»Was halten Sie von meinem Laden?«

Er führt mich zum Fenster, so daß wir die Bühne sehen können. Mittlerweile hat die Gruppe angefangen: Gitarre, Baß, Synthesizer, Schlagzeug. Für uns spielen sie stumm, als sähen wir bei abgedrehtem Ton fern.

Carmichael legt einen Schalter um, und sein Büro ist plötzlich von Lärm erfüllt. Er dreht ihn mit einem versilberten Knopf leiser.

»Zu laut, was?« Er nickt, da er seiner Meinung ist. »Ich hatte den Ton aufgedreht, bevor sie anfingen, um hören zu können, was sie sagen.«

»Haben Sie irgendwas erfahren?«

»Diesmal nicht. Gefällt Ihnen die Musik?«

»Nein.«

»Sie haben recht – sie ist zu zahm.« Er legt den Schalter wieder um und schaltet den Ton damit ab.

»Wir sind uns mal begegnet, wissen Sie?«

»Wer?«

»Sie und ich.« Er sieht mich fragend an. »Aber Sie erinnern sich nicht mehr.« Er setzt eine enttäuschte Miene auf. »Alle schwarzen Jungens sehen gleich aus, wie?«

»Wann sind wir uns begegnet?«

»Sie waren mit Ihrem Bruder Albie zusammen. Ich kann mich erinnern, daß ich Ihnen zwei Paletten mit Audiokram verkauft habe – Cassetten und so. Ich habe sie sehr preiswert verkauft.«

»Sie haben's weit gebracht.«

»Zehn Jahre!« Er grinst. »Kommt einem wie 'ne andere Welt vor.« Er steht nickend da, mustert mich aber die ganze Zeit sorgfältig von oben bis unten. Ich warte schweigend ab, was er zu sagen hat. »Und jetzt sind Sie wieder da. Das mit Ihrem Bruder hat mir leid getan, aber ...« Er zuckt die Achseln.

»Waren Sie ein Freund von Albie?«

»Ich kannte ihn. Er hat immer gesagt, Sie würden zurückkommen.«

»Wenn ihm etwas zustieße, zum Beispiel?« frage ich ruhig.

Carmichael grinst. »Ich habe ihn nicht getötet, Floyd. Ich nicht.« Er wirft mir einen offenen, unschuldigen Blick zu.

»Wissen Sie, wer es getan hat?«

Er legt eine kleine Pause ein, bevor er antwortet. »Nein. Wollen Sie es herausfinden?«

»Ich bin kein Detektiv.« Aber wenn Sie mir was zu sagen haben, Mister, dann tun Sie das jetzt, wo ich schon mal hier bin.

»Da Albie tot ist, sind Sie wohl gekommen, um sich über einige Dinge Klarheit zu verschaffen, nehme ich an?«

»Was hat er vor seinem Tod gemacht?«

Carmichael trinkt einen Schluck von seiner Lucozade und lächelt dann kurz. »Das wissen Sie besser als ich, Floyd.«

»Das scheint jeder zu glauben.«

Er wendet sich ab und schaut durch das Fenster. Das Quartett hat sich mittlerweile in eine lautlose Ekstase gespielt. »Sie brauchen noch einen Drink«, beschließt Carmichael.

Sein eigenes Glas ist ebenfalls leer. Er scheint durstiger zu sein als ich. Er füllt sein Glas bis zum Rand mit Lucozade, dann gießt er einen kleinen Schluck Whisky in meines.

»Ja, ich erinnere mich an die alten Zeiten«, sinniert er. »Ich dachte mir, Sie und ich sollten uns mal treffen.«

»Das ist mir zu Ohren gekommen.«

»Ich dachte sogar daran, Ihnen einen Job anzubieten, aber natürlich brauchen Sie keinen.«

»Natürlich?«

»Sie werden was auf die Seite gelegt haben.«

»Ich komme zurecht.«

»Wollen Sie Albies Gebiet?«

Er sagt das so beiläufig, daß ich vermute, dies ist der Grund, warum er mich herbestellt hat. Dies könnte die Frage sein, um die es bei unserem Gespräch geht.

»Welches Gebiet?«

Carmichael mustert mich. Es ist kein unfreundlicher Blick, nur ein forschender. Aber diesmal tarnt er ihn nicht mit dem Lächeln glitzernder weißer Zähne.

»Mit Albie war schwer auszukommen. Haben Sie das auch so gesehen?« Er schlendert hinter seinen großen weißen Schreibtisch und lümmelt sich wieder in seinen Ledersessel. »Vielleicht sind Sie ein umgänglicherer Bursche.«

Ich sage nichts. Er ebensowenig. Wir sehen einander nur an. Doch bevor die Spannung zu groß werden kann, lehnt Carmichael sich zurück, legt die Füße auf den Schreibtisch und verschränkt seine braunen Hände hinter seinem makellos geformten Kopf. Die Bewegungen heben die weiße Jacke und enthüllen die Kanone in seinem Hosenbund zum zweitenmal. Er scheint sich dessen nicht bewußt zu sein. »Wie wär's, wenn Sie eine Investition machen?« schlägt er vor.

Ich warte einen Augenblick, bevor ich antworte. »In was?«

Er streckt träge die Arme, so daß sich ein ordentliches V aus weißem Leinen über seinem Kopf bildet. »Sie könnten entweder Zeit oder Geld investieren.«

»In was?« frage ich noch einmal.

»Ach, in eins meiner Geschäfte.«

»In welches?«

»Heutzutage sind die lukrativsten Unternehmungen Immobilien und Drogen. Stimmen Sie mir zu?«

Ich antworte nicht, aber ich setze mich. Das ist der Punkt, an dem ich besser deutlich mache, daß ich zuhöre.

Carmichael grinst mich über seinen Schreibtisch hinweg an. »Natürlich würde ich es vorziehen, wenn Sie auf meiner Seite arbeiten. Nicht gegen mich. Das würde mir nicht gefallen.« Er beobachtet mich. »Aber Sie haben gar nicht in Erwägung gezogen, gegen mich zu arbeiten, nicht wahr, Floyd?«

»Es ist mir nicht in den Sinn gekommen.«

»Wollen Sie einsteigen?«

Ich warte einen Augenblick. Mit Carmichael ins Geschäft zu kommen, ist das letzte, was ich wollte. Aber er weiß etwas über Albies Tod – mehr, als er bis jetzt preisgegeben hat. Ich spiele für den Augenblick mit. »Warum ich?«

Carmichael breitet die Arme zu einer umfassenden Geste aus. Ich kann sehen, daß er zu derartigen Gesten neigt. »Ein Mann mit

Ihren Verbindungen, Floyd? Sie brauchen sie nur ein wenig auszudehnen.«

»Indem ich an Straßenecken Crack verkaufe?«

Carmichael weist diesen Vorschlag weit von sich. »Nein, nein. Ich kann hundert Verteiler finden. Ich brauche Ihre Art von Verstand.«

»Noch einmal, warum ich?«

»Wegen Ihres Rufs.«

»Ich war zehn Jahre weg. Was für einen Ruf?«

»Die Leute hier haben ein langes Gedächtnis, Floyd. Und Albie hat den Familiennamen lebendig erhalten.«

»In welcher Hinsicht?«

Carmichaels Hundeblick huscht über mein Gesicht. »Seien Sie nicht so bescheiden, Floyd.« Plötzlich beugt er sich über den nackten weißen Schreibtisch. »Sind Sie dabei oder nicht?«

Er hat mir die entscheidende Frage gestellt, aber ich weiche aus. »Weder noch. Ich bin hier nur ein Neutraler.«

»Ein Neutraler?« Er schnaubt ungläubig und lehnt sich wieder in seinen weichen braunen Sessel zurück, wobei die Finger einer Hand zu der hübschen kleinen Kanone in seinem Hosenbund irren.

»Was soll ich davon halten?«

»Was es besagt.«

»Sie haben etwas Eigenes am laufen?«

»Drogen sind nicht mein Geschäft.«

»Ich teile die Welt in zwei Klassen ein«, sagt Carmichael, indem er sich wieder vorbeugt. »Diejenigen für mich und diejenigen gegen mich. Wollen Sie damit sagen, daß Sie nicht für mich sind?«

»Und auch nicht gegen Sie.«

»Dann will ich Ihnen mal eines sagen.« Er lehnt sich wieder zurück, diesmal mit der Knarre in der Hand. Er richtet sie nicht auf mich – er streicht nur liebevoll darüber, als sei sie ein Rosenkranz. »Wissen Sie, im Drogengeschäft gibt es kein Pardon und keine Gefangenen.« Er unterstreicht seine Worte, indem er lässig die kleine silberne Kanone hebt und auf mein Gesicht richtet. Sein Finger liegt nicht am Abzug. »Peng, peng«, sagt er und lächelt dabei.

»Vielleicht müssen Sie kein Geld verdienen«, mutmaßt er, indem er die Kanone senkt. »Sie sind gut bei Kasse zurückgekommen.«

»Wie ich schon sagte, ich komme zurecht.«

»Das wollen wir hoffen. Aber sollten Sie zu dem Schluß kommen, daß Sie Geld zu investieren haben ...«

»Das werde ich nicht. Und im übrigen bleibe ich nicht.«

»Nicht? Tja ...« Carmichael grinst wieder, doch seine Augen grinsen nicht mit. »Ich bin immer hier, Floyd, falls Sie reden wollen.«

»Das merke ich mir.«

Ich stehe auf. Carmichael bleibt auf seinem weichen Ledersessel sitzen und wiegt die Waffe dabei locker auf seinem weißen Schritt.

Er sagt: »Bis zum nächstenmal.«

8

Am nächsten Morgen steigen Ludo und ich am Brockley Jack aus dem Bus und biegen von der geschäftigen Hauptstraße ab.

»Du solltest ein Auto kaufen«, sagt Ludo.

Eine Seite der Straße ist in den Schein der schwachen Morgensonne getaucht, die andere bleibt im Schatten. Diese Reihen kleiner Häuser wurden für Viktorianische Hafenarbeiter gebaut. Ihre niedrigen Silhouetten haben Generationen verkümmerter Cockneys gesehen – munter, witzig und ohne sich über ihr dürftiges Auskommen zu beklagen. In Straßen wie dieser standen Frauen mit verschränkten Armen schwatzend auf der Türschwelle. Barfüßige Kinder spielten im Dreck. Reisende Händler gingen von Tür zu Tür.

Als wir uns Suzies Haus nähern, überholt uns ein Lumpensammler auf seinem Pferdekarren. Er hat wenig an Bord: einen alten Kühlschrank, zwei Kisten, ein Bündel alter Kleider. »Der Lumpensammler ist da!« ruft er von seinem Wagen. Er läutet mit seiner Klingel. Das braune Pferd behält seinen gleichmäßigen Schritt bei. Es wird nicht langsamer. Niemand ruft dem Lumpensammler etwas zu. Ein Kind wartet am Randstein und beobachtet das Pferd.

Vor Suzies Tür versucht Ludo noch einmal, mich umzustimmen. Es sei unnötig, sagt er. Er könne für sich selbst sorgen.

»Das ist alles schon geregelt, Ludo. Es ist doch nur für ein paar Tage.«

Er schlägt sich die weiche Reisetasche gegen das Bein und kaut auf seiner Unterlippe. »Ich bin kein Baby«, sagt er.

Als Suzie die Tür öffnet, lächelt er kurz und verschämt, dann läßt er den Kopf hängen. Er weiß, daß es jetzt zu spät ist, um noch zu widersprechen. Wir gehen hinein.

Suzie führt uns durch die Diele in die Küche und sagt uns, wir sollten uns setzen. Sie füllt einen Kessel mit Wasser und zündet eine Gasflamme an. »Ich zeige dir dein Zimmer«, sagt sie zu Ludo. »Achte für mich auf den Kessel, Floyd.«

Eine halbe Minute später ist sie wieder da. »Er packt aus.«

»Nochmals vielen Dank, Suzie.«

»Ja.«

Während sie Teeblätter in die Kanne löffelt, beobachte ich ihr Gesicht. Ihre Gedanken sind sonstwo. Plötzlich habe ich das Gefühl, sie könne Bedenken wegen Ludos Aufenthalt bei ihr haben, und ich frage sie danach.

»Nein, natürlich kann er bleiben.«

»Was hast du dann für ein Problem?«

Sie wirft mir ein müdes Grinsen über den Küchentisch zu. »Wie viele Probleme willst du hören?«

»Nur die wichtigen. Aber wenn es dir lieber ist, daß Ludo nicht hier …«

»Es geht nicht um Ludo. Es geht um Tamsin.«

Ich nicke. »Ludo wird ihr keinen Ärger machen. Er denkt nicht an Mädchen.«

»Sie ist nicht nach Hause gekommen. Sie war die ganze Nacht weg.«

Tamsin ist letzte Nacht in den *Parrot* gegangen, um dort zu singen, und nicht zurückgekehrt. Sie kommt immer spät nach Hause – der Laden hat lange geöffnet. Aber jetzt ist es schon fast Mittag.

»Wann kommt sie normalerweise zurück?«

»Ach, um ein Uhr morgens, manchmal um zwei. Ich sehe sie nicht immer. Manchmal schlafe ich schon oder habe Nachtschicht im Krankenhaus. Aber morgens liegt sie immer im Bett.«

»Vielleicht hat sie einen Freund?«

»Das ist es nicht.« Suzie versucht sich wieder an einem Lächeln, während sie den Tee eingießt. Wir hören Ludo die Treppe herunterpoltern. »Ich bin keine gute Mutter, nicht? Ich lasse sie bis spät in die Nacht ausgehen und bin oft selbst die ganze Nacht nicht da.«

»Ihr arbeitet beide. Nicht jeder arbeitet von neun bis fünf.«

»Deswegen fühle ich mich auch nicht besser.«

Ludo bleibt in der Tür stehen. Er kann die Spannung im Raum spüren. Ich sage ihm, er solle hereinkommen und sich setzen.

»Suzie macht sich Sorgen wegen Tamsin. Sie ist die ganze Nacht nicht nach Hause gekommen.«

Seine Augen weiten sich. »Glaubt ihr, sie hat sich verlaufen? Letzte Nacht hat es geregnet.«

»Sie hat sich nicht verlaufen.«

»Sollte ich mal spät nach Hause kommen«, erklärt Ludo, »muß ich Albie anrufen und ihm sagen, wo ich bin.«

Er erinnert sich an Albie und hält inne. Dann fragt er: »Hat sie nicht angerufen?«

»Nein«, sage ich. »Sie könnte bei einer Freundin übernachtet haben.«

»Tja, ich hätte angerufen – irgendwen«, sagt Ludo. Er nimmt hastig seine Tasse und trinkt einen Schluck Tee.

Suzie steht mit einem Geschirrtuch in der Hand mitten in der Küche. Sie wirft es auf das Abtropfbrett. »Ich hätte die Polizei anrufen sollen«, sagt sie. Ihre Augen fangen an zu glänzen.

Ich springe auf und lege den Arm um sie. »Sie wird schon wohlauf sein. Mit achtzehn denken Kinder einfach nicht nach.«

Suzie verbirgt den Kopf an meiner Schulter, und ich weiß, daß ihr Tränen über die Wangen laufen. »Wo *ist* das dumme Mädchen nur?«

»Hast du im *Parrot* angerufen?«

»Es war niemand da.« Suzies Stimme klingt erstickt und trokken.

Ich versuche ihr gut zuzureden. »Nachtclubs am Morgen, das Personal kommt erst spät. Wann hast du angerufen?«

»Gegen neun.«

»Neun? Du bist seit neun in Sorge?«

»Gegen zehn habe ich noch mal angerufen.«

»Jemand wird den Laden bald öffnen.«

»Dort wird man mir nichts sagen können«, schluchzt Suzie. »Sie wird nicht im *Parrot* sein und dort an einem Tisch schlafen.«

»Gibt es keine Räume hinter der Bühne?«

»So ein Club ist das nicht.«

Ich ziehe Suzie an mich, und als ich ihre Schulter tätschle, denke ich nicht zum erstenmal, daß ich vielleicht Glück gehabt habe, keine eigenen Kinder zu haben.

Ludo steht auf. Er schlägt leise mit der Faust auf den Tisch. »Ich bin dafür, daß wir rausgehen und sie suchen.«

»Setz dich, Ludo«, sage ich zu ihm. »Wo sollten wir anfangen?«

»Im *Parrot*«, sagt er entschlossen. Dann setzt er sich wieder.

»Wie gut kennt Tamsin Huey Carmichael?« frage ich. Suzie murmelt etwas gegen meinen Hals. Ich fahre fort: »Sie sagte, er wolle mich sprechen. Vielleicht hätte sie mir das nicht sagen sollen.«

Suzie löst sich von mir. »Sie steht Carmichael nicht nah. Sie singt dort nur. Was hat das überhaupt damit zu tun?«

»Vielleicht gibt es eine Verbindung. Steht Carmichael im Telefonbuch?«

»Woher soll ich das wissen?«

Ich ziehe Suzie wieder an mich, um sie zu beruhigen, dann setze ich sie auf einen Stuhl, damit sie etwas Tee trinken kann. Ludo beginnt mit einer verschlungenen Geschichte, wie er sich einmal auf dem Rummelplatz verirrt hat, und ich gehe in die Diele, um das Telefonbuch zu suchen. Als ich zurückkomme, ist Ludo an der Stelle angekommen, wo Albie ihn ausrufen ließ wie ein Kind, das sich verlaufen hat. »Er war noch lange danach sauer«, erinnert sich Ludo.

»Wo wohnt Carmichael?«

Niemand weiß es. Im Telefonbuch gibt es Hunderte von Carmichaels. »Glaubst du, er wohnt hier in der Gegend?« frage ich.

»Er ist reich. Er kann sich was Anständiges leisten.«

Ich schließe das Telefonbuch. »Ich versuche es noch mal im *Parrot*.«

Als ich sie verlasse, hat Ludo den Staubsauger gefunden und begonnen, sein Geschick bei der Hausarbeit zu demonstrieren. Suzie hat die Polizei angerufen. Nein, sie hätten keine Leichen, auf die Tamsins Beschreibung zuträfe. Nein, sie wüßten auch nicht, wo sie sein könnte. Achtzehn? Sie werde schon wieder auftauchen.

Da er den Staubsauger in der Hand hat und danach immer noch das Staubwischen auf ihn wartet, hat Ludo sich mit seinem neuen Wohnsitz abgefunden. Es ist besser für ihn, als den ganzen Tag in unserem leeren Haus herumzusitzen und zu warten. Es ist sicherer für ihn.

Die Drohung, wir hätten drei Tage Zeit, das Geld aufzutreiben, kann ich nicht so einfach abtun. Ich kann nicht davon ausgehen, daß die Bande die ganze Sache abbläst, nur weil ich Dirkin zusammengeschlagen habe. Diese vier Schläger haben auf keinen Fall was zu sagen. Wer auch immer hinter ihnen steht, will seine zehn Riesen zurück. In der Zwischenzeit kann ich nicht im Haus herumsitzen und auf ihren nächsten Besuch warten, und ich kann ganz gewiß nicht Ludo dort allein zurücklassen. Er ist stark, aber nicht besonders clever. Allein hätte er gegen die vier keine Chance.

Also bleibt er bei Suzie.

Niemand bringt sie mit mir in Verbindung, also ist ihr Haus ein Asyl. Eine Zuflucht. Oder wenigstens war es das, bis klein Tamsin unbedingt verschwinden mußte. Das dämliche Miststück. Sie muß bei irgendeinem Penner untergekrochen sein, der letzte Nacht ihre Singerei gelobt hat. Wahrscheinlich hat er ihr gesagt, er könne sie ganz groß herausbringen. Und sie hat ihm geglaubt. Achtzehnjährige.

Und das Ergebnis? Suzie ist krank vor Sorge. Ludo ist ihr aufgedrängt worden, und ich muß versuchen, das Mädchen zu finden.

Ich weiß, wo ich damit anfange.

Der Türsteher des *Parrot* sagt, er könne mich nicht einlassen. Ich erkläre es ihm.

»Tamsin Peters – das kleine Mischlingsmädchen?«

»Ich will sie finden.«

»Ja, sie ist ganz hübsch. Aber es hat keinen Sinn, wenn ich Sie einlasse. Sie ist nicht da.«

»Woher wissen Sie das?«

»Ist mein Job.«

»Haben Sie sie letzte Nacht gehen sehen?«

»Ich bin nicht *immer* hier.«

»Ist Huey Carmichael da?«

»Nein.«

»Dann holen Sie den Burschen, der hier das Sagen hat.«

Wir gehen an den Tischen vorbei zur Bar. Ich bin in Begleitung eines blassen, hochgewachsenen Burschen, der schwarze lockige Haare hat. Er könnte ein Latino sein oder vielleicht zu einem Achtel karibischer Abstammung. Ich frage nicht. Er gehört zu der Sorte, der man keine persönlichen Fragen stellt.

Die Tagesbeleuchtung ist an – grell, wenig schmeichelhaft. Der Geruch nach vollen Aschenbechern und Bierresten von letzter Nacht vermischt sich mit demjenigen parfümierter Desinfektionsmittel. Zwei schwarze Putzfrauen schieben Eimer über den Boden.

Der Mann neben mir sagt dem Barmann, er dürfe reden. »Der Mann sucht Tamsin. Weißt du irgendwas?«

Der Barmann schüttelt den Kopf. Er ist ein schäbig aussehender Weißer, der das Hemd von gestern mit geöffnetem Kragen trägt. Er trocknet Gläser ab. Der Aufpasser tippt mir auf den Arm. »Legen Sie los.«

»Hat Tamsin letzte Nacht hier gesungen?«

»Das tut sie normalerweise.«

»Aber letzte Nacht auch?«

»Sind Sie 'n Bulle?«

»Ein Freund.«

Er schnieft. Der Aufpasser hat uns nicht verlassen. Der Barmann sagt: »Sie sind 'n bißchen alt für 'n Freund von ihr.«

»Ja und?«

»Haben Sie irgendeinen besonderen Grund für ihr Interesse?«

»Das Mädchen ist letzte Nacht nicht nach Hause gekommen. Ihre Mutter macht sich Sorgen.«

»Ach du meine Güte.« Er verzieht das Gesicht und hält sich für komisch. »Mami macht sich Sorgen? Sie sagen Mami besser, daß ihr kleines Mädchen jetzt ein großes ist – falls ihr das noch nicht aufgefallen ist.«

»War sie hier?«

»Wer – die Mutter?«

Ich seufze. »Beantworten Sie einfach die verdammte Frage.«

»Und was war das noch gleich für eine Frage?«

Ich betone jedes einzelne Wort. »Hat Tamsin letzte Nacht hier gesungen?«

»Wissen Sie was? Ich glaube, das hat sie. Sie *sind* 'n Gesetzeshüter, stimmt's?«

Der Aufpasser mischt sich ein. »Er ist Floyd Carter. Albies Bruder.«

Der Barmann hebt beide Augenbrauen und verzieht wieder das Gesicht. »Soso. Also sind Sie kein Bulle.«

»Stimmt genau«, sage ich geduldig. »Ich will nur wissen, was mit dem Mädchen passiert ist. Mit wem ist sie gegangen?«

»Wieviel ist Ihnen das wert?«

»Laß den Quatsch«, schnauzt der Aufpasser. »Wir haben nicht den ganzen Tag Zeit.«

Der Barmann schaut ihn an, dann wieder zu mir zurück. »Ich glaube, mein Gedächtnis läßt mich im Stich«, sagt er.

»Hör mal, du Schwachkopf«, sagt der Aufpasser, indem er sich über die Bar beugt, »sag ihm einfach, mit wem sie gegangen ist.«

Der Mann setzt wieder seine drollige Miene auf und nimmt ein Glas und sein Geschirrtuch. »Ich kann mich nicht erinnern.« Er geht weg.

Wir sehen ihm nach. »Ich hole mir seine Eier später«, sagt der Aufpasser. »Kommen Sie.«

Als er mich um die Mittelbar herum nach hinten führt, frage ich noch einmal, ob Carmichael da sei. Der Aufpasser sagt, nein. Ich schaue hoch zu dem Einweg-Fenster, und ich frage mich, ob Carmichael jetzt vielleicht gerade in diesem Augenblick dahinter steht und uns beobachtet. Ich frage mich, ob er das Mikrofon eingeschaltet hat. Ich frage mich eine Menge Dinge.

Der Aufpasser stößt eine schmale Tür auf und führt mich in den Flur hinter der Bühne. »Nur zwei Garderoben«, sagt er. Sie sind beide leer. »Da sind ihre Sachen.«

Mehrere Kleider hängen auf Bügeln an einer Stange. Ich frage, ob sie alle ihr gehören.

»Nein. Das und das.« Er zeigt auf zwei gestärkte Partykleider, eines weiß, das andere cremefarben. Sie sehen hier unpassend aus – die Art Kostüm, wie sie ein Kind tragen würde. Ich wende mich ab.

»Ihre Schminke ist noch da.«

Ein Durcheinander von Tiegeln und Tuben liegt auf dem gemeinschaftlichen Schminktisch. »Sieht aus, als wollte sie wiederkommen.«

»Ich hoffe, Sie haben recht. Gibt es sonst noch jemanden, den ich fragen kann – Musiker vielleicht?«

Während er sein Spiegelbild in dem fettigen Spiegel überprüft, zieht er einen Stahlkamm aus einer Innentasche. Er fährt damit durch seine schwarzen Locken. »Ist noch zu früh am Tag. Sie könnten es beim Nachtpersonal versuchen.«

Wir kehren in den eigentlichen Clubraum zurück und winden uns zwischen den Tischen hindurch. Der Barmann beobachtet uns mit einem Grinsen im Gesicht. Wir ignorieren ihn. Ich frage den Aufpasser, ob Tamsin beliebt sei.

»Beim Personal oder bei den Gästen?«

»Bei beiden.«

»Sie kommt mit ihnen zurecht. Ist 'n launisches Mädchen. Unberechenbar.«

»Sie steht Carmichael ziemlich nah, oder?«

»Nicht, daß ich wüßte.«

Sein Gesicht verrät nichts. Wir verlassen den Clubraum und gehen durch den Flur zum Hinterausgang. »Tut mir leid, daß wir Ihnen nicht helfen konnten«, sagt der Aufpasser.

»Trotzdem vielen Dank.«

»Sie muß irgendwann wieder auftauchen. Kinder, wissen Sie.« Er grinst mitfühlend. Er ist ungefähr dreißig und geschmeidig wie ein Tiger, und er hat es nicht nötig, den harten Mann zu spielen.

Als ich im Eingang stehenbleibe, blinzelt mich der alte Türsteher über seine Brille hinweg an. »Glück gehabt?« fragt er.

»Nicht im geringsten.«

»Abgesehen davon, daß sie letzte Nacht hier war«, stellt der Aufpasser fest. »Das haben Sie erfahren. Wenn Sie es bei der Band versuchen wollen, die Burschen nennen sich Pepys Dairy Crunch. Pepys wie Samuel. Dairy wie Crunch.«

»Haben Sie eine Adresse?«

Der Türsteher zückt ein zerknittertes Notizbuch und blättert darin herum. »Könnten gerade proben«, sagt er. »Um diese Uhrzeit.«

»Sie waren nicht drinnen.«

»Das hätte mich auch gewundert. Versuchen Sie es im *Albany Empire*. Da sind sie oft.«

»Danke.«

Bevor ich gehe, frage ich noch: »Dieses Notizbuch da: Haben Sie auch die Adresse von Vinnie Dirkin?«

»Dirkin«, sagt der Türsteher. »Ja. Nicht, daß *der* singen könnte.« Er blättert wieder in dem Buch herum, während ich mich beiläufig an den Türpfosten lehne. Ich weiche dem Blick des Türstehers aus. Die Frage war ziemlich weit hergeholt, und ich hätte nicht gedacht, daß sie zu etwas führen könnte. »Er wohnt nicht weit vom Schwimmbad Laurie Grove. Kennen Sie das?«

»Das ist in New Cross, ja.«

Der Türsteher kritzelt Dirkins Adresse auf ein Stück Papier und gibt es mir.

»Was wollen Sie von Dirkin?« fragt der Aufpasser. »Sie würde niemals mit einem Arschloch wie ihm ausgehen.«

»Das betrifft eine andere Angelegenheit. Arbeitet er hier?«

»Hat er mal.«

»Was ist passiert?«

»Er wurde gefeuert.«

Sie beobachten mich, wie ich das Gebäude entlang zum Parkplatz vor dem Haus schlendere. Also hat Vinnie Dirkin früher für Snake Carmichael gearbeitet. Das ist interessant.

»Ich sage Mr. Carmichael, daß Sie da waren«, ruft der Aufpasser. »Passen Sie auf sich auf.«

Darauf kannst du wetten.

»Hallo, Ludo. Ist Tamsin schon zurück?«

»Floyd, bist du das?« Er klingt nervös. Er hat das Telefon siebenmal klingeln lassen.

»Ja, ich bin's. Ist sie wieder da?«

Ludo räuspert sich. »Hallo, Floyd. Wie geht es dir?« Seine Zunge stolpert über die Worte.

»Es geht mir gut, Ludo.« Ich schlage einen Trommelwirbel mit den Fingern. »Ist Tamsin wieder da?«

»Tja, äh, nein. Noch nicht. Ich habe schon ihr Mittagessen fertig.«

»Haben wir von ihr gehört?«

»Ich glaube nicht.«

»Ist Suzie da?«

»Sie ist zur Arbeit gegangen. Ich bin ganz allein hier. Bist du in einer Telefonzelle, Floyd? Suzie sagte, ich sollte ans Telefon gehen, wenn es klingelt.«

»Und hat es?«

»Hat es was?«

»Hat es geklingelt?«

Ludo zögert. »Tja, nun, nur dieses eine Mal. Aber das warst du.«

Ich atme langsam aus. »Wenn Suzie anruft, sag ihr, ich hätte Tamsin noch nicht gefunden, aber sie war letzte Nacht im Club.«

»Ich hoffe, Suzie geht es gut, Floyd. Sie hat nicht besonders gut ausgesehen.«

»Sie macht sich Sorgen um Tamsin. Geht es *dir* gut?«

»Tja, eigentlich nicht, Floyd. Ich langweile mich. Ich will nach Hause.«

»Wir müssen beide ein paar Tage untertauchen. Du weißt, was sie gesagt haben.«

»Wer?«

»Die Burschen, die das Geld wollen. Sie werden uns suchen.«

»Ach, die. Ja. Sie werden dich suchen.« Er klingt betrübt.

»Ich kann auf mich aufpassen.«

Im *Albany Empire* bin ich das einzige weiße Gesicht. Tagsüber wird dort geprobt. Pepys Dairy Crunch bringen ihre Verstärkeranlage zum Durchschmoren, Tänzerinnen lockern ihre Muskeln auf Stuhllehnen gestützt, und überall stehen Leute mit alkoholfreien Getränken herum, die sich der Black Comedy Club nennen. Für mich sehen sie nicht komisch aus.

Als die Crunch zum Ende ihrer Nummer kommen, bearbeitet der Drummer weiterhin seine Becken, als wolle er sie zum Verstummen prügeln. Die zwei Gitarristen spielen sich gegenseitig jaulende Töne vor, um ihre gemarterten Instrumente neu zu stimmen. Der Saxophonist spuckt auf den Boden. Ich gehe zu ihm.

»Die kleine Tamsin? Ja, die hat letzte Nacht mit uns gesungen.«

»Aber sie ist nicht nach Hause gekommen. Haben Sie gesehen, mit wem sie gegangen ist?«

»Nein, Mann. Ich hatte andere Dinge im Kopf.«

»Hat sie einen Freund?«

»Keinen festen. – Hey!« ruft er den anderen zu. »Die Sängerin Tamsin: mit wem ist sie letzte Nacht gegangen?«

Sie wissen es nicht.

»Ist sie allein gegangen?« frage ich.

Auch das wissen sie nicht.

»Irgendeine Ahnung, wo sie im Augenblick sein könnte?«

Sie starren mich begriffsstutzig an.

»Sie sind Floyd Carter, nicht?« fragt der Saxophonist.

»Genau.«

Er nickt, als sei die Sache damit erledigt, und schüttelt noch einen Klumpen Speichel aus seinem Saxophon.

»Woher kennen Sie mich?«

»Ich kenne Sie nicht, Mann.«

Ich sehe ihn nur an.

»Ich kannte Ihren Bruder Albie. War 'ne schlimme Sache, nicht? Tut mir leid.«

»Ja, ich weiß. Ich suche auch die Burschen, die ihn über den Haufen gefahren haben. Irgendwelche Vermutungen?«

»Ich nicht, Mann.« Er setzt das Saxophon an und bläst eine Triole.

»Was glauben Sie, warum Albie umgebracht wurde?«

Der Mann setzt das Saxophon wieder ab und rollt ein paarmal mit den Lippen. Er zuckt die Achseln. »Ich halte mich aus solchen Sachen raus, klar?« Er setzt das Saxophon wieder an und spielt ein paar Töne. Dann leckt er sich die Lippen.

»Aus was für Sachen halten Sie sich raus?«

Er spielt noch eine kurze Tonfolge, wobei er den Blick auf mich gerichtet hält. Ich starre zurück. Als er zum Ende der Phrase kommt, sage ich: »Helfen Sie mir, ja? Ich habe einen Bruder, den jemand überfahren hat. Ich habe eine Freundin, deren Tochter verschwunden ist. Ich will Sie damit in keiner Weise belasten, aber ich brauche Hilfe.«

Er nickt mehrmals. »Ich weiß nicht, wer Ihren Bruder umgebracht hat, und ich weiß auch nicht, mit wem Tamsin unterwegs ist. Sie ist 'n wildes Mädchen.«

»Und das heißt?«

»Sie könnte überall sein. Ich würde mir deswegen keine Sorgen machen.«

»Sie war noch nie so lange weg.«

»Stimmt das?« Er schnieft. »Tja, sie ist aber auch nicht sonderlich verläßlich.«

»Sie meinen, sie läßt manchmal die Band hängen?«

Er zuckt wiederum die Achseln. »Wenn sie da ist, singt sie. Wenn nicht, spielen wir.«

»Sie arbeiten nicht als Band?«

»Teufel, nein, Mann, wir sind ihr nicht gut genug. Sie ist wie all diese jungen Sängerinnen: zu ehrgeizig. Sie will 'n großer Star sein. Groß. Und sie will es sofort sein. Aber sie hängt sich nicht entsprechend rein. Sie verstehen, was ich meine?«

»Ich verstehe. Ist sie nicht mit Carmichael befreundet?«

Er schnaubt. »Ich hoffe nicht, Mann, um ihretwillen. Aber ich glaube es nicht.«

Ich muß wohl ziemlich niedergeschlagen aussehen. »Hören Sie«, sagt er. »Ich kann mich mal umhören. Aber ich kann nichts versprechen.«

»Ich weiß das zu schätzen.«

»Sie wird wieder auftauchen, Mann. Machen Sie sich keine Sorgen.«

Ich gehe auf ein Bier und ein Sandwich in den *Marquis of Granby* und dann weiter am Schwimmbad Laurie Grove vorbei. Ich biege in eine schmuddelige Straße ein, die zu nah an der Bahnlinie liegt. Ihre schmutzigen kleinen Häuser werden zwanzigmal am Tag von Zügen erschüttert, die an den engen kleinen Hinterhöfen vorbeirattern. Niemand wohnt hier freiwillig.

Vinnie Dirkin hat die schäbigste Haustür im ganzen Block. Es ist die Art Haus, in der ich nicht einmal einen Hund unterbringen würde. Ich betätige den Klopfer.

Es hallt. Das Haus hört sich leer an. Ich vergewissere mich, daß ich die richtige Adresse habe, und klopfe noch einmal. Nichts.

Ich gehe wieder in den *Marquis of Granby* und mache es mir dort mit einem zweiten Glas Bier gemütlich. Ich lasse mir Zeit beim Trinken. Hier in dem Pub ist die Luft verräuchert. Diffuses graues Licht fällt durch die Milchglasfenster auf staubiges Mobiliar. Draußen dröhnt der Verkehr. Ich schließe die Augen.

Dirkins Haustür hat mich daran erinnert, wie schäbig London aussieht. Nach zehn Jahren auf dem Kontinent kommt mir hier alles schmutzig und armselig vor. Die Kleidung ist schmuddelig und formlos. Die Leute auf der Straße sehen eingeschüchtert aus, als hätten sie einen Krieg verloren.

Ich trinke mein Bier aus und stehe auf. Plötzlich vermisse ich mein Stammcafé. Ich vermisse den Geruch von starkem Kaffee und starken Zigaretten. Ich vermisse meine Freunde. Deptford saugt mich in eine Welt zurück, die ich hinter mir gelassen zu haben glaubte. Dieser verdammte Albie. Er war schon immer für Ärger und Kummer gut.

Bahnhof New Cross. Ich probiere die Telefone aus. Das zweite funktioniert.

»Hallo, Ludo. Irgendwelche Neuigkeiten?«

»Ach, hallo, Floyd.« Seine Stimme hellt sich auf, als habe er erwartet, einen Fremden in der Leitung zu hören.

»Ist sie schon zu Hause?«

»Tamsin? Nein, ist sie noch nicht. Suzie hat angerufen.«

»Was hat sie gesagt?«

»Sie hat nach ihr gefragt. Dann hat sie geflucht.«

Ich nicke, obwohl er mich nicht sehen kann. »Ich glaube immer noch, das Mädchen pennt bei ihrem Freund.«

»Ich war etwas schockiert, Floyd.«

»Schockiert?«

»Das Fluchen. Ich hätte nicht gedacht, daß Suzie so ist.«

»Sie ist ziemlich angespannt, Ludo. Besorgt. Da flucht man schon mal.«

»Sie schien so eine nette Frau zu sein.«

»Das ist sie auch. Frauen fluchen auch hin und wieder, Ludo.«

»Kann ich rausgehen, Floyd?«

»Wohin?«

»Na ja, irgendwohin. Es gefällt mir nicht hier drinnen.«

»Hör mal, Ludo, du mußt nicht im Haus bleiben. Aber es ist von Vorteil, dich da am Telefon zu haben. Du leitest die Zentrale.«

»Oh. So hatte ich das noch gar nicht gesehen.«

»Du leistest eine wichtige Arbeit.«

»Klar. Ich leite die Zentrale.«

»Bis dann, Ludo.«

»Ich werde hier sein, Floyd. In der Zentrale.«

Dirkin scheint wie Tamsin verschwunden zu sein. Ich klopfe mehrmals an seine Tür, aber nichts geschieht. Kein Nachbar kommt heraus, um nach dem Rechten zu sehen. Sie halten den Kopf unten.

Ich gehe wieder zurück, am Schwimmbad vorbei und den Lewisham Way entlang, und biege dann in die Malpas Road ein. Der Himmel hat diese besondere Londoner graue Farbe – oder vielmehr keine Farbe – angenommen: keine Sonne, kein blauer Himmel, keine Wolken, kein heraufziehender Regen. Nur eine graue farblose Decke über der Stadt.

Ich erreiche Jamies Haus und klingle. Er ist hoffentlich zu Hause. Nachdem ich den ganzen Tag Leute in Deptford gesucht habe, die ich nicht finden kann, fühlen sich meine Füße wund an.

Er ist zu Hause.

Obwohl es mitten am Nachmittag ist, sieht er aus, als sei er gerade erst aufgestanden. Er trägt eine gestreifte Schlafanzugjacke, die nachlässig in eine dunkle zerknitterte Hose gestopft ist. Er hat sich nicht rasiert. Seine Haare sind hoffnungslos zerzaust. Seine Haut hat die Farbe des heutigen Himmels.

Er murmelt eine Begrüßung.

Ich folge ihm die schmale Treppe hinauf in die Müllkippe, die er seine Wohnung nennt. Im Wohnzimmer liegen überall Zeitungen und Kleidungsstücke herum. Sein kleines Sofa hat sich auf den Rücken gewälzt und ist gestorben. Ich frage, ob bei ihm eingebrochen worden sei.

Jamie stöhnt. »Ich hatte ’ne Party, ’n paar Freunde waren da. Hilf mir mal, ja?«

Wir hieven das Sofa wieder auf die Füße, und ich tätschle es, wie ich einen Hund tätscheln würde. Staub steigt auf. Ich schlage vor, das Fenster zu öffnen.

»Noch nicht, es ist eiskalt. Ich muß mich erst mal anziehen.«

Es kann nirgendwo eiskalt sein, wo es so riecht. Ich öffne das Fenster und werfe einen Blick auf die Straße. Diesmal bin ich nicht verfolgt worden. Die Malpas Road ist wie tot.

»Jesus, ist das kalt«, stöhnt Jamie. Und er meint es ernst. Er sitzt zusammengekauert auf dem Sofa und zittert wie ein Strauch in einem Schneesturm.

»Ich setze den Kessel auf«, sage ich. »Hast du schon was gegessen?«

»Nein.« Er schaudert. »Konnte den Gedanken daran nicht ertragen.«

»Brütest du irgendwas aus?«

»Vielleicht. Könnte 'ne Grippe sein.«

»Oder ein Kater.«

»Das auch.«

Ich trabe in seine Kochnische und fülle den Kessel. Auf dem Abtropfbrett und im Waschbecken türmt sich schmutziges Geschirr.

»Du brauchst die liebende Hand einer guten Frau. Und zwar hier zuerst.«

Er grunzt. Ich gehe zurück. »So wie du zitterst, solltest du im Bett liegen.«

»*Du* hast mich doch rausgeklingelt. Aber ich muß sowieso noch weg.«

»Du glaubst an frische Luft, was?«

»Ich muß noch was einkaufen.«

»Soll ich das für dich erledigen?«

»Ich brauche kein Kindermädchen.«

»Das glaubst du.«

Der Kessel pfeift. Ich gehe in die Kochnische. »Kaffee oder Tee?«

»Weder noch.«

»Was dann?«

»Nichts.«

Doch ich gieße zwei Tassen starken schwarzen Kaffee auf und nehme sie mit ins Wohnzimmer. Ich gebe ihm eine Tasse und setze mich neben ihn. »Trink deine Medizin. Sei ein braver Junge.«

Er tut es nicht. Nachdem er sie eine halbe Minute angestarrt hat, stellt er die Tasse auf den Boden und steht auf. »Ich muß los.«

»Tritt nicht auf deine Tasse.«

»Hör mal, ich will nicht unhöflich sein, Floyd, mein Lieber, aber weshalb bist du überhaupt gekommen?«

Ich zögere und stelle meine leere Kaffeetasse vorsichtig neben seine volle auf den Boden. »Eigentlich wollte ich dich fragen, ob ich ein paar Tage bei dir unterkriechen kann, aber das ist nicht so wichtig. Ich gehe anderswohin.«

Jamie blinzelt mich an. Er streicht sich die schlaffe Haarlocke aus dem Auge. »Was stimmt nicht mit eurem Haus?«

Ich erzähle ihm von der Drohung, die gegen mich und Ludo ausgesprochen wurde, nur das Wesentliche. »Es ist nur für ein paar Nächte, bevor ich zurückfliege.«

»Tja, du bist herzlich eingeladen, hier zu bleiben, Sonnenschein.«

Ich sehe mich kurz um. »Vielleicht besser nicht.«

»Komm schon, Floyd, du brauchst einen Freund.«

»Keine Sorge, ich suche mir eine Pension. Häuser, in denen man übernachten und frühstücken kann, gibt es reichlich.«

Jamie schaut unbehaglich drein. »In dieser Gegend nicht. Hör mal, ich brauche nur etwas frische Luft, dann geht es mir gleich besser. Komm in zwei, drei Stunden wieder.«

»Zwei, drei Stunden? Du könntest dich keine zwei Minuten auf den Beinen halten.«

»Glaub das nicht. Vergiß das mit der Pension. Komm später wieder. Du kannst mir beim Aufräumen helfen.«

Ich grinse. »Du bist ein zäher Verhandlungspartner.«

Jamie schwankt und blinzelt im Zimmer umher. »Jesus«, sagt er.

Ich stütze ihn. »Alles in Ordnung?«

»Ja.« Er wischt sich über die Stirn. »Ich brauche nur etwas Zeit.«

Während Jamie zur Tür wankt, bleibe ich hinter ihm wie eine Krankenschwester, deren Patient seine ersten zitternden Gehversuche unternimmt. »Du bist nicht in der Verfassung auszugehen.«

Er öffnet die Wohnungstür. »Wir treffen uns um fünf, ja? Bis dahin bin ich wieder okay.«

Wir tasten uns vorsichtig die Treppe zur Haustür hinunter. Bevor er sie öffnet, setzt er eine Sonnenbrille auf. Draußen auf der Straße zuckt er ob des grellen grauen Lichts zusammen.

Ich nähere mich unserem Haus vom anderen Ende der Straße. Es ist noch nicht dunkel, also rechne ich nicht damit, daß Vinnie Dirkins Jungens auf der Straße warten. Obwohl, wenn sie es tun, werden sie an derselben Stelle warten wie beim letztenmal. Es ist ruhiger dort.

Unser Haus sieht leer und unberührt aus. Also sind sie noch nicht gekommen. Dessen bin ich sicher. Drei Tage haben sie mir gegeben, und die laufen heute abend ab. Wenn ich sie nicht bezahle, werden sie einigen Schaden anrichten. Das wird ihnen Spaß machen. Wer sie auch geschickt hat, hätte lieber sein Geld, aber die Jungens werden nichts gegen etwas Vergnügen vor der Arbeit haben.

Ich gehe zu meiner Haustür und stecke den Schlüssel ins Schlüsselloch.

Ich drehe den Schlüssel um und stoße die Tür auf. Stille.

Ich trete ein und schließe die Tür.

Ich brauche zwei Minuten, um alle Zimmer zu durchsuchen. Niemand ist hier, und niemand war hier. Sie werden heute nacht kommen.

Sie wissen, wie das ist, wenn man fortgewesen ist? Man kommt in das stille, leere Haus zurück, und es fühlt sich kalt an. Die Wärme ist aus der Luft entwichen wie die Körperwärme aus einer Leiche. So fühlt es sich hier an.

Muß Einbildung sein. Ludo und ich haben das Haus erst heute morgen verlassen. Ich bin nicht später zurückgekommen, als ein normaler Mann von der Arbeit heimkehren würde. Und doch ist die Kälte da. Als wisse das Haus Bescheid.

Ich stehe in der Küche und warte darauf, daß der elektrische Kessel das Wasser zum Kochen bringt. Splitter aus Wärme breiten sich in der Luft aus. Am Boden meiner Tasse warten dunkelbraune gefriergetrocknete Kaffeekrümel wie die erste Handvoll Erde auf einem Sargdeckel. Ich denke an Albie. Ich denke daran, daß jeder von mir erwartet, daß ich ihn räche. Ich denke an die Burschen, denen er Geld schuldet. Ich frage mich, wie tief er in der Tinte saß.

Als das Telefon klingelt, glaube ich zu wissen, wer es ist.

Während es in dem leeren Flur klingelt, gieße ich heißes Wasser in meine Tasse. Ich rühre nachdenklich in meinem Kaffee, während ich ihn durch die Diele trage. Ich nehme den Hörer auf.

»Ja?«

»Ist da Floyd Carter?«

»Ja.«

»Deine Zeit ist abgelaufen, Carter. Hast du das Geld?«

»Was glaubst du wohl? Daß ich jeden Mistkerl bezahle, der mir sagt, mein Bruder schulde ihm Geld?«

»Uns wirst du bezahlen.«

»Ja?«

»Zehntausend Pfund. Heute nacht.«

»Fick dich ins Knie.«

»Du bist derjenige, der ins Knie gefickt wird, Carter.«

Ich lege auf und gehe die Treppe herauf. Während ich Kleidung in eine Tasche packe, denke ich darüber nach, was ich als nächstes tun muß. Ich werde ein paar Tage brauchen, um die Sache mit dem Haus und Ludo zu regeln, und in dieser Zeit kann ich nicht ständig den Kopf unten behalten. Die Schuldeneintreiber werden warten, bis wir wieder auftauchen. Wenn ich ihnen ohne das Geld entgegentrete, werden sie mir wieder das Gesicht einschlagen und mir noch einen letzten Tag geben, um das Geld aufzutreiben.

Ich könnte zur Polizei gehen.

Darüber habe ich bereits nachgedacht. Ich habe mich gefragt, wie wohl die Reaktion der Deptforder Polizei auf einen Hilferuf von einem der Carter-Brüder aussähe. Tragt eure Bandenkriege unter euch aus, würden sie sagen. Wir sind nicht dazu da, um Schurken zu beschützen. Je mehr von euch Pennern sich gegenseitig umlegen, desto besser finden wir das.

Was wirklich eine Schande ist. Es bedeutet, daß ich mich mit diesem Ärger allein herumschlagen muß.

9

Ich habe kaum den Finger auf Jamies Klingel gelegt, als er mir auch schon die Tür öffnet. Er sieht aufgeregt aus. Seine Zähne blekken sich zu einem merkwürdigen Grinsen, und seine Augen blitzen. Mit einer lässigen Kopfbewegung schleudert er sich eine Haarlocke aus dem Gesicht und sagt: »Hey, Floyd. Ich dachte schon, du würdest nie mehr kommen.«

Er zieht mich hinein und schließt die Tür. Im düsteren Flur hält er den Kopf nah an mein Gesicht. Das Strahlen seines Lächelns hellt die Dunkelheit auf. »Hast du deine Sachen mitgebracht?«

»In dieser Tasche.«

Er nickt mir zu. Sein Gesicht ist verschwitzt. »Schön, dich zu sehen.«

»Hast du Fieber?«

»Ich bin glücklich. Komm nach oben.« Er schlägt mir auf den Arm und wendet sich ab.

»Ist jemand oben?«

Er antwortet über die Schulter, während er die Stufen erklimmt. »Nein. Ich bin nur froh, dich zu sehen. Wir können uns amüsieren.«

Auf halbem Weg halte ich ihn am Ellbogen fest. »Wer ist bei dir, Jamie?«

»Bei mir ist niemand außer uns! Komm schon, um Himmels willen.«

Er reißt sich von mir los und geht die restlichen Stufen empor. Als ich mich durch seine Wohnungstür drücke, werfe ich zunächst einen Blick in jedes seiner unordentlichen Zimmer – die Kochnische, das Schlafzimmer, das Bad. Dann gehe ich wieder zu ihm zurück. »Warum so aufgeregt?«

»Ach, Jesus, Floyd, mein Sohn, ich fühle mich besser. Kann ich nicht lachen, wenn ich glücklich bin?«

Ich stelle meine Tasche ab. »Glücklich?«

»Jesus, Floyd!« Er starrt mich voller Abscheu an, als hätte ich ihm gerade gestanden, seine Schwester verführt zu haben. »Darf ich nicht in meiner eigenen Bude glücklich sein? Gibt es dagegen ein Gesetz?«

»Ich dachte, du wärst krank?«

»Ich war nur noch nicht richtig wach. Nimm dir ein Bier.«

Auf dem Tisch steht ein Sechserpack, in dem zwei Dosen fehlen. Jamies Finger reißen an der Verpackung. Wir nehmen jeder eine Dose. Er schüttelt seine, zieht am Verschluß und sieht zu, wie eine Bierschaumfontäne in die Luft schießt. Er johlt angesichts des Sprühregens. »Komm schon, Floyd, trink. Griesgrämiger Kerl.«

Ich öffne den Verschluß und hebe die Dose an den Mund.

»Das ist schon besser«, ruft er. »Wir feiern 'ne Party. Okay?«

»Du hast einen ordentlichen Vorsprung.«

»Dann hol mich ein.« Er starrt mich an. Dann grinst er. »Vergiß es. Willst du mir dabei helfen, dein Bett zu machen? Es ist dieses Sofa.«

Ich rede weiter in beiläufigem Tonfall und ignoriere, wie Jamie herumschreit. »Kann man das Sofa ausziehen, oder bleibt es so?«

»Ich bitte dich. Das ist ein Doppelbett. Siehst du den Hebel hier?«

Wir bücken uns jeder über ein Ende, öffnen das Sofa und sehen zu, wie es sich zu einem fadenscheinigen Bett entfaltet. Wer zu zweit in diesem winzigen Doppelbett schläft, sollte seinen Partner mögen.

»Gut genug für dich, oder, du zimperlicher Bastard?«

»Ja.«

Jamie marschiert im Zimmer auf und ab wie ein werdender Vater vor dem Kreißsaal. »Hör mal«, sagt er und hält dann inne. Er leckt sich die Lippen. »Du bist gerade erst hier angekommen. Ich will nicht, daß du glaubst, ich wollte dich bedrängen, aber ...«

Er grinst. Ich warte.

»Ach, Jesus, es kommt irgendwie ganz falsch rüber.«

»Was versuchst du mir zu sagen?«

»Ach ...« Er wedelt mit der Hand, als wolle er eine Motte verscheuchen. »Ich muß dich um etwas bitten.«

»Dann bitte mich darum.« Mein Tonfall ist kurzangebunden, weil ich genau weiß, worum er mich bitten wird.

Er leckt sich noch einmal die Lippen, kommt zu dem Schluß, daß sie feucht genug sind, und fährt dann fort. »Hast du irgendwelches Geld bei dir, Floyd? Hast du Bares mitgebracht?«

»Wieviel willst du?«

Er beginnt wieder seine Wanderschaft durch das Zimmer. »Ich meine, es ist nur vorübergehend, wie ein Darlehen, weißt du?«

»Wieviel?«

Er bleibt stehen und wirft mir unter einer Haarlocke seinen alten vertrauten Kleiner-verirrter-Junge-Blick zu. »Hast du einen Hunderter?«

»Hundert Pfund?«

»Ja. Hast du die bei dir?«

»Hundert. Nicht in der Tasche, nein. Wozu brauchst du einen Hunderter?«

»Ich brauche ihn einfach. Ich muß das Geld haben.«

»Heute?«

»Ja, jetzt. Tatsache ist, genau in dieser Minute. Ich habe auf dich gewartet.«

Jamie hat aufgehört, im Zimmer auf und ab zu marschieren, und zittert wie ein Hund. Ich frage: »Willst du mir Miete berechnen?«

»Nein, nein.« Er schüttelt den Kopf. Wiederum wie ein Hund. »Nur ein Darlehen. Aber ich brauche es. Jesus, es ist doch nur ein Hunderter.«

»So viel trage ich nicht mit mir herum.«

»Hast du keine Travellerschecks aus Deutschland mitgebracht?«

»Hältst du mich für einen Touristen oder was?« Okay, er ist verzweifelt.

»Ach, Scheiße, du mußt doch Geld haben, Floyd. Sieh dir doch nur die schicken Klamotten an, die du trägst.«

Alle Erregung weicht aus Jamies Gesicht, als gehe die Elektrizität, die ihn antreibt, zur Neige. Sein zittriges Lächeln sieht aus, als löse es sich jeden Augenblick in Tränen auf. »Ich brauche das Geld, Floyd.«

Das sind die ersten ruhigen Worte, die er geäußert hat. Ich trete jetzt vor und lege meine Hand auf seinen Arm. Einen Augenblick herrscht peinliche Stille. Ich fühle mich durch die englischen Sitten eingeengt: Ich sollte ihn in die Arme nehmen, aber ich tue es nicht.

»Du brauchst jetzt sofort einen Hunderter?«

»Genau.« Er schaut mit jäher Hoffnung auf. »Hast du das Geld, Floyd? Kannst du es mir geben?«

»Nicht in diesem Augenblick. Das sagte ich bereits.«

»Du hast keine Travellerschecks?«

»Natürlich nicht.«

»Was ist mit einer Geldkarte – du weißt schon, für Banken?«

»Eine Geldkarte?«

»Du weißt schon, diese Scheckkarten, die man in die Geldautomaten steckt, um Bargeld abzuheben.«

»Ich habe keine.«

»Ach, Jesus, Floyd, jeder hat so ein Ding.«

»Ich nicht. Ich lebe nicht hier. Ich habe kein englisches Bankkonto.«

Er sieht mich an, wie er das Mädchen ansehen würde, das seine Träume zerstört hat. Er braucht drei Versuche, um seine Zunge um seine nächste Frage zu wickeln. »Woher bekommst du dein Geld, Floyd?«

»Von der Bank, wie die meisten Leute. Aber die Banken haben jetzt geschlossen.«

»Deshalb gibt es diese Automaten«, murmelt er. »Vierundzwanzig Stunden am Tag.«

»Wofür brauchst du hundert Pfund?« Komm schon, Jamie, spuck's aus. Er wendet sich von mir ab und sinkt auf ein Ende des ungemachten Bettes. Es kippt beinahe um. Wiederum habe ich das Gefühl, ich sollte mich neben ihn setzen und ihm den Arm um die Schultern legen. Aber ich tue es nicht. Nicht in England. Nicht auf einem Bett.

Jamie zittert und sagt: »Es ist die Miete, Floyd. Ich bin im Rückstand. Ich muß heute bezahlen.«

»Das ist jämmerlich.«

Eine letzte Woge erlöschender Elektrizität lädt seine verzweifelten Worte auf: »Wenn ich sie nicht gleich zahle, liegen wir beide heute nacht auf der Straße. Kannst du nicht irgendwas verkaufen?«

»Sei nicht albern.«

»Ich muß das Geld haben.«

»Ich weiß, daß du es haben mußt. Auf welcher Droge bist du, Jamie?«

Zuerst streitet er es ab: Er erzählt noch einmal das alte Märchen vom Kater. Dann sagt er, er hätte vielleicht die Grippe – es sei ziemlich feucht für diese Jahreszeit. Ich warte.

»Ich muß das Geld haben«, wimmert er. »Es ist doch nur ein Hunderter, um Himmels willen.«

»Und wieviel ist es morgen?«

Er funkelt mich an. »Du bist mir 'n schöner Freund. Und du wolltest ein *Bett* für die Nacht.«

»Ich sagte doch, ich könnte auch woanders was finden.«

»Ja, laß mich ruhig im Stich.«

Ich nehme meine Tasche. »Tut mir leid, Jamie, du bist auf dich allein gestellt.«

Bevor ich die Tür erreiche, ist er durch das Zimmer gestürmt und packt meinen Arm. Er dreht mich zu sich herum. »Du gibst mir jetzt Geld!« schreit er. Ich sehe ihm in die Augen. Er läßt meinen Arm los und fummelt in seinen Taschen herum. Ich stelle meine Tasche ab. Seine Hand taucht mit einem Schnappmesser wieder auf, und die Klinge springt aus dem Griff. Meine linke Faust kracht auf seinen Daumenansatz. Meine rechte Faust landet in seiner Magengrube.

Während er sich auf dem Boden krümmt, bücke ich mich und nehme ihm das Messer aus der Hand. »Du hast recht«, sage ich. »Schöner Freund.«

Ich schließe das Messer und stecke es in meine Tasche. Jamie kriecht über den schmutzigen Teppich vor mir davon. Er fängt an zu weinen.

Der Anblick des Burschen, der mal mein bester Freund war, wie er auf dem Teppich vor sich hin plärrt wie ein Kind, das eine Tracht Prügel bekommen hat, müßte mich eigentlich berühren. Aber das tut er nicht. Ich stehe völlig unbeteiligt da. Seine Tränen fließen nicht, weil ich ihm weh getan habe. Sie fließen aus Selbstmitleid. Sie lassen mich kalt.

»Ich brauche nur einen Schuß«, schluchzt er, »um wieder zu Kräften zu kommen. Wenn ich nur wieder zu Kräften kommen könnte, weißt du? Du kannst mir dabei helfen, clean zu werden. Wenn du noch mein Freund bist.«

»Wenn du clean werden willst, mußt du aufhören.«

Er schüttelt den Kopf. Sein Gesicht ist naß von Rotz und Tränen. »So leicht ist das nicht.«

»Ich habe nie behauptet, daß es leicht ist.«

»Du verstehst das nicht. Alleine schaffe ich es nicht.« Jamie zieht sich an dem Behelfsbett hoch, bis er sitzt, und schnieft seine Tränen weg.

»Soll ich dir helfen?« frage ich.

Er sieht mich argwöhnisch an. Seine Augen sind braun und naß. Es sind die Augen eines Robbenbabys, das im Schnee zappelt, bevor die Keule des Jägers ihm den Schädel einschlägt.

»Es gibt zwei Möglichkeiten, wie ich dir helfen kann. Die eine besteht darin, einen Arzt zu holen. Die andere ist, ich schließe dich hier für eine Woche ein und behalte den Schlüssel.«

»Diese Möglichkeiten funktionieren nicht.«

Er fängt wieder an zu zittern. Er bleibt mit angezogenen Knien auf dem Boden sitzen. Er legt die Arme um sie und versucht sie in seine Brust zu ziehen. »Hilf mir nur dieses eine Mal aus, Floyd.«

»Ich gehe aus. Ich komme spät zurück.«

10

»Ich habe die Polizei vom Krankenhaus aus angerufen«, sagt Suzie. Wir sitzen in ihrem winzigen Wohnzimmer: Suzie und ich auf Sesseln von Habitat, Ludo mitten auf ihrem zweisitzigen Sofa. Suzie sieht müde aus. Die Schatten unter ihren Augen sehen wie Rußflecken aus.

Ludo sagt: »Die Polizei will sie suchen.«

»Als Tamsin bis zum Nachmittag noch nicht aufgetaucht war«, erklärt Suzie, »konnte ich nicht länger warten. Ich war zu besorgt. Ich habe alles falsch gemacht. Da war ein Mann, den ich einreiben sollte, weil er sich wundgelegen hat, aber ich habe das Öl auf einen Teelöffel geträufelt und es ihn einnehmen lassen.«

»Hat es ihm geschmeckt?«

»Dann habe ich eine alte Dame vergessen, die auf der Bettpfanne saß. Sie hat nicht gewagt, sich herüberzubeugen, um nach mir zu klingeln, weil sie Angst hatte, von der Pfanne zu fallen. Als ich schließlich zu ihr zurückkam, klebte ihr Hintern am Rand fest. Ihre Pisse war kalt.«

Ich grinse. Dann frage ich sie, was passiert sei, als sie die Polizei angerufen habe.

»Männer. Sie deuteten an, sie könnte darauf aus sein, ihre Jungfräulichkeit zu verlieren. Und vielleicht wäre sie so dankbar, daß sie vergessen hätte, auf die Uhr zu sehen.«

»*Ist* sie noch Jungfrau?«

Suzie verzieht das Gesicht. »Bist du interessiert, Floyd?«

»Sie ist halb so alt wie ich.«

»Wann hätte das schon mal jemanden aufgehalten? Sie zieht ältere Männer an.«

Ich wechsle das Thema. »Ist die Polizei zu dir gekommen?«

»Was glaubst du wohl? Sie sagten, wenn sie am Ende meiner Schicht noch nicht aufgetaucht wäre, sollte ich auf dem Heimweg zu meinem örtlichen Revier gehen. Es war ihnen egal, daß sie bis dahin längst tot sein könnte.«

»Wenn sie es nicht schon vorher war«, sagt Ludo.

Ihm fällt die Pause auf. »Oh, tut mir leid«, sagt er. »Ich wette, sie ist es nicht.«

Ich wende mich wieder an Suzie. »Warst du dort? Wie waren sie?«

»Nicht offen teilnahmslos. Es ist ihnen gelungen, eine Polizistin aufzutreiben – aus der Küche, nehme ich an, oder womit sie ihre Frauen beschäftigen –, und sie haben uns allein in ein Zimmer gesetzt. Die Polizistin hat Tamsins Fall auf einem sauberen Blatt Papier notiert. Sie wollte ihn nicht auf demselben Blatt haben wie Diebstähle und vermißte Katzen. Sie brauchte ein frisches Blatt, um es später unter Verschiedenes abheften zu können.«

»Du glaubst nicht, daß sie sich darum kümmern?«

»Sie werden sich an die Routine halten. Ich weiß aus dem Krankenhaus, wie Verwaltungssysteme funktionieren.«

»Und was passiert jetzt?«

Suzie funkelt mich an. Ihr blonder Schopf wird in den Nacken geschleudert, ihre widerspenstigen grünen Augen sind feucht. »Was *kann* jetzt passieren? Sie haben eine Akte angelegt, und sie werden die eingehenden Berichte prüfen. Sie werden keine Streifenwagen aussenden, die in den Straßen von Deptford nach einem Mischlingsmädchen suchen, das einsam aussieht.«

»Haben sie sie so genannt – Mischling?«

Sie nickt. »Als ich der Polizistin sagte, Tom sei schwarz gewesen, ließ sie das gleich von ihrem Klemmbrett aufsehen. Das tut es immer. Weiße Frauen sehen einen immer an und fragen sich, wie das wohl ist und ob sie es je erfahren werden.«

»Das bildest du dir ein.«

»Die Weißen haben mich neunzehn Jahre lang Negerhure genannt. Ich weiß, was sie denken.«

Ludo sitzt aufmerksam vorgebeugt auf dem zweisitzigen Sofa. »Ich glaube, sie sind unverschämt«, sagt er.

Ich frage, ob Tamsin irgendwelche Freunde habe, die wir anrufen könnten.

»Ich kenne ihre Freunde nicht.«

Ich starre trübsinnig auf meine Hände. »Sollte sie heute nacht arbeiten?«

»Ja. Vielleicht tut sie das auch, wer weiß? Vielleicht kommt die Arbeit an erster Stelle. Oh, ich weiß, daß ich eine schlechte Mutter bin. Ich lasse sie spät nachts ausgehen. Ich kenne ihre Freunde nicht. Vielleicht haut sie ja tatsächlich nur auf den Putz.«

»Du bist keine schlechte Mutter, Suzie.«

»Als sie noch klein war, war Tom immer da. Da spielte es keine Rolle, wenn ich nachts arbeitete.«

»Und als er starb, schien sie schon so alt zu sein, daß es trotzdem keine Rolle spielte, nehme ich an?«

»Das glaubte ich jedenfalls. Wir haben darüber geredet. Tamsin sagte, eine Frau sollte nicht ihr Heim über den Job stellen. Mit vierzehn hat sie das gesagt.« Suzie lächelt.

Ludo hüstelt, dann sagt er: »Ich mochte Tom. Er war nett.«

Suzie hält die Luft an, die sie gerade eingeatmet hat. Sie sieht Ludo an. Dann läßt sie den Atem mit einem jähen Keuchen heraus und bricht in Tränen aus.

11

Am Haupteingang des *Parrot* ist die hölzerne Doppeltür entfernt worden. Durch die Glastüren fällt orangefarbenes Licht. Über den Türen blinkt ein violetter Neon-Papagei in der Dunkelheit.

Die beiden Rausschmeißer im Foyer wirken umgänglich. Das mag daran liegen, daß Ludo größer ist als sie beide, oder daran, daß sie umgängliche Burschen sind. Sie mögen achtbare Leute mit achtbarem Geld in der Tasche. Sie mögen es, wenn der Ärger draußen bleibt.

Wir zahlen Eintritt und gehen hinein. Hinter dem kleinen Foyer befindet sich ein großer Vorraum, der in weichen Pfirsichfarben eingerichtet und durch Spiegel aufgelockert ist. Gepolsterte Türen führen zum eigentlichen Clubraum und den Garderoben. Eine Treppe windet sich zu den Büros, zu Snake Carmichael, zur Stahlkammer und zu allen anderen diskreten Gemächern, die das *Parrot* möglicherweise zu bieten hat.

»Der Laden hat sich verändert seit den alten Zeiten, Ludo.«

»Die Spiegel gefallen mir. Ich kann mich dreimal sehen.«

»Der Club ist feudaler geworden, seitdem er nicht mehr der Starr-Familie gehört.«

»Zur Zeit der Starrs war es gemütlicher, aber das hier ist auch ganz nett.«

Wir gehen durch die dunklen Schwingtüren in den Hauptclubraum. Der Morgengeruch nach altem Bier und Desinfektionsmitteln ist verschwunden. Statt dessen liegt ein Geruch nach verbranntem Steak, neuen Zigarren und frischem Parfüm in der Luft. Auf der Bühne spielt eine junge Band eine alte Nummer, die zwecks besserer Tanzbarkeit umarrangiert worden ist – eine jener verwässerten Rhythm & Blues-Balladen über einsame Straßen und hübsche Mädchen. Das ist nicht Tamsins Band. Pepys Dairy Crunch würden sich nicht zu Tanznummern herablassen: Sie spielen, damit man ihnen zuhört. Aber für das frühabendliche Publikum ist diese Band, die alte Standardnummern mit aktuellen Tophits mischt, genau richtig.

Ludo und ich lehnen uns an die Mittelbar und begutachten den Raum. Die Frauen sind zwischen zwanzig und fünfunddreißig, die Männer etwas älter. Das Verhältnis Weiße zu Schwarze beträgt etwa drei zu eins. Jeans sind nicht gestattet.

»Suchen Sie immer noch Ihre Freundin?« fragt der Barmann. Ich drehe mich langsam um. Es ist der schmuddelige kleine Kerl, der heute morgen versucht hat, witzig zu sein. Jetzt trägt er eine Fliege.

Ich frage ihn, ob sie da sei.

»Also suchen wir sie tatsächlich immer noch? Hat niemand sie gesehen?«

»Anscheinend nicht. Wann müßte sie hier sein?«

»Das kann ich nicht sagen. Wenn man arbeitet, tritt alles andere in den Hintergrund. Sie war wohl doch ein unartiges Mädchen, was?«

Ludo hakt ein. »Wieso war sie unartig? Was meinen Sie damit?«

»Gehören Sie zusammen – oder hören Sie nur zu?«

Ludo mustert ihn stirnrunzelnd.

»Seien Sie nicht gleich eingeschnappt«, sagt der Barmann. »Was darf ich Ihnen bringen, meine Herren, wenn ich fragen darf?«

»Einen Saint Clements«, sagt Ludo.

»Saint Clements?«

»Ja, Sie wissen doch, Orangen und Limonen.«

»Das ist hier kein Obststand, mein Lieber.«

»Ich will Orangensaft und Bitter Lemon.«

»Oh, jetzt werden wir aber wild. Wer trinkt was?«

»Zusammen«, sagt Ludo.

»Das sehe ich, mein Lieber.« Er wendet sich ab, um die Getränke zu holen.

»Der Barmann hat gar nicht gefragt, was *du* willst«, sagt Ludo.

Der Barmann kommt mit zwei Gläsern wieder. »Nuckeln Sie nicht zu lange daran herum«, kichert er. »Das läßt die Gläser anlaufen.«

»Ich wollte sie zusammen, in einem Glas.«

Der Barmann verzieht das Gesicht und tut so, als sehe er die Drinks zum erstenmal und schrecke vor ihnen zurück. Von dem Regal über seinem Kopf holt er ein großes Longdrink-Glas. Er gießt die beiden Säfte hinein.

»Sie haben meinen Abwasch verdreifacht, aber das macht nichts. Der Kunde ist König. Ich nehme an, Sie hätten gern eine Kirsche darin und einen kleinen Papierschirm?« Er wendet sich an mich. »Und für Madam?«

»Nur einen Schirm«, sagt Ludo.

Als der Blick des Barmanns meinem begegnet, flackern seine Augen. Er fragt sich, ob er zu weit gegangen ist. Er wendet sich wieder an Ludo. »Pardon?«

»Nur einen Schirm, bitte. Keine Kirsche.«

»Sie wollen einen Schirm?«

»Ich liebe Schirme. Man kann sie mit nach Hause nehmen.«

Der Barmann kichert. »Das ist wohl wahr. Schirme sind für Cocktails, mein Lieber. Oder für Eisbecher am Tisch.« Er wendet sich wieder mir zu. Mein Gesicht ist hölzern. Sein spöttisches Grinsen erlischt.

»Warum haben Sie dann überhaupt einen angeboten?« fragt Ludo. Er sieht beleidigt aus. Er sieht außerdem sehr groß aus.

Der Barmann registriert Ludos Miene und begräbt sein Grinsen unter einem affektierten Lächeln. »Sie können einen Schirm haben, wenn Sie unbedingt wollen.«

»Ja, bitte«, sagt Ludo.

»Und ich will einen Whisky.«

»Jawohl, Sir.«

Wir bezahlen nicht für die Getränke. Er verlangt nichts dafür.

Wir sitzen ein paar Drinks lang an der Bar. Hinter uns auf der Tanzfläche legen die Leute eine frühabendliche Sohle aufs Parkett. Ich glaube, die Band versucht wie die Dire Straits zu klingen, ein durchaus ehrgeiziges Vorhaben. Ludo zerrupft seinen Papierschirm.

Nach zehn zähen Minuten taucht Carmichaels blasser Aufpasser neben meinem Ellbogen auf und lächelt. »Trinken Sie doch einen aufs Haus«, schlägt er vor.

»Auf Sie oder Carmichael?«

»Er würde gern ein paar Worte mit Ihnen wechseln. Es besteht kein Grund zur Eile.«

»Wir überspringen die Drinks.«

Ich will nicht noch weitere fünf Minuten hier stehen und an einem Drink nuckeln, während Carmichael uns durch sein Fenster anstarrt, als seien wir zwei schmutzige Biergläser, die vom Tresen geräumt werden müssen.

»Nach oben«, sagt der Aufpasser.

»Ich glaube nicht, daß Sie zum Tanzen hier sind, also geht's wohl ums Geschäft?«

Carmichael hat seinen weißen Leinenanzug abgelegt und sich in einen seidigen schwarzen Abendanzug geworfen, den er über einem weißen Rollkragenpullover trägt. Auf seinen Schuhen kleben Goldmedaillons. Seine Füße liegen auf der weißen Lederunterlage seines Schreibtisches. Sein linker Arm ruht lässig auf der Lehne seines karamelbraunen Sessels, und die Haut seiner braunen Hand ist runzlig wie ein Tabakblatt, das in der Sonne trocknet. In der anderen Hand hält er ein Glas Lucozade.

»Ich suche ein Mädchen, das hier singt.«

Er zieht eine Augenbraue hoch. Sie bildet einen derart eleganten Halbmond über dem Auge, daß man glauben könnte, er zupft sie. Er starrt Ludo und mich an. Wir sitzen vor seinem Schreibtisch auf bequemen Polstersesseln, die mit demselben karamelfarbenen Leder bezogen sind wie seiner. Wir halten beide einen Drink. Der Aufpasser ebenso. Er lehnt an einer Seitenwand und verschmilzt mit der kastanienfarbenen Tapete.

»Eine Sängerin?« fragt Carmichael.

»Sie heißt Tamsin«, sagt Ludo. »Miss Tamsin Peters.«

Carmichael nickt. Er sagt nichts. Er will die dazugehörige Geschichte hören, um zu erfahren, worum es eigentlich geht.

Ich fahre fort. »Sie ist erst achtzehn und wohnt bei ihrer Mutter. Wenn sie hier mit dem Singen fertig ist, geht sie immer gleich nach Hause. Letzte Nacht hat sie das nicht getan.«

Carmichael betrachtet eingehend seinen Schreibtisch. Eine Pause tritt ein.

»Ich weiß«, sagt er.

»Sie wissen, daß sie nicht nach Hause gegangen ist?«

»Heute nachmittag hatten wir Besuch von der Schmiere. Sie wollten wissen, wo sie abgeblieben ist.«

»Das überrascht mich.«

»Es überrascht *mich*, daß Sie die Schmiere um Hilfe bitten, Floyd. Das sieht Ihnen gar nicht ähnlich.«

»Ihre Mutter hat sie um Hilfe gebeten. Sie macht sich große Sorgen.«

»Es gefällt mir nicht, wenn die Schmiere in meinem Club herumschnüffelt.«

»Konnten Sie ihnen irgendwas sagen? Haben Sie eine Ahnung, wohin sie gegangen sein könnte?«

Carmichael zuckt die Achseln. »Was haben Sie für ein Interesse daran?«

»Ich bin ein Freund der Familie.«

»Floyd, Sie waren zehn Jahre weg. Als sie die Kleine zuletzt gesehen haben, muß sie – wie alt? – acht gewesen sein. Wie gut kennen Sie dieses Mädchen?«

»Ich kenne ihre Mutter.«

»Ah.« Er wirft den Kopf zurück. »Ist sie auch so hübsch wie ihre Tochter?«

»Dann kennen Sie das Mädchen, das ich meine?«

»Natürlich kenne ich sie. Was, glauben Sie, habe ich hier – einen Harem? Ich habe drei Sängerinnen. Ich kenne alle drei sehr gut.«

»Hat sie einen Freund?«

»Ein paar. Nichts Festes.«

»Gab's dafür Gründe?«

»Wer weiß? Achtzehnjährige Mädchen wollen sich austoben, nicht? Außerdem …«

»Ja?«

»Sie hat ein zu großes Mundwerk. Hält sehr viel von sich.«

Wieder tritt Stille ein. Wir nippen an unseren Drinks. »Also sind Sie deshalb heute abend hierher gekommen?«

Ich nicke.

»Und ich hatte gehofft, Sie wären gekommen, um noch mal übers Geschäft zu reden.«

Ich schüttle den Kopf.

»Ich will Ihnen mal was sagen, Floyd. Die Dinge haben sich in den letzten zehn Jahren verändert.«

»Das ist mir auch schon aufgefallen.«

»Vielleicht dachten Sie, dieser Club würde immer noch von den Richardsons geführt. Ich habe sie rausgedrängt. Ich habe sie nicht nur hier aus diesem Club gedrängt. Ich habe sie praktisch aus ganz Deptford gedrängt.«

»Das ist mir zu Ohren gekommen.«

»Wenn Sie sich also fragen, wer hier ganz oben steht: Sie reden mit ihm, klar?«

Ich nicke bestätigend.

»Und wenn Sie in irgendwas einsteigen wollen, Floyd, reden Sie mit mir. Niemand ist mehr unabhängig. Die Zeiten sind vorbei.«

Ludo räuspert sich. »Was für einen Job könnten Sie uns denn geben, Mr. Carmichael? Wir können beide hart arbeiten.«

Carmichael lächelt ihn an. »Wenn Sie für mich arbeiten würden, Ludo, könnten Sie mich Huey nennen, nicht Mr. Carmichael. Welche Arbeit machen Sie denn?«

»Na ja ...« Ludo schaut unbehaglich drein.

Ich mische mich ein. »Er arbeitet mit mir.«

»Das dachte ich mir«, sagt Carmichael. Er beugt sich über seinen Schreibtisch zu Ludo vor. »Aber was machen Sie eigentlich genau, Ludo?«

Ludo sieht aus wie ein zu groß geratener Retriever-Welpe, darauf bedacht zu gefallen. »Ich helfe aus«, sagt er.

»Sie sind sehr groß«, gurrt Carmichael. »Kämpfen Sie auch?«

Ludo weicht seinem Blick aus. Ich schlage vor, Ludo aus dieser Sache herauszuhalten.

»Aber ich bin interessiert«, sagt Carmichael. Er hat das Lächeln von jemandem, der Streit sucht. Ich verstehe langsam, warum er Snake – Schlange – genannt wird. »Was für Arbeiten haben Sie für Albie erledigt?«

»Für Albie?«

»Ja, für Ihren Bruder, erinnern Sie sich noch an ihn?«

»Kannten Sie Albie, Mr. Carmichael?«

»Ich bin ihm mal begegnet. Haben Sie ihm bei seiner Arbeit geholfen?«

Ich stehe auf. »Es wird Zeit, daß wir gehen.«

Carmichael wirft mir einen ausdruckslosen Blick zu. Sein Aufpasser löst sich von der Tapete. »Regen Sie sich nicht auf«, sagt Carmichael.

Der Aufpasser kommt näher und bleibt an der Ecke des Schreibtischs stehen. Er ist etwa einen Meter von mir entfernt.

»Gehen wir, Floyd?« fragt Ludo.

Der Aufpasser sieht so blaß wie Elfenbein aus. Seine schwarzen Locken glänzen. Das ganze Gewicht des Mannes ruht auf seinen Fußballen. Er ist wie eine Kobra, und er schüttelt den Kopf.

»Nein, wir gehen nicht«, sage ich zu Ludo und setze mich wieder.

Carmichael hat sich über seinen weißen Schreibtisch gebeugt und alles beobachtet. Jetzt lehnt er sich wieder in seinen weichen

Bürosessel zurück und grinst. »Ich bin froh, daß Sie das gesagt haben, Floyd.«

Er läßt seine Hand beiläufig seine dunkle Jacke zurückschlagen, so daß die Pistole in seinem Hosenbund zu sehen ist. Es ist eine andere Kanone als die, welche er am Morgen getragen hat: ein schwarzer, häßlicher kleiner Metallklumpen, dessen Umrisse sich überdeutlich vor dem Weiß seines Rollkragenpullovers abzeichnen. Carmichaels Augen glänzen.

»Sagen Sie, Ludo, können Sie mit diesen Dingern umgehen?« Carmichael zieht die Kanone mit der linken Hand aus dem Hosenbund und legt sie auf den Schreibtisch. Dann zieht er die Hand zurück und läßt sie über die Sessellehne hängen. Die Kanone liegt herrenlos zwischen uns. Einen Meter näher bei ihm.

»Ist die echt?« fragt Ludo.

»Achtunddreißiger Browning. Kennen Sie die?«

Ludo schüttelt den Kopf.

»Was für eine benutzen Sie, Ludo?«

Ludo grinst nervös. Er nimmt an, daß hier irgendein Witz gerissen wird, den er noch nicht verstanden hat. Daran ist er gewöhnt. »Oh«, sagt er, »ich hatte noch nie eine Waffe.«

»Nicht einmal, als Sie für Albie gearbeitet haben?«

»Wo denken Sie hin!« ruft Ludo und läuft dabei rot an. »Nein.« Er kichert. Ich brauche gar nichts zu sagen. Seine Unschuld ist unübersehbar.

Carmichael wendet sich an mich. »Was ist mit Ihnen, Floyd?«

»Ich habe nicht für Albie gearbeitet.«

Ludo unterbricht uns. Er ist zu dem Schluß gekommen, daß die Schlange ein netter Mann ist, der mit uns ein Spiel spielt. »Hat Albie für *Sie* gearbeitet, Mr. Carmichael? Hat er Ihnen Geld geschuldet?«

»Geld?«

»Hat Albie Ihnen vor seinem Tod Geld geschuldet?«

Carmichaels Blicke huschen zwischen Ludo und mir hin und her. »Was bringt Sie auf den Gedanken, Albie könnte mir Geld geschuldet haben?«

»Er schuldete jemandem ...« Ludo sieht meinen Gesichtsausdruck. »Einen Haufen Geld«, beendet er den Satz lahm.

»Wieviel?« fragt Carmichael.

Ludo preßt die Lippen zusammen und läßt den Kopf hängen.

Ich sage: »Ein paar Burschen haben uns wegen einer Geldsumme unter Druck gesetzt, von der sie behaupten, Albie schulde sie ihnen. Einer dieser Burschen ist Vinnie Dirkin.«

»An den erinnere ich mich.«

»Er hat mal für Sie gearbeitet.«

»Am Rande. Er stand nie auf meiner Lohnliste. Wie hoch sind diese sogenannten Schulden?«

»Zehntausend.«

Carmichael nickt, als seien zehntausend Pfund ein vernünftiger Schuldenbetrag. »Hey, Floyd, dachten Sie, ich hätte was damit zu tun?«

»Wollen Sie damit sagen, Sie haben nichts damit zu tun?«

»Das will ich.«

»Wissen Sie, wer es ist?«

Carmichael hält inne, dann wendet er sich an seinen Aufpasser. »Irgendwelche Ideen, Dixie?«

Dixie hat mich die ganze Zeit nicht aus den Augen gelassen, doch jetzt wendet er sich an seinen Boß. »Wer Albie zehn Riesen anvertrauen würde?«

»Genau.«

»Wer sollte das sein?« fragt Dixie.

Carmichael sieht mich direkt an und breitet die Arme aus. »Wir können Ihnen nicht helfen, Floyd. Sagen Sie, werden Sie diese Leute bezahlen?«

»Es sind nicht meine Schulden.«

»Was, sagten die, wird passieren, wenn Sie ihnen das Geld nicht zurückzahlen?«

»Niemand hat es ausgesprochen.«

»Wollen Sie Hilfe gegen diese Leute?«

Ich sehe ihn an. Er grinst. Dann nimmt er die Pistole vom Schreibtisch, streichelt sie und steckt sie wieder in seinen Hosenbund.

»Wenn Sie für mich arbeiten würden, Floyd, müßte ich Ihnen helfen, nicht? Um meine Investition zu schützen.«

12

In einer Stunde kann man einen Haufen Pubs besuchen, wenn man es darauf anlegt. Und das mußten wir. Als wir das *Parrot* verließen, blieb nur noch eine Stunde bis zum Zapfenstreich. In den ersten beiden Pubs hielten wir uns nicht einmal auf, um etwas zu trinken. Ludo und ich übernahmen jeweils eine Seite und gingen mit einem Foto von Tamsin von Tisch zu Tisch. Ob sie irgend jemand gesehen habe? Nein.

Der dritte Pub war die *Harp of Erin*, wo es nicht ratsam ist, einen trinkenden Mann ohne ein Jameson's oder Guinness in der Hand zu unterbrechen. Vorzugsweise mit beidem. Das Schild draußen mag besagen, *Céad Míle Faíte-Herzlich willkommen*, aber drinnen muß man sich vorsehen.

Dann statteten wir der *Noah's Ark*, dem *Windsor Castle* und dem

Mechanic's Arms einen Blitzbesuch ab. Ich ließ Ludo das *Deptford Arms* allein bearbeiten, weil ich dort wegen Vinnie Dirkin Hausverbot habe. Danach versuchten wir es noch im *Royal Albert* und im *Star and Garter*.

Komisch, wie sich die Reviere abgrenzen. Die *Harp of Erin* ist irisch, das *Windsor* eine Spelunke. Das *Deptford Arms* ist weiß, sowohl das *Albert* und das *Garter* sind schwarz. Tamsin, die halb und halb ist, hätte in jedem sein können.

Sich von Tisch zu Tisch zwischen Trinkenden zu bewegen, die ich nicht kenne, führt mir deutlich vor Augen, wie lange ich weg war. Vieles ist neu für mich. In den weißen Pubs hängen hauptsächlich Jugendliche, einige alte Männer und nur ein oder zwei Leute mittleren Alters herum. Die schwarzen Pubs sind voll und laut. Ludo und ich latschen von Pub zu Pub, von Tisch zu Tisch, wie die Heilsarmee, die mit ihren Blechbüchsen klappert. Wir zeigen Tamsins Foto herum. Leute schütteln den Kopf.

Manche halten uns für Zivilbullen. Andere glauben, wir wollten Schulden von Tamsin eintreiben. So oder so schütteln sie den Kopf. In der *Harp* haben die Iren ihr Foto eifrig angestarrt. »Also, die ist hübsch«, sagten sie. »Nun schau sich die einer an. Ich wünschte von Herzen, ich *hätte* sie gesehen, und das ist die reine Wahrheit.« Im *Noah's Ark* war ein Bursche, der mich wiedererkannt hat, aber der kannte Tamsin nicht. Im *Mechanic's* kannten sie Ludo.

Aber im *Royal Albert* stoßen wir auf Ablehnung. Sechs kräftige Schwarze halten uns auf und wollen wissen, warum wir herumschnüffeln. Sie mögen keine Weißen, die Fragen stellen, während sie trinken. Dann sagt ihnen ein Klotz von der Größe Ludos mit einer Nase wie eine zerquetschte Birne, der hinter der Bar steht, sie sollten sich beruhigen: wir seien keine Bullen, sagt er. Er kenne das Gesicht jedes Bullen.

Als wir es im *Star and Garter* nebenan versuchen, ist der Laden so gerammelt voll wie eine Kohlentüte, und der Rap dröhnt mit tausend Watt aus den Boxen. Wir können nicht fragen, ob jemand Tamsin gesehen hat, weil uns niemand verstehen kann. Ich versuche einem Rasta ins Ohr zu schreien, während ich vor seinen Augen mit dem Foto herumwedele. Er grinst und schüttelt den Kopf. Er glaubt, ich wolle sie für die Nacht verkaufen.

Es ist ist Zapfenstreich, und wir haben eine Niete gezogen. Hier drinnen trinken sie aus: zweihundertfünfzig Schwarze nuckeln an ihrem letzten Longdrink. Die Musik wird abgestellt. Die Straße hört auf zu beben. Die Nacht ist nicht mehr jung.

Ludo und ich stellen den Kragen hoch, um uns vor der kühlen Aprilluft zu schützen, und stecken die Hände in die Taschen. Er sieht enttäuscht aus. Er war sicher, wir würden sie finden, wenn wir nur genug Pubs absuchten. Er dachte, wenn wir es ernsthaft versuchten, würden wir belohnt. Er hat Gottvertrauen. Außerdem war er mit seinem älteren Bruder unterwegs. Ludo hat auch Vertrauen in mich.

»Ein Stück weiter die Straße entlang ist eine Bushaltestelle«, sagt er traurig. »Für den 141er.«

Um zu dieser Stunde noch einen 141er zu bekommen, bedarf es allen Gottvertrauens, das Ludo hat. Doch wir schlagen die Richtung ein. Zwei Schwarze versperren uns den Weg. Der eine ist groß, hat einen Siebentagebart und trägt einen dunkelblauen Trainingsanzug und ein weißes Polohemd. Sein Freund trägt einen lokker sitzenden Wollanzug.

»Warum sucht ihr Tamsin Peters?«

»Wißt ihr, wo sie ist?«

»Ich fragte, warum ihr das wissen wollt.«

Da dies die erste vielversprechende Reaktion ist, erkläre ich noch einmal kurz unsere Gründe. Während ich rede, beobachten sie mein Gesicht.

»Du bist 'n Bulle, nicht?«

»Nein, wir leben hier. Ich heiße Carter. Das ist mein Bruder.«

Sie nicken beide. Dann fragt der Wollanzug: »Du bist Floyd Carter?«

»Ja. Kennst du mich?«

»Dein Bruder ist vor kurzem umgebracht worden.«

»Das ist auch eine Sache, an der ich interessiert bin.«

Er zuckt die Achseln. »Da kann ich dir nicht helfen, Mann.«

Wir vier stehen da und beobachten uns auf der dunklen Straße, während die lachende Menge aus dem Seiteneingang des Pubs und an uns vorbei strömt. Ich komme zu dem Schluß, daß die beiden noch einen Versuch wert sind. »Hört mal«, sage ich. »Ich brauche einen Tip in dieser Angelegenheit. Könnt ihr mir nicht ein klein wenig helfen? Bitte.«

»Wir wissen nicht, wer deinen Bruder umgelegt hat.«

»Wißt ihr, wo wir Tamsin finden können?«

»Keine Ahnung.«

Ich hole tief Luft. »Ich sagte doch, ihre Mutter macht sich Sorgen. Das Mädchen ist zum erstenmal so lange weg. Also, wenn es Tamsin gut geht, was sie auch tut, soll sie nur ihre Mutter anrufen. Okay?«

Der große Bursche mit dem Stoppelbart nickt. »Und wenn es ihr nicht gut geht?«

»Dann muß ich es wissen.«

Er nickt wieder. Ein Dutzend andere Schwarze aus dem *Star and Garter* stehen nicht weit von uns herum und hören zu, was vorgeht. Aus den weit geöffneten Türen des Pubs fluten Hitze und Alkoholgerüche auf die Straße. Der Bärtige lächelt.

»Wir kennen das Mädchen, okay? Aber wir wissen nicht, wo sie ist. Ich sag dir was: Vielleicht können wir 'n paar Brüder dazu bringen, die Augen offenzuhalten. Du verstehst, was ich meine?«

»Das wüßte ich sehr zu schätzen.«

»Wo wohnst du, Mann?«

Ich zögere, dann nenne ich ihm Jamies Adresse.

»Tja, das ist praktisch. Ist ganz in der Nähe.«

Die Zuschauer teilen sich, um uns durchzulassen. Als wir gehen, werfe ich einen gründlichen Blick in die Runde, um festzustellen, ob jemand mehr als nur gelangweilte Neugier an den Tag legt. Jene beiden Weißen vielleicht. Dreißig Meter weiter die Straße entlang sitzen sie in einem dunklen Cavalier. Vielleicht unterhalten sie sich. Vielleicht nicht.

Je weiter wir uns vom Broadway entfernen, desto leerer wird der Gehsteig. Ludo pfeift vor sich hin. Ich bleibe ruhig. Als wir die Haltestelle erreichen, schauen wir auf den Fahrplan, um zu sehen, wann der letzte 141er fährt. Wir können entweder in der Kälte herumstehen und hoffen oder zu Fuß gehen. Wenn wir gehen, kann ich Ludo in zwanzig Minuten bei Suzie abliefern. Wenn wir warten, können wir binnen fünf Minuten am Asphalt festfrieren. Wir denken darüber nach.

Der Cavalier hat zwanzig Meter hinter uns auf der Straße angehalten.

Ich sage Ludo, er solle nicht hinschauen. Aber er schaut hin. Ich sage, ich würde ein Wort mit ihnen wechseln und er solle mir nicht folgen. Aber er folgt mir.

Die beiden Männer beobachten uns, wie wir uns ihnen nähern. Ihr Wagen steht mit laufendem Motor auf unserer Straßenseite. Ich beobachte die Hände des Fahrers. Gehsteig oder nicht, wenn er jetzt Gas gibt, könnte ich so sterben wie Albie. Albie war auf dem Gehsteig, als er starb.

Sie unternehmen nichts.

Als ich das Beifahrerfenster erreiche, klopfe ich dagegen. Der Bursche dahinter ist dünn, sieht groß aus und hat ordentliche dunkle Haare. Er trägt einen beigen Sommermantel und eine kitschige Krawatte. Das verrät mir einiges.

Nach einem Augenblick kurbelt er das Fenster herunter. »Ja?«

»Haben Sie mir irgendwas zu sagen?«

»Warum setzen Sie sich nicht rein, in die Wärme?«

»Warum kommen Sie nicht raus, auf den Gehsteig?«

Er mustert mich weiterhin. Er hat blasse bernsteinfarbene Augen. »Achten Sie auf die Tür«, sagt er ruhig und öffnet sie. Ich trete zurück.

Nun, da er aus dem Wagen heraus ist, sehe ich, daß er einsfünfundachtzig groß ist und nicht mehr überflüssiges Fett an sich hat als eine Eisenstange. Er sieht auch genauso weich aus.

»Ihr Bus kommt vielleicht erst in einer Ewigkeit. Sie hätten Ihren Wagen mitnehmen sollen.«

Ich will schon erwidern, daß ich keinen Wagen besitze, als mir aufgeht, daß er vielleicht genau das erfahren will. Dieser Bursche gehört nicht zu der Sorte, die höfliche Konversation treibt. Jedes Wort hat einen Sinn. Er spricht ruhig und angenehm und in einem gleichmäßigen Tonfall, der sich auch dann nicht verändern würde, wenn er eine Drohung ausstieße. Der Polizist steht ihm nicht nur im Gesicht, sondern am ganzen Körper geschrieben. Er muß noch wie ein Bulle aussehen, wenn er in seiner Badewanne liegt.

Ich frage, warum er mich verfolgt.

»Sie verfolgen? Warum sollten wir das tun?«

»Das frage ich Sie.«

Seine blassen bernsteinfarbenen Augen sind völlig ausdruckslos. Die Pause hängt in der kühlen Nachtluft. »Es tut mir leid«, sagt er. »Ich habe Ihren Namen nicht verstanden.«

»Wie heißen Sie?«

»Kellard«, sagt er. »Frank Kellard.«

»Dienstgrad?«

Er zögert nur einen Augenblick. »Detective Sergeant.«

»Ein Detective Sergeant im Streifendienst? Ist 'n ziemlicher Abstieg, oder?«

»Und wie heißen Sie, Sir?«

Also gehen wir den Ausweis-Hokuspokus durch, und ich halte nichts zurück. Es wäre sinnlos.

»Carter«, sagt Kellard zögernd. »Ich kannte einen Albert Carter, aber der ist tot.«

»Wir sind seine Brüder. Das wissen Sie ganz genau.«

»Woher sollte ich das wissen, Sir?«

»Verfolgen Sie Leute immer ohne Grund?«

»Warum waren Sie im *Star and Garter*, Sir?«

»Das ist ein Pub.«

»In der Tat. Nicht Ihre Stammkneipe, oder?«

»Warum fragen Sie? Was ist so besonders daran?«

»Ich sagte nicht, daß er besonders sei, Sir. Haben Sie sich lange dort aufgehalten?«

»Wenn Sie uns beobachtet haben, müssen Sie auch gesehen haben, wann wir reingegangen sind.«

»Haben Sie sich lange dort aufgehalten?«

Ich komme zu dem Schluß, daß es mir nicht gefällt, auf der Straße Fragen zu beantworten. »Ich will Sie nicht weiter von der Arbeit abhalten«, sage ich und wende mich ab.

»Einen Augenblick, Sir. Wenn es Ihnen nichts ausmacht.«

Sein Gesicht verhärtet sich. »Wir haben Grund zu der Annahme, daß Sie illegale Drogen bei sich tragen.« Er läßt noch ein paar Sätze in Standard-Bullensprache folgen. Dann werden wir durchsucht.

Das übernimmt der Fahrer. Er stellt den Motor ab, steigt aus dem Wagen, umrundet ihn, betritt den Gehsteig und sagt dann zu uns, wir sollten uns mit dem Gesicht zur Wand stellen.

»Legen Sie die Hände flach gegen die Mauer. Sie wissen, was Sie zu tun haben.«

Ludo und ich lehnen uns nebeneinander an die Mauer, als machten wir Liegestützen im Stehen. Ein kalter Wind läßt meinen Nakken taub werden. Während der Fahrer unsere Glieder abtastet und nach verdächtigen Gegenständen sucht, steht Sergeant Kellard daneben. Natürlich findet der Fahrer nichts, also durchsucht er unsere Taschen. Das einzig Interessante, was er dabei zu Tage fördert, ist die Tatsache, daß Ludo und ich beide ein Foto von demselben Mädchen bei uns haben.

»Und wer könnte das sein, Sir?«

»Das geht Sie nichts an.«

»Könnte es möglicherweise sein, daß Sie dieses Mädchen suchen?«

Wir bleiben beide stumm.

Kellard wendet sich an Ludo. »Mr. Carter, würde es Ihnen etwas ausmachen, mir zu sagen, was Sie in diesem Pub gemacht haben?«

Ludo scharrt mit den Füßen.

»Wollten Sie dort etwas Bestimmtes erledigen – oder nur das übliche?«

Als ich etwas zu sagen versuche, unterbricht Kellard mich. »Wir sind fast fertig, Sir, wenn es Ihnen nichts ausmacht. Also, kommen Sie, Ludo. Ich habe von Ihnen gehört. Sie gehören nicht zu der Sorte, die gern in Schwierigkeiten gerät, oder?«

»Ich versuche mich davon fernzuhalten«, murmelt Ludo.

»Anders als Ihre Brüder zum Beispiel?«

»Das reicht«, schnauze ich. »Wir gehen. Wenn Sie noch mehr wollen, Bulle, buchten Sie uns ein.«

»Heißt das, daß Sie etwas verbrochen haben, Sir?«

Wir setzen uns in Bewegung.

»Ludo«, ruft der Sergeant. Ludo bleibt stehen. »Ich kannte Ihren Bruder.« Ludo dreht sich zu ihm um. »Und wissen Sie was? Ich habe immer geglaubt, daß Albie zwar unbestreitbar ein Gauner war, Sie aber nicht. Habe ich mich geirrt?«

Ludo murmelt irgendwas. »Laß uns gehen, Ludo«, sage ich, ihn vorwärts ziehend.

»Unschuldigen Leuten«, sagt der Sergeant, »macht es nichts aus, sich mit Polizeibeamten zu unterhalten. Warum laufen Sie also beide weg?«

»Da kommt mein Bus«, sagt Ludo.

Er hat recht. Der längst überfällige 141er schaltet herunter, da er sich der Haltestelle nähert. »Das ist mein Bus«, wiederholt Ludo noch einmal.

»Wir können Sie nach Hause fahren, Sir. Wir wissen, wo die Carters wohnen.«

»Ich fahre nicht nach Hause«, gesteht Ludo ein.

»Tatsächlich nicht, Sir? Wohin fahren Sie denn?«

»Lauf zum Bus«, sage ich zu Ludo. »Und ich rede mit diesen Burschen. Wenn du dich beeilst, erwischt du ihn noch.«

Kellard sieht mir kurz in die Augen. »Dann laufen Sie, Ludo«, sagt er. »Sie wollen ihn ja nicht verpassen.«

Ich habe seit zwölf Jahren nicht mehr hinten in einem britischen Polizeiwagen, Streife oder Zivil, gesessen. Sie haben sich nicht verändert.

»Kalt da draußen, was?« sagt Kellard. »Aber jetzt, wo Sie hier drinnen im Warmen sitzen, wird keiner von Ihren Freunden bemerken, daß Sie mit uns reden. So ist es besser, nicht?«

Ich starre auf den Hinterkopf des Fahrers.

»Sie sind ein Verbrecher wie ihr Bruder«, fährt Kellard gelassen fort. Ich antworte nicht.

»Also, Mr. Carter, Sir, das *Star and Garter* – nicht der offensichtliche Pub für einen Mann wie Sie.«

»Mir gefällt die Musik.«

»Sehr laut, das kann man ihr zugute halten. Haben Sie sich dort mit jemandem getroffen?«

»Nein.«

Kellard sagt nichts. Er tut nichts. Er macht es sich nur auf dem Rücksitz gemütlich und wartet darauf, daß ich rede. Hätte er eine Pfeife, würde er sie vielleicht anzünden. Seiner friedlichen Miene nach zu urteilen, könnte man meinen, er erinnert sich an den Geschmack des Tabaks.

Mir wird klar, daß es sehr wenig gibt, was ich verbergen müßte. Ich habe Tamsins Namen aus der Angelegenheit heraushalten wollen, aber dafür ist es jetzt zu spät. Er hat die Fotos gesehen. Also erzähle ich ihm von unserer Suche nach ihr, und er sitzt da und hört zu. Als ich fertig bin, sagt er: »Etwas weit hergeholt, es mit den Pubs zu versuchen.«

»Wo hätte ich sonst suchen sollen?«

»Bei ihren Freunden. Bei den Leuten, mit denen sie zusammen ist.«

»Ich habe es bei den wenigen versucht, die ich kenne.«

»Haben Sie es bei der Polizei versucht?«

»Ihre Mutter.«

»Tatsächlich?« Er scheint überrascht zu sein. »Ihr Bruder Ludo – Sie sagen, er wohnt bei ihnen. Besteht die Möglichkeit, daß zwischen den beiden irgendwas läuft?«

»Irgendwas läuft?«

»Sie wissen schon – ein Techtelmechtel.«

»Tamsin und Ludo? Ich bitte Sie.«

»Was ist mit ihrer Mutter – ist da irgendwas faul?« Er sieht, was ich denke. »Es ist wohl ziemlich unwahrscheinlich, nehme ich an. Aber wenn minderjährige Mädchen verschwinden, ist das in den meisten Fällen auf häusliche Schwierigkeiten zurückzuführen. Sie werden nur selten entführt. Sie sagen, die Polizei beschäftigt sich bereits damit?«

»Ich bezweifle, daß die Angelegenheit ganz oben auf der Liste steht.«

»Irgend jemand wird sich darum kümmern. Und ich hoffe, wenn dieser Beamte jemanden befragt, ist sein Gegenüber kooperativer als Sie.«

»Ich sitze hier in Ihrem Wagen und beantworte Fragen.«

»Aber Sie kooperieren nicht.« Kellards Tonfall hat jetzt eine gewisse Schärfe. »Was glauben Sie wohl, was Polizeiarbeit ist, Carter? Kleine Gauner wie Sie und Albie – Sie hetzen alle gegen uns auf. Sie nennen uns Bullen, Schmiere, den Feind. Ihr habt hundert giftige Namen für uns. Aber wenn Ihre Mrs. Peters feststellt, daß ihr kleines Mädchen nicht nach Hause gekommen ist, was tut sie dann? Sie ruft die Polizei an. Und wenn unser Kollege die Runde macht und die Freunde ihrer Tochter befragt, was machen *die* dann? Sie stellen sich dumm und versuchen so wenig hilfreich zu sein, wie es eben geht. Aber wir gehören alle derselben Gemeinschaft an, Carter. Angeblich sind wir alle auf derselben Seite.«

Er bricht ab. Ich werfe einen flüchtigen Blick auf das, was ich vom Gesicht des Fahrers erkennen kann, um zu sehen, wie ihm der Sermon seines Bosses gefällt, aber sein Gesicht ist hölzern. Also sehe ich Kellard an. Auch sein Gesicht verrät nichts. Ich sage: »Wir behandeln euch Burschen so wegen der Art, wie ihr euch verhaltet. Ihr schikaniert Leute. Ihr haltet Leute auf der Straße völlig grundlos an und durchsucht sie.«

»Aber Sie sind ein Verbrecher, Carter.«

»Ich bin wegen einer Beerdigung hier. Ich lebe seit zehn langen Jahren nicht mehr in diesem Land.«

»Ich arbeite seit zweiundzwanzig in dieser Gegend. Vielleicht kennen Sie mich nicht, Carter, aber ich erinnere mich an Sie. Und ich kannte Ihren Bruder. Er ist nicht weggezogen.«

»Also haben Sie uns mit einem Etikett versehen, ja?«

»So, wie Sie es mit mir gemacht haben.«

Wir sitzen eine halbe Minute lang schweigend da. Dann sage ich: »Haben Sie diesen Pub überwacht oder mich?«

Er zögert. »Wir haben den Pub beobachtet. Wir hatten Grund zu der Annahme ...« Er setzt neu an. »Als Sie und Ihr Bruder herauskamen, paßte plötzlich alles zusammen.«

»Sie haben einen Fehler gemacht.«

»Das mag sein. Sie hatten nichts bei sich und eine einigermaßen vernünftige Geschichte. Aber Ihr Bruder Albie hat diesen Pub benutzt.«

»Das *Garter*?«

»Sie könnten da weitermachen, wo er aufgehört hat. Oder?«

»Womit weitermachen?«

»Sind Sie auch darin verwickelt?«

»Worin verwickelt?«

Kellards blasse bernsteinfarbene Augen sehen müde aus. »Unschuldig wie ein Neugeborenes, was, Carter?«

»Ich weiß nicht, wovon Sie reden.«

»Das sagen alle.« Er schnieft. »Sie können jetzt gehen, Carter. Wir bieten Ihnen keine Freifahrt an.«

»Ich habe meinen Bus verpaßt.«

»Der 141er fährt nicht in Ihre Richtung. Es sei denn, Sie verbringen die Nacht auch bei Mrs. Peters?«

»Nein, das tue ich nicht.«

»Nein. Aber es ist komisch, daß Ihr Bruder es tut. Aus welchem Grund tut er es noch gleich? Ich habe es vergessen.«

»Dann kann ich also gehen?«

»Sie können gehen. Ich bin sicher, Sie können von hier aus zu Fuß nach Hause gehen, ein großer Junge wie Sie.«

»Ja. Wenn die Nachbarn Sie und mich zusammen gesehen haben, Kellard, könnte es Gerede geben. Sie könnten glauben, Sie wollten mich vom rechten Weg abbringen.«

»Wir sind in Zivil. Der Wagen ist es auch.«

»Nicht hier, nicht in dieser Gegend.«

Ich steige aus. Ich werfe noch einen Blick auf den Cavalier, um mir sein Aussehen einzuprägen. Dann schlage ich die Richtung zum Bahnhof New Cross ein. Ich höre, wie sie den Motor anlassen. Dann überholen sie mich.

Ich gehe weiter über den dunklen Gehsteig, die Hände tief in den Taschen vergraben. Das Gespräch hat genug aufgeworfen, um mich die halbe Nacht darüber brüten zu lassen. Die Bullen haben mich dort gesehen, wo ich ihrer Ansicht nach nichts zu suchen hatte, also wurden sie neugierig. Und wenn die Bullen neugierig werden, sind sie nicht mehr zu halten. Von jetzt an könnten sie sich in der Überzeugung an meine Fersen heften, ich hätte einen Knochen, den ich ihnen zuwerfen kann. Mit dieser Überzeugung stehen sie nicht allein da. Huey Carmichael will mir einen Job anbieten. Er beschäftigt eine Sängerin, die mir eine Nachricht überbringt und dann verschwindet. Hinter irgendeiner Ecke lauern ein paar Schläger und wollen zehntausend Pfund von mir, die ich nicht habe. Ich habe Ludo aus unserem Haus geholt und versteckt. Nun ja. Die Sache, in die Albie sich hineingeritten hat, scheint die Aufmerksamkeit vieler Leute erregt zu haben. Und was ich ihnen auch zu sagen versuche, sie scheinen davon überzeugt zu sein, daß ich dazugehöre. Wohin ich in Deptford auch gehe, es gibt Leute, die mich beobachten. Die mich beobachten und warten. Aber niemand will mir sagen, worauf sie warten.

Es ist an mir, das herauszufinden.

13

Bei Jamie brennt Licht.

Ich gehe auf die andere Straßenseite und schaue hinauf. Es ist absolut normal, daß er noch auf ist. Jamie ist nicht der Typ, der früh ins Bett geht. Als wir noch Anfang zwanzig waren, konnten wir die ganze Nacht aufbleiben. Wissen Sie noch, daß ich Ihnen von seinem Job erzählt habe, bei dem er die Straßenlaternen überprüfen mußte? Manchmal, wenn ich nicht im Training war, pflegten wir am Abend eine Runde durch die Pubs zu machen, ein paar Flaschen mit nach Hause zu nehmen und dann Musik zu hören und bis vier Uhr zu reden. Um auszunüchtern, gingen wir nach draußen und sahen uns bis zum Morgengrauen die Straßenlaternen an.

Aber jetzt ist er älter. Und ich habe aufgehört, Dinge als selbstverständlich anzusehen. Jemand meint, ich müsse ihm zehntausend Pfund bezahlen. Jemand hat meinen Bruder mit einem Wagen überfahren.

Hinter den Vorhängen bewegt sich ein Schatten.

Es könnte Jamie gewesen sein. Warum sollte es jemand anders sein? Das Licht brennt, und er ist durch das Zimmer gegangen. Daran ist nichts ungewöhnlich.

Doch ich warte. Ich stehe noch eine ganze Weile auf dem kalten Gehsteig gegenüber dem Reihenhaus und beobachte das Fenster. Nichts geschieht. Ich gehe über die Straße.

Leise stecke ich den Schlüssel ins Schloß und drehe ihn. Ich stoße die Tür vorsichtig auf, so daß sie kaum quietscht. Ich trete ein.

Der Flur ist dunkel. Kein Licht brennt. Als ich die Haustür hinter mir schließe, wird der Flur nur durch die Straßenbeleuchtung erhellt, die schwach durch das Milchglas scheint. Ich schleiche die Treppe hinauf.

Als Kind habe ich das Treppenschleichen immer geübt. In den Büchern steht, man müsse vorsichtig auf den Rand einer Stufe treten, wo sie an der Wand befestigt sind. Dort knarren sie weniger.

Aber bei mir hat das nie funktioniert. Entweder bin ich zu schwer oder ich mache es einfach nicht richtig. Als Kind habe ich mich immer gefragt, wie Einbrecher in ein Haus eindringen und darin herumschleichen können, ohne einen zu wecken. In unserem Haus hätte das niemand gekonnt – nicht einmal Albie. Ich beschloß, kein Einbrecher zu werden.

Jamies Treppe knarrt bei jeder dritten Stufe. Jeder, der dort oben lauscht, kann mich kommen hören. Ich erreiche den Treppenabsatz, bleibe mit erhobenem Schlüssel vor der Tür stehen und lausche. Ich höre jemanden durch das Zimmer gehen. Dann klirrt etwas. Es kann ein Glas gewesen sein, daß auf den Tisch gestellt worden ist. Es kann Jamie gewesen sein, der leise durch seine Bude schleicht, um die Nachbarn nicht zu stören. Er könnte auf mich warten.

Also stecke ich den Schlüssel ins Schloß, öffne und trete ein. Die Diele ist leer. In den anderen Zimmern brennt Licht. Ich schließe die Tür.

Als ich ins Wohnzimmer gehe, wartet dort jemand. Es ist nicht Jamie. Es ist ein Mädchen.

14

Sie steht klein und mager am zugezogenen Fenster und trägt ein schwarzes Sweatshirt, schwarze Woll-Leggings und spitze schwarze Wildlederschuhe. Ihre Haare sind rot und wie mit einer Machete geschnitten, und ihr Gesicht ist porzellanweiß.

Wir beobachten einander.

»Ist Jamie da?« frage ich.

Sie neigt den Kopf. »Bist du 'n Freund von ihm oder so?«

»Ein Freund. Und du?«

Sie nickt, eine knappe Kopfbewegung, einmal nach oben, einmal nach unten. »Kommst du immer so spät noch vorbei?«

»Ich werde erwartet.«

Sie nickt wieder. »Wer bist du, Kumpel?«

»Ich bin mit einem Schlüssel hereingekommen. Wer bist *du*?«

»Ich regle ein paar Sachen.«

Angesichts des Zustands dieser Bude ist das keine Behauptung, auf die man stolz sein könnte. Wir halten noch ein paar Sekunden Augenkontakt. Ich komme zu dem Schluß, daß sie, was für ein Kobold sie auch sein mag, ihre Sachen mit Jamie regeln muß, nicht mit mir.

»Okay«, sage ich. »Fangen wir noch mal von vorn an. Ich heiße Floyd Carter. Ich bin ein Freund von ihm. Ich schlafe heute nacht hier in diesem Bett.« Ich zeige auf das Sofa. »Und wo schläfst *du*?«

»Für mich siehst du wie 'n Bulle aus.«

»Ist mir egal, wie ich aussehe.«

Sie mustert mich noch für weitere zwei Sekunden. Dann setzt sie ein dummes Schulmädchenlächeln auf, das keine Großmutter täuschen würde, und sagt: »Hey, dealst du, Mann? Hast du 'n paar Briefchen?«

»Briefchen?«

»Du weißt schon, Mann. Ich kann bezahlen.«

»Du fragst den falschen Mann.«

Sie seufzt. »Bist du wirklich ein Freund von Jamie?«

»Ich sagte dir schon, wer ich bin«, sage ich ruhig. »Jetzt bist du an der Reihe.«

Sie holt tief Luft. »Hör mal«, sagt sie, »das ist hier 'ne schlimme Situation. Okay? Jamie ist krank. Er hat mich um Hilfe gebeten.«

»Inwiefern krank?«

Sie zeigt mit dem Finger auf die Schlafzimmertür. Sie trägt roten Nagellack. »Sieh selbst.«

Ich gehe auf die Tür zu und bleibe dann stehen. »Du zuerst.«

Ein müdes Lächeln huscht über ihr Gesicht. »Glaubst du, ich hätte 'nen Freund mit 'nem Messer da versteckt? Mach dich nicht lächerlich.«

Sie öffnet die Tür und geht in Jamies Schlafzimmer. Ich folge ihr. Das Zimmer sieht aus, als habe jemand seinen Inhalt aus Dekkenhöhe hineinfallen lassen. Auf dem ungemachten Bett liegt Jamie, mit einem Laken zugedeckt. Er liegt auf der Seite und hat die Augen geschlossen und den Mund geöffnet.

Der blasse dürre Rotschopf geht zu ihm, trotzig, aber ängstlich. Wir stehen jeder auf einer Seite des Bettes. Jamies Kopf liegt reglos zwischen uns auf dem schmutzigen Bettuch. Als ich die Hand auf seine Stirn lege, fühlt sich seine Haut kalt und klamm an. Er atmet kaum.

Ich hebe das Laken hoch und schaue darunter. Jamie ist fast vollständig bekleidet und hat ein Knie bis zum Bauch angezogen. Ich lasse das Laken wieder fallen. »Hat er eine Überdosis?«

»Ein wie guter Freund von ihm bist du, Kumpel?«

»Versuchst du es vielleicht mal damit, Fragen zu *beantworten*, anstatt sie zu stellen?«

»Okay. Willst du deinen Kaffee schwarz oder weiß?«

Das Mädchen heißt Eva. Sie läßt mich in Jamies Müllhalde von einem Wohnzimmer sitzen, während sie in der Kochnische herumklappert. Sie braucht nicht lange. Der Kessel war bereits warm.

Eva kommt mit zwei Tassen dampfenden Kaffees herein. »Ich kann dir keinen Alkohol anbieten«, sagt sie mit einem Lächeln. »Ist alles leer.«

»Was hat Jamie denn nun genau?«

»Du weißt, daß er auf Heroin ist?« beginnt Eva.

Ich puste auf meinen Kaffee. Ich sitze auf der Kante des Notbetts, in dem zu schlafen ich gehofft hatte. Eva hockt auf der Kante des schmuddeligen Sessels.

»Na ja«, sagt sie, »er hat kein Heroin bekommen und einen Ersatz genommen. Einen, mit dem er sich nicht auskannte.«

Ich frage, welchen.

Eva geht wieder in die Kochnische, öffnet einen Schrank und kehrt mit einer kleinen Plastikdose aus dem Supermarkt zurück. Dem Etikett zufolge enthält die Dose Natron. Eva öffnet den Deckel, und ich werfe einen Blick hinein. Auf dem Boden der Dose befindet sich ein Quentchen rosafarbenes Pulver.

»Jamie glaubte, er hätte Diconal gekauft – Dickies, weißt du? Rosa Tabletten. Er hat sie zerstampft. Aber dieses Pulver erwies sich als Soneryl.«

»Er hat das anstelle von Heroin genommen?«

»Klar. Er wußte nur nicht, daß diese Tabletten Barbies waren. Er hielt sie für Dickies. Vielleicht hat derjenige, der sie ihm verkauft hat, ihm gesagt, es wären welche. Paß auf, Dickies sind ein Opiat, klar, aus Opium. Wie Heroin. Sie haben eine ähnliche Wirkung. Aber Soneryl beruht auf Barbitursäure und ist ein Barbiturat.«

»Das sind komplizierte Wörter.«

»Behandle mich nicht so herablassend, ja?«

»Entschuldige.« Ich halte inne und trinke einen Schluck Kaffee. »Wie paßt du ins Bild, Eva? Dealst du oder was?«

»Ich bin nur eine Freundin.«

Ich kann es ihr nicht übelnehmen, daß sie sich zu nichts bekennt: Wir haben uns eben erst kennengelernt. »Ich werfe besser einen Blick auf meinen Patienten«, sagt sie.

Ich folge ihr in Jamies Schlafzimmer. So, wie sie sich über Jamie beugt, könnte ich sogar glauben, daß er tatsächlich ihr Patient ist. Zuerst öffnet sie eines seiner Augenlider, um nach der Pupille zu sehen, dann schiebt sie die Finger in seinen Mund, um sich zu vergewissern, daß die Zunge nicht nach hinten gerutscht ist und die Atemwege blockiert. Dann mißt sie seinen Puls.

»Seine Haut ist noch klamm«, sagt sie zu mir. »Aber er atmet besser. Nicht mehr so flach. Der Puls ist auch stärker geworden.«

»Bist du Ärztin?«

Sie ignoriert die Frage – eine spezielle Angewohnheit von ihr, wie ich bereits erfahren habe. »Er erholt sich, weißt du? Das ist gut.«

»Besteht nicht die Möglichkeit eines Komas?«

»Jetzt nicht mehr. Vorher schon. Barbies sind starke Beruhigungsmittel. Sie werden in Tablettenform verabreicht, weil man sie schlucken und sie sich nicht in die Venen jagen soll.«

Ich wandere in Jamies unordentlichem Schlafzimmer herum und frage mich, was ich tun kann.

Eva sagt: »Das Problem bei Barbies ist, man muß sehr exakt sein. Wenn man die richtige Menge spritzt, kann man sich fühlen, als hätte man sechs Gläser von seinem Lieblingssprit intus. Man fühlt sich so gut, daß man heulen könnte. Aber wenn man die Menge falsch dosiert und sich ein Quentchen zuviel schießt, fällt man einfach bewußtlos um.«

Sie ändert Jamies Lage auf dem Bett und deckt ihn ordentlich zu. »Er wird es überleben«, sagt sie. »Jetzt kommt der langweilige Teil. Ich sitze hier die ganze Nacht herum und passe auf, daß er keinen Rückfall erleidet. Es besteht immer noch ein gewisses Risiko, weißt du?«

Ich nicke.

»Er müßte eigentlich in der Notaufnahme liegen«, sagt Eva. »Aber das bedeutet einen Haufen Ärger. Die Aufnahme, ein Haufen Fragen, Formulare, die ausgefüllt werden müssen. Danach wäre er sein Leben lang gezeichnet.«

Sie geht an mir vorbei ins Wohnzimmer, und ich folge ihr wie eine Krankenschwester in der Ausbildung.

Eva zeigt auf das Sofabett. »Du sagtest, du wolltest heute nacht hier schlafen. Da ist dein Bett. Ab jetzt wird es keine Aufregung mehr geben.«

»Wirst du drüben bei Jamie bleiben?«

Sie nickt.

»Wir können uns abwechseln. Du kannst nicht die ganze Nacht wach bleiben.«

»Doch, das kann ich. Ich will dir nicht zu nahe treten, Mann, aber wenn irgendwas passiert, muß man wissen, was man zu tun hat.«

»Ich würde dich wecken.«

»Das ist mein Job.«

Sie steht so unerschütterlich vor mir wie ein Stahlnagel. »*Was* ist dein Job, Eva?«

Sie schließt die Augen. »Es ist spät, Mann. Darüber reden wir morgen, okay? Sieh zu, daß du etwas Schlaf bekommst.«

»Ich könnte jetzt ohnehin nicht schlafen.«

Sie grinst mich an. »Du kannst etwas Soneryl haben, wenn du willst. Das wird dir beim Einschlafen helfen.«

Natürlich nehme ich kein Soneryl, also schlafe ich auch nicht. Ich kann nicht auf einem Notbett ins Traumland hinübergleiten, während Eva in der Bude auf und ab geht und achtgibt, daß Jamie nicht ins Koma fällt.

Ich gehe spazieren.

Draußen in der feuchten Nachtluft denke ich über meine Situation nach. Sie müssen zugeben, daß ich bis jetzt den Ehrlichen Jakob gespielt habe. Ich bin zur Beerdigung meines Bruders zurückgekehrt, und ich habe Hemd und Krawatte getragen. Man hat mir gesagt, jemand hätte ihn umgebracht, und ich habe kein Wort dazu gesagt. Ich bin auf der Straße zusammengeschlagen worden. Ich bin von der Polizei durchsucht worden. Habe ich in irgendeiner Weise auf all das reagiert? Abgesehen davon, daß ich im *Deptford Arms* bei Vinnie Dirkin die Beherrschung verloren habe – was, wie Sie mir gewiß zugestehen werden, entschuldbar ist –, habe ich mich nicht gewehrt. Ich war sanft. Ich war ruhig. Und wissen Sie was? Es funktioniert nicht.

Als ich das Ende von Jamies Straße erreiche, bleibe ich an der Ecke stehen. Ich drehe mich um und werfe einen langen Blick zurück. Es sind keine Leute auf der Straße. Auf den leeren Gehsteigen brennen verdrossen die Straßenlaternen. Autos schlafen am Randstein. Eine Katze schleicht umher. In einem der Häuser brennt Licht, weil jemand anders auch nicht schlafen kann.

Ich stelle meinen Kragen hoch, überquere den Lewisham Way und gehe die Straße entlang in Richtung Broadway. Zwanzig Schritte weiter ruft jemand meinen Namen.

15

Sie sind zu zweit. Die beiden Schwarzen haben sich vor mir in einen Hauseingang gezwängt und waren nicht zu sehen. Jetzt stehen sie entspannt vor mir im Dunkeln. Ich lausche, ob vielleicht noch jemand hinter mir ist, höre aber nichts. Die beiden sind allein.

»Wir wollten dich gerade holen«, sagt einer von ihnen.

»Ihr wollt irgendwas von mir?«

»Wir haben sie für dich gefunden.«

Mein müder Verstand braucht noch eine Sekunde, um zu begreifen, daß das die beiden Männer sind, die ich vor dem *Star and Garter* getroffen habe. Ich entspanne mich. Ein wenig.

»Ihr meint Tamsin Peters?«

»Wen sonst – vermißt du mehr als eine?«

»Wo ist sie?«

Der Bursche mit dem Stoppelbart sagt: »Mittlerweile müßte sie in der Gegend um Woolwich sein. Aber wir finden sie problemlos.«

»Keine Adresse?«

»Wer braucht eine Adresse, Mann? Sie ist auf dem Fluß.«

Sie erzählen mir, Tamsin sei mit zwei- oder dreihundert anderen Leuten und einer Wagenladung Sprit auf einem Boot, auf dem durchgefeiert werde.

»Die Leute kaufen eine Eintrittskarte. Wie in einem Club. Kommst du, oder was?«

Ich zögere nur einen Augenblick. »Ich komme.«

»Wir fahren dich zum Fluß. Dort hat er 'n Boot.«

»Wo ist euer Wagen?«

So, wie ich es sehe, verhält sich die Sache folgendermaßen: Ich habe um Hilfe gebeten, und sie haben sie mir gegeben. Manche

Dinge kann man einfach nicht allein erledigen. Man muß sich mit Leuten zusammentun und gemeinsam daran arbeiten. Da nun diese beiden ihre Hilfe angeboten haben, sollte ich also nicht mißtrauisch sein. Anderen Leuten zu helfen, ist nicht unnatürlich, oder doch?

Oder doch? Es ist eine Frage, die ich mir noch zweimal stelle: einmal in ihrem Wagen und einmal, als wir anhalten. Wir sind jetzt draußen in den Greenwich Marshes, in den Flußbrachen jenseits der South Metropolitan Gaswerke. Der Wind ist feucht. Hier draußen ist es dunkel und einsam, und um mir ein Messer in die Brust zu rammen und mich kaltzumachen, könnten sich die beiden keinen besseren Ort wünschen.

Wir gehen einen Fußweg neben dem Fluß entlang. Es ist matschig. Neben uns klatscht dunkles Themsewasser gegen die Steinmauern. Am anderen Flußufer, auf der Nordseite, sieht es nicht heller aus als hier. Ein paar trübe Straßenlaternen in Industriegebieten. Keine Autos. Keine hübschen Lampen.

Nach etwa hundert Metern bleiben wir stehen. An einem Poller ist ein Holzboot mit Außenbordmotor festgemacht. Es schaukelt auf dem Wasser.

»Dann lassen wir die Party mal steigen«, sagt derjenige, dem das Boot gehört.

Während ich mit den beiden Burschen in dem Außenborder über den dunklen Fluß tuckere, entspanne ich mich in ihrer Gesellschaft. Der Bärtige gibt Rufus als seinen Namen an, und der Bootsbesitzer wird Des genannt. Sie lachen über meine Absicht, Tamsin zu holen. Was das Mädchen brauche, sagen sie, sei ein harter Vater. Oder einen harten Irgendwas. Dann beobachten sie, wie ich reagiere. Lache ich mit ihnen oder nicht? Was will ich wirklich von dem Mädchen?

Sie bieten mir an, mich an Bord des Partyboots zu begleiten, um mir dabei zu helfen, Tamsin zu suchen, aber ich sage, nein, sie könnten sie erschrecken. »Glaubst du, *du* erschreckst sie nicht?« fragt Des. Sie lachen wieder.

»Wo ist der Witz – müßte ich das wissen?«

»Nein, Mann«, sagt Des beschwichtigend. »Es ist nur so, daß sie achtzehn ist, wenn du weißt, was ich meine. Sie ist mit ihren Freunden auf 'ner Party. Was wird sie glauben, warum du gekommen bist?«

Des stellt den Motor ab, und wir kommen schwankend zum Stillstand. Das große Vergnügungsboot ragt dunkel und laut in dem aufgewühlten Wasser vor uns auf. Es liegt hier mitten auf der Themse etwa hundert Meter innerhalb des Damms vor Anker. In der Dunkelheit ist kaum etwas zu erkennen. Auf beiden Seiten des Flusses sind die Ufer tot. Werft-Slums und Ödland warten auf bessere Zeiten. Nur der Damm ist neu: eine lange Reihe aus großen silbernen Badewannen, die verkehrt herum im Wasser liegen und auf das eine gewaltige Jahrhunderthochwasser warten, bei dem sie verhindern müssen, daß London in den heranbrausenden Fluten versinkt.

Die Party könnte lauter sein. Sie könnte auch viel heller ausgeleuchtet sein. Musik pulsiert und wogt wie eine Meeresbrandung: Synthesizer und unnachgiebige Rhythmen. Plastikpop. Synthetischer Soul. Unter Stroboskopen, deren Licht wie ein tropisches Gewitter über das Deck flackert, tanzen die Kids dicht gedrängt, schwitzend, die Augen glasig im Lichtgewitter. Rings um die Tanzenden lassen die Leute sich vollaufen, während sie den Tanzenden zusehen oder sich in irgendwelche Ecken zurückziehen. Die Luft ist feucht, aber es regnet nicht. Es riecht nach Hot-Dogs.

Ich lehne mich gegen die Seitenreling und halte Ausschau nach Tamsin. Die meisten Anwesenden scheinen ungefähr in ihrem Alter zu sein. Es gibt ein paar ältere Burschen, die mitzuhalten versuchen. Ich beneide sie nicht. Ihnen nur zuzusehen, ist schon ermüdend. Die Kids springen, zucken, rucken mit den Armen. Man braucht keinen Tanzlehrer, um diese Schritte zu lernen – man braucht ein Fitness-Studio.

Von den älteren Burschen gibt es vielleicht ein Dutzend – sie sind Anfang dreißig, aber jünger gekleidet und starren die Mädchen hungrig an. Sie hängen am Rand der Tanzfläche herum, trinken und werden von den wogenden Massen der Teenager herumgeschubst.

Ich taste mich am Geländer entlang von der Menge weg, und frage mich, wo sie sein mag. Des und Rufus haben sich bereit erklärt, in dem Außenborder zu bleiben und zu warten. Ich bin allein an Bord gegangen.

Auf der anderen Seite des Kajüthauses, abseits des Tanzdecks, ist das Licht schummriger. Als ich noch jung war, hätte man auf den meisten Partys ein Mädchen hierher bringen wollen – es ist ruhig und abgeschieden, und man hat einen romantischen Blick über das Wasser. Aber ich habe kein Mädchen, und ich dränge mich wie ein umherwandernder Voyeur an den Paaren auf der schmalen Gangway vorbei. Ich spüre mein Alter.

Ich beende meinen Rundgang über das Deck. Tamsin ist nicht hier. Sie muß unter Deck sein.

Die Tür, die nach unten führt, ist schmal und wird von Teenies verstopft. Einige drängen sich hinein, andere quetschen sich heraus, manche warten auf eine Flut, die sie hindurchtragen möge. Ich bin größer als sie alle, aber ich glaube, sie lassen mich durch, weil ich älter bin: Sie nehmen an, ich gehöre zur Besatzung.

Eine Treppe führt hinunter in den Barbereich. Er ist genauso überfüllt wie das Tanzdeck, aber greller beleuchtet. Hier unten gibt es mehr Ältere, da sie Trost an der Bar suchen. Ich schaue in die Gesichter der Kids und komme mir vor wie ein Lehrer bei einer Schuljahrsabschluß-Disco. Keine Tamsin.

Ich schiebe mich in den Seitengang und betrachte die Schlangen vor den Toiletten. Das Lehrer-Gefühl wird wieder stärker: daß er unerwartet ins Klassenzimmer geht und sich die Kids nach einem jähen hektischen Durcheinander setzen und unschuldig dreinschauen.

Es liegt daran, daß ich mich nicht ans Ende der Schlange gestellt habe. Es liegt daran, daß ich mich an die Wand gelehnt und sie beobachtet habe. Hallo, Herr Lehrer.

Am Kopf der Schlange, ohne dazuzugehören, steht ein schlaksiger, etwa dreißig Jahre alter Weißer. Er stößt den Jungen an, der neben ihm steht. Der Junge kommt zu mir geschlendert. »Wollen Sie irgendwas?«

»Ich warte.«

Der Junge sieht mir ins Gesicht und fragt sich, was er als nächstes sagen soll. »Ich rieche einen Bullen«, sagt er.

»Laß dir die Nase richten.«

»Sie schnüffeln hier 'rum, Mann. Verschwinden Sie hier.«

»Sag deinem Freund, daß ich noch fünf Minuten hier stehen bleibe. Er kann dealen oder verschwinden. Das liegt an ihm.«

Der Junge geht zurück, um die Nachricht zu überbringen, und der schlaksige Bursche sieht mich an. Die Kids in der Schlange folgen seinem Beispiel. Ein Bursche flucht und geht weg. Ein anderer folgt ihm. Als sich die Schlange langsam auflöst, schickt der Schlaksige seinen Botenjungen wieder zu mir. »Wenn Sie nicht von hier verschwinden, Mister, nehmen wir Sie auseinander.«

»Ich freue mich schon darauf.«

Doch der Schlaksige will nicht zu mir kommen. Ein Mann, der Ware bei sich hat, wird sich nicht freiwillig in Schwierigkeiten begeben. Ob ich ein Bulle bin oder nicht, er hat viel zuviel zu verlieren. Er und der Junge verschwinden in den Tiefen des Bootes. Die Hälfte der Kids bleibt in der Schlange und wartet.

Plötzlich fallen zwei Mädchen lachend aus der Damentoilette in den schmalen Korridor. Ich stoße mich von der Wand ab und gehe zu ihnen.

»War dort drinnen ein Mädchen bei euch – ein Mischling –, weder schwarz noch weiß?« Ein Mischling. Verzeih mir, Tamsin.

Die Mädchen sehen mich beide an, und eine kichert etwas langsamer. »Da ist ein schwarzes Mädchen«, sagt sie.

»Wie schwarz?«

Sie lacht laut auf. »Wie schwarz wollen Sie sie denn?«

Beide finden das komisch. Ich frage sie, ob sie der Ansicht seien, das schwarze Mädchen werde bald herauskommen.

»Warum gehen Sie nicht nachsehen?«

»Wir halten Ihre Hand«, prustet die eine. Beide halten sich die Seiten und lachen, bis ihnen die Tränen über die Wangen laufen. Alle fangen an zu grinsen. Die Spannung im Korridor läßt allmählich nach.

»Ihr geht voran«, sage ich zu ihnen.

Die beiden Mädchen gehen schwankend zur Toilettentür und lachen über die witzigste Sache, seit Großmutter sich auf ihren

Zwergpinscher gesetzt hat. Da trifft es sich gut, daß sie wieder zurück in den Waschraum gehen.

Bis ich mitten im Waschraum stehe, bin ich von den Waschbekken aus nicht zu sehen. Also werden die zwei weißen Mädchen, die vor den Spiegeln stehen, völlig überrascht. In dem winzigen Raum haben uns beide den Rücken zugedreht. Sie erstarren mitten in der Bewegung. Wir beobachten ihr Spiegelbild, und sie beobachten unseres. Jedes Mädchen hat einen kleinen Schminkspiegel auf der Innenseite der einen Hand und ein zu einem Röhrchen zusammengerolltes Stück Papier in der anderen. Das eine Ende des Papierröhrchens hängt unter ihren Nasenlöchern, das andere über dem Spiegel. Auf jedem polierten Spiegel befindet sich eine dünne Linie eines weißen Pulvers. Langsam und in völligem Gleichklang lassen die beiden Mädchen die Hände sinken. Ihre Spiegelbilder starren mich an.

»Nicht lachen«, warnt die eine meiner beiden Komikerinnen. »Sonst pustet ihr euren Stoff weg!«

Meine beiden fangen wieder an zu lachen. Die beiden vor dem Spiegel lachen nicht. Während ich vortrete, sage ich ihnen, es bestehe kein Grund zur Sorge, ich sei kein Bulle. Sie drehen mir weiterhin den Rücken zu. Mein Blick ist auf das schwarze Mädchen gerichtet, das auf dem Boden sitzt, den Rücken an die Wand gelehnt, die Augen geschlossen. Ich strecke die Hand nach ihr aus.

Sie fühlt sich kalt an. Als ich ihre Wange berühre, schwankt ihr Kopf. Ihr Mund öffnet sich, und sie stöhnt. Es ist ein tiefes Stöhnen. »Was schnupft ihr Mädchen da?« frage ich.

Sie kichern in die Spiegel. Ich schnauze: »Sagt schon!«

Eines der Mädchen am Waschbecken nimmt den Finger aus dem Mund und grinst albern. »Volatil. Das ist so 'ne Art Speed.«

Sie beobachtet mich mit großen braunen Augen im Spiegel. Langsam dreht sie sich zu mir um und hebt ihren kleinen Schminkspiegel, bis er auf einer Höhe mit ihrem Kinn ist. Sie hält das eine Ende des Papierröhrchens ans Ende der weißen Linie. Sie bohrt sich das andere Ende in ihr Nasenloch. Dabei läßt sie mich nicht aus den Augen, fordert mich heraus, sie doch daran zu hindern.

Ich versuche es erst gar nicht. Ich registriere, daß ihr Papierröhrchen eine zusammengerollte Fünf-Pfund-Note ist. Das Mädchen atmet stetig durch die Nase ein. Sie braucht mehrere Sekunden, um die ganze Line hochzuziehen. Dann läßt sie das Papierröhrchen sinken und sieht mich einfach an. Nichts geschieht. Sie rastet nicht aus. Sie schwankt nicht. Sie sieht ganz einfach nur zufrieden aus, als habe sie gerade in das köstlichste Stück Schokolade gebissen, das sie je probiert hat. Sie leckt sich die Lippen. »Wissen Sie, wie es schmeckt?« fragt sie verträumt.

»Wie denn?«

»Wie zermahlener Ziegelstaub, auf den eine Katze gepißt hat.«

Sie brechen in Gelächter aus. Doch dann jammert das zweite Mädchen, sie habe eben ihren tollen Stoff weggelacht. Alle vier schwärmen um das winzige Waschbecken aus wie Möwen.

Die Waschraumtür öffnet sich. Ein neues Mädchen fragt: »Habt ihr immer noch diesen Mann bei euch?«

Ich zeige auf das schwarze Mädchen auf dem Boden. »Wir brauchen Hilfe. Hol einen von den Stewards hier herunter.«

Keine Sorge, sagen die anderen, sie kümmerten sich schon darum. »Ist sie das schwarze Mädchen, das Sie suchen?« Ich schüttle den Kopf.

»Dann können Sie jetzt gehen«, sagt das neue Mädchen.

»Sie braucht einen Arzt. Was immer sie genommen hat, es war auf keinen Fall Speed.« Ich muß an Jamie denken. »Vielleicht waren es Barbiturate.«

»Wir kümmern uns schon um sie. Hören Sie, Sie hatten jetzt Ihren Einblick ins Damenklo. Also hauen Sie ab, Mister, okay?«

Ich zögere, aber gegen ein halbes Dutzend Mädchen in einem winzigen Waschraum komme ich nicht an. Ich stehle mich davon. Draußen im Korridor brechen die Kids in sarkastischen Jubel aus.

Der Barmann seufzt und nickt. »Niemand hat sie geschlagen?«

»Sie hat eine Überdosis von irgendwelchem Speed genommen.«

»Ich hole den Arzt.«

Er geht zum Telefon. Ich dränge mich durch die Menge zu der schmalen Treppe. Das Mädchen wird eine Mutter wie Suzie haben. Sie würde sich wünschen, daß irgend jemand ihrem kleinen Mädchen hilft.

Auf Deck erwartet mich der schwarze Bursche mit dem Bart, der Rufus genannt wird. »Wir dachten, wir hätten dich verloren, Mann. Dachten, du wolltest die ganze Nacht bleiben.«

»Es gab Schwierigkeiten.«

»Bringst du sie nach Hause?«

»Wenn ich sie finde.«

»Jesus, sie tanzt doch nur. Sie war die ganze Zeit hier.«

Der Mann hat recht. Mitten auf der überfüllten Tanzfläche hüpft Tamsin Peters zusammen mit den anderen herum. Sie trägt einen weißen kindlichen Tellerrock, der an den Säumen mit Spitze und Gaze besetzt und mit Volants und Schleifen verziert ist. Es müßte lächerlich aussehen, und doch wirkt Tamsin mit ihrem schlanken zierlichen Körper in diesem albernen knitterfreien weißen Kleid irgendwie zerbrechlich, schutzbedürftig, so sexy wie eine Elfe.

Sie sieht überhaupt nicht müde aus. Es ist drei Uhr morgens, sie arbeitet sich durch eine zermürbende Tanzroutine, und sie sieht aus wie ein Kind im Kindergarten. Die Hälfte dieser Kids sieht so aus. Sie könnten beim Seilchenspringen auf dem Schulhof sein. Andere Kids machen einen erschöpften Eindruck. Sie schwitzen stark, ihre Gesichter sind verzerrt, sie können den Rhythmus beim Tanzen nicht halten. Sie werden langsamer. Ich sehe, wie bei einem Jungen die Schultern absacken, jegliche Kraft verlieren. Seine Arme hängen schlaff herab. Seine Füße wiederholen müde das alte Muster und tragen ihn in einer letzten langsamen Drehung über die Tanzfläche. Er ist wie ein Insekt, das eine Dosis Fliegenspray abbekommen hat und sich jetzt wie verrückt im Kreis dreht, während sich die lähmende Wirkung des Gifts langsam in seinem Körper ausbreitet.

Während ich mich durch die Tanzenden zu Tamsin dränge, sinkt der Junge hilflos auf das Deck. Zwei Männer kommen von der Seite und schleifen ihn weg. Ich hoffe, es sind Freunde von ihm.

Nun, da ich mich Tamsin nähere, kann ich erkennen, daß sie müder ist, als ich zunächst gedacht habe. Sie lächelt, aber ihre Miene wirkt angestrengt, und sie lächelt nicht mich an. Sie lächelt in den Raum. Sie sieht aus, als habe sie in diesen ganzen zwei Tagen nicht geschlafen. Ich glaube, das hat sie auch nicht.

Als ich mich vor sie stelle, bemerkt sie es kaum. Ihr Gesicht hüpft auf und ab. Ich sage: »Hallo, Tamsin, erinnerst du dich noch an mich? Ich bin's, Floyd Carter.«

»Ich weiß.«

»Ich bin gekommen, um dich abzuholen.«

»Komm und tanz, Floyd. Mein Floyd.«

»Wir gehen nach Hause.«

Ihr Gesicht neigt sich, und sie schaut hoch zum Himmel, an dem die Sterne stehen sollten. Wut blitzt in ihren Augen. »Beweg dich einfach, Floyd. Fühl den Rhythmus.«

Sie behält den Kopf oben. Sie behält das Lächeln auf den Lippen. Sie läßt mich nicht an ihren Empfindungen teilhaben. Ich akzeptiere das. Um diese Uhrzeit und nachdem sie zwei Tage weg war, muß ich sie nicht sofort von der Tanzfläche schleifen.

»Tanz mit mir, Floyd.«

Ich versuche es. Ich gehöre zu der Sorte Mann, die gern tanzt, aber diese Schritte sind mir zu hoch. Ich kenne die Regeln nicht.

»Das ist Boogie, was du da tanzt, Floyd.«

»Es ist das, was ich kann.«

Sie kichert. »Dann muß ich dich wohl an die Hand nehmen, was?«

Nun sieh sich einer dieses Mädchen an: achtzehn Jahre alt, drei Uhr morgens, hat seit zwei Nächten nicht geschlafen. Hat Speedpillen eingeworfen und eine Mutter, die krank vor Sorge ist, und sie will mich an die Hand nehmen!

»Wir gehen jetzt.«

»Mein Floyd.« Sie lacht in den tintigen Himmel.

»Komm schon.«

»Noch ein Tanz. Er ist noch nicht zu Ende.«

Das ist die Art von Musik, die nie endet. Es hat keine Pause gegeben, seit ich an Bord gekommen bin.

»Wir gehen nach Hause.«

Tamsin funkelt mich an. Sie hat große braune Augen.

Dann öffnet sie ihre hübschen roten Lippen und lächelt mit hübschen weißen Zähnen. Sie hat kein Recht, in diesem knitterfreien Ballettkleid aus Taft so süß auszusehen. Nicht um diese Uhrzeit.

»Ich komme nicht mit, Floyd. Wir werden hier Spaß haben.«

»Wir gehen jetzt.«

»Nein, tun wir nicht.« Wenn ein Mädchen so reizend lächelt, ist es kurz davor, einen Anfall zu bekommen.

»Bitte, Tamsin.« Ich versuche es auf die sanfte Tour.

»Ich schreie.«

»Das dachte ich mir.«

Rasch beuge ich mich vor und umfasse ihre Taille. Ich hebe sie locker und leicht hoch, wie ein Ballett-Tänzer Giselle hochheben würde. Ich werfe sie mir über die Schulter und gehe weg.

Sie fängt an, um sich zu treten.

Ich lächle die glotzenden Leute an und sage, sie sei immer so zur Bettzeit. Tamsin schreit.

»Ich versohle dir den Hintern. Vor all diesen Leuten.«

Die Kids lachen über uns. Weil ich grinse, glauben sie, wir machten nur Spaß. Ich versuche weiterhin, die Sache ins Lächerliche zu ziehen. Tamsin strampelt und keift. Sie windet sich in meinem Griff.

Als wir an der Reling ankommen, wo sich die Leiter befindet, tätschle ich ihre mit Spitzen besetzte Kehrseite.

»Halt dich jetzt fest, Tamsin, Schätzchen. Wir klettern nach unten.«

Auf dem Fußweg durch die Greenwich Marshes wird Tamsin bei jedem Schritt langsamer. Sie zittert trotz der Jacke, die ich ihr geliehen habe. Ohne meine Jacke zittere ich ebenfalls. Wir vier latschen stumm durch die Dunkelheit: Rufus und Des, getarnt durch die Nacht, ich in Hemdsärmeln, Tamsin in ihrem weißen Taftrock unter meiner Jacke. Ihre Beine sehen dünn und verfroren aus. Ihr kleiner Flitterrock ruckt hin und her wie der Rumpf eines Straußes.

Auf halbem Weg zum Wagen hebe ich sie ein zweitesmal auf. Diesmal werfe ich sie mir nicht über die Schulter. Ich trage sie wie ein Baby in den Armen.

Im Wagen schläft sie sofort ein.

Suzie kommt mit einer Tasse heißer Schokolade ins Zimmer. Sie drückt sie mir in die Hand. »Bleib sitzen«, sagt sie.

Ich sitze auf einem Sessel in ihrem winzigen Wohnzimmer. Ich habe die Schuhe ausgezogen. Suzie hat den Ofen angemacht, und in der Ecke des Zimmers brennt nur eine kleine Lampe. Mir fallen die Augen zu.

Sie setzt sich kurz auf die Sessellehne und legt ihre Hand auf meinen Nacken. Sie fühlt sich kühl an. »Du siehst erschöpft aus«, sagt Suzie.

»Mm.«

»Du schläfst wohl besser hier.«

»Mm.«

»Du kannst mein Bett nehmen. Die beiden anderen Betten sind belegt.«

Tamsin ist nicht wieder aufgewacht. Ich habe sie in ihrem Taftkleid die kurze Treppe heraufgetragen und sie dann aufs Bett gelegt. Als ich den Raum verließ, ging Suzie hinein und schloß die Tür hinter sich. Ludo trieb sich in seinem Schlafanzug Größe sechsundfünfzig auf dem Absatz herum und suchte nach Möglichkeiten zu helfen. Ich sagte, wir sollten Tamsin und ihre Mutter sich selbst überlassen. Er ist dann mit mir nach unten gegangen. Als Suzie schließlich wieder aufgetaucht ist, hat sie ihn ins Bett geschickt.

Jetzt sitzen sie und ich in ihrem kleinen Wohnzimmer wie ein Elternpaar mittleren Alters. Die Kinder liegen alle im Bett, und ich trinke eine Tasse heiße Schokolade.

Suzie beugt sich vor und streift mit den Lippen über meine Wange. »Noch mal danke«, sagt sie.

Dann steht sie auf und geht zum anderen Sessel. Sie setzt sich und trinkt aus einer Porzellantasse.

»Was ist das?« frage ich träge. »Schokolade?«

»Kaffee. Ich werde jetzt nicht schlafen.«

Draußen ist es noch dunkel. Das wenige Licht im Zimmer scheint die Wände zusammenzuziehen. Mir ist warm und gemütlich auf meinem Sessel.

»Wenn du mir eine Tasse Kaffee gemacht hättest«, sage ich, »hätte ich nach Hause gehen können.«

»Ist dir meine Bettwäsche nicht sauber genug?«

Ich grunze.

»Was versuchst du zu beweisen, Carter? Du wirst jetzt nicht im Morgengrauen weggehen. Sogar Clint Eastwood wartet bis Sonnenaufgang.«

»Ich will keine Last sein.«

Sie lacht. »Du bist so verdammt unabhängig, nicht? Du suchst die ganze Nacht nach meiner Tochter. Du schleifst sie von einem Boot mitten auf dem Fluß. Aber du willst keine Last sein? Geh nach oben und leg dich ins Bett.«

Ich grinse sie an. »Zuerst trinke ich meine Schokolade. Sie wird mir die Energie geben, um nach oben zu kommen.«

»Und wer wollte den ganzen Weg nach Hause gehen? Ich dachte, du hättest gesagt, euer Haus wäre nicht sicher? Deswegen ist Ludo doch hier.«

»Um diese Uhrzeit wird niemand bei mir zu Hause sein.«

»Und du auch nicht. Was ist mit diesem Freund, bei dem du übernachten wolltest – hat sie dich rausgeworfen?«

»Ich sagte nicht, daß es eine Sie ist.«

»Ich klopfe nur auf den Busch, Carter.« Sie lächelt mich an. »Willst du jetzt ins Bett gehen?«

»Ist das eine Einladung?«

»In deinem Zustand? Du schaffst es ja nicht mal die Treppe hinauf.«

Ihr Zimmer hat die Farbe roter Äpfel. Ihr Bett ist weich und riecht nach ihrem Körper. Ich liege nackt unter ihrem Federbett und schiebe die Beine langsam unter das Laken, wobei ich mir vorstelle, daß sie den Spuren folgen, die sie gezogen hat.

Durch die Vorhänge kriecht ein weiches graues Licht. Zwei Autos fahren vorbei. Ab und zu höre ich Suzie unten mit Geschirr klappern. Sie dreht den Wasserhahn auf. Eine Tür wird geschlossen.

Ich liege dösend da, nicht in der Lage einzuschlafen. Ich frage mich, ob sie später wohl die Treppe heraufhuscht und zu mir kommt.

Ich schlafe ein.

16

Evas schwarze Klamotten sehen aus, als hätte sie darin geschlafen. Ihr Gesicht ist ebenfalls zerknautscht.

»Unserem Mann geht es den Umständen entsprechend gut.«

Ihre roten Haare stehen aufrecht wie die Borsten an einer Scheuerbürste. Sie führt mich in Jamies Schlafzimmer, das sie aufgeräumt hat. Jamie sitzt in einem ordentlich gemachten Bett, auf dem zwei Illustrierte liegen, von denen er vielleicht die Titelseite gelesen hat. Er sieht blaß aus. Seine schwarzen Haare müßten gewaschen werden.

Er begrüßt mich mit einem dünnen Grinsen und einem schwachen Husten. Als ich die Bemerkung mache, er höre sich an, als sei er gerade aus der Narkose erwacht, sagt Eva: »Genau das ist er.«

»Ich hab dir diese Blumen mitgebracht.«

Das brauche ich ihm nicht zu sagen, weil ich sie aufrecht in der Hand halte. Ich halte den Strauß so steif wie einen Tennisschläger kurz vor dem Aufschlag.

»Ein Mann mit Blumen«, lacht Eva. »Na, das ist mal was.«

»Danke, Kumpel«, sagt Jamie.

Eva entwindet sie mir. »Man sieht nicht oft, daß ein Mann einem anderen Mann Blumen mitbringt. Ist irgendwie nett.« Sie verläßt das Zimmer.

Jamie grinst sein müdes Grinsen. Seine Zähne sehen grün aus. »Blumen, wie?«

»Die Bude hier kann sie brauchen. Wie fühlst du dich?«

Er zuckt die Achseln. »Ich hab Schüttelfrost, mein Hals ist wund, und mir platzt gleich der Schädel. Was willst du sonst noch wissen?«

»Letzte Nacht ging es dir viel schlechter.«

Er nickt und sieht weg. »Es ist eiskalt hier drinnen. Eva ist in Ordnung, nicht?«

»Sie hat dir das Leben gerettet.«

»Ich hätte mich gesund geschlafen.« Er grinst trotzig, während Eva wieder durch die Tür gerauscht kommt.

»Du hättest sogar deine eigene Beerdigung verschlafen«, sagt sie. Sie hat meine Blumen in eine Vase gestellt. »Barbies sind echt mies, Jimbo.«

»Pinkies«, murmelt Jamie.

»Pinkfarbene Soneryl. Im Augenblick gibt es das Zeug tonnenweise auf der Straße. Jemand muß 'ne Fabrik ausgeräumt haben. Die Dinger tauchen überall auf.«

»Er sagte, es wäre Diconal.«

»Dann bist du also ein Trottel, nicht wahr, Jimbo? Glaubst du alles, was du auf der Straße hörst? Wie hieß der Bursche?«

»Ich habe Kopfschmerzen, Eva.«

»Na, so eine Überraschung. Willst du jetzt schon 'ne Tablette?«

»Ja.«

»Dafür ist es noch ziemlich früh.«

»Gib mir das verdammte Ding einfach.«

Jamie öffnet die Augen und streckt die Hand aus. Er funkelt Eva mit etwas an, das nicht weit von Haß entfernt ist. Sie zuckt die Achseln. Aus ihrer schwarzen Handtasche holt sie eine Schachtel Silk Cut Zigaretten. In der Schachtel sind keine Zigaretten – nur kleine Päckchen, die wie Bonbons in buntes Papier gewickelt sind. Sie nimmt ein blaues und wickelt es aus, und zum Vorschein kommen ein Dutzend Kapseln – orange und türkis. Von diesen schüttelt Eva vier auf ihre Hand und legt sie auf seine Kommode. Den Rest wickelt sie wieder ein, steckt das Päckchen in die Zigarettenschachtel und verstaut diese dann in ihrer Handtasche.

Dann gibt sie Jamie eine von den Kapseln.

»Die müssen bis morgen mittag reichen. Wenn du dir irgendwas anderes beschaffst, hörst du auf, sie zu nehmen. Hast du mich verstanden?«

»Ja, ja.«

»Jetzt nur eine. Trink viel Wasser.«

Jamie bricht die Kapsel auf und schüttet ihren Inhalt auf seine Handfläche. Er sieht das kleine Häufchen weißen Pulvers stirnrunzelnd an, dann klatscht er die Hand gegen seinen geöffneten Mund und schluckt. Er verzieht das Gesicht. Er nimmt das Glas Wasser und trinkt. Er verzieht wieder das Gesicht. Er schließt die Augen und öffnet sie. Dann leckt er den Rest des Pulvers von seiner Handfläche und trinkt den Rest des Wassers. »Wie lange wird es dauern?« fragt er.

»Ungefähr zwanzig Minuten. Etwas weniger, weil du die Hülle aufgebrochen hast.«

»Schmeckt entsetzlich.«

»Das ist der Grund, warum sie das Zeug in eine Kapsel packen, Jimbo. Man soll die Kapsel ganz schlucken.«

»Es hat keinen Sinn, darauf zu warten, daß die Hülle schmilzt. Mein Kopf tut *jetzt* weh.«

Jamie lehnt sich gegen sein graues Kopfkissen, die Augen geschlossen und das Gesicht verzerrt. Ich frage Eva, was sie ihm gegeben hat.

»Tuinal. Das ist ein Barbiturat. Nicht besonders stark.«

»Hatte er von dem Zeug nicht eine Überdosis?«

»Darüber ist er jetzt hinweg.«

»Warum gibst du ihm noch eine davon?«

Jamie faucht uns aus dem Bett an. »Wollt ihr wohl woanders über mich reden? Mein Kopf platzt gleich.«

»Komm«, sagt Eva, und wir verlassen das Zimmer. Ich folge ihr in die Kochnische.

»Wir müssen ihn sanft runterbringen«, sagt Eva. »Wenn wir ihn direkt nach den Barbies auf Turkey bringen, fällt er ins Delirium, weißt du. Könnte einen Anfall verursachen. Dabei kann man an seiner eigenen Kotze ersticken. Du würdest nicht wollen, daß deinem Freund das passiert.«

»Ist er auch noch auf Barbies?«

»Nein, Mann. Er nimmt vier Tabletten heute, zwei morgen, und dann hört er auf. Hast du mich verstanden? Ich hasse Barbies.«

»Aber du hast sie bei dir.«

»Ich habe ein paar gekauft, für alle Fälle. Sie machen die Schmerzen erträglicher. Und sie kosten ihn nur ein paar Pfund.«

»Du verkaufst diese Pillen?«

»Was hast du denn gedacht – daß ich die Wohlfahrt bin? Das ist eine Notbehandlung, weißt du? Wie bei einem Notarzt.«

»Private Medizin.«

»Ich bin nicht das staatliche Gesundheitswesen. Jimbo muß bezahlen.« Sie reicht mir eine Tasse Kaffee. Für Jamie hat sie keinen gemacht. »Koffein ist eine Droge, Mann. Wie es aussieht, hat er genug Drogen in seinem Körper.«

»Eine Tasse Kaffee wird ihm nicht schaden.«

»Hast du je Espresso getrunken? Der gibt dir einen ziemlichen Kick, nicht wahr? Ganz direkt. Nimm Koffein nach irgendeiner anderen Droge, und es gibt dieser Droge einen zusätzlichen Kick. Es ist ein Katalysator. Läßt die andere Droge schneller durch deinen Körper kreisen.«

Ich trinke einen Schluck aus der Tasse, die sie für mich gemacht hat. Ich beschließe, daß Kaffee gut schmeckt, was immer sie auch sagt. »Das ist doch nichts weiter als der alte Spruch, ›jeder ist ein Junkie‹. Wir sind alle nach irgendwas süchtig: Kaffee, Tee, Zigaretten, Alkohol.«

»Oder nach den Drogen, die der Arzt verschreibt. Du weißt schon – die ›sicheren‹. Die Leute bekommen ein Rezept beim Arzt. Ihnen gefällt, was die Drogen bewirken, und sie holen sich ein Wiederholungsrezept. Sie sind süchtig. Nur ist ihnen nicht klar, daß sie süchtig sind.«

»Auf was für Drogen bist *du*, Eva?«

»Jeder ist ein Junkie, Mann. Das hast du eben selbst gesagt.«

17

Ich sitze auf der Rückbank des weißen Mercedes neben Huey Carmichael. Unter seinem weißen Leinenanzug trägt er einen türkisfarbenen Rollkragenpullover. Er beißt sich mit seiner Hautfarbe, die dungähnlicher aussieht als sonst. Ich kann diesen Vergleich einfach nicht abschütteln. Die Art, wie seine Haut glänzt, als sei sie von weicher morastiger Beschaffenheit. Wenn ich neben ihm einatme, rechne ich jedesmal damit, vor dem Gestank zurückzuprallen.

Doch er riecht nach Zitrone.

Dixie, der Aufpasser, sitzt auf dem Vordersitz und fährt. Er trägt einen hellgrauen Nadelstreifenanzug, ein weißes Hemd und eine Seidenkrawatte mit Blumenmuster. Seine schwarzen Haare bilden hundert ungebändigte Locken. Manche Burschen würden eine Stunde damit verbringen, jede Locke fein säuberlich zu richten. Dixie nicht. Ich wette, er fährt sich nur einmal kurz mit einem Kamm durch die Haare.

Das ist also ein Pärchen, das nach ziemlich viel Geld aussieht, na schön. Wenn wir aus dem weißen Mercedes steigen, werden sich die Leute fragen, wer der Boß ist. Aber ich bin sicher, Carmichael weiß, wer meinen Bruder umgebracht hat. Ich muß nur näher herankommen, dann werde ich es herausfinden.

Es gibt zwei Möglichkeiten: Entweder hat Carmichael selbst Albie getötet oder er weiß, wer seinen Tod befohlen hat. Er hat um ein Treffen mit mir gebeten. Er hat mich aufgefordert, mich seiner Bande anzuschließen. Hätte er das getan, wenn er Albie getötet hätte?

Ich glaube, Carmichael will mich testen. Wenn ich seine kleinen Tests bestehe, redet er vielleicht. Ich habe kein Interesse an Carmichaels Unternehmungen, doch mich daran zu beteiligen, scheint der einzige Weg zu sein herauszufinden, was tatsächlich passiert ist. Und warum. Bis ich weiß, warum Albie gestorben ist, werde ich nicht wissen, ob Ludo und ich ebenfalls in Gefahr sind. Bis ich weiß, warum Albie gestorben ist, kann ich diese Geschichte nicht aufrollen. Also muß ich Carmichaels Test bestehen. Er besitzt den Schlüssel zu allem.

Er ist die einzige Spur, die ich habe.

Wir sind nach Norden durch den Blackwall Tunnel unter dem Fluß durchgefahren, dann die East India Dock Road entlang und auf die Isle of Dogs. Zu meiner Rechten sehe ich durch das Wagenfenster, was Geld hier angerichtet hat: Die Docks mit einer riesigen Planierraupe eingeebnet. Zwei Quadratmeilen Bauland angelegt. Kräne und vorgefertigte Bauteile herangeschafft. Büros gebaut wie die Pest.

Und wie sie aussehen: bunt und futuristisch, aus Metall, grellem Plastik und Glas. Wenn hier Ziegelsteine benutzt werden, malt man sie ziegelrot an, damit man weiß, daß es Ziegel sind, dann arbeitet man sie in die Frontfassaden als Verzierungen ein. Jedes Gebäude scheint darauf angelegt zu sein, Schreibtische und Computer zu berherbergen. Aber ich kann mich noch an die Zeit erinnern, als Leute hier gewohnt haben.

Wir parken den Wagen unterhalb des Blackwell Basin vor einer der wenigen noch verbliebenen Häuserreihen. Diese freundlichen braunen Häuser werden sich nicht mehr lange halten: drei sind mit Brettern vernagelt, die anderen zur Belagerung vorbereitet. Zwei hohe Kräne ragen über ihre Dächer. Die Vorderseite der Häuser ist mit einem langen Banner behängt: »BAUAMT UND STADTVERWALTUNG: DIE TOTENGRÄBER DIESER HÄUSERREIHE«.

Carmichael wirft einen Blick auf das schmuddelige Banner und zuckt die Achseln. Er ist nicht betroffen. Das sind nicht seine Kunden. Das sind nicht die Leute, mit denen wir uns treffen wollen.

»Zeit, daß Sie sich vorstellen«, sagt er. Ich steige aus dem Wagen. Dixie steigt ebenfalls aus und gesellt sich zu mir, doch Carmichael bleibt im Wagen. Er nickt uns durch das Wagenfenster zu, dann schließt er die Zentralverriegelung, um sich abzusichern. Das Verriegeln der vier Türen hört sich an, als werde ein Gewehr durchgeladen.

Dixie sagt, ich solle ihm folgen.

Wir gehen die Hauptstraße zurück und über die Zugbrücke zum ersten Halt auf unserem Rundgang – einer kleinen und teuren Siedlung, wo reiche Leute wohnen. Am Eingang verkündet ein schickes blau-weißes Plakat: »Cotton's Landing – Eine Neue Welt«. Ich nehme an, das ist es.

Diese makellosen kleinen neuen Häuser sind wie moderne Festungen. Sie erinnern mich an winzige Holzhäuser auf einem

Monopoly-Spielplan. Übermäßig vereinfacht. Heuchlerisch. Auf der anderen Seite der aufgewühlten Fluten steht der Billingsgate Fish Market, der ein wenig aufgehellt wurde, um sich besser der Umgebung anzupassen. Seine in leuchtenden Farben gestrichenen Metallträger hängen wie eine Markise über dem Dach. Die Markthalle sieht wie ein Zirkuszelt aus. Aber sie ist keines. Sie ist echt. Die Träger arbeiten dort jeden Tag von fünf Uhr bis Mittag. Yuppies wird es in der Nähe des ganzen Lärms nicht gefallen. Sie werden den Weckruf um fünf Uhr morgens nicht zu schätzen wissen.

»Siehst du den da?« fragt Dixie.

Der Bursche ist ein Geschäftsmann. Er ist Ende zwanzig, sehr schick und hat wunderbar glänzende Haare. Er ist wie Dixie gekleidet, weil Anzug und Krawatte die Uniform dieser Gegend sind.

Wir drei nähern einander, als träfen wir uns rein zufällig in der Nähe des Wassers. Der Mann läßt mich nicht aus den Augen. Dixie sagt ihm, ich sei okay.

Der Mann fragt nach meinem Namen.

»John Burns«, sage ich rasch. »Ab jetzt bin ich Ihr Kontakt.«

All das wird so beiläufig gesagt, und dabei blicken wir alle so oft auf das Wasser und in den bewölkten Himmel, daß ein Zuschauer tatsächlich zu der Überzeugung gelangen könnte, wir seien uns zufällig in der Mittagspause begegnet. Wir bewundern die Aussicht. Schwärme hellgrauer Möwen segeln tief über das braune Wasser.

»Haben Sie den Stoff mitgebracht?« wendet sich der Geschäftsmann an Dixie.

Ich teile ihm mit, daß ich derjenige bin, der ihn mitgebracht hat. Der Mann nickt. »Der gleiche Deal?« fragt er.

»Nur das Gesicht hat sich geändert.«

Der Mann leckt sich unsicher die Lippen. Er fragt Dixie: »Das ist doch koscher, oder?«

»Absolut«, sagt Dixie.

»Ich weiß nicht.«

»Ich bin's, der hier vor Ihnen steht«, sagt Dixie geduldig. »Sie kennen mich. Ich stelle Sie meinem Freund vor –«

»John Burns«, helfe ich aus.

»Da sehen Sie es«, plappert der Geschäftsmann. »Sie kennen nicht mal seinen Namen. Was für ein Freund ist das?«

»Ein Geschäftsfreund«, sagt Dixie. »Wir brauchen keine Namen. Ich kenne auch nicht *Ihren* Namen, oder?«

»Ich habe Ihnen meinen Namen genannt.« Der Bursche wirft wieder einen Blick auf mich.

»Ich weiß nicht, ob das Ihr richtiger Name ist«, sagt Dixie.

Ich sehe zu, wie sich die Sache entwickelt, und halte den Mund. Ich will nur Carmichaels Test bestehen.

Dixie sagt: »Wenn Sie den Stoff nicht wollen, gehen wir. Wir haben einen ausgefüllten Tag.« Er meint es ernst. Der Mann kann sehen, daß es so ist. Er streckt die Hand aus und berührt Dixie am Ärmel.

»Ich nehme eine Probe«, sagt er.

»Was ist los – vertrauen Sie mir nicht?«

Ich kann spüren, wenn eine Situation häßlich zu werden droht, also mische ich mich ein. »Sind wir im Geschäft, ja oder nein? Das Minimum ist eine Unze.«

Der ordentliche junge Geschäftsmann starrt mich an. Er versucht durch meine Augen zu schauen, um zu lesen, was auf meiner Netzhaut geschrieben steht. »Derselbe Preis wie immer?«

»Derselbe Preis, dieselbe Qualität. Tausend die Unze.«

Er versucht so auszusehen, als erwäge er die Fairneß des Preises, doch während er noch zögert, hat sein Kopf bereits zu nicken begonnen. »Okay, ich kaufe.«

»Nur eine Unze?«

Er nickt wieder. Ich ziehe den *Daily Telegraph* aus meiner Jackentasche, und wie Dixie es mir erklärt hat, zeige ich auf einen Artikel der Titelseite. Der Mann beugt sich vor und hält die Zeitung fest, als wolle er einen eingehenderen Blick darauf werfen, wobei er das kleine weiße Päckchen mit Kokain nimmt, das unter meinem Daumen klemmt. Dann nehme ich die Zeitung wieder zurück. Während ich die Mittelseiten aufschlage, steckt der Geschäftsmann die Hände in die Tasche und wartet. Ich gebe ihm die offene Zeitung zurück. Als er die Hände aus der Tasche nimmt, verbirgt die Zeitung den braunen Umschlag, den er hält. Er tut so, als lese er einen Artikel. Ich beobachte die Möwen. Dann nehme ich meinen *Daily Telegraph* zurück, falte ihn zusammen, um seinen Umschlag zu verbergen, und stecke die Zeitung wieder in meine Tasche.

»Sehen Sie«, sage ich. »Es hat sich nichts geändert.«

Er nickt. »Dann sehe ich Sie also wieder?«

»Seien Sie beim nächstenmal nicht so nervös. Sind Sie sicher, daß eine Unze reicht?«

Nun, da er das Kokain in seiner Tasche hat, ist sein Selbstvertrauen zurückgekehrt. Es ist fast so, als hätte er gerade eine Linie geschnupft. »Kein Problem«, sagt er. »Das wird sie eine Weile glücklich machen.«

Er tritt zurück, eine Hand in der Hosentasche, die andere in die Luft gereckt. »Wir riskieren es, richtig?«

»Richtig.«

»Richtig«, sagt Dixie.

Der Mann verduftet.

Carmichael drückt auf den Knopf des elektrischen Fensterhebers für sein Rückfenster.

»Wie ist es gelaufen?« Sein Blick ruht auf Dixie, der hinter mir steht.

»Der Mann war nervös«, sage ich. »Hat nur eine Unze gekauft.«

»Wenig und oft«, sagt Carmichael. »Jetzt zur Kanone.«

Er sagt es ganz beiläufig. Aus dem Augenwinkel werfe ich einen Blick auf Dixie. Er sagt: »Okay.«

Keiner der beiden scheint das in irgendeiner Weise bemerkenswert zu finden. Ich achte darauf, daß meine Miene ebenfalls nichts verrät. Obwohl dies das erste Mal ist, daß sie eine Kanone erwähnen.

»Komm mit«, sagt Dixie.

Wir lassen Carmichael gemütlich hinten in seinem Mercedes sitzen, wo er *Daltons Weekly* liest. Wir gehen durch die Managers Street in den Coldharbour – eine schmale Gasse direkt am Fluß, wie man sie oft in Hafengegenden findet. Die Hälfte der Häuser ist mit Brettern vernagelt. Wohnwagen stehen auf schlammigen Flekken Brachlands. Hier haben einmal richtige Arbeiter gewohnt. Jetzt steht alles kurz vor dem Abriß.

Verborgen an der unteren Ecke der Gasse steht ein alter schwarzweiß gestrichener Pub, dessen Rückseite direkt zum Fluß zeigt. Er heißt *Zur Kanone.*

Ich verstehe.

Wir kaufen zwei Pints Taylor Walker und nehmen die Gläser mit auf den hinteren Balkon. Von hier aus hätte man einen prächtigen Blick über die Themse, gäbe es gegenüber nicht lediglich die Gaswerke und Delta Wharf zu sehen, eine Gegend, die nicht verschönert worden ist. Überall liegen Sandhaufen wie weiche Pyramiden herum. Kräne ragen in den Himmel. Ein Dutzend alte Boote trocknen auf dem abschüssigen Uferstreifen aus.

Auf der anderen Seite dieser Landspitze, wo der Fluß eine Biegung macht, so daß wir sie nicht sehen können, liegen die Greenwich Marshes. Luftlinie sind sie eine halbe Meile entfernt. Der Themse-Damm liegt eine halbe Meile weiter in Richtung Meer. Doch hier von der Insel aus betrachtet, liegen diese Orte südlich des Flusses in einer anderen Welt. Sie werden von anderen Leuten bewohnt – meinen Leuten. Ich bin schon lange genug wieder in London, um zu wissen, wohin ich gehöre.

In der *Kanone* geht das Mittagsgeschäft, wenn es denn eines gegeben hat, gerade zu Ende. Dixie und ich sitzen allein am Südende des Balkons und atmen die starke Themse-Luft ein.

»Der Dealer schien ziemlich beunruhigt zu sein«, sage ich.

Dixie trinkt einen Schluck Bier. »Wenn man hier in der Gegend Geschäfte macht, vertraut man niemandem. Und erst recht keinem Pinkel. Die vertrauen sich nicht mal untereinander.«

»Glaubst du, der Bursche sitzt jetzt auf der nächsten Toilette und prüft den Stoff?«

Dixie zuckt die Achseln. »Wüßte er überhaupt, worauf es ankommt? Es ist sowieso zu achtzig Prozent Talkumpuder. Mit Limonenduft.«

Das ganze Kokain wird für die Straße verschnitten, normalerweise eins zu fünf. Es kann mit vielen Dingen verschnitten werden – Babypuder, Traubenzucker, Puderzucker, Mehl. Damit man Kokain durch die Nase ziehen kann, sollte seine Reinheit ungefähr zwanzig Prozent betragen. In dieser Konzentration läßt es sich auch leichter in kleine Tütchen aufteilen.

Dixie trinkt von seinem Taylor Walker und nickt in Richtung Themse. »Durch die Biegung des Flusses müßte dieser Pub eigentlich gut geschützt sein. Ist er aber nicht. Wenn Wind aufkommt, riecht man die Gaswerke.« Er trinkt wieder einen Schluck.

»Wohnst du hier in der Gegend, Dixie?«

»Nicht weit von hier.«

Ein Mann taucht so unaufdringlich neben uns auf, daß ich seine Anwesenheit erst bemerke, als er spricht. Er ist der nächste Kleindealer – etwa in meinem Alter mit grau melierten Haaren. Er trägt lockere Freizeitkleidung. Er könnte in der Werbebranche arbeiten, falls er nicht schon zu alt dafür ist.

»Zwei, wenn ihr die habt«, sagt er.

Dixie stellt mich vor.

»John Burns?« fragt der Mann. »Das ist ein berühmter Name auf der Isle of Dogs. Ein Gewerkschaftsführer im letzten Jahrhundert.«

»Mein Vater war Hafenarbeiter.«

»Ich wette, er hieß nicht John Burns.« Der Mann grinst. »Lesen Sie mal meine Zeitung. Neunzehnhundert im Umschlag.«

Er reicht mir einen zusammengefalteten *Guardian*, damit wir die Tischübergabe abwickeln können. Dixie ist stolz auf diese Übergabetricks. Er hat sie selbst erfunden. Es gibt nur zwei.

Die Tischübergabe funktioniert so, daß der Mann mir seine Zeitung gibt und ich sie im Sitzen aufschlage. Der Umschlag, den er hineingelegt hat, rutscht unter dem Tisch auf meinen Schoß. Ich falte die Zeitung auseinander und schlage sie auf dem Tisch auf, als wolle ich sie lesen. Die untere Hälfte hängt nach unten, was es mir ermöglicht, den Umschlag in meine Jacke zu stecken. Ich tausche diesen speziellen Umschlag gegen zwei Unzentütchen aus und verberge sie in meiner Hand. Dann falte ich die Zeitung wieder zusammen und gebe sie ihm zurück. In einer perfekten Welt würde er die Zeitung einfach wieder in seine Tasche stecken. Er würde wissen, daß ich zwei Tütchen darin versteckt habe. Aber dies ist keine perfekte Welt. Jene beiden kleinen Tütchen stellen einen Wert von fast zweitausend Pfund dar. Sie sind so klein, daß es möglich ist, daß jemand eines verliert. Doch wenn dieser Kleindealer weggehen und mir später sagen würde, er hätte nur ein Tütchen gefunden, was sollte ich ihm dann sagen? Daß er eines verloren hat? Also wird so verfahren, daß ich ihm die Tütchen direkt in die Hand drücke, wenn ich ihm die zusammengefaltete Zeitung zurückgebe. Dann weiß er, daß er sie bekommen hat. Und ich weiß es auch.

»Wie wär's mit einem größeren Rabatt?« schlägt er vor. »Ich kaufe zwei Unzen und spare nur hundert Pfund. Das ist nicht viel. Wie sähe der Rabatt bei vier Unzen aus?«

»Ich rede mit meinem Lieferanten.«

»Das wäre mir sehr recht.« Er steht auf und lächelt. »Weil ich es vorziehen würde, auch weiterhin bei Ihrer Firma zu kaufen – Mr. Burns. Aber ich muß die Preise im Auge behalten. Sie verstehen?«

»Haben Sie eine andere Quelle gefunden?«

Er zeigt mir die sauberen rosa Innenseiten seiner Hände und hebt seine buschigen Augenbrauen. »London ist eine große Stadt, nicht? Sehen Sie zu, was sich machen läßt.« Ein weiteres Lächeln, dann verläßt er den Balkon und geht hinein.

»Was meinst du?« frage ich.

»Ich glaube, er fühlt dem neuen Mann auf den Zahn. Aber er ist Stammkunde. Carmichael will ihn sicher nicht verlieren.«

Ich versuche beim Thema Carmichael einzuhaken. »Wie kommt es eigentlich, daß Huey eine Waffe trägt, obwohl er keine Drogen bei sich hat?«

Dixie lächelt. »Jeder hat irgendeine Schwäche.«

Ich sitze neben Carmichael hinten im weißen Mercedes und tue so, als fühlte ich mich wohl. Dixie fährt. Carmichael scheint in mitteilsamer Stimmung zu sein und ergeht sich in philosophischen Betrachtungen.

»Wir führen ein Geschäft, verstehen Sie? Mehrere Produkte, mehrere Märkte. Sie überschneiden sich. Der Markt auf der Insel verlangt ein einziges Produkt – Kokain. Kein Heroin, kein Speed, kein MCD. Die Leute hier wollen keine Downer, sie wollen Kicks. Und Speed gefällt ihnen nicht, weil sie glauben, daß es kein angenehmer Stoff zum Schnupfen ist. Wie zermahlene Rasierklingen. Die Leute mögen den Geruch nicht. Koks ist reiner, sagen sie, viel subtiler, nicht so fordernd. Es ist teurer, aber Geld spielt bei den Leuten hier keine Rolle. Sie *erwarten*, daß Spaß Geld kostet. Sie wissen, daß die Lady eine Aristokratin ist.«

Er redet mit mir, als könnte ich sein Geschäftspartner werden: er will mich beteiligen. Also versuche ich, interessiert zu klingen. Ich sage: »Kokain ist kultiviert.«

»Das glauben die Kunden. Und nur das zählt. Und deshalb zahlen sie auch das Sechsfache dafür. Das sind die Leute, die einen exklusiven Wein kaufen, wo andere sich mit einem spanischen Roten begnügen. Sie werden davon auch betrunken. Bei Drogen ist es dasselbe: Koks ist vornehm, Speed ist effektiv. Bei Speed hält die Wirkung länger an – fünf Stunden, vielleicht länger. Zieh dagegen eine Prise Koks durch, und du bist nach einer Stunde wieder unten.

Aber für diese Leute in ihren Hochdruckbüros ist das ein Vorteil. Koks gibt ihnen ein schnelles Hoch und eine sichere Rückkehr. Es bringt sie durch eine Geschäftsbesprechung und auch wieder runter auf die Erde, wenn die Krise vorbei ist. Jesus, wenn sie Speed nähmen, könnten sie sechs Stunden high sein. Sie würden nach Hause gehen und nicht schlafen können. Und am nächsten Morgen, wenn sie wieder zur Arbeit gingen, sähen sie wie Scheiße aus. Kokain ist für diese Leute genau richtig. Und deswegen kaufen sie es.

Kokain ist ein Modeprodukt, richtig? Hören Sie, wissen Sie irgendwas über modernes Marketing? Jedes Produkt hat etwas, das Lebenszyklus genannt wird, wie eine Kurve in einer Grafik, die vom Zeitpunkt der Entwicklung an aufsteigt bis zum Plateau der Reife, bis die Kurve des Produkts schließlich nach unten sackt. Die meisten Produkte haben diesen Lebenszyklus. Es gibt nur ganz wenige Ausnahmen. Hin und wieder wird ein Produkt wiedergeboren. Sie wissen schon: die Kurve ist abgesackt, das Produkt sah tot aus, aber in Wirklichkeit hat es nur geschlafen. Kokain hat so eine Wiedergeburt erlebt.

Was Ihnen außerdem klar sein muß, Floyd, ist die Tatsache, daß *Märkte* auch einen Lebenszyklus haben. Sie müssen entdeckt, entwickelt und gemolken werden, wenn sie reif sind, und dann so lange fruchtbar gehalten werden, wie es möglich ist. Hier auf der Insel haben wir einen reifen Markt. Er braucht eine ganz bestimmte Strategie. Wenn Sie diesen Markt beackern wollen, Floyd, müssen Sie wissen, wie unsere Strategie aussieht.«

Ich nicke verständig. Ich sage gar nichts. Ich will seinen Redefluß nicht unterbrechen.

»Ein neuer Markt braucht zu Beginn drei Dinge: Investitionen, Vertrauen und Weitblick. Um bei der Entwicklung zu helfen, verbreiten wir die Botschaft. Sorgen für Publicity. Bekehren die Trendsetter. Wenn unser Markt reif wird, braucht er ein starkes Management. Und schließlich, wenn unser Markt stirbt – und irgendwann stirbt jeder Markt –, senken wir die Kosten und quetschen die letzten Gewinne heraus. Quetschen jeden Tropfen heraus.

Wie ich schon sagte, wir brauchen unterschiedliche Strategien. Ich brauche unterschiedliche Leute, um diese Strategien in die Tat umzusetzen. Ich brauche Leute mit Weitblick, die Gelegenheiten erkennen. Ich brauche Pioniere, wenn ein Gebiet sich entwickelt, und ich brauche eine starke Hand, wenn es reif ist.

Sie, Floyd, werden meine starke Hand sein. Dixie kann Trends festsetzen. Dixie wird nach Norden in die Stadt gehen, um neue Märkte zu erschließen, während *Sie* den Markt hier auf der Isle of Dogs führen. Die Yuppies auf dieser Insel sind bereits bekehrt worden. Das Verkaufsnetz steht. Aber die Kunden müssen weiterhin beeindruckt sein. Sie müssen einen gewieften Manager sehen – jemanden wie Sie –, damit sie nicht auf den Gedanken kommen, daß die Organisation abschlafft. Die Leute müssen Sie für einen harten Scheißkerl halten, der sie in Stücke reißt, wenn sie auch nur husten. Und wissen Sie was? Diesen Yuppies wird das gefallen. Sie machen gerne Geschäfte mit Profis. Sie wollen da sein, wo die Post abgeht. Begreifen Sie, warum ich Sie in meiner Mannschaft haben will?«

Wir verlassen den Blackwall Tunnel am Südende, wieder auf unserer Seite des Flusses. Dixie konzentriert sich auf das Fahren. Aber ich kann seine Augen in dem kleinen Spiegel sehen. Er grinst. Er hat das alles schon gehört, und er hat seine eigene Meinung. Ich wende mich an Carmichael.

»Warum ich? Harte Burschen gibt's an jeder Ecke im Sonderangebot.«

»Sicher gibt es die. Aber Sie kommen nicht vom Sonderangebotstisch, Floyd. Ich kann mich noch an Sie erinnern, als ich noch ein Kind war, damals, zu einer Zeit, als Sie gar nicht wußten, daß es mich gab.« Carmichael lächelt über die Außergewöhnlichkeit dieser Vorstellung. »Und ich habe gehört, wie die Leute Ihren Namen in der ganzen Zeit lebendig gehalten haben, in der Sie weg waren. Ich weiß, was die Leute von Ihnen denken. Sie haben ein Image. Sie haben Markenidentität. Sie gehören zu der Sorte Manager, die ich brauche.«

18

Wenn ich eine fremde Haustür öffnen will, fallen mir drei Möglichkeiten ein. Erstens, ich knacke das Schloß – wofür ich den richtigen Dietrich brauche. Zweitens, ich zerbreche eine Glasscheibe, greife hindurch und drehe von innen den Türknopf. Drittens, ich benutze eine Kreditkarte oder eine ähnliche Karte aus Hartplastik oder Zelluloid. Ich muß es mit dieser Methode versuchen, weil ich keinen Dietrich habe und sich eine eingeschlagene Glasscheibe nur schwer verbergen läßt. Meine Karte stammt vom Deptforder Markt. Sie ist ein zehn mal fünfzehn Zentimeter großes Rechteck aus weißem Zelluloid, mit dem man Obst- und Gemüsekisten markiert, um dem Käufer mitzuteilen: »Drück mich erst, wenn ich dir gehöre«.

Ich schiebe die Karte in den Schlitz zwischen Vinnie Dirkins Haustür und dem Rahmen und biege sie zum Zapfen des Schlosses herum. Zelluloid eignet sich sehr gut dafür. Es ist biegsam genug, um sich den Schlitzen im Holz anzupassen, und hart genug, um den Stahlzapfen des Schlosses zurückzuschieben. Sie wissen, wie der Zapfen sitzt, mit der abgeschrägten Seite zu- und der flachen

Seite abgewandt? Die Karte drückt gegen das abgeschrägte Ende und drückt es in den Schlitz zurück. Sie ist fest genug, um den Zapfen dort zu halten, wenn man die Tür aufdrückt. Dann ist man drinnen.

Ich schließe leise seine Tür und schleiche durch die Diele. Ich glaube nicht, daß er zu Hause ist. Vor zehn Minuten habe ich bei ihm angeklopft und auf der Straße gewartet. Nichts ist passiert. Das tut es nie. Ich war dreimal hier, und dreimal ist niemand an die Tür gekommen. Entweder wohnt hier niemand, oder man will keine Besucher.

Vor zehn Minuten bin ich zum Ende der Straße gegangen und habe gewartet. Niemand ist aufgetaucht. Also bin ich zurückgekommen und habe mich selbst eingelassen. Es geht auf elf Uhr abends zu. Er muß irgendwann nach Hause kommen.

Jemand wohnt hier: es ist fast möbliert. Unten finde ich ein Durchgangszimmer, eine Küche und ein Klo. Das Durchgangszimmer ist der Raum, in dem Dirkin sich herumlümmelt, fernsieht und sich im Dartspielen übt. Das Zimmer sieht aus wie eine leere Kneipe.

Ich schleiche nach oben.

Zwei Schlafzimmer und ein Badezimmer, niemand da. Das Badezimmer ist spärlich eingerichtet und mag hin und wieder benutzt werden. Sagen wir, einmal die Woche. Die Schlafzimmer werden öfter benutzt. In beiden steht ein ungemachtes Doppelbett.

Vinnie Dirkin sieht nicht verheiratet aus. Ich nehme an, zwei Männer teilen sich diese Bude, beide mit einem Doppelbett. Beide optimistisch.

Ich fange an, die Schubladen zu öffnen. Ihr Inhalt verrät mir nicht viel, nur daß beide Männer einen schlechten Geschmack in bezug auf Kleidung haben. Es wohnen tatsächlich zwei Männer hier, aber ich weiß nicht, welche Klamotten wem gehören.

Ich gehe wieder nach unten.

Das Problem bei zwei Bewohnern besteht darin, daß ich nicht weiß, wer zuerst nach Hause kommt. Es könnte Vinnie sein oder auch der andere Bursche oder sogar beide zusammen. Ich setze mich und denke nach.

Angenommen, es ist der andere Bursche – was mache ich dann? Sage ich ihm, ich wartete auf meinen Freund Vinnie? Angenommen, sie kommen zusammen?

Wenn es einen Kampf gibt, schlage ich besser als erster zu. Aber ich bin nicht gekommen, um den Burschen zusammenzuschlagen, ich will ihn reden hören. Kann ich ihn zum Reden bringen, ohne ihn zusammenzuschlagen?

Vermutlich nicht.

Ich sitze seit ungefähr einer Stunde in diesem Sessel. Er riecht nach feuchter Kleidung. Ich kann mich erinnern, daß wir einmal einen alten Labrador hatten, der immer unter dem Küchentisch schlief, bis er schließlich aufgab und starb. Der Hund roch wie dieser Sessel.

Albie mochte den Hund sehr. Er ging jeden Tag mit ihm nach draußen. Ihr Lieblingsweg führte immer über die Brache am Deptford Creek entlang. Der Hund landete immer im Wasser. Vielleicht ist er daran gestorben, an dem blödsinnigen Gepaddel im Bach. An schönen Tagen gingen sie den ganzen Bach entlang bis zu der Stelle, wo er bei der Deptford Bridge unter dem Sportplatz in Saint Johns versickerte. Sie sahen sich das Wasserwerk an und kamen wieder zurück.

Er war mein großer Bruder, und jetzt ist er tot. Jemand hat ihn herausgepickt und mit dem Wagen überfahren. Warum haben sie das getan?

Er trug nichts bei sich. Diese Kerle haben nicht angehalten, um aus dem Wagen zu springen und ihm ein Päckchen abzunehmen. Ludo sagte, sie hätten ihn einfach dort liegen gelassen. Wie nach einem Unfall. Als sollte es wie ein Unfall aussehen. Mit Fahrerflucht. Die Polizei würde der üblichen Routine folgen, aber nichts Greifbares finden. Es sei kein Mord gewesen, würde die Polizei sagen, nur ein Unfall. Es liege ein Vergehen vor, aber der Täter sei nicht ermittelt worden.

Was hat Albie getan?

Und warum haben sie Ludo in Ruhe gelassen?

Ich schätze, die Frage ist nicht schwer zu beantworten. Sie glaubten, Ludo sei zu dumm, um eine Gefahr für sie zu sein. Ein großer Idiot, das werden sie gesagt haben. Und es war nicht Ludo, mit dem sie Streit hatten. Er war nur ein Zuschauer. Sie konnten ihn gaffend auf dem Gehsteig zurücklassen, während sie davonbrausten.

Ich sitze da und frage mich, wieviel Vinnie Dirkin über den Mord weiß. Er und seine Freunde behaupten, Albie schuldete ihnen zehntausend Pfund. Das gibt ihnen kein Motiv. Wenn ein Bursche einem so viel Geld schuldet, überfährt man ihn nicht mit dem Wagen. Nicht, wenn man sein Geld zurückhaben will.

Also lautet die Frage: Weiß die Person, der Albie Geld schuldete – der Mann hinter Vinnie Dirkin –, wer ihn umgebracht hat? Weil es den Anschein hat, als sei Albie doppelt in Schwierigkeiten geraten – einmal wegen des Geldes und noch einmal wegen etwas anderem. Die beiden Dinge müßten in einem Zusammenhang stehen. Vielleicht hat er sich zehntausend von einer Seite geliehen, um eine andere zu bezahlen. Aber wenn er diese andere Seite bezahlt hätte, warum hätte sie ihn dann umbringen sollen?

Es ergibt keinen Sinn. Das einzige, dessen ich mir sicher bin, ist, daß Albie mit Schulden gestorben ist. Dirkin sagt, diese Schulden seien auf mich übergegangen.

Ich werde mich viel wohler fühlen, wenn ich den Namen von Dirkins Boß kenne. Ein Blick auf die Flohkiste, in der Dirkin wohnt, überzeugt mich davon, daß wenn Albie jemandem zehn Riesen schuldete, dann nicht ihm. Dirkin kann sich glücklich schätzen, wenn man ihm zehn Pfund schuldet.

Jemand öffnet die Haustür.

Ich husche in die Küche wie eine Maus in ihr Loch. Ich postiere mich außer Sicht. Der Mann schließt die Haustür, geht durch die Diele und betritt den Raum, den ich gerade verlassen habe. Er bewegt sich, als wohnte er hier. Er redet nicht.

Der Mann durchquert das Durchgangszimmer, kommt in die Küche und schaltet das Licht ein. Es ist Vinnie Dirkin. Wir sehen einander an.

Dirkin sieht sich rasch in der Küche um. Vielleicht hält er nach einem Messer Ausschau, das er sich greifen kann. Aber da ist keines. Also warte ich.

»Was willst du?« fragt er. Seine Augen huschen immer noch in dem Zimmer umher und suchen nach einer Waffe. Oder nach einem Ausgang.

»Wie bist du hier reingekommen?« Eine Frage, um Zeit zu gewinnen, während er überlegt, was er tun kann. Er kann nichts tun. Ich beobachte ihn weiter in dem Wissen, daß mein Schweigen wirkungsvoller ist als alles, was ich sagen könnte. Ich bin wie ein

Gespenst in seinem Haus, gekommen, um seine Seele zu holen. Wir brauchen nur noch eine Uhr, die die Geisterstunde einläutet.

»Mach, daß du rauskommst. Hast du verstanden?«

Ich nicke und gehe auf ihn zu.

»Raus!« Er brüllt jetzt.

»Setz dich, Dirkin.«

Er zögert. Er will sich mir widersetzen, besinnt sich aber eines Besseren. Vielleicht fühlt er sich sicherer, wenn er sitzt.

Ich stelle mich hinter seinen Stuhl, lege ihm die Hände auf die Schultern und drücke sie sanft. Sie sind dünn und knochig. Ich berühre seinen Nacken nicht, nur die Schultern. Er fährt zu mir herum. Ich sage ihm, er solle sich wieder umdrehen. Er tut es. Ich stehe hinter ihm und spüre, wie er zittert. »Dann erzähl mal«, sage ich.

»Worüber?«

Ich bleibe stumm.

»Was soll ich denn sagen?«

Anstatt zu antworten, massiere ich seinen Nackenansatz.

»Ich weiß von nichts. Wir haben nur eine Nachricht überbracht.«

»Wessen Nachricht?«

»Ich weiß nicht …«

Meine Hände schließen sich um seinen Hals. Seine eigenen Hände zucken unwillkürlich hoch, um meine Finger festzuhalten. Ich packe noch etwas fester zu. »Nimm die Hände wieder runter, Dirkin.« Aber natürlich tut er das nicht. Er versucht meine Finger aufzubiegen.

»Von wem war sie?«

Wir ringen jetzt miteinander. Plötzlich lasse ich los. Ich reiße die Arme auseinander und befreie mich aus seinem Griff.

»Nicht aufstehen!« warne ich ihn, aber er tut es trotzdem. Er springt von seinem Stuhl auf und rast zur Tür. Wir erreichen sie gemeinsam.

Ich verpasse ihm einen Schlag auf die Wange, und sein Kopf wird gegen die Wand geschleudert. Mit meiner anderen Hand packe ich ihn am Hals.

»Mach mich nicht wütend, Vinnie.«

Ich behalte die Hand an seinem Hals und zerre ihn in die Mitte des Zimmers zurück. Ich stehe dicht vor ihm, die Finger auf seiner Luftröhre.

»Sag mir, von wem die Botschaft ist, sonst tue ich dir so lange weh, bis du es sagst. Von wem ist sie?«

Er schüttelt den Kopf. Ich verstärke den Druck. Wiederum hebt er die Hände, um an meiner zu zerren. Ich hebe die andere Faust dicht vor sein Gesicht, und er kreischt auf und hält sich beide Arme vor das Gesicht, um den Schlag abzuwehren. Er ist verängstigt.

»Sag's mir, du dämliches Arschloch.« Ich ziehe einen seiner Arme weg und funkle ihn an. Die Augen quellen ihm fast aus den Höhlen. Er nickt mit dem Kopf. Als er etwas zu sagen versucht, verringere ich den Druck etwas. Er weicht einen Schritt vor mir zurück und bleibt dann schluchzend stehen.

»Das ist es nicht wert, Vinnie. Sag mir einfach, wer es war.«

»Also gut, ich sag's dir.« Sein Atem kommt gepreßt, und er zittert noch. »Er heißt Richardson.«

Tod Richardson. Der Mann ist ein Neandertaler. Seine ganze Familie ist schlecht. Sie sind die Art Dynastie, die in einigen abgelegenen Winkeln der Welt diktatorische Schreckensherrschaften stellt. Tod hat einen Bruder, der im Hochsicherheitsgefängnis Gartree einsitzt, und einen anderen, der in der Themse ertrunken ist. Er wurde in einem Sack hineingeworfen.

Es hat eine Zeit gegeben, als der Richardson-Clan die ganze Gegend in Angst und Schrecken versetzen konnte. Sogar heute noch werden die Leute blaß, wenn sie den Namen hören. Aber der Clan ist auseinandergebrochen – er gehörte in ein primitives finsteres Zeitalter. Rohe Kraft und Bösartigkeit sind nicht mehr die Mächte, die sie einmal waren.

Obwohl man sie auch nicht ignoriert.

Die Entdeckung, daß der Mann, der mir Drohungen ausrichten ließ, der mächtige Tod Richardson ist, wird mir nicht dabei helfen, friedlich in meinem Bett zu schlafen. Mit Botenjungen wie Vinnie Dirkin werde ich fertig. Mit Tod Richardson nicht. Er gehört nicht zu der Sorte, bei der man abwartet, was sie einem antut. Und man versucht auch nicht zu fliehen. Man hört aufmerksam zu, was von einem verlangt wird. Und dann tut man es.

»Tod Richardson«, wiederhole ich ausdruckslos, wobei ich Vinnie Dirkin zunicke, als hätte ich es mir die ganze Zeit gedacht. Richardson. Er ist derjenige, mit dem ich reden muß. Ich erkläre Vinnie, daß wir ihm einen Besuch abstatten werden. Er scheint nicht sehr erfreut zu sein.

Er ist absolut nicht erpicht darauf.

Die Richardsons haben einen langen ranchartigen Bungalow in Blackheath. Er hat ein schmiedeeisernes Gartentor, das von zwei Ziegelpfeilern und einem Haustelefon flankiert wird. Das ganze Anwesen ist wie ein Landhaus angelegt, nur daß die Gartenauffahrt kaum dreißig Meter lang ist.

Das Tor ist verschlossen.

»Hilf mir über die Mauer.«

»Ich geh da nicht rein«, sagt Vinnie. »Die Arschlöcher legen mich um.«

»Mach eine Hühnerleiter.«

Ich stelle meinen Fuß auf seine verschränkten Hände und wuchte mich auf die Mauer. Ich setze mich rittlings darauf und halte ihm die Hand hin.

»Verdammt unwahrscheinlich«, erklärt er und rennt weg. Er haut einfach ab. Es ist der erste Moment, in dem ich ihn nicht unter Kontrolle habe, und er packt die Gelegenheit beim Schopfe. Er setzt darauf, daß ich nicht von der Mauer springen und ihn verfolgen werde. Und er hat recht. Der entscheidende Grund dafür, ihn mitzunehmen, war der, daß er auf diese Weise Tod Richardson nicht anrufen und davon in Kenntnis setzen konnte, daß ich unterwegs sei. Jetzt ist es zu spät.

Ich springe federnd in Richardsons Vorgarten. Anders als der Garten ist das Haus in Dunkelheit gehüllt. Auf halbem Weg die kleine asphaltierte Auffahrt hinauf reagiert ein Sensor auf mich. Lichter flammen auf. Zwei unter der niedrigen Dachrinne angebrachte Scheinwerfer strahlen mich an und blenden mich. Wer hätte das gedacht? Tod Richardson schützt sich vor Einbrechern.

Kein Einbrecher wäre so dumm.

Ich klingle an der Tür. Drinnen ertönt ein Zweiklang-Glockenton wie in der Avon-Werbung. Irgendwo hinter dem Haus fangen Hunde an zu bellen. Ich trete von der Haustür zurück ins Licht der Scheinwerfer, und mir wird klar, daß die Hunde nicht hinter dem Haus sind. Sie sind ganz in der Nähe. Sie sind um das Haus gelaufen, um nachzusehen, wer gekommen ist. Zwei große Rottweiler, schwarz und geifernd. Zwei Meter entfernt.

Sie knurren und blecken die Zähne. O Großmutter, was für große Zähne!

Ich werfe einen Blick auf die Haustür: Noch ist niemand aufgetaucht. Ich schaue mich kurz zu dem schmiedeeisernen Tor um: Es ist weit weg. Also weiche ich vor ihnen zurück.

Wie man auf Rottweiler auch reagiert, man wird den kürzeren ziehen. Wenn man wegläuft, verfolgen sie einen und fangen einen. Wenn man sie niederstarrt, nehmen sie die Herausforderung an. Die besten Aussichten hat man, wenn man unbesorgt tut.

Was leicht gesagt ist.

Ich versuche mich vorsichtig von ihnen wegzuschleichen, wobei ich hoffnungsvoll mit einem Auge zur Haustür schiele. Ist denn niemand da?

Die Hunde jagen los.

Alles geschieht binnen eines Schwanzwedelns. Ihr Knurren geht in ein japsendes Heulen über. Ich weiche zurück. Sie schießen vorwärts. Ich springe seitwärts. Ich hechte in die einzige Richtung, die mir noch bleibt: mit der Schulter voran durch Richardsons Fenster. Inmitten eines Regens von Glassplittern pralle ich auf den Teppich.

Die Köpfe der Hunde erscheinen über der Fensterbank, und sie heulen durch das Loch im Glas. Eine Alarmglocke ertönt. Einer der Rottweiler stößt mit dem Kopf gegen Glasscherben, die noch unten im Rahmen klemmen. Der andere spannt die Schultern und bereitet sich auf einen Sprung vor.

Ich rapple mich auf. Ich eile zur Tür. Als ich hindurchstürme, landet der Hund geschmeidig auf dem Teppich. Ich schlage ihm die Tür vor der Nase zu.

Hier im Flur brennt Licht. Aber es kommt niemand. Ich werfe einen Blick durch eine Tür, die auf der anderen Seite des Flurs offensteht: Auch dort ist niemand. Dies ist ein einstöckiger Bungalow. Es gibt keine Treppe, nur einen endlos langen Flur. Ich wende mich nach links.

Der Alarm verstummt. Ein Summen liegt in der Luft. Davon abgesehen stammen die einzigen Geräusche von den Hunden, die in dem geschlossenen vorderen Zimmer heulen.

Auf der rechten Seite des Flurs öffnet sich eine Tür. Ein Mann in einem Morgenmantel kommt heraus. Er hält eine Schrotflinte, die er auf mich richtet. Ich zeige meine leeren Handflächen und setze mein lieblichstes Bugs-Bunny-Grinsen auf.

Dann höre ich eine andere Stimme hinter mir. Ich blinzle über die Schulter. Ein zweiter Fleischklotz ist aus dem Bett gekrabbelt und hat den Türknopf gefunden. Er trägt einen Schlafanzug. Keinen Morgenmantel. Aber wie sein Freund ist er mit einer Schrotflinte bewaffnet. Einen verrückten Augenblick lang erwäge ich, mich auf den Boden zu werfen. Würden die beiden Hohlköpfe schießen und sich gegenseitig durchlöchern? Im Film kommt so etwas vor. Aber Bugs Bunny ist nicht das wirkliche Leben.

»Was, zum Teufel, machen Sie hier?« fragt der erste.

»Guten Abend«, erwidere ich. »Ist Tod Richardson da?«

Der Morgenmantel tritt näher und rammt seine Schrotflinte gegen meine Brust. »Wie sind Sie hier reingekommen?«

Ich setze wieder das offene Lächeln auf. »Natürlich durch die Tür.«

Der Bursche hinter mir fragt, weswegen die Hunde so bellen, aber ich drehe mich nicht um. Ich schenke dem Koloß, der seine Schrotflinte gegen meine Brust drückt, ein ermutigendes Lächeln.

»Sie finden das witzig?« schreit er mich an. »Ich zerreiße Sie in der Luft.«

»Kann ich Tod Richardson sprechen?«

»Klar werden Sie ihn sprechen.« Er lacht mich aus. »Was haben die Hunde bloß?«

»Müssen den Wichser reinkommen gehört haben«, schlußfolgert der gestreifte Schlafanzug. »Wie sind Sie reingekommen?«

Morgenmantel stößt wieder gegen meine Brust. »Haben Sie die kleinen Scheißer reingelassen?«

»Die Hunde?«

»Natürlich die beschissenen Hunde. Haben Sie das Fenster offen gelassen, als Sie eingestiegen sind?«

»Ich bin durch die Tür gekommen.«

»Durch welche verdammte Tür?«

»Die Haustür.«

»Die beschissene Haustür?« Er sammelt Speichel für seine nächste Frage, dann stellt er Blickkontakt zu dem Mann hinter mir her und sagt nichts mehr. Die Hunde hören auf zu bellen. Sie haben ihre Pflicht getan. Wir können die beiden Rottweiler hinter der Salontür winseln hören. Ich frage noch einmal nach Richardson.

»Warum wollen Sie ihn sprechen?« sagt eine neue Stimme hinter mir.

Ich hebe den Kopf und hole tief Luft. Aber ich halte den Blick weiter nach vorn gerichtet. Ich grinse Morgenmantel an und sage nett und laut: »Hallo, Tod, wie geht's denn so? Ist lange her, mein Freund, was?«

Dann drehe ich mich um.

Er gafft mich an. Wie seine Kumpel ist er gerade aufgestanden. Er trägt einen schwarzroten Kimono über einem blaugestreiften Schlafanzug. Er hat die Hälfte seiner Haare verloren, und was noch übrig ist, könnte einen Kamm vertragen. Sein Gesicht ist aufgedunsen. Entweder ist er gerade erst aufgewacht oder er hat das Gesicht in sein Kissen gebohrt. »Wer, zum Teufel, sind Sie?« will er wissen.

»Was soll das heißen, ›wer sind Sie‹? Sie haben Ihre Jungens mit einer Botschaft zu mir geschickt und ihnen gesagt, daß sie sie unter allen Umständen ausrichten sollen, und dann fragen Sie, wer ich bin? Ich bin zutiefst gekränkt.«

»Sind Sie hier eingebrochen, oder was?«

»Sie sind älter geworden, Tod. Wissen Sie das eigentlich?«

Er tritt vor und blinzelt mich an. »Sie sind Carters Bruder.«

»Er war meiner.«

»Sie halten sich wohl für verdammt schlau, was?«

»Ich laufe nicht vor fahrende Autos.«

»Was soll das jetzt wieder heißen?«

»Wer hat meinen Bruder Albie zum Abschuß freigegeben?«

Richardson starrt diesen blonden Fremden an, der ihm in seinem eigenen Flur Fragen an den Kopf wirft. Er sagt: »Weiß der Teufel«, und wartet darauf, daß ich etwas sage. Genau wie ich.

»Ich dachte, wir sollten uns mal unterhalten, Tod.«

»Tatsächlich?«

Er mustert mich, und sein Hirn knirscht hinter seinen Augen. Morgenmantel kichert. Richardson läßt ihn mit einem funkelnden Blick erstarren. Wir warten alle.

»Worüber?« fragt er schließlich.

»Über Geld.«

Er schnauft. »Verdammt spät, wissen Sie das?«

»Ich wollte ganz sicher sein, daß Sie zu Hause sind. Können wir uns irgendwo unterhalten?«

Im vorderen Zimmer ächzt einer der Rottweiler. Richardson runzelt die Stirn. »Sind die verdammten Köter im Haus?« fragt er. Niemand antwortet. Er wendet sich ab. »Bringt ihn in den Salon.«

Der Bursche im Schlafanzug geht vor. Er öffnet die Tür für Richardson, und die beiden Hunde schießen heraus. Sie rennen durch den Flur und versuchen ihn niederzubellen. Der Lärm ist ohrenbetäubend. Richardson schreit sie an. Sie bellen zurück. Er gibt seinen beiden Lakaien den Befehl, sich um sie zu kümmern.

Schlafanzug scheint Angst vor ihnen zu haben: Er bleibt dicht an der Wand. Doch Morgenmantel kennt sich aus. Er tritt zwischen die beiden, packt ihre beschlagenen Lederhalsbänder und zerrt sie weg. Also ist er der Hundeführer. Er und die beiden Rottweiler schlittern durch den Flur. Frieden kehrt wieder ein.

Ich lasse Schlafanzug und Richardson den Vortritt in den Salon. Dann bleiben wir alle stehen und gaffen. Das Zimmer sieht aus, als sei es von einer Haubitze getroffen worden. Vorhänge wehen im Wind. Glasscherben liegen auf dem Teppich wie Wasserpfützen. Ein Sessel liegt auf dem Rücken. Zwei kleine Tische liegen auf der Seite. Polster sind vom Sofa gerissen und zerfetzt worden.

»Wenn das meine Hunde wären«, sage ich, »würde ich sie einschläfern lassen.«

Er ist auch zu seinen besten Zeiten nicht besonders helle. Und Richardsons beste Zeit ist gewiß nicht ein Uhr morgens, wenn er plötzlich geweckt wurde und aus dem Bett gesprungen ist. Er hört mir zu, wie ich ihm erkläre, daß die Haustür unverschlossen gewesen sei. Daß ich sie aufgestoßen hätte und eingetreten sei. Daß ich einen Blick in seinen Salon geworfen hätte. Daß die beiden Hunde mich durch das Fenster gesehen hätten und durch die Scheibe gesprungen seien. Weil sie mich für einen Eindringling gehalten hätten.

Die Geschichte ist zu unglaublich, um sie nicht zu glauben. Er steht im Flur und schüttelt den Kopf, als sei er selbst ein Rottweiler, der gerade durch eine Scheibe gesprungen ist. Er schreit jeden an. Er schreit durch den Flur die Hunde an. Er schreit insbesondere Schlafanzug an, der davonschleicht, um einen Besen zu holen. Dann führt Tod mich in seinen Bau.

Es ist ein kleines Zimmer, schummrig beleuchtet, wenngleich die Arbeitszimmerwände nicht von Büchern gesäumt werden. In dem einzigen Bücherregal, das er hat, stapeln sich Videobänder, deren Titel ich nicht lese. Es gibt einen Fernseher und eine Stereoanlage und einen Haufen Illustrierte.

»Also wollen Sie über Geld reden?« Ich nicke.

»Mitten in der verdammten Nacht?« Ich nicke wieder.

»Setzen Sie sich«, sagt er.

Es sind große bequeme Sessel – auf die man mit einem Glas Whisky sinken sollte. Er bietet jedoch keinen an. Er steckt sich eine Zigarette in den Mund und zündet sie an. Ich beginne.

»Sie haben Ihre Jungens zu mir geschickt, Tod. Wegen irgendwelchen Geldes, das Albie Ihnen schuldet.«

»Zehntausend beschissene Pfund.«

»Albie ist tot.«

»Das weiß ich, verdammt.«

»Dann sind es seine Schulden auch.«

»Einen Scheiß sind sie. Sie sind sein Bruder.«

»Würden Sie die Schulden *Ihres* Bruders bezahlen?«

Seine Augen funkeln mich an. »Lassen Sie meine verdammten Brüder aus dem Spiel.«

Ich zucke die Achseln. »Wir haben beide einen Bruder verloren.«

»Verdammt richtig. Na und?«

»Wenn ein Mann stirbt, sterben seine Schulden mit ihm.«

Er denkt darüber nach. »Nein. Nur weil man tot ist, sind die Schulden von einem noch lange nicht gestorben.«

»Graben Sie Albies Leiche aus und erklären Sie ihm das.«

Richardson atmet ein. Er mag keine Streitereien, jedenfalls keine verbalen. »Ich sage es *Ihnen*, verdammt noch mal, klar?«

»Albies Schulden sind nicht meine Sache.«

»Einen Scheiß sind sie nicht Ihre verdammte Sache. Sie haben sie geerbt.«

»Haben Sie einen Beleg?«

Ich hätte ihn auch fragen können, ob er ein Buch über chinesische Poesie hat. Belege existieren in Richardsons Welt nicht. »Ihr Bruder ist es mir schuldig. Nur das zählt.«

Ich frage ihn nicht, warum ich ihm glauben sollte. Ich deute nicht an, ich könnte sein Wort anzweifeln. »Warum hat Albie sich diese zehn Riesen geliehen?«

»Das ist meine Sache.« Er bläst gereizt Zigarettenrauch durch das Zimmer.

Ich werfe die Hände in die Luft. »Ich muß den Grund wissen. Sie müssen es mir sagen.«

»Warum?«

»Sie wollen, daß ich die Rechnung bezahle.«

»Hat der verdammte Albie es Ihnen nicht erzählt?«

»Nein.«

»Dann ist es privat.«

Ich lehne mich in seinen bequemen Sessel zurück und seufze. »Ich kann Ihnen nicht helfen, Tod. Sie verlangen Geld von mir, ohne mir einen Grund dafür zu nennen. *Sie* würden daraufhin nicht bezahlen.«

»Ich bin's nicht, der die verdammten Schulden hat.« Richardson beugt sich vor, um seine Zigarette in einem schmutzigen Aschenbecher auszudrücken.

»Ich auch nicht.« Ich stehe auf. Richardson ist zu einem längeren Gespräch nicht fähig. »Verstehen Sie meine Lage, Tod? Ich kann nicht für etwas bezahlen, wovon ich nichts weiß. Aus Prinzip nicht.«

Er steht ebenfalls auf. »Ist bei mir genauso. Ich will das beschissene Geld. Aus Prinzip.«

»Sie müssen es abschreiben. Aufgrund eines bedauerlichen Todesfalls. Als Fehlinvestition.« Ich sehe mich in dem Zimmer um. »Sie können es sich leisten.«

»Was, zum Teufel, wissen *Sie* schon?« Er macht einen bedrohlichen Schritt auf mich zu. »So einfach lasse ich Sie nicht davonkommen, Carter. Ich will mein Geld oder den ganzen verdammten Stoff zurück.«

»Welchen Stoff?«

Er zögert, und sein zorngeröteter Kopf ist nur einen halben Meter von meinem entfernt. »*Den* Stoff. Sie wissen schon.«

»Ich weiß es *nicht*.«

»Das beschissene Heroin, das meine ich.«

Richardson muß ja in dem Geschäft sein. Wenn es sich bezahlt macht und illegal ist, will er dabei sein. Vergessen Sie nicht, die Richardsons haben seit dem Krieg Banden in Deptford angeführt. Das tun sie eben. Diebstahl, Schutzgeld, Glücksspiel und Sex. Allesamt Aktivitäten, die hier in der Gegend auf dem absteigenden Ast sind. Diebstähle müssen außerhalb Deptfords ausgeführt werden – irgendwo dort, wo es anständige Dinge zu stehlen gibt. Glücksspiel und Sex finden im Westen nördlich des Flusses statt, wo die Zocker sich tummeln. Sogar das Schutzgeldgeschäft geht nicht mehr so gut. In Deptford gibt es nicht genug Geld für derartige Erpressungen.

Die Richardsons haben Ausflüge in andere Londoner Stadtteile unternommen und in den seichten Gewässern anderer gefischt, aber das ist nicht gut angekommen. Es könnte der Grund dafür sein, warum sein Bruder in einem Sack schwimmen gegangen ist.

Hier in Deptford sind die Richardsons unvermeidlicherweise in das Drogengeschäft eingestiegen. Zuerst Amphetamine. Dann Heroin. In den letzten Jahren sind Drogen zu einer Wachstumsbranche geworden. Reichlich Kunden, ganz in der Nähe. Reichlich Profit.

Heutzutage sind sie Tods profitabelstes Geschäft.

Und dieses Geschäft verleiht ihm Macht. Der Verkauf von Drogen erfordert eine Menge Kleindealer, eine Menge Verkaufsstellen, eine Menge Informanten. Viele Leute sind darin verwickelt. Und all diese arbeitenden Leute hängen von Richardson ab. Heroin ist eine Währung: Wenn man den Nachschub kontrolliert, kontrolliert man die Wirtschaft.

»Albie war ein Dealer«, sagt Tod zu mir. »Aber das wußten Sie.«

Alle glauben, ich wüßte Dinge, die ich eben nicht weiß.

Anscheinend war Dealen für Albie zunächst nur eine Nebenbeschäftigung. Richardson belieferte ihn, Albie verkaufte weiter. Dann schlug Richardson Albie vor, auf Gehaltsbasis für ihn zu arbeiten – ganz genauso, denke ich bei mir, wie ich jetzt angeblich für

Carmichael arbeite. Aber davon erwähne ich Richardson gegenüber nichts.

»Ihr Bruder kannte sich hier verdammt gut aus.«

»Na ja, er hat sein Leben lang hier gewohnt.«

Er wußte außerdem, was Sache war. Wenn Richardson sagte, er wolle ihn einstellen, würde Albie nicht nein gesagt haben. Albie würde gewußt haben, daß er in dieser Angelegenheit keine Wahl hatte. Außerdem würde er versucht haben, sein Schäfchen ins Trokkene zu bringen. Danach zu urteilen, wie Richardson von ihm redet, hat Albie seine Sache gut gemacht. Tod fand ihn zuverlässig. Wie er gesagt hat, Albie kannte sich aus. Und Albie hing selbst nicht an der Nadel. Inmitten der schwachköpfigen Rhinozerosse, die Tod beschäftigt, muß Albie gestrahlt haben wie der Abendstern.

Doch Richardsons eigener Stern war im Sinken begriffen. Diese letzten zehn Jahre waren nicht gut zu ihm gewesen. Die Macht seiner Familie hatte bereits abgenommen, bevor ich ging. Jetzt, zehn Jahre später, ist einer seiner Brüder tot, der andere sitzt zwei Jahre ein, und sein ganzes Imperium in Süd-London ist im Verfall begriffen. Es ist nicht einmal mehr *sein* Imperium. Er hat Konkurrenz.

»Mein Club gehört jetzt diesem beschissenen Bimbo Carmichael.«

Wir stehen einander gegenüber, Tod und ich. Klopfgeräusche dringen aus dem Flur in das Zimmer, da seine Lakaien das Salonfenster provisorisch reparieren. Richardson ignoriert den Krach. Er sinkt wieder in seinen Sessel wie ein verbitterter Vagabund, zieht ausgiebig an seinen Zigaretten und versinkt in frühmorgendliche Grübeleien. Er brütet darüber, wie er den *Parrot* verloren hat.

Es ist in dem Jahr geschehen, als er Sam verloren hat, den ersten seiner Brüder. Sam Richardson sitzt noch nicht lange im Hochsicherheitsgefängnis Gartree. Tod sagt, Sam hätte bei einem Plappermaul, das gesungen habe, nicht weich werden dürfen. Weich werden bedeutet in ihrer Sprache, daß Sam ihn nicht umgebracht hat. Er hat lediglich die Hände des Burschen an eine Tür genagelt.

»Er hätte seine Zunge annageln sollen«, sagt Tod.

In dem, was vom einstmals großen Richardson-Clan geblieben war, kam Sam einem Mann mit Verstand noch am nächsten. Ihn zu verlieren, bedeutete, daß sie eine Menge Einkünfte verloren. Die Geschäfte liefen schlechter. Sie mußten Geld aufbringen. Der *Parrot* war eine ihrer jüngsten Erwerbungen, und als Huey ihnen ein Angebot machte, nahmen sie es an. Das beste Geschäft, das sie machen konnten.

Ein Fehler. Der Besitz des *Parrot* war mit Ansehen verbunden. Sein Verkauf verkündete aller Welt, daß sie nicht mehr an der Spitze standen. Ihnen wurde klar, daß die Leute hinter ihrem Rücken über sie lachten. Das konnten die Richardsons nicht zulassen. Also kratzten Tod und sein Bruder Frank einiges Geld zusammen und wollten den *Parrot* von Carmichael zurückkaufen. Er weigerte sich.

»Also zeigten wir's dem verdammten Arschloch.«

Aber nicht auf die übliche Richardsonsche Weise. Da hätten die Brüder Carmichael unangemeldet besucht und sich entweder ihn vorgenommen oder sein Eigentum oder auch beides. So haben die Richardsons den *Parrot* ursprünglich überhaupt erst bekommen. Doch diesmal bekämpften Frank und Tod Carmichael draußen in dessen Revier. Huey the Snake kontrollierte das örtliche Drogennetz, also machten sich die Richardsons daran, seine Kontrolle zu schwächen. Wirtschaftlich. Sam sagte ihnen aus Gartree, was sie zu tun hatten. Er sagte ihnen, sie sollten ihren Pushern auftragen, Hueys Preise zu unterbieten. Carmichael unterbot seinerseits. Sie unterboten noch einmal. Und dabei vergaßen die Richardsons keineswegs ihre alten Techniken. Wenn sie einen von Hueys Pushern erwischten, schlugen sie ihn zusammen und brachen ihm ein paar Knochen.

Ich frage, ob Albie darin verwickelt gewesen sei.

Nicht in die Schlägereien, sagt Tod. Albie hielt sich ans Dealen. Da er sein Leben lang in Deptford gewohnt hatte, kannte Albie jeden Fixer, Kokser, Speed-Freak und Haschbruder im Umkreis von sechzehn Quadratmeilen. Er kam über sie wie ein Engel vom Himmel und verkaufte Heroin zum Freundschaftspreis von vierzig Pfund pro Gramm. Junkies schlossen Albie in ihre Gebete ein. Er konnte den Stoff schneller loswerden als Eiskrem im Juli. Tod ließ ihm mehr Stoff in immer größeren Mengen zukommen.

»Wo kam der ganze Stoff her?« frage ich ihn.

Tod schaut von seinen Erinnerungen auf. Eine Zigarette hängt schlaff in seinem Mundwinkel. »Der war reichlich vorhanden«, sagt er. »Schon immer. Selbst für erbärmliche vierzig Pfund machte ich noch einen verdammten Gewinn.«

»Und hat es funktioniert?«

»Hat was funktioniert?«

»Haben Sie Carmichael fertiggemacht?«

»Ja, klar, er rührt jetzt kein Smack mehr an. Hält sich an das beschissene Kokain, nördlich vom beschissenen Fluß. Hier ist er aus dem Geschäft.«

»Carmichael kann nicht sonderlich erfreut gewesen sein.«

»Er ist aus meinem verdammten Revier raus. Das zählt.«

»Es kann ihm nicht gefallen haben, daß Albie ihm sein Geschäft ruiniert hat.«

»Das hat er verdammt noch mal auch nicht.«

»Jemand hat Albie umgelegt.«

»Dafür hat Carmichael nicht den verdammten Mumm.«

»Nicht?«

»Der beschissene Bimbo.«

Wir sitzen in den tiefen Sesseln und hängen beide unseren privaten Gedanken nach. Richardson hat zugegeben, daß Albie ihm zehntausend Pfund schuldete. Was er nicht zu wissen scheint, ist, daß Albie mit Carmichael geredet hatte. Aber Albie hat nicht für Carmichael *gearbeitet*. Mit ihm sei »schwer auszukommen« gewesen, hat Carmichael gesagt. Also, da irgend jemand Albie umgelegt hat, kann es eigentlich nur Richardson oder Carmichael gewesen sein. Aber wer? Beide Männer sind bereit, mit mir zu reden. Carmichael hat mir sogar einen Job angeboten. Würde er meinen Bruder umgebracht haben? Andererseits, würde Richardson einen seiner besten Männer umbringen – insbesondere dann, wenn der gerade im Besitz seines Heroins im Wert von zehntausend Pfund war? Das ist kaum logisch. Wer *hat* Albie dann also getötet? Und, um auf den Punkt zu kommen, was werde ich deswegen unternehmen?

Im Haus ist es still. Die Hunde sind in ihren Zwinger gebracht worden, und die Leibwächter sind entweder wieder ins Bett gegangen oder im Flur eingeschlafen. Schließlich stehe ich auf, um zu gehen. Als ich mich recke, höre ich meine Knochen knacken.

»Ich will das beschissene Geld immer noch«, sagt Richardson.

»Welches Geld?«

»Zehntausend verdammte Pfund.«

»Wofür war Albie es Ihnen schuldig?«

»Das habe ich Ihnen doch gesagt. Haben Sie mir nicht zugehört? Ich hatte Albie gerade mit einer ganzen beschissenen Ladung versorgt. Zehn verdammte Unzen. Das sind zehntausend verdammte Pfund. Richtig? Und ich will Ihnen noch was sagen: Sie sind sein beschissener Bruder – Sie werden es mir verdammt noch mal zurückzahlen.«

19

Ludo grinst und wackelt mit dem Kopf, als habe er soeben eine Spielzeugeisenbahn ausgepackt. Das morgendliche Sonnenlicht bringt seine roten Haare zum Leuchten. Er ist in Pantoffeln auf die Straße gekommen. Sein Hemd ist falsch geknöpft. Er tänzelt um den Wagen am Randstein und zeigt darauf.

»Ein Fiesta«, ruft er. »Die sind echt gut. Die behalten ihren Wert als Gebrauchte.«

»Er gehört nicht mir.«

»Von null auf hundert in weniger als zehn Sekunden. Das ist 'ne Menge Auto.«

»Willst du mal darin fahren?«

»Wow, danke, Floyd. Wohin fahren wir denn?«

»Ich bringe dich nach Hause.«

»Oh, gut, das ist echt toll. Zwei richtig gute Nachrichten auf einmal.«

»Nur noch eine Sache.«

»Und die wäre, Floyd?«

»Das ist ein kleines Auto. Paßt du hinein?«

»Ob ich hineinpasse?« Er stutzt. Dann hellt sich sein Gesicht auf. »Ach, du machst nur Spaß, nicht? Ein Fiesta ist gar nicht so klein, Floyd. Eigentlich sogar ziemlich geräumig. Ich hab die Werbung gesehen.«

»Wir holen deine Tasche.«

Im Haus bedankt er sich bei Suzie und sagt, er sei ihr sehr verbunden. Daß er sich freue, wieder nach Hause zu kommen, bedeute nicht, daß Suzie glauben solle …

»Natürlich nicht. Wir hatten dich gerne bei uns. Du warst unser Gast.«

»Das stimmt.« Er strahlt. »Ein Gast.«

»Sei vorsichtig mit dem Kaffee, Ludo.«

Er hat vergessen, daß er ihn in der Hand hat. Jetzt starrt er auf die Tasse und die Untertasse am Ende seines ausgestreckten Arms. Er macht ein Gesicht, als habe er soeben einen zweiten Daumen an seiner Hand bemerkt.

Suzie lächelt mich an. »Nebenan wohnt ein Mann, der seit mindestens fünf Jahren einen Job sucht. Du kommst nach Hause und findest binnen fünf Tagen einen.«

»Ich habe ein einnehmendes Gesicht.«

»Vielleicht, jetzt, wo die Schramme weg ist. Ich hoffe, diesmal ist es ein Job, über den du reden kannst.«

»Ich erzähle dir den ganzen Klatsch aus der Kantine.«

»Kenne ich die Firma, für die du arbeitest?«

»Nein, diese kennst du nicht.«

»Oh-oh. Du steigst doch nicht etwa wieder ins Familiengeschäft ein, oder, Floyd?«

»Soll heißen?«

»Ich meine damit das heimlichtuerische Leben, das Albie geführt hat.«

»Heimlichtuerisch?«

»Laß bitte diese kurzen Gegenfragen, ja? Ist mit diesem Wagen alles rechtens?«

»Er ist versichert und versteuert. Alles ganz legal.«

»Und ist der Job auch legal?«

Ich setze zu einer schnippischen Bemerkung an, und bei jedem anderen würde ich sie auch aussprechen. Aber bei ihr halte ich inne. Suzie wartet, während ihre grünen Augen mich beobachten. Ich trinke einen Schluck Kaffee.

»Albie hatte nie einen Wagen«, sagt Ludo.

»Er meinte wohl, daß man in London keinen braucht«, sage ich, froh über den Themenwechsel. »Als er dann Mitte Zwanzig war und immer noch keinen Führerschein gemacht hatte, befürchtete er, bei der Prüfung durchzufallen. Wie geht es Tamsin?«

»Sie liegt im Bett«, sagt Suzie. »Ich habe sie gegen zehn geweckt. Tee, viel Lächeln, mitfühlende Hand auf der Schulter. Meinst du, ich sollte ihr verbieten, in diesem Club zu singen?«

»Sie ist achtzehn.«

»Und ich bin ihre Mutter.«

»Sie ist zu alt, um im Haus angebunden zu werden, Suzie. Sie führt jetzt ihr eigenes Leben.«

»Sie ist immer noch meine Tochter, und sie braucht meine Hilfe.«

»Sie braucht die Art Hilfe, wie du sie ihr gibst – Tee, viel Lächeln, eine warme Hand auf der Schulter.«

»Brauchen wir das nicht alle? Und das hat sie achtzehn Jahre lang gehabt.«

»Was der Grund dafür ist, warum sie nach Hause gekommen ist. Kinder müssen ausbrechen. Sie hat das nicht getan, um dir weh zu tun.«

»Sie hätte sich selbst weh tun können.«

»Selbst wenn du sie noch ein oder zwei Tage einsperrst, irgendwann mußt du sie wieder nach draußen lassen. Singen ist ihr Beruf.«

Suzie funkelt mich an. »Du hast leicht reden, Großer. Du hast keine Kinder.« Sie schaut weg. Dann nimmt sie ihre Tasse und bläst hinein. »Es tut mir leid, Floyd. Ich hätte das nicht sagen sollen.«

»Doch, das hättest du. Ich verstehe.«

Eine Pause tritt ein. Ludo runzelt die Stirn und sagt: »Floyd wäre einmal fast Vater geworden. Stimmt das nicht, Floyd?«

»Ja, das stimmt.« Jetzt bin ich es, der seine Tasse nimmt.

»Dieser verdammte Albie«, sagt Suzie.

Nachdem ich Ludo in unser Haus zurückgebracht, nachdem ich sein Hemd richtig zugeknöpft, nachdem ich einige Lebensmittel mit ihm eingekauft habe, nachdem ich all das getan habe, fahre ich zurück zur Isle of Dogs. Diesmal arbeite ich allein. Dixie hat mir das Gebiet gezeigt, und heute beginne ich mit der Routine. Heute ist es leicht. Drei von den gestrigen Kunden hatten nicht genug Geld und wurden demzufolge auch nicht versorgt.

Ein Großteil ihres Geschäfts läuft auf Kredit. Ihre neuesten Kunden zahlen bar, und für eine Weile bleibt es dabei. Aber irgendwann sitzen die Junkies dann in der Klemme: kein Geld für den nächsten Schuß. Es sei nur vorübergehend, flehen sie dann: gib mir etwas auf Kredit. Sie versuchen es mit Bitten. Sie versuchen es mit Flehen. Alles, sagen sie, alles würden sie tun.

So hat es der Dealer gern.

Üblicherweise lächelt er. Kein Problem, sagt er, du machst einfach Folgendes. Wenn der Dealer das zum erstenmal sagt, rechnet man mit dem Schlimmsten: daß er von einem verlangen wird zu stehlen, seinen Körper zu verkaufen, eine Verbrecherlaufbahn zu beginnen. Aber so ist es nicht. Nicht im geringsten. Er verlangt nichts auch nur annähernd so Schwieriges.

Es könnte einem sogar helfen.

Was er tut, ist, er gibt einem ein Gramm auf Kredit. Nehmen wir an, das sind sechzig Mäuse, die man ihm schuldet. Aber es gibt einen Ausweg. Man nimmt das Gramm und teilt es in fünfundzwanzig normale Schüsse auf. Packt jeden Schuß in ein Briefchen. Verkauft jedes Briefchen zum üblichen Preis – fünf Pfund – und macht hundert Prozent Gewinn. Dann kann man die sechzig Pfund zurückzahlen und behält immer noch Wechselgeld übrig.

Nur, daß man ein Junkie ist. Man verkauft nicht alles. Aber das sei auch kein Problem, sagt der Dealer. Man brauche nur die Hälfte von dem Gramm zu behalten, das er einem geliehen habe, und den Rest zu verkaufen. Mit dem Geld, das man mit dem Verkauf von zwölf Briefchen verdient, kann man immer noch seine gesamten Schulden bezahlen. Simpel, nicht?

Nur, daß man mehr will. Man hat nichts mehr übrig. Man hat die Hälfte des Stoffs selbst verbraucht und mit dem Rest sechzig Mäuse verdient. Mit diesen sechzig kann man seine Schulden bezahlen. Aber um mehr zu kaufen, braucht man mehr Geld. Was man nicht hat. Also leiht man sich wieder ein Gramm und fängt von vorn an.

Dieses eine Gramm Kredit kettet einen an seinen Dealer. Und man ist jetzt ein Teil der Verteilerkette: man verkauft weiter, um den Eigenbedarf zu finanzieren. Und dabei sollte man besser vorsichtig sein. Wenn man von jedem Gramm zwölf Briefchen verkauft, sind das eine Menge Transaktionen. Der Dealer verkauft einmal, während man selbst zwölfmal verkauft. Und man verkauft an Amateure, an jeden. Man gehört zu der Sorte Dealer, die erwischt wird.

Besitz mit der Absicht zu verkaufen. Vergehen ersten Grades. Sechs Monate Knast.

Es gibt noch ein anderes Problem. Zwölf Briefchen pro Gramm zu verkaufen, bedeutet eine Menge Beinarbeit. Nicht mehr als die Hälfte von jedem Gramm zu behalten, ist ein Akt des Willens. Die Beinarbeit kann einem zuviel werden, und die Willenskraft kann einen verlassen. Besonders, wenn man ein Junkie ist.

Die Zeit kommt, da man weniger als die Hälfte verkauft und den Rest selbst konsumiert. Man hat die sechzig Pfund nicht verdient, die man seinem Dealer schuldet. Aber man hat immer noch diesen Drang. Also schreit man seinen Dealer an: Mach schon, gib mir was. Sag schon, was, zum Teufel, soll ich tun?

Er macht Vorschläge. Man hat keine Wahl. Man kommt zu dem Schluß, daß sein Vorschlag vielleicht doch nicht ganz so schrecklich ist. Nicht unerträglich. Nicht, wenn man es nur einmal tun muß.

Also ich könnte kein Dealer sein. Es gibt welche, die die Schraube richtig fest anziehen. Ich bin nur vorübergehend im Großhandelsgeschäft. Verkaufe an Kleindealer auf der Straße.

Komisch, daß die Reichen nie Bargeld bei sich haben. Zwei von den dreien, mit denen ich mich heute treffen muß, tragen Anzüge, für die sie allein schon zehn Gramm kaufen könnten. Gestern haben alle drei zu Dixie gesagt, ihnen sei das Geld ausgegangen, also solle er morgen wiederkommen. Vielleicht lag es daran, daß er mich bei sich hatte. Sie haben sich höflich seine Vorstellung angehört, aber dann haben sie gezögert. Es hätte eine Falle sein können. Vielleicht haben sie auch *Nicht heute, vielen Dank* gesagt, um zu sehen, wie Dixie reagiert. In Geschäftsdingen kann es nie schaden, vorsichtig zu sein.

Aber heute müssen sie sich entscheiden, weil ich allein bin.

Ich habe *meine* Entscheidung bereits getroffen: Ich werde mich noch ein wenig länger Carmichaels Test unterwerfen. Ich habe kaum Gewissensbisse deswegen. Kokain gehört zu der Sorte Drogen, die einem nicht unbedingt schaden müssen – es sei denn, man geht dumm damit um. Man nimmt sie um des Kicks willen, wie man einen Whisky trinkt. Es gibt keinen Grund, warum man süchtig werden sollte. Aber wenn man doch süchtig wird – und wenn man zu den schick gekleideten Stadttypen gehört, welche die normalen Leute von dieser Insel vertrieben haben – tja, dann ist das nicht meine Sache. Und man sollte bloß nicht damit rechnen, daß *ich* einem die Tränen abputze.

Die beiden Männer in teuren Anzügen treffen sich mit mir auf Großkotz-Territorium. Der erste hat einen Pub am Marsh Wall im Millwall Dock gewählt, das zu meiner Zeit ein Ort war, wo niemand einen Anzug getragen hat. Jetzt ist die Gegend nicht mehr wiederzuerkennen. Kugelsicher verglaste Büros, die förmlich nach Geld schreien. Marmorwände. Drehtüren. Der Pub ist wie die Bar eines Fünf-Sterne-Hotels: große Fenster und moderne Stühle. Er nennt sich *Spinnaker*, des nautischen Anflugs wegen.

Wir tauschen Zeitungen aus.

Der zweite Großkotz wartet auf der Westferry Road im *City Pride*. Diesen Pub müßte ich kennen. Hier war schon immer einer, aber er hat sich verändert. Zu meiner Zeit war sogar der Eingang auf der anderen Seite. Jetzt ist er grün und weiß, hat einen trendigen Garten und spielt laute Musik.

»Sie können sich die Zeitung sparen«, sagt der Nadelstreifenanzug. Er gehört zu der Sorte, die grinst und einen an den Arm faßt. »Im *City Pride* liest kein Mensch eine Zeitung.«

Ich schätze, er hat recht. Sie schreien einander nur an. Sie tun so, als feierten sie eine Party in ihrer Mittagspause. Sie schütteln das Büro ab, flippen kurz aus und gehen wieder an die Arbeit.

Wir wickeln das Geschäft so schlicht ab wie ein Buchmacher eine Wettannahme. Er gibt mir einen weißen Umschlag. Eine Minute später gebe ich ihm einen kleineren braunen zurück. »Hier drinnen beobachtet niemand irgendwen«, sagt er. Mir kommt es so vor, als beobachte die ganze Zeit jeder jeden. Das heißt, wenn sie sich nicht selbst im Spiegel beobachten, um sich zu vergewissern, daß sie noch den Erwartungen entsprechen.

Ich lasse den Wagen, wo ich ihn geparkt habe, und gehe zu meiner letzten Verabredung. So, wie sich am Himmel die Wolken zusammenballen, sollte ich lieber fahren. Aber ich liebe frische Luft. Ich will mir die Gegend ansehen. Und es gibt reichlich zu sehen, weil hier reichlich Geld ausgegeben worden ist. Nur eine halbe Meile entfernt ist die überfüllte, baufällige Poplar High Street. Und hier stehe ich auf einer Straße, die nicht asphaltiert ist, sondern wie eine geflieste Terrasse aussieht – jede einzelne Fliese im Fischgrätmuster von Hand eingesetzt.

Bei der Betrachtung der Straße fällt mir ein alter weißer Lieferwagen auf. Er kriecht wie ein Milchwagen. Die meisten Lieferwagen fahren hier in normalem Tempo durch. Dieser nicht. Er schleicht daher. Hinter mir.

Ich drehe mich um und starre ihn an, und der Fahrer starrt zurück. Der Beifahrer desgleichen. Dann nimmt der Lieferwagen Fahrt auf und rollt an mir vorbei.

Ich schaue ihm nach.

Wahrscheinlich hat es nichts zu bedeuten. Bei einem Job wie diesem arbeitet die Phantasie auf Hochtouren. Ich gehe weiter zum nördlichen Teil der West India Docks zu den Sugar Warehouses. Es muß an ihrem historischen Wert liegen, daß man sie stehen gelassen hat. Große sechsstöckige Klötze aus Ziegeln, die vor fast zweihundert Jahren erbaut worden sind. Immer düster und jetzt leer. Die Fenster sind mit Eisenstangen vergittert, diejenigen in den unteren Etagen mit gefährlichen Spitzen, um Diebe fernzuhalten. Im Schatten dieser bedrückenden Ziegelkadaver spüre ich die Macht der ursprünglichen Zuckerbarone. Während ihre Männer die rauhen Säcke durch diese schmale Gasse schleppten, scheuerte der kantige Zucker das Sackleinen durch und kratzte ihre Schultern auf. Hier ist den Männern regelmäßig das Blut aus den Schürfwunden getropft. Deswegen haben sie die Straße auch Blood Alley genannt.

Mein Mann wartet an ihrem Ende. Er trägt einen schicken grauen Fischerpullover und eine weite blaue Hose.

»Ich bin jetzt Ihr Kontakt«, erinnere ich ihn. »Was brauchen Sie?«

»Drei Unzen.« Trotz des Pullovers sieht er so aus, als friere er.

»Ich habe nur zwei mitgebracht. Das ist Ihre übliche Abnahmemenge.«

»Okay. Dann zwei.«

»Das macht zwei Riesen.«

»Bekomme ich keinen Rabatt?«

»Nicht für zwei Unzen. Wollen Sie die andere morgen haben?«

»Ich denke schon.« Er zittert.

»Schnupfen Sie selbst?«

»Ich habe mich erkältet. Hier ist ihr Geld.«

Er zieht ein Bündel Geldscheine aus der Hosentasche und fängt an, die Summe abzuzählen.

»Sie hätten dieses Geld bereit und gebündelt haben sollen.«

»Ich dachte, ich könnte drei kaufen.« Er sieht mich nicht an.

»Wenn wir uns das nächstemal treffen, haben Sie das in Tausendern vorgebündelt. Wir könnten beobachtet werden.«

»Tut mir leid. Ich dachte, Sie wollten es zählen.«

»Ich zähle es hinterher. So wie Sie das Gewicht überprüfen.«

»Ich bin noch neu in diesem Geschäft, Mr. Burns.«

»Die Regeln sind simpel: niemand betrügt. Versuchen Sie es niemals.«

Er hört auf zu zählen. Ich nehme die Zweitausend, und er stopft den Rest des Geldes in seine Hosentasche zurück. Er geht achtlos mit den Scheinen um, wie mit einem Taschentuch. Das Geld scheint wertlos für ihn zu sein.

»Morgen um dieselbe Zeit?« frage ich.

»Wenn Sie wollen. Ich kann ein paar Tage warten.«

»Es liegt an Ihnen. Ich komme sowieso.«

»Okay. Die andere Unze.«

Wir trennen uns. Ich lasse ihn zuerst gehen. Obwohl er ein spannendes, lukratives Geschäft leitet, scheint er das Interesse am Leben verloren zu haben. Ich gehe durch die Blood Alley zurück. Ich zittere. Wenn irgendwo Wind aufkommt, bläst er immer hier. Im Schatten ist es kalt. Es wird gleich anfangen zu regnen.

Als ich wieder ins Licht trete, halte ich nach dem weißen Lieferwagen Ausschau. Mir hat sein langsames Tempo nicht gefallen. Mir hat nicht gefallen, daß ich, kurz, nachdem ich den Lieferwagen bemerkt hatte, mit einem nervösen Mann ein Geschäft abgewickelt habe. Mir hat die gleichgültige Art und Weise nicht gefallen, wie er sein Geld gezählt hat.

Aber von dem Lieferwagen ist nichts zu sehen.

Weil die Isle of Dogs in Wirklichkeit eine Halbinsel ist, staut sich an den Übergängen zum Festland der Verkehr. Die schlimmsten Stellen sind die Poplar High Street und die East India Dock Road. Um sie zu umgehen, fahre ich über den Marsh Wall und an der Ostseite entlang. Ich sitze wieder in dem Fiesta und fahre bei geöffnetem Fenster gemütlich nach Hause. Auf der Preston Road sehe ich plötzlich den weißen Lieferwagen im Rückspiegel.

Wer kann das sein? Niemand außer Huey Carmichael weiß, daß ich hier bin. Es könnte sein, daß dies zu Hueys Test gehört. Ich arbeite zum erstenmal ohne Dixie. Vielleicht hat Carmichael ein paar Burschen beauftragt, mich im Auge zu behalten.

Dann sehe ich den Polizeiwagen.

Ich kann ihn gar nicht übersehen. Er hat direkt vor mir geparkt. Zwei große blaue Uniformen sind auf die Straße gesprungen und bedeuten mir, an den Straßenrand zu fahren. Ich halte an. Während einer der beiden Bullen kommt und sich in mein Fenster lehnt, überholt der weiße Lieferwagen und fährt vorbei.

»Entschuldigen Sie, Sir. Nur eine Routinekontrolle.«

Ja, sicher. Ganz bestimmt.

»Sind Sie der Besitzer dieses Fahrzeugs, Sir?«

»Der Fahrer, nicht der Besitzer. Der Wagen ist für jeden Fahrer versichert.«

»Sie haben die Papiere?«

Ich beuge mich zum Handschuhfach herüber.

»Nur einen Augenblick, Sir, wenn es Ihnen nichts ausmacht. Die Straße ist sehr stark befahren. Würde es Ihnen etwas ausmachen, dort hinein zu fahren?«

Er zeigt auf eine ruhige Seitenstraße zu unserer Linken, die entlang der Spitze der Enterprise Zone zurück führt.

»Ist das nötig?«

»Wenn es Ihnen nichts ausmacht, Sir. Eine reine Routinekontrolle.«

Natürlich. Die Polizei kontrolliert heute rein zufällig Autos. Rein zufällig haben sie sich meinen Wagen herausgepickt. Rein zufällig dirigieren sie mich in diese ruhige Seitenstraße.

Ich stehe in einem leichten Nieselregen. Jede Minute wird die dunkle Wolke über uns ihre Schleusen öffnen: ein kurzer, heftiger Schauer. Hier in der ruhigen Seitenstraße bleibt alles höflich und förmlich. Alles ist so, wie es sein sollte.

Sofern man Detective Sergeant Kellard ignoriert, der ruhig auf der Rückbank des Polizeiwagens sitzt. Sofern man den Polizeihund ignoriert, der mich beschnüffelt. Schnüffel, schnüffel. Ein Drogenspürhund von Scotland Yard. Ich glaube, ich sollte zum Polizeiwagen gehen und mit Kellard reden. Zu spät, Bulle, sollte ich sagen. Der Stoff ist abgeliefert.

20

Die Aprilsonne verbessert das Aussehen der Malpas Road. Sie fällt auf die niedrigen Dächer der zweigeschossigen Häuserreihen und trocknet den Dreck auf den Gehsteigen. Papierfetzen, die zuvor durchweicht waren, flattern jetzt wieder im Rinnstein. Katzen aalen sich auf Fensterbänken, Kinder jagen einander lärmend um Häuserecken, ein Mann kommt aus seinem Haus, um seinen Wagen zu reparieren.

Jamie geht mit mir zum Brockley Cross, wobei er die frische Luft durch die geblähten Nüstern zieht, wie die Leute auf der Insel

Kokain schnupfen. Er grüßt eine alte Frau, die durch das Schaufenster von Patels Schreibwarenladen schaut. Sie reagiert mit einem Lächeln.

Am Brockley Cross treffen sich fünf Straßen. Es gibt dort eine Tankstelle, den Howarth Timber Yard und eine Reihe von Geschäften. Abgesehen von Jim's Café und dem Fish-and-Chips-Imbiß (mit chinesischem Essen zum Mitnehmen) gibt es noch einen Schlüsseldienst, das Blumengeschäft Baytree Florist und die Birds Dress Agency mit Doppelschaufenster (»So Gut Wie Neu«, gegründet 1830). Das bringt mich ins Grübeln. Mr. Bird hat dieses Geschäft für Kleidung aus zweiter Hand vor über einem und einem halben Jahrhundert eröffnet. Es hat durch alle Bird-Generationen bis heute Bestand gehabt. Jede Generation hat ein Kind ausgewählt und es mit dem Familiengeschäft vertraut gemacht: dem An- und Verkauf von Kleidung. Ich frage mich, ob diese Kinder die Gelegenheit willkommen geheißen haben oder sich danach sehnten, dem Geruch ungewaschener Kleidung zu entfliehen.

»Ich könnte ein Schinkenfrühstück verputzen«, sagt Jamie.

»Gut.«

Deswegen sind wir unterwegs. Jamie hat in seiner Bude Trübsal geblasen und sich von Tee und altem Toast ernährt. Ich habe ihn zu Jim's Café geschleppt.

»Tag, Ida. Frühstück, bitte.«

»Bist du gerade erst aufgestanden?«

»Hör bloß auf«, sagt Jamie. »Was gibt es?«

»Steht auf der Tafel, dasselbe wie immer.«

Auf der Tafel stehen alle Kombinationen von Gebratenem: Eier mit Schinken, Eier mit Würstchen, Eier mit Schinken und Würstchen, heiße Pies, heiße Pies mit Chips und Bohnen, Würstchen mit

Eiern, Chips, Schinken, Bohnen und Tomaten. Brot und Butter. Kaffee oder Tee. Jim's ist ein wenig einnehmendes Eckcafé – schäbiges Mobiliar, beschlagene Fenster, mit Pinienfurnier vertäfelte Wände. Aber was man auch zu essen bestellt, es wird frisch für einen zubereitet.

Jamie und ich setzen uns an einen Seitentisch und warten.

»Ist meine eigene Schuld«, sagt er plötzlich, wobei er jene störrische Haarlocke zurückstreift. Er grinst mich an.

»Was meinst du?«

»Die Barbies. Ich hätte schwören können, es sind Dickies. Ich hätte sie vorher antesten sollen.«

»Bist du Apotheker?«

»Nee, aber ich hätte sie mir nicht gleich in die Vene jagen sollen, oder? Probiere neuen Stoff von einer neuen Quelle grundsätzlich aus. Jag dir nichts in die Vene, bevor du es nicht geschnupft, geraucht oder geschluckt hast. Finde heraus, wie stark der Stoff ist.«

»Sagt Eva das?«

Er grinst. »Sie ist okay, nicht?«

»Ist sie dein Mädchen?«

»Eva? Ich bitte dich!«

»Du könntest es schlimmer treffen.«

»Herz aus Gold, Körper aus Eisen.«

»Gibt sie sich immer so hart?«

Jamie zuckt die Achseln, nimmt eine Gabel und poliert sie an seinem Ärmel. »Sie war mal verheiratet.«

»Auch harte Mädchen heiraten.«

»In der Regel Nieten. Ich schätze, ich wäre zu stark für sie.«

»Meinst du?«

»Ein Tee«, sagt Ida, die neben uns am Tisch auftaucht, »mit Eiern, Tomaten, Chips und Bohnen.«

»Das ist für mich«, sagt Jamie.

»Und Schinken, Eier und Chips«, sagt sie. »Zwei Scheiben Brot und ein Tee.«

»Das ist für mich.«

Als sie wieder hinter ihrem Tresen steht, deute ich mit einem Kopfnicken auf Jamies Teller. »Wundert mich, daß dir beim Anblick deines Tellers nicht schlecht wird.«

»Ich bin rekonvaleszent, oder? Invaliden mögen labbriges Essen.« Er sticht das Eigelb auf, so daß es in die Bohnen läuft, und stampft die gebackene Tomate in seine Chips. »Jedenfalls bin ich jetzt Vegetarier. Fleisch ist nicht gut für einen.«

Ich esse meinen Schinken, heiß und salzig. Zwei Männer in Hemdsärmeln schlendern durch die offene Tür. Sie holen Tassen hinter dem Tresen hervor und gießen sich Tee ein. Sie sagen *Hallo* zu Ida, setzen sich und zünden sich eine Zigarette an. Ida liest weiter ihren *Daily Mirror*. Wenn die Männer ihren Tee getrunken haben, werden sie das Geld auf den Tresen legen. Sie braucht nicht danach zu fragen. An ihrem Cafétisch können die beiden Männer sitzen wie zu Hause an ihrem Küchentisch. Vielleicht noch gemütlicher: Hier in dem Café gibt es keine lärmenden Kinder, keinen stinkenden alten Hund, keine keifende Ehefrau. Jim's Café ist der gemütlichste Ort, den sie kennen.

»Hat Albie dich versorgt?« frage ich.

Jamie schaut von seinem Teller auf. Die Gabel hängt reglos in der Luft. Ein roter Klecks Tomate fällt herunter. »Du weißt davon?«

»Ich weiß, daß er gedealt hat. Er hatte einen Haufen Kunden.«

Jamie schnauft. »Er war wunderbar, dein Bruder. Immer ein anständiger Preis. Immer da. Der Mann war ein Wunder.«

»Das habe ich auch gehört. Und nach seinem Tod gab es nichts mehr?«

»Genau.« Jamie rührt mit der Gabel im Ei und in den Bohnen herum. Das Eigelb vermischt sich mit der roten Soße und hinterläßt gestockte Flocken zwischen den Bohnen. »Nachdem er überfahren worden war, hatten wir eine Dürre. Im Moment ist nur sehr wenig Heroin im Umlauf. Und die Preise sind auch wieder die alten. Ich mußte auf Diconal umsteigen.«

»Nur, um über die Runden zu kommen?«

»Nee, um die Wahrheit zu sagen, sind sie mir eigentlich lieber. Dickies sind rein... *Normalerweise* sind sie das. Smack ist mit allem möglichen Scheißdreck verschnitten. Ein Bursche in Catford hat mal Smack mit Mehl verschnitten. Stell dir vor, du drückst die Mischung! Mehl und Wasser ist ein Klebstoff, oder? Und du willst auf keinen Fall Kleber in deinen Venen haben. Scheiß Catford – die sind total daneben da unten.«

Jamie kratzt die letzten Bohnen zusammen und schaufelt sie sich in den Mund. »Aber was soll's. Ist immer noch besser, als den ganzen Tag vor der Glotze zu hängen.«

»Tatsächlich?«

Er schiebt seinen Stuhl zurück. »Du hast in den letzten zehn Jahren nicht hier gelebt. Die verdammte Regierung hat das Leben der normalen Menschen zerstört. Weißt du, warum? Weil die Politiker die Arbeiterklasse hassen. Sie sind entweder reich geboren worden, oder sie zahlen es den Kindern heim, die sie in der Schule verprügelt haben.« Er steht auf. »Ich glaube, ich werfe ein Pfund in den Eight Ball Deluxe.«

Der Deluxe ist eines von zwei Spielgeräten, die gleich neben der Tür stehen. Diese Tür steht nur dann nicht auf, wenn es wirklich kalt ist. Den ganzen Tag kommen die Anwohner herein und behandeln das Café wie ein zweites Zuhause. Sie kaufen nicht immer etwas. Vielleicht setzen sie sich nur an einen Tisch, um sich mit einem Freund zu unterhalten. Vielleicht erzählen sie Ida einen Witz. Vielleicht nehmen sie ein getoastetes Sandwich, um es draußen zu essen. Das Radio spielt ständig, und manche Leute kommen nur herein, um zur vollen Stunde die Nachrichten zu hören.

Während ich meine Tasse Tee austrinke, verspielt Jamie sein Pfund an dem uralten Flipper. Er zieht den Tik-Tak-Cash-Geldspielautomat in Betracht, zuckt dann aber die Achseln. »Das macht keinen Spaß.«

Als wir wieder zu seiner Wohnung gehen, hat die Sonne das letzte Grau vom Himmel vertrieben. Jamie stößt mich an. »Dir gefällt meine Art zu Leben nicht, hab ich recht, Floyd?«

»Es ist dein Leben.«

»Du hältst mich bestimmt für einen hoffnungslosen Junkie. Tja, das bin ich nicht. Ich hab alles unter Kontrolle. Was du letzte Nacht gesehen hast, war ein Unfall. Ich nehme seit ungefähr fünf Jahren Smack. Was hat es mir geschadet? Das einzige Problem dabei ist die regelmäßige Versorgung. Wenn genug zu haben ist, komme ich mit einem halben Gramm pro Tag aus. Das ist alles. Die Menge hat mir immer gereicht. Ich sehe da keinen Unterschied zu den Leuten, die Zigaretten rauchen.«

»Glaubst du, *die* sind nicht süchtig?«

»Wir sind alle süchtig. Na und? Trinken, Rauchen, Drogen. Das ist es, was uns durch den Tag bringt.«

Er bleibt am Randstein stehen und schaut mir ins Gesicht, als habe er dort etwas entdeckt, das ihm noch nie zuvor aufgefallen ist.

»Warum sollen wir nicht ein klein wenig Spaß haben, eine Stütze? Sag mir das. Leben heißt nicht, nur das zu tun, was gut für einen ist, Floyd. Was für ein Leben wäre das? Ich kenne das Leben, das dieses Land für mich vorgesehen hat. Sie wollen, daß ich mich ihrem Willen beuge wie eine Fabrikmaschine, damit sie mich verschrotten können, wenn ich verbraucht bin. Ich sage dir, wenn ich eine stumpfsinnige Maschine bin, dann will ich meinen Brennstoff. Regelmäßig. Gib mir ein Gramm pro Tag, und ich bleibe stumpfsinnig.«

21

Tamsin legt die Füße auf den Tisch und fragt, warum nicht? Was das betrifft, will sie wissen, wer sie daran hindern wolle.

Sie trägt einen weiten, locker gestrickten weißen Pullover und eine enge schwarze Hose. Ihre Haare sind überall.

»Ich werde dich daran hindern«, sagt Suzie gelassen. »Ich habe mir heute freigenommen und die Schicht getauscht.«

Tamsin funkelt sie an. »Ich würde sagen, daß es etwas zu spät dafür ist, noch die Mutter zu spielen.«

»Genau das bin ich.«

»Tja, Scheiße«, sagt Tamsin mit trotzigem Blick. Kurze Zeit herrscht Schweigen. Dann wendet sie sich an mich. »Du bleibst auch, nehme ich an? Hast du eine Tasche für die Nacht mitgebracht?«

»Nein.«

»Du könntest in dem freien Zimmer schlafen wie dein Bruder.« Sie starrt ihre Mutter an. »Ich nehme an, mit Floyd wirst du glücklicher sein.«

Suzies grüne Augen sprühen Funken. »Was willst du damit sagen?«

»Haha!«

»Nun?«

»Als ob du das nicht wüßtest.«

»Sag's mir.«

Ich schaue auf den Teppich. Ich höre die Pause.

»Das ist doch einfach lächerlich, weißt du das? Du kannst mich doch nicht einsperren.«

»Du kannst es ja darauf ankommen lassen.« Suzie schaut streng drein. Tamsin macht einen Schmollmund. Sie funkeln einander so ausdrucksvoll an, daß man glauben könnte, sie probten eine Szene aus *Carmen*.

»Es war doch nur eine Party«, sagt Tamsin. »Auf einem ganz gewöhnlichen Boot.«

»Wann hat sie angefangen?« frage ich.

Sie sieht mich stirnrunzelnd an. »Was spielt das für eine Rolle?« Dann hält sie inne.

»Du warst zwei Nächte lang weg«, stellt Suzie fest. »Keine Party läuft von einer Nacht zur nächsten.«

»Das ist eine verdammte Inquisition. Ich kann mich nicht mehr erinnern, wo ich war.«

»Ganz genau«, sagt Suzie. »Was für Tabletten hattest du geschluckt – oder war es Kokain?«

Tamsin springt auf und funkelt mich an. »Hast du ihr das erzählt? Hast du ihr diese Lügen aufgetischt?«

Suzie unterbricht sie. »Das brauchte er gar nicht. Und es waren auch keine Lügen. Als ich dich ins Bett gebracht habe, warst du noch so high wie ein Drache über den Wolken.«

»Ich hatte was getrunken. Entschuldige!«

»Das auch noch? Hör mal, mein Schatz, glaubst du, ich lebe auf dem Mond? Glaubst du, ich hätte noch nie einen Junkie auf der Station gesehen? An jedem Wochenende sehe ich Kinder, die völlig zugedröhnt sind.«

»Ich gehe nach oben.«

»In einem habe ich mich getäuscht.« Tamsin bleibt in der Tür stehen, um sich anzuhören, was Suzie zu sagen hat. »Du warst nicht auf Koks. Es war irgendein Halluzinogen, stimmt's? Was ist gerade in Mode – eins von denen mit Buchstaben anstelle eines Namens: MDA, PCP, LSD?«

Tamsin wirft den Kopf in den Nacken. »XTC.«

»Ecstasy.«

Tamsin steht zitternd in der Tür. »Es ist völlig harmlos.«

»Es bringt einen nicht gleich um, nehme ich an.«

»Ich gehe ins Bett.«

Diesmal geht Tamsin tatsächlich. Suzie bleibt auf ihrem Sessel sitzen, ganz die steife Stationsschwester. Ich stehe auf, gehe zu ihr und drücke ihre Schulter. Ich sollte noch mehr tun. Aber ich tue es nicht.

Langsam läßt Suzie die Luft aus ihrer Lunge entweichen. Sie läßt den Kopf gegen meinen Arm sinken. Ihre Hand greift nach oben und streicht über mein Handgelenk. So bleiben wir, voneinander abgewandt, sie auf ihrem Sessel, ich daneben. Ich sage nichts. Ihre Finger kitzeln die Haare auf meinem Handrücken. Ich höre ihren Atem.

Ich setze mich auf die Sesselkante und lege den Arm um sie. Sie fühlt sich warm neben mir an. Nach einer Weile sagt sie: »Was hätte ich denn tun sollen, als Tom starb – Tamsin das Singen verbieten? Als er noch lebte, ist Tom immer mit ihr gegangen, wenn sie irgendwohin mußte, wo es vielleicht nicht sicher war. Na ja, ich habe sie weiter singen lassen. Manchmal bin ich mit ihr gegangen, manchmal konnte ich es nicht. Ich mußte arbeiten. Vielleicht war das ein Fehler. Vielleicht hätte ich ihr sagen sollen, daß sie sich auf die Schule konzentrieren soll.«

»Du hast das Richtige getan.«

»So sieht es aber nicht aus.«

Ich streiche über ihre blonden Haare. »Sie hätte dir sagen müssen, wo sie ist, das ist alles. Wahrscheinlich war ihr gar nicht klar, wie lange die Party dauern würde.«

»Das ist nicht das erstemal.«

Ich sitze auf der Sessellehne und drücke Suzies Kopf an meinen Körper. Es ist still im Zimmer. Wir wiegen uns sanft hin und her.

Tamsin stürzt durch die Tür. Sie trägt einen Schlafanzug. »O je, tut mir leid!« sagt sie ernst. »Ich hätte wohl besser anklopfen sollen.«

Suzie und ich lösen uns voneinander. Wir stehen nicht auf.

»Ich wollte mir nur was zu trinken holen – wenn's recht ist.« Tamsin läuft in die Küche. Wir hören, wie sie den Kühlschrank öffnet. Ich weiß nicht, ob ich so nah bei Suzie bleiben oder lieber aufstehen soll. Schließlich stehe ich auf und entferne mich von ihr. Suzie berührt meine Finger, als ich gehe. Ich glaube, sie würde es vorziehen, daß ich bliebe, wo ich war.

Tamsin taucht mit einem großen Glas Brombeerlikör in der Tür auf. Ihr Schlafanzug besteht aus dünner durchscheinender Baumwolle. Sie trägt nichts darunter. Ich schaue weg.

»Es tut mir leid wegen der Party«, sagt Tamsin.

Suzie lächelt. Die Anspannung in ihrem Gesicht weicht Erleichterung. »Ich weiß.«

»Ich hätte anrufen müssen.«

»Ich habe mir Sorgen gemacht.«

»Sind wir wieder Freunde?«

Suzie streckt die Hände aus. Tamsin eilt zu ihr, kniet nieder und küßt Suzie auf die Wange. Während sie ihre Mutter küßt, schaut sie mich an. Dann setzt sie sich zu Suzies Füßen auf den Boden.

»Darf ich nach den Tabletten fragen?« fragt Suzie leise.

»Nein«, sagt Tamsin. Sie streichelt Suzies Bein. »Sie machen nicht süchtig oder irgendwas. Es sind keine richtigen Drogen.«

»Sie sind ein Anfang.«

»Laß uns nicht darüber reden.«

»Okay, mein Schatz.«

Wir hängen alle drei schweigend unseren Gedanken nach. Ich gehe wieder zu meinem ursprünglichen Sessel und setze mich. Tamsin lächelt mich von Suzies Seite an. »Sitze ich auf deinem Platz?«

»Nein«, antworte ich unbeschwert. »Deine Mutter war etwas aufgeregt.«

Tamsin hebt eine Augenbraue. Ein Schatten huscht über Suzies Gesicht. Es ist, als hätte ich einen kleinen Betrug begangen. ›Deine Mutter‹ anstatt ›Suzie‹. ›Ein wenig aufgeregt‹, um sie herabzusetzen.

Wir sitzen alle drei im warmen Wohnzimmer und beobachten einander.

22

Ludo will mir eine Tasse heiße Schokolade machen. Er sagt, er wisse, was er zu tun habe. Ich habe das Gefühl, er hat darauf gewartet, daß ich nach Hause komme, damit er mir sein Talent demonstrieren kann. Er trägt eine Schürze.

»Das ist das Beste, was man vor dem Zubettgehen trinken kann«, sagt er. »Es hilft einem beim Einschlafen. Albie hat mir gezeigt, wie man sie macht.«

»Nur zu.«

Ludo reibt ein Streichholz an, dreht das Gas auf und hält die Flamme daran. Er schüttelt das Streichholz aus und legt es auf die Arbeitsplatte neben dem Herd. Dann stellt er einen Topf mit Milch auf die Flamme.

»Wichtig ist, daß man die Milch nicht überkochen läßt. Aber das werde ich nicht, das verspreche ich. Ich bin ganz vorsichtig, Floyd.«

»Wieviel Milch haben wir noch?«

»Ich habe noch zwei Flaschen gekauft. Und auch noch etwas Brot.« Er strahlt mich an.

»Gut gemacht, Ludo.«

»Man rührt den Kakao erst ein, wenn die Milch gekocht hat. Das sagt Albie jedenfalls. Sagte. Man streut den Kakao in die Milch, wenn sie in der Tasse ist. Drei Teelöffel. Drei für jede Tasse. Jemand hat angerufen.«

»Wer?«

»Das hat er nicht gesagt. Er sagte, er würde wieder anrufen. Und das hat er auch getan.«

»Er hat zweimal angerufen?«

»Er will dich sprechen, glaube ich.«

»Hat er einen Namen hinterlassen?«

»Willst du deine Schokolade in einer Tasse oder im Becher? Ein Becher ist größer.«

»Im Becher. Hat er einen Namen hinterlassen?«

»Wer?« Ludo beugt sich über den Topf und rührt die Milch mit einem Holzlöffel um.

»Der Mann am Telefon.«

»Ach so. Nein. Er sagte, er würde noch mal anrufen.«

»Er hat das beide Male gesagt?«

»Ja. Na ja, ich glaube.«

»Wenn du weiter so in der Milch herumrührst, wird sie nie kochen.«

Um kurz nach zehn klingelt das Telefon wieder. Ludo springt auf. »Kann ich rangehen, Floyd? Das habe ich vorher auch getan.« Ich zucke die Achseln.

»Hallo? Ja? Hier ist der Carter-Haushalt. Ja. Ja. Floyd, es ist für dich.« Er gibt mir den Hörer.

»Bist du das diesmal, Carter? Hier ist Vinnie Dirkin.«

»Und?«

»Ich muß mit dir reden.«

»Hast du von Richardson gehört?«

»Am Telefon sage ich kein Wort. Kannst du rauskommen?«

»Warum kannst du nicht reden?«

»Ich muß dich sehen.«

»Du weißt, wo ich wohne.«

»Dahin kann ich nicht kommen. Kennst du das *Windsor Castle*?«

»Natürlich kenne ich es.«

»Sei um halb elf da. Es geht um deinen Bruder.«

»Um welchen?«

Die Leitung ist tot.

Wir fahren in dem Fiesta hin und kommen fünfzehn Minuten zu spät. Ich parke hundert Meter entfernt auf der High Street. Es könnte ratsam sein, zu Fuß anzukommen. Den Wagen in Reserve zu haben.

Von allen Pubs, die Dirkin auswählen konnte, mußte es ausgerechnet das *Windsor Castle* sein. Es ist eine kleine Spelunke an der Ecke Deptford High Street und Ffinch Street – die ruhige Ecke am Bahnhof, nicht weit von der Stelle, wo die Eisenbahnbrücke schräg über die Straße führt. Gegenüber dem Bahnhof ist das *Mechanic's Arms*. Das *Windsor Castle* ist auf derselben Seite wie der Bahnhof.

An der Bar sitzen mehrere verhutzelte alte Männer und zwei Frauen in Blusen, die ihr Alter zu verbergen versuchen. Sie sehen mit stumpfem Blick auf, als wir hereinkommen. Dann schauen sie wieder in ihr Glas. Sie sehen aus, als hätten sie gerade eine schlechte Nachricht erhalten.

Dirkin sitzt allein an einem Seitentisch. Er steht auf. »Ich dachte schon, du kommst nie mehr.«

»Du weißt, was Denken anrichtet. Kaufst du die Drinks?«

»Ich weiß es«, sagt Ludo.

»Was weißt du?«

»Ich weiß, was Denken anrichtet.« Er kichert. »Denkens Hintern hing aus dem Fenster, also ging es nach draußen, um einen Blick darauf zu werfen.« Ludo lacht wieder. Er ist stolz auf seinen Witz. Dirkin runzelt die Stirn.

»Wir haben keine Zeit für einen Drink«, sagt er.

»Ich dachte, du wolltest reden?«

»Nicht hier. An einem privateren Ort.«

»Hier ist es privat, Vinnie. Die Leute hier drinnen sind schon seit fünfzehn Jahren hirntot.«

»Wir müssen irgendwohin.«

»Setz dich, Vinnie.« Er zögert, aber er setzt sich. »Wohin sollen wir mit dir gehen?«

Dirkin leckt sich die Lippen. »Es ist nicht weit. Ehrlich.«

Ludo stößt mich an. »Ich glaube, er will uns einen Streich spielen.«

»Siehst du? Selbst Ludo kannst du nichts vormachen.«

Dirkin windet sich auf seinem Stuhl. »Die Leute sehen uns an, Carter. So, wie ihr da steht.«

»Worum geht's, Vinnie?«

»Ein Mann will mit dir reden. Privat. Über deinen Bruder.«

»Ich bin sein Bruder«, sagt Ludo.

»Nee, über den anderen. Über den, der tot ist.«

»Wo sollen wir uns mit diesem Mann treffen?«

»Da ist 'ne Bude in der Childers Street. Das ist nicht weit. Kommt schon.« Vinnie steht auf.

»Als wir uns zuletzt begegnet sind«, stellt Ludo fest, »wolltest du uns zusammenschlagen.«

Ich sehe ihn an. »Dann erinnerst du dich an diesen Burschen?«

»Natürlich erinnere ich mich«, sagt Ludo. »So dämlich bin ich nun auch wieder nicht. Die Leute denken immer, ich könnte mich an gar nichts erinnern. Tja, ich vergesse kein Gesicht. Wir gehen doch nicht mit ihm, oder?«

»Wir können auf uns aufpassen.« Ich begegne Ludos Blick, und er erhebt keine Einwände mehr.

Vinnie putzt sich an seinem Ärmel die Nase. »Sie wollen nicht mit euch beiden reden.«

»Sie? Wie viele sind es denn?«

Vinnie sieht aus, als sei er ziemlich durcheinander. Er schaut auf den Tisch, als könne die Antwort irgendwo auf einem Bierdeckel geschrieben stehen.

»Komm, Ludo«, sage ich. »Ich würde ihm nicht glauben, ganz egal, was er sagt.«

Was vernünftig ist, aber warum gehen wir dann mit ihm? Warum lassen wir uns von ihm aus dem *Windsor* und durch die schmutzige kleine Gasse führen, die sie in Ffinch Street umbenannt haben?

Weil ich hören muß, was Dirkins Mann zu sagen hat.

Vielleicht liegt es auch daran, daß die Ffinch Street eine so schmutzige kleine Gasse ist. Ich glaube einfach nicht, daß dort jemand eine Falle für mich vorbereiten würde. Es ist zu offensichtlich. In einer dunklen Aprilnacht wie dieser und zu einer Uhrzeit, wo die Pubs schließen, würden die meisten Leute die Ffinch Street nicht mal zum Pinkeln betreten. Wenn sie so gefährlich aussieht, *muß* sie sicher sein.

Würden Sie das nicht auch sagen?

Wir drei gehen durch die Schlaglöcher an ein paar verschlossenen Garagen vorbei und auf einen Streifen Brachland, der zu dem Wohnblock führt. Links über uns verläuft die Eisenbahnbrücke, groß und brütend in der Nacht. Zwischen ihr und uns befinden sich zwei eingezäunte Plätze, auf denen sich verottender Müll stapelt. Pfützen glänzen matt im Dunkeln.

Vinnie geht voran. Betont. Wenn es also Ärger gibt, wird er von hinten kommen. Und das tut er auch.

Ludo und ich hören es im gleichen Augenblick. Wir drehen uns beide um.

Zwei Männer sind hinter uns aufgetaucht. Jeder trägt eine einen Meter lange Kette. Die Gesichter der Männer kommen mir bekannt vor: Sie waren auch in der Nacht unserer ersten Begegnung bei Dirkin. Ich bin enttäuscht. Ich hatte auf etwas Besseres gehofft.

Als ich wieder zu Dirkin schaue, sehe ich einen vierten Mann kommen, der sich zu ihm gesellt. Er vervollständigt das ursprüngliche Dirkin-Quartett, das sich für eine zweite Vorstellung wiedervereinigt hat. Der Neuankömmling trägt ebenfalls eine schwere Kette. Dirkin hat ein Messer.

Ludo und ich warten zwischen den beiden Pärchen und beobachten sie. Sie beobachten uns. Dirkins drei Freunde zittern. Ich habe den Verdacht, daß sie seit halb elf auf diesem kalten Fleckchen Matsch warten. Ich bin froh, daß wir uns verspätet haben.

Dirkin spricht zuerst. »Ich bin dir noch was schuldig, Carter.«

Ich ignoriere ihn. Die anderen drei sind nicht seinetwegen gekommen. Sie sind gekommen, um der Botschaft Nachdruck zu verleihen, die sie beim letztenmal überbracht haben. Obwohl sie zuerst gern diese Ketten benutzen würden.

»Hast du's, Carter?« fragt einer von ihnen. Er ist der Gesprächige, der Anführer der Truppe. Neben ihm steht der Schwarze.

»Du hast das Geld doch dabei, oder?« fragt das Sprachrohr. Er hofft, daß ich es nicht dabei habe. Er will diese Kette benutzen.

»Es ist alles geregelt.«

»Wovon redest du?«

»Ich habe letzte Nacht mit Richardson gesprochen.«

»Ach ja?« Aber sein Blick huscht zu Dirkin.

»Frag Richardson«, schlage ich vor.

»Er ist nicht hier, oder?«

»Frag Dirkin. Er hat mich dorthin gebracht.«

Vinnie kommt zu dem Schluß, daß es Zeit wird, etwas zu sagen. Er klingt nervös. Vielleicht ist es auch nur die Kälte, die bewirkt, daß er so klingt. »Ja, nun, Carter ist hingegangen, das stimmt schon. Aber der Boß will immer noch sein Geld. Er hat mich heute angerufen.«

Vielen Dank, Tod Richardson. Ein Mann, der zu seinem Wort steht. Das letzte, was er in der Nacht zu mir gesagt hat: Ich will dieses Geld immer noch. Das erste, was er heute morgen getan hat: Dirkin angerufen.

»Hast du's dabei, Carter?«

»Was ist, wenn nicht?«

»Dann gibt's Prügel, Kumpel.«

So dunkel es auch auf diesem Fleckchen vergessener Erde sein mag, ich kann die Begierde in seinen Augen sehen. Ich sage: »Zeig's ihnen, Ludo.«

Und die Schwachköpfe stehen da und sehen uns zu. Sie warten im Matsch, wie angewurzelt, Kette in der Hand, und sehen aus wie Cowboys, die uns herausgefordert haben zu ziehen. Nur, wenn sie Cowboys wären, lägen sie bereits tot auf der Erde. Weil Ludo und ich dorthin greifen, wo unsere Halfter säßen, und unsere Jacken zurückschlagen. Doch anstelle von Kanonen ziehen wir Baseballschläger. Wir hatten sie in den Hosenbeinen versteckt, nachdem wir aus dem Wagen gestiegen waren. Jetzt wird es Vinnie dämmern, warum wir uns in dem Pub nicht hingesetzt haben.

Wäre ich Wyatt Earp, hätte ich die vier erschossen.

Ludo und ich haben unsere Schläger. Sie haben drei Ketten und ein Messer. Sie dürfen ruhig anfangen. Der Schwarze macht den ersten Schritt. Er tastet sich zu mir vor und schlägt plötzlich zu. Wie eine Peitschenschnur in Zeitlupe zuckt die schwere Kette meinem Gesicht entgegen. Ich ignoriere sie. Der Mann ist zu weit entfernt. Das Ende seiner Kette pfeift harmlos durch die Luft. Er kommt näher, um es noch einmal zu versuchen.

Ich packe den Baseballschläger mit beiden Händen wie die Griffe eines Fahrradlenkers. Ich halte ihn der vorschnellenden Kette entgegen. Die Kette trifft ihn. Die Glieder wickeln sich um den Schläger und ziehen sich fest. Ich ziehe, und der Schwarze stolpert vorwärts. Dann lasse ich den Schläger mit der linken Hand los und schlage nach seinem Gesicht. Der Zug der Kette bremst den Schlag, kann aber nicht verhindern, daß der Schläger den Schwarzen seitlich am Kopf trifft. Er taumelt zurück.

Die anderen drei rücken gegen uns vor. Das Sprachrohr schwingt seine Kette. Ludo fängt sie mit seinem Schläger, wie ich die erste gefangen habe. Doch als die dritte Kette sich um meinen Schläger wickelt, treffen die Glieder meine Finger wie eine Axt. Meine Finger fühlen sich an, als seien sie an den Knöcheln abgetrennt worden.

Mein Schmerzensschrei ist wie Wutgebrüll. Ich zerre an dem Baseballschläger und winde dem Burschen die Kette aus der Hand. Dann springe ich ihn an und schwinge dabei den Schläger. Kettenglieder wirbeln gefährlich durch die Luft. Eines trifft seinen erhobenen Unterarm. Ein anderes zuckt an seiner Deckung vorbei und trifft ihn an der Wange. Er fällt.

Der Schwarze rappelt sich langsam wieder auf, während Vinnie mit seinem Messer unschlüssig dasteht. Er ist nicht scharf darauf, sich einzumischen. Ludo hat gerade seinen Schläger in der Kopie eines Kanonenaufschlags von Boris Becker in Richtung Kopf des Sprachrohrs niedersausen lassen, und ich glaube gehört zu haben, wie ein Knochen brach. Er hat noch Glück gehabt: Er hat gerade noch rechtzeitig einen Arm hochbekommen. Wenn Ludo den Schädel des Sprachrohrs getroffen hätte, wäre er eingeschlagen worden. Doch er fällt nur mit gebrochenem Arm und verschrammtem

Gesicht, wo der gebrochene Arm dagegen geschmettert wurde, in den Matsch. Ja, er hat in der Tat Glück gehabt.

Ich gehe auf Dirkin los, bevor er beschließt, sein Messer doch noch zu benutzen. Er entscheidet sich zur Flucht. Während er durch den Matsch schlittert, hole ich auf. Meine getroffene linke Hand fühlt sich an, als sei sie von einer Ratte angenagt worden, aber ich habe so viel Adrenalin im Körper, daß ich fliegen könnte.

Ich hole Dirkin am Rand des Stückes Brachland ein. Er fährt zu mir herum und hält das Messer wie eine Taschenlampe vor sich. Ich schlage mit dem Schläger danach, und er zieht die Hand zurück. Als mein Arm vorbeischwingt, sticht er danach. Wir sind uns jetzt so nah, daß das Messer sich in meinem Jackenstoff verfängt und er es verliert. Ich verpasse ihm einen Schlag in die Rippen. Er taumelt zurück und wankt durch die dunkle Öffnung auf den Platz unter der Eisenbahnbrücke zurück. Von dort aus kann er nirgendwohin. Auf dem Platz stapelt sich verrottender Müll: Kisten, gebündelte Zeitungen, zwei Matratzen. Ein Geruch nach verfaulten Lebensmitteln. Dirkin versucht den schlüpfrigen Müllberg zu erklimmen, aber ich halte ihn am Hosenbund fest und zerre ihn zurück. Meine linke Hand schmerzt jetzt so stark, daß sie praktisch nutzlos ist. Ich nehme die rechte, um ihn zurückzureißen und ihm einen Schlag an den Kopf zu verpassen. Das wiederhole ich noch zweimal. Als er vor meinen Füßen zusammenbricht, packe ich ihn vorne am Hemd und zerre ihn hoch. Als ich ihn loslasse, fällt er sofort wieder in den Müllhaufen. Ich hebe ihn wieder hoch. Ich schreie ihn an, aber er hört nichts. Also stoße ich ihn zurück in den Berg stinkenden Abfalls, und er sinkt hinein. Er wird zu einem Teil von ihm.

Ich höre jemanden hinter mir.

Meine Füße sind in alten Dosen und Pappkartons verfangen. Ich fahre herum. Vor mir in der Dunkelheit ragt mein Bruder Ludo vor mir auf, einen Baseballschläger in der Hand. »Alles in Ordnung?« fragt er. Ich bejahe.

Das Fleckchen Brachland drüben im Matsch sieht leer aus. Ich frage, ob sie geflohen seien.

Ludo nickt. »Zwei sind abgehauen.«

»Zwei?«

Er nickt und sieht dabei sehr ernst aus. Ich verlasse den Müllplatz, hebe Vinnies Messer auf und folge Ludo durch den Matsch zurück.

Ich spüre, was ich sehen werde, bevor ich es sehe. Der dritte Mann liegt mit der Brust im Matsch, den Kopf auf der Seite. Die Wange des Mannes ist an der Stelle aufgeschnitten, wo ich sie mit der Kette getroffen habe. Sie blutet nicht mehr. Er hat für immer aufgehört zu bluten.

»Er ist mit einem Messer auf mich losgegangen«, erklärt Ludo. Das Messer liegt ein paar Meter entfernt in einer Pfütze. Ich beschließe, es dort zu lassen.

»Er hat sich nicht bewegt, Floyd.« Ludo sieht verängstigt aus. »Ist er tot? Was meinst du?«

»Du konntest nichts dafür.«

»Ich bekomme schrecklichen Ärger, nicht?«

»Wir werden es niemandem sagen.«

Ludo sieht immer noch besorgt aus. Er sagt, das Sprachrohr habe gesehen, wie er den Burschen getroffen habe.

»Er wird es auch niemandem sagen.«

»Bist du sicher?«

»Ganz sicher. Hast du ihn wegrennen sehen?«

»Zusammen mit dem Schwarzen. Ich hätte sie mir schnappen können. Sie liefen nicht besonders schnell. Hätte ich sie aufhalten sollen, Floyd?«

»Nein.«

»Sie haben gesehen, was passiert ist. Ich wette, sie verpfeifen mich.«

Die Schmerzen in meiner linken Hand sind so stark, daß ich es kaum wage, sie anzusehen. Meine Finger sind steif geworden. Entlang der Knöchel ist die Haut aufgeplatzt, und das rote Fleisch starrt mir entgegen. Ludo sieht es zum erstenmal und fragt, was er für mich tun könne.

»Mach dir keine Sorgen deswegen. Ich bin billig davongekommen.«

Ludo runzelt die Stirn. »Ich wette, sie erzählen es der Polizei.«

»Und erzählen, daß sie uns im Dunkeln aufgelauert haben?«

»Es war gut, daß du daran gedacht hast, die Schläger mitzunehmen, Floyd. Wußtest du, daß sie hier alle auf uns warten würden?«

»Wir waren nur vorbereitet.«

Ludo und ich stehen noch ein paar Augenblicke da und betrachten die Leiche im Matsch. Es gibt keinen Zweifel, daß er tot ist. Niemand schläft in so einer Lage.

»Sollen wir ihn begraben?« fragt Ludo.

Ich schüttle den Kopf.

»Was ist mit dem anderen Mann in dem Abfallhaufen?«

»Vergiß ihn. Er wird verschwinden, wenn wir weg sind.«

Ein Nachtzug rattert über die Brücke. Eine kühle Brise zerzaust meine Haare.

»Was sollen wir tun?« fragt Ludo.

»Von hier verschwinden.«

Ich spüre es in dem Augenblick, als wir die Haustür aufsperren. Ich weiß nicht, warum: in der Diele hat sich nichts verändert. Vielleicht hat es durch das Fenster gezogen, das sie auf der Rückseite eingeschlagen haben.

Die Zimmer sind ein Chaos – Schubladen sind herausgezogen, der Inhalt liegt verstreut auf dem Boden. Sofakissen auf dem Teppich. Deckel sind von Gläsern geschraubt, Kästen geöffnet, Bücher aus den Regalen gefegt. Nicht zu viel Schaden. Oben sind die Betten abgezogen, und überall liegen Kleidungsstücke. Im Bad ist die Wandverkleidung abgerissen worden.

Unser Haus gehört nicht zu der Sorte, wo man damit rechnen würde, Juwelen und Pelze zu stehlen. Einbrecher hätten den Videorecorder mitgenommen. Jugendliche hätten mehr Schaden angerichtet. Diese Burschen haben etwas gesucht.

Ludo scheint den Tränen nahe zu sein. Er sitzt auf seinem abgezogenen Bett und drückt seinen alten braunen Teddybär an die Brust. Sie haben den Bären in eine Ecke geworfen. Ludo schüttelt den Kopf.

Ich bitte ihn, ins Badezimmer zu kommen und mir dabei zu helfen, meine Hand zu versorgen. Er bringt den Teddybär mit und setzt ihn auf die Fensterbank, wo er uns beobachten kann. Dann lassen wir lauwarmes Wasser laufen und spülen das getrocknete Blut ab. Fetzen abgerissener Haut lösen sich von der Wunde wie Fruchtfleisch aus einer Orange. In der Schüssel unter Wasser versuche ich die Finger zu bewegen. Sie scheinen noch zu funktionieren. Ich ignoriere die Schmerzen. Sie sind zu einem Teil von mir geworden.

Vielleicht hätte Ludo Krankenpfleger werden können. Er schmiert Salbe auf ein Stück Baumwolle und legt es vorsichtig um meine Wunde. Dann wickelt er einen Verband straff um meine Hand, wobei er sich jedoch vergewissert, daß er nicht zu fest sitzt, so daß meine Finger sich noch bewegen können. Er befestigt den Verband mit einem Stück Klebeband.

Ich helfe ihm dabei, sein Zimmer aufzuräumen. Wir nehmen uns nicht viel Zeit dafür. Wir werfen die Kleidung wieder in die Schubladen und beziehen das Bett neu. Als ich vorschlage, morgen weiterzumachen, sagt er, er werde ohnehin noch nicht schlafen können, also werde er mir bei meinem Zimmer helfen.

Während wir das tun, erkläre ich ihm, worum es bei dem Kampf ging. Er hat ein Recht darauf, es zu erfahren. Ich erkläre, daß Tod Richardson versucht hat, zwei Fliegen mit einer Klappe zu schlagen: einmal von seinen Jungens die Botschaft hinsichtlich der zehntausend Pfund Schulden auffrischen und zum anderen von einer anderen Truppe das Haus durchsuchen zu lassen.

Wenn Tod letzte Nacht um eins in der Früh sein Gehirn eingeschaltet haben würde, hätte er mich dort gleich von seinen Gorillas auseinandernehmen lassen können. Aber er hatte sein Gehirn nicht eingeschaltet. Tods Hirn kocht auch zu den besten Zeiten auf Sparflamme. Außerdem wird er letzte Nacht als Besprechung zwischen zwei Seiten mit Differenzen betrachtet haben. Und dafür gibt es Regeln. Diese Regeln besagen, daß man einen Burschen seinen Spruch aufsagen läßt und sich überlegt, was er gesagt hat. Wenn man zu dem Schluß kommt, daß es einem nicht gefällt, zeigt man es ihm später. Man vergießt kein Blut auf seinem eigenen Teppich. Man bringt geschäftliche Dinge nicht nach Hause.

Heute morgen ist Richardson zu dem Schluß gekommen, daß ich noch nicht begriffen habe, wie ernst er es wegen des Geldes meint. Er hat sich außerdem überlegt, daß seine üblichen Verfahrensweisen zur Schuldeneintreibung mich von dieser Ernsthaftigkeit überzeugen würden. Er brauchte den Dingen einfach nur ihren natürlichen Lauf zu lassen. In der Zwischenzeit war es einen Versuch wert, unser Haus auf den Kopf zu stellen, um herauszufinden, ob Albie den Stoff dort versteckt hat. Man kann nie wissen.

Tja, wie es aussieht, sind beide Versuche fehlgeschlagen. Möglicherweise sitzt er gerade in diesem Augenblick auf seiner Ranch in Blackheath und fragt einen Einbrecher aus, der mit leeren Händen zurückgekehrt ist, und dazu noch jemanden aus Vinnies Bande, falls es jemand von ihnen gewagt hat zurückzukehren. Er wird mit keinem von ihnen zufrieden sein.

Ich sollte ihn wohl besser anrufen.

»Sie halten sich wohl für verdammt clever, was, Carter?«

»Sie haben's vermasselt.«

»*Ich* hab's vermasselt? Sie werden sich noch wünschen, Sie wären nie geboren worden.«

»Einer Ihrer Männer ist tot. Haben sie Ihnen das gesagt?«

»Was für verdammte Männer?«

»Ich meine die vier, die Sie auf mich angesetzt haben. Vinnie Dirkins Männer.«

»Wovon, zum Teufel, reden Sie?«

»Versuchen Sie nicht, mir dumm zu kommen, Richardson. Sie haben Vinnie auf mich angesetzt, um uns aus dem Haus zu locken. Sie haben jemand anders darauf angesetzt, es auf den Kopf zu stellen.«

»Sie reden Scheiße, Carter.«

Ich hätte nicht gedacht, daß Richardson zu der Sorte gehört, die irgendwas abstreitet. Ich hätte nicht gedacht, daß er sich überhaupt die Mühe machen würde. Aber er *muß* hinter den Vorfällen stecken.

»Was ist Ihr Problem, Tod – glauben Sie, Ihr Telefon wird abgehört? Haben sich Ihre Männer schon bei Ihnen zurückgemeldet?«

»Machen Sie, daß Sie aus der Leitung kommen.«

»Diesmal habe ich Sie geschlagen, Tod.«

»Sie könnten nicht mal 'nen verdammten Teppich schlagen, Sie. Sie sitzen tief in der Scheiße, Carter, verdammt tief.«

»Einer Ihrer Helden ist nicht zurückgekommen, Tod. Er liegt tot auf einem Fleckchen Brachland. Und wenn ich diesen Hörer auflege, Tod, wissen Sie, was ich dann mache? Ich rufe die Bullen an. Ich erzähle ihnen, daß da ein Kerl liegt und er von Ihnen umgelegt worden ist.«

»Bei Ihnen ist 'ne Schraube locker.«

»Er ist einer von Ihren Männern, Tod. Die Bullen können Sie mit ihm in Verbindung bringen. Besonders, wenn sie einen Tip bekommen, daß Sie es waren, der ihn umgelegt hat.«

»Was ist los mit Ihnen, Carter – sind Sie 'n verdammter Polizeispitzel?«

»Und ich sage Ihnen noch etwas anderes gratis.«

»Verpissen Sie sich.«

»Neben der Leiche liegt ein Messer. Die Fingerabdrücke darauf gehören Vinnie Dirkin. Und das ist Tatsache, Tod: Er hatte es in der Hand. Also bekommen die Bullen diesen anonymen Tip, klar? Er stammt von einem Burschen, der weiß, wo die Leiche liegt und wessen Abdrücke auf dem Zahnstocher sind. Warum sollte dieser Bursche sich irren, wenn er Sie verpfeift? *Sie* sitzen in der Scheiße, Tod.«

Mehrere Sekunden lang herrscht Schweigen, abgesehen von seinen Atemgeräuschen. Während er darüber nachdenkt, mache ich mir ebenfalls meine Gedanken. Ich frage mich, ob ich mir alles richtig zusammengereimt habe. Bis jetzt hat Richardson alles abgestritten. Vielleicht ist er gar nicht darin verwickelt. Vielleicht hat Vinnie auf eigene Rechnung gearbeitet. Vielleicht irre ich mich.

Dann explodiert Richardson. Ich höre ein Schnaufen am anderen Ende der Leitung, als werde Dampf aus einem Hochdruckventil abgelassen. »Dieser verdammte Dirkin!« Tod flucht eine ganze Minute lang, ohne Luft zu holen. Ich stehe an meinem Ende der Leitung und grinse, während er sich austobt. Als er schließlich innehält, um Luft zu holen, sage ich: »Wenn ich den Bullen nichts sage, ist das zehn Riesen wert, schätze ich. Damit wären wir dann quitt. Bleiben Sie mir einfach vom Leib, Tod, dann bleibe ich stumm.«

Ludo sollte eigentlich im Bett liegen. Doch als ich den Hörer auflege, stelle ich fest, daß er die ganze Zeit in der Tür gestanden hat.

»War das der Mann, der das getan hat, Floyd?«

»Ja. Er heißt Tod Richardson.«

»Ist die Sache damit jetzt erledigt?«

»Ich hoffe es.«

»Floyd, hat er irgendwas gesagt über – du weißt schon?«

»Worüber?«

»Über den Mann, den ich auf den Kopf geschlagen habe.«

»Überhaupt nichts. Geh jetzt ins Bett.«

»Ich bin noch nicht reif fürs Bett.« Ludo tritt von einem Fuß auf den anderen. »Dieser Mann – er war tot, nicht wahr, Floyd?«

»Mach dir deswegen keine Sorgen.«

»Habe ich ihn wirklich umgebracht?«

»Ich weiß es nicht. Denk nicht darüber nach. Vielleicht kommt er wieder auf die Beine.«

»Wie wenn man Cowboy und Indianer spielt?«

»Ja, genau. Vielleicht hat er nur Cowboy und Indianer gespielt.«

Ludo denkt darüber nach. Er will es glauben. Dann gibt er es auf, darüber zu grübeln, und kommt wieder auf mein Telefongespräch mit Richardson zurück.

»Diese Einbrecher, die er geschickt hat – du sagtest, sie hätten irgendwas gesucht. Was haben sie denn gesucht, Floyd? Wir haben doch nicht viel.«

»Etwas, das Albie hatte. Oder etwas, von dem sie glauben, er hätte es gehabt.«

»Und was soll das sein?«

»Nichts Wichtiges, Ludo. Wir sollten ins Bett gehen und schlafen.«

»In Ordnung. Gute Nacht, Floyd.« Er wendet sich ab. »Ich dachte, du meintest das Smack von ihm, das ist alles.«

»Smack?«

»Ja, er hat es immer hier aufbewahrt. Wollten sie das haben?«

Ich starre ihn an. »Du wußtest von dem Stoff?«

»Ich wußte, daß er ihn hier aufbewahrte. Er ist viel Geld wert, hat Albie gesagt.«

»Wie kommt es, daß du davon wußtest?«

Ludo scheint überrascht zu sein, daß ich überhaupt fragen kann. »Ich wußte es eben. Wir haben ihn immer zusammen auf dem Küchentisch aufgeteilt.«

»Du und Albie?«

»Ja. Na ja, hauptsächlich Albie. Ich habe die Tütchen zugemacht. Manche waren sehr klein, Floyd.«

»Ich wußte nicht, daß Albie dich da mit reingezogen hat.«

»Tja, ich helfe immer gern im Haus. Ich *kann* Sachen machen, Floyd.«

Was mir langsam immer klarer wird. In den letzten zwei Stunden habe ich herausgefunden, daß er ein Pharmazeut, ein Krankenpfleger und ein Mörder ist. Draußen auf dem Brachland liegt ein Bursche mit eingeschlagenem Schädel. Ludo hat mit aller Kraft nach ihm geschlagen, von der er nicht einmal weiß, daß er sie hat. Begreift Ludo jetzt, daß der Mann tot ist? Begreift er, was geschehen ist, besser als das, was vorging, als er Heroin auf dem Küchentisch in Portionen teilte? Was geht in Ludos Gehirn vor?

Ihm kommt ein Gedanke. »Glaubst du, sie haben das Smack gefunden, Floyd? Wir haben nicht nachgesehen.«

Ich halte eine Sekunde inne. »Du weißt, wo es ist?«

»Ich weiß es nicht. Ich habe nicht nachgesehen. Albie hat es immer versteckt, mußt du wissen.«

»Wo?«

Hätte ich danach gesucht, hätte ich es vielleicht gefunden. Dazu hätte ich mich oben in der Diele vor Albies altes Schlafzimmer stellen und die Tür untersuchen müssen. Insbesondere die Schloßverkleidung über der Klinke und die Schrauben. In den Schlitzen sind Unregelmäßigkeiten, ein paar rauhe Kanten, die anzeigen, daß diese Schrauben oft gedreht wurden. Auf der Verkleidung selbst sind zwei kleine Kratzer neben den Schrauben zu sehen, wo der Schraubenzieher abgeglitten ist.

Ludo ist sehr gewissenhaft. Er geht ganz in seiner Arbeit auf. Er schraubt die Verkleidung ab und entfernt sie von der Tür. Hinter der Verkleidung ist eine Höhlung herausgemeißelt worden. In der

Höhlung befindet sich ein Plastikbeutel. In dem Plastikbeutel sind mehrere kleine Beutel. In jedem davon befindet sich eine Unze Heroin.

23

Ich dürfte gar nicht hier sein. Ich hätte nicht bleiben dürfen. Ich hätte diese Tage nicht verstreichen lassen dürfen. Jetzt liegt einer von Dirkins Freunden tot neben einer Eisenbahnbrücke. Richardson will sein Heroin wiederhaben, und ich habe mich mit Snake Carmichael eingelassen.

Albie hat weniger Ärger gemacht, als er noch lebte.

Carmichael runzelt die Stirn, als ich ihm erzähle, was gestern auf der Insel vorgefallen ist. Ich lasse wenig aus. Ich erwähne den weißen Lieferwagen, von dem ich glaube, daß er mich verfolgt hat – es hätte einer von seinen sein können, um meine Leistung zu überprüfen. Wer es auch war, Carmichael wird davon erfahren wollen. Ich sage, ich wüßte nicht, wem der Lieferwagen gehöre, aber er sei an mir vorbeigefahren, als er mich und die Polizei gesehen habe.

»War vielleicht ein Torpedoboot«, schlage ich vor.

»Was, zum Teufel, ist das?«

»Eine Zivilstreife. Wir haben sie immer so genannt.«

»Sie waren zu lange weg.«

Wir sind in seinem weißen und kastanienfarbenen Büro im *Parrot* – Huey Carmichael, Dixie und ich. Dixie und ich sind für die Insel gekleidet. Ich trage Blazer und Hose, und meine Hand ist bandagiert. Dixie trägt Hellgrau. Carmichael trägt seinen geliebten weißen Leinenanzug, diesmal mit einem gelben Sweatshirt.

Wir trinken alle drei ein Glas Lucozade. Huey glaubt, Lucozade werde ihm die Gesundheit erhalten. Er brauche nur eine Flasche pro Tag zu trinken, und schon könne er das Mittagessen auslassen, bis spät in die Nacht aufbleiben und sich in seinem weichen Ledersessel herumlümmeln. Seinem Aussehen nach zu urteilen, könnte er sogar recht haben. Er ist groß, schlank und hart, und seine braunen Hundeaugen strahlen wie die eines Terriers. Lucozade und Speed sind alles, was er braucht. Die einzige Art, auf die *ich* Lucozade mögen würde, ist mit einem Gin darin.

Carmichael schickt Dixie mit mir zur Insel. Ich habe einige große Lieferungen zu machen, und nach gestern zieht Huey es vor, mich im Auge zu behalten. Dixie lächelt entschuldigend. Ihm wäre es lieber, wenn er nicht wieder mit mir in mein Gebiet zurückkehren müßte, und er muß sich um seine eigenen Investitionen in der Innenstadt kümmern.

»Was meinst du, Dixie?« fragt Carmichael aus dem Sessel hinter seinem Schreibtisch. »Meinst du, wir sollten uns für ein paar Tage bedeckt halten?«

Dixie kratzt sich am Kinn. »Der Tag, an dem wir uns zurückhalten, weil irgendein Penner zusehen könnte, ist der Tag, an dem wir die Branche wechseln sollten. Jeder Tag birgt Gefahren. So ist es nun mal.«

»Hey, Dixie, hast du diesen weißen Lieferwagen je gesehen?«

»Nein.«

»Bist du je von der Polizei angehalten worden?«

»Das könnte jedem passieren. Die Polizei hält andauernd Autos an.«

Ich mische mich ein. »Das waren keine Streifenpolizisten.«

Dixie zuckt die Achseln. »Was macht das schon? Sie wollten zusehen, daß sie auf ihre Quote kommen. Sie müssen ein paar Strafzettel ausstellen, damit sie vor Gericht einen Tag frei haben.

Die Bullen müssen irgendwas auf dieser Insel tun, um die Steuern zu rechtfertigen.«

»Das ist ein ziemliches Dilemma, Floyd«, sagt Huey, während er an die Decke starrt. »Sie müssen heute ein paar große Lieferungen machen. Und jetzt kommen Sie mir damit. Was sollen wir jetzt machen? Gehen oder nicht gehen, das ist hier die Frage.« Carmichael trinkt seine Lucozade aus und trommelt mit den Fingern auf die weißlederne Schreibunterlage auf seinem Schreibtisch. »Was sind Sie für ein Sternzeichen, Floyd?«

»Sternzeichen?«

»Ja, Sternzeichen, Sie wissen schon, Ihr Horoskop. Unter welchem Zeichen wurden Sie geboren?«

»Steinbock.«

»Ich bin auch Steinbock«, wirft Dixie lächelnd ein. »Wie findest du das, Floyd?«

»Die Welt ist klein.«

»Tja, ich bin Skorpion«, sagt Carmichael. Er blättert in einer Zeitung herum und sucht das Tageshoroskop. Ich werfe einen Blick auf Dixie, und er zwinkert mir zu.

»Hier steht's«, sagt Carmichael. Er faltet die Zeitung auf und legt sie auf den Schreibtisch. »Was steht da für mich? ›Seien Sie auf der Hut vor negativen Einflüssen, die Ihr Berufs- und Familienleben beeinflussen könnten.‹ Wie bitte? Ich habe gar kein Familienleben. Trotzdem, ›seien Sie nicht negativ‹, bedeutet, daß ich es riskieren sollte. Ja. Was sollte es sonst bedeuten? ›Andere in Ihrem Umfeld könnten es mit Machtspielchen versuchen.‹ Wer schreibt das? Ich will diesen psychologischen Schwachsinn nicht. Ich werde die Zeitung wechseln. Wo ist der Rest? ›Konfrontationen und komplexe Themen könnten den wahren Charakter von Kollegen zeigen.‹ Was soll das heißen – daß ich im Bett bleiben soll?«

»Tja, Sie sind Skorpion, Boß«, sagt Dixie. »Bei Skorpionen dreht sich *alles* um Konfrontationen, nicht? Der Stachel in Ihrem Schwanz.«

»Sie schreiben den Quatsch für Büroangestellte«, beklagt Carmichael sich, indem er auf die Zeitung starrt, als sei sie in einer fremden Sprache geschrieben. »Werde ich einen guten oder einen schlechten Tag haben, mehr will ich gar nicht wissen.« Er zupft gereizt an der Zeitung herum, als könnte sich auf einer anderen Seite ein besseres Horoskop finden.

»Was steht da für Steinbock?« fragt Dixie. »Schließlich sind wir diejenigen, die gehen.«

»Ja, klar«, knurrt Carmichael. »Ich lese es vor. Steinbock. ›Stützen Sie sich nicht zu sehr auf Ihren Partner und versuchen Sie Konflikte mit seiner Familie zu vermeiden.‹ Hilft das?«

Wir schütteln den Kopf.

Carmichael fährt fort. »Dann hört euch das mal an: ›Ihre Beziehung zu Ihrem Boß steht jetzt unter einem sehr günstigen Stern.‹ Tja, sieh mal einer an. ›Heute werden Sie Einfallsreichtum und Initiative brauchen. Seien Sie nicht rücksichtslos, sonst könnten Ihre Pläne zunichte gemacht werden. Gehen Sie mit Selbstbeherrschung vor, dann ist Ihnen der Erfolg sicher.‹ Was wollt ihr noch?«

»Sie erfinden das«, sagt Dixie. »Das klingt zu gut.«

»Nein, das ist mein Ernst. Sieh selbst.« Carmichael reicht ihm die Zeitung. Dixie liest.

»Ja, das steht tatsächlich da«, bestätigt er. »Stützen Sie sich nicht zu sehr … Ihre Beziehung zu Ihrem Boß … Woher wissen sie oben in den Sternen davon?«

»Bei Horoskopen geht es darum, wie die Sterne interpretiert werden«, sagt Carmichael. »Und eure sind ganz hervorragend.«

»Wie war das mit den Konfrontationen?« frage ich.

»Das war *mein* Horoskop, nicht Ihres. Sie brauchen nur – was war es noch gleich? – Einfallsreichtum und Initiative. Dann ist Ihnen der Erfolg sicher.«

»Falls Sie Einzelheiten wissen wollen, schicken Sie einfach fünf Pfund.«

»Lachen Sie nicht«, sagt Carmichael. »In den Sternen liegt Wahrheit.« Er steht auf. »Also machen wir es.«

Er geht zu seinem Wandsafe. »Seht bitte mal weg, ja?«

Dixie und ich drehen uns gehorsam um. Es ist unnötig, weil Carmichael das Kombinationsschloß mit seinem Körper verdeckt. Er glaubt nicht nur an Horoskope, er glaubt auch, wir hätten Röntgenaugen. Wir hören, wie sich die Tür öffnet. Wir hören, wie er etwas herausnimmt.

»Okay«, sagt Carmichael. Wir drehen uns wieder um. Auf den weißen Schreibtisch hat er mehrere Päckchen Kokain geworfen. Andere hält er achtlos in den Händen. Ich frage: »Wieviel haben Sie denn gebunkert?«

»Ich habe gerade eine Lieferung aus Spanien erhalten.«

Als Huey die überzähligen Päckchen wieder in den Safe packt, werfe ich einen Blick hinein. Schöne Lieferung. Er muß mehrere Kilo in dem Safe haben. Wenn er zwischen zwölf- und fünfzehntausend Pfund pro Kilo bezahlt hat, hat Carmichael hundert Riesen in seinem Safe. Und das ist der Einkaufspreis. Der Straßenverkaufspreis der Ware, wenn sie in kleine 40-Milligramm-Briefchen aufgeteilt ist, würde eine halbe Million Pfund betragen.

So würde die Polizei es bewerten. Sie würden so kalkulieren, als habe Carmichael die ganze Ladung an Endverbraucher verkauft und den gesamten Gewinn selbst eingestrichen. Die Polizei würde die Verteiler wie Dixie und mich ignorieren. Sie würde die Dealer ignorieren, an die wir verkaufen und die ihrerseits hundert Prozent aufschlagen. Sie würde die Kleindealer ignorieren, die weitere hundert Prozent aufschlagen. All das würde die Polizei ignorieren. Sie würde es aufblasen. Wenn sie einen ihrer seltenen Fänge bekanntgibt, wird als Wert immer der Straßenverkaufspreis angegeben, damit die Zahlen richtig hoch sind.

Carmichael wiederholt unsere Anweisungen.

Wenn wir heute unsere Runde machen, sollen wir so viel Stoff wie möglich verkaufen. Die Ware in Hueys Safe muß unter die Leute gebracht werden. Er will nicht darauf sitzen. Das wäre gefährlich. Und es wäre auch nicht gut für seinen Cash-flow. Wir sollen den Stoff zu den Dealern bringen und ihnen sagen, daß sie ihn schnell und wenn nötig auf Kredit abstoßen sollen. Die ganze Ware, sagt Carmichael, müsse auf so viele Hände wie möglich verteilt werden. Das sei, was Finanzleute »Risikostreuung« nennen würden.

Huey lacht darüber. Er glaubt, er habe einen Witz gemacht.

Wenn ich diese Beschäftigung zu meinem Beruf machen wollte, würde ich es wohl ablehnen, daß Dixie mitkommt. Nach einem Tag in Eigenverantwortung werde ich nun wieder in den Status des Auszubildenden zurückversetzt. Doch ich verstehe Carmichaels Beweggründe. Er muß sich meiner sicher sein.

So wie ich *seiner* sicher sein muß.

Um die Wahrheit zu sagen, kann ich Hilfe gebrauchen. Heute muß ich so viele Kunden wie möglich abklappern, und Dixie kann sie schnell finden. Er kennt die Insel. Er kennt die Durchgänge und Fußwege, die Brücken, die provisorischen Trampelpfade zwischen Baustellen und brandneuen Bürohäusern.

Wir sind mitten auf der Insel am Anfang der East Ferry Road, und zwar in einem Pub, in den die Yuppies nicht gehen. Er nennt sich *The Queen.* Er besteht aus verwitterten roten Ziegeln und ist V-förmig, um eine Lücke zwischen zwei Straßen zu füllen. Das Schild draußen besagt, daß dies *»Der freundlichste Pub auf der Insel«* ist. Doch diese eine Notiz reicht nicht aus, um die schäbigen Türen, die dreckige Fassade und das verschmierte Milchglas zu kompensieren. Drinnen hat der Pub dunkles Holz, Stofftapete und eine grüne Decke. Die Einrichtung hat sich seit zwei Jahrzehnten nicht verändert. Solange gewöhnliche Leute auf dieser Insel bleiben, wird sich dieser Pub nicht im geringsten verändern.

Die Blondine hinter dem Tresen gibt uns zwei Pints John Bull, ein Lächeln und einen Teller mit Schinken- und Käsebrötchen. Wir gehen zu einem Seitentisch.

»Kein schlechter Pub«, sagt Dixie.

»Einer von den alten.«

»Mir gefällt ein Pub, in dem ich meinen Kunden nicht begegne. Hierher kommen sie nicht.«

Als ich die Leute eingehender betrachte, die tatsächlich hier sind, sehe ich, daß nur wenige echte Ortsansässige sind. Sie wohnen nicht hier. Diese Männer arbeiten auf Baustellen auf der Insel. Sie meiden die Yuppie-Pubs und bevorzugen Kneipen wie die *Queen.* Es gibt sieben Biersorten: Taylor Walker und John Bull – zumindest die sind ortsansässig –, dann gibt es Tetleys aus Yorkshire, Guinness aus Irland, Löwenbräu, Skol und Australisches Four X. Das Videospielgerät stammt sogar aus Japan.

»Wirst du dich heute nacht auf deine Partnerin stützen?« fragt Dixie.

Ich schaue ihn verwirrt an.

»Hueys Horoskop für uns Steinböcke. Es hieß, man sollte sich nicht auf seinen Partner stützen. Sich nicht mit seiner Familie anlegen.«

»Du bist Steinbock, Dixie. Hört sich das wahr für dich an?«

Er schaut trübselig drein. »Nur zu wahr – besonders diese Sache, sich nicht mit ihrer Familie anzulegen. Ihre Mutter übernachtet bei uns.«

»Glaubt Carmichael an Horoskope?«

»Sicher. Er ist ein Spinner. Und auch noch Vegetarier.«

»Was ist mit dir?«

»Das ist ein Schinkenbrötchen, was ich hier esse, Floyd.«

»Das zeigt, daß du kein Jude bist, aber glaubst du an Horoskope?«

Dixie zuckt die Achseln. »Sie sind Unsinn, aber weißt du, manchmal scheinen sie mitten ins Schwarze zu treffen.«

An der Wand über seinem Kopf hängt eine handschriftliche Notiz: »Die Stripperinnen kommen donnerstags und freitags zur Mittagszeit zwischen 12.30 und 14.30.« In der Spitze der V-förmigen Kneipe stehen rohe Holzpodeste, auf denen sich dann die Mädchen tummeln. Ich bezweifle, daß im Pub das Licht gedämpft wird. Vielleicht zieht jemand die Vorhänge vor die Milchglasscheibe, bevor sie das Band mit der Disco-Musik einschalten. Dann werden sich ein paar Frauen schwitzend durch eine Reihe von Stücken zappeln, so nah vor den Gästen im Pub wie ihre Mutter am Küchentisch. Mittagszeit in einer Kneipe auf der Isle of Dogs.

Gegenüber von der Docklands Arena schließt die East Ferry Street an Limeharbour an und wird dann breiter. Gegenüber der Arena liegt ein Pub namens *George*. Wir gehen nicht hinein.

Unser Kunde steht neben einem weißen BMW. Ich nehme an, es ist seiner. Er sieht aus wie einundzwanzig und trägt einen mittelblauen Anzug über einem cremefarbenen Hemd, dessen Knöpfe unter einer Stoffleiste verborgen sind. »Sie kommen spät«, sagt er.

Dixie sagt, es sei ein ausgefüllter Tag gewesen.

»Na und? Ich kann es mir nicht leisten, eine halbe Stunde zu warten, bis Sie auftauchen.«

»Haben Sie schon zu Mittag gegessen?«

»Was geht Sie das an?«

»Sie hätten in dem Pub essen können. Und damit zwei Fliegen mit einer Klappe geschlagen.«

»Ich esse nicht zu Mittag. Ist das der neue Mann?«

Ich nicke ihm zu. Er sagt zu Dixie, daß er eine Unze nimmt. Dixie sagt, es seien drei abgemacht gewesen.

»Glauben Sie, ich kann drei Riesen einfach so aus dem Ärmel schütteln?«

»Ich habe Sie gewarnt.«

»Was soll das heißen, gewarnt? Ich will keine Warnungen von Ihnen.«

Der Junge redet großspurig, aber seine Stimme zittert. In seinem Büro ist er es gewöhnt, Befehle zu erteilen.

»In diesem Spiel«, sagt Dixie, »müssen wir alle Opfer bringen.«

Der Junge grinst spöttisch. »Opfer bringen! Das hier ist ein Geschäft. Sie verkaufen, ich kaufe. Und *Sie* legen nicht die Bedingungen fest.«

»Ich lege den Preis fest«, sagt Dixie.

»Sie *verlangen* einen Preis. Ich muß nicht kaufen.«

»Sie haben eine Alternative?«

»Es gibt immer eine Alternative. Hören Sie, ich habe tausend Pfund in der Tasche. Ich bin mit einer Unze dabei.«

Ich ergreife zum erstenmal das Wort. »Vielleicht nennen Sie uns den Namen Ihrer Alternative?«

Der Junge mustert mich kalt. »Der ist meine Angelegenheit.«

»Ich würde es«, sage ich freundlich, »als einen besonderen Gefallen betrachten.«

Dixies Augen verengen sich. Er sieht sich mein Spiel an.

»Die Leute kommen manchmal zu mir«, fahre ich ruhig und mit der Andeutung eines italo-amerikanischen Akzents fort – Marlon Brandos heiserem Murmeln in *Der Pate*. »Sie reden mit mir. Sie fragen: Werden Sie etwas für mich tun, weil Sie mein Freund sind? Ich schlage es ihnen nie ab. Und dann, eines Tages ...« Hier halte ich inne, um einen imaginären Oreganokrümel aus meinen Zähnen zu pulen, wieder wie Brando, dessen Wangen mit Baumwolle gepolstert waren. »Eines Tages kehre ich zu diesen Leuten zurück, und diesmal bitte ich sie um einen Gefallen. Sie verstehen mich? Gefälligkeit gegen Gefälligkeit. So funktioniert unsere Familie. Wir helfen einander.«

Der Junge wirkt verunsichert. Etwas an den Worten, die ich benutze, und an der Art, wie ich sie ausspreche, verursacht ihm ein mulmiges Gefühl in der Magengegend. »Was faseln Sie da?« fragt er zittrig.

Dixie paßt sich dem Schauspiel an. Sanft, fast liebevoll, legt er dem Jungen einen Arm um die Schulter. Er hält den Mund dicht an sein Ohr. »Beleidigen Sie meinen Bruder nicht«, flüstert er.

»Denken Sie nicht einmal daran. Er würde Ihnen das nie verzeihen.«

»Mein Bruder Dixie, er hat eine hohe Meinung von Ihnen«, sage ich. »Er hat mich extra darum gebeten, Sie kennenzulernen.«

»Warum?« Die Frage kommt sehr ruhig.

Ich antworte mit einem unmerklichen, aber vielsagenden Achselzucken. »Vielleicht sind Sie noch nicht bereit.«

»Wofür?«

»Ich will Ihnen Folgendes sagen, mein Freund.« Ich mime immer noch Brando. »Ich werde Interesse für Sie aufbringen. Sie werden für mich etwas Besonderes sein. Würden Sie gern in unserer Familie aufsteigen?«

Einen Moment lang geschieht gar nichts. Er steht mit leicht geöffnetem Mund da und versucht, dem Drehbuch zu folgen. Dann schlagen seine Zähne aufeinander. Er nickt. »Ja, ich will aufsteigen. Klar will ich das.«

»Ich bin froh, das zu hören.« Ich nicke ernst. »In drei Tagen werde ich Sie wieder besuchen. Ich werde fünf Unzen Kokain mitbringen. Ich hoffe, daß Sie fünftausend Pfund mitbringen. Glauben Sie, daß Sie das für mich tun können, als Freund?«

»Fünftausend?«

Ich nicke und strecke die Hand aus. Der Junge will schon danach greifen, als Dixie ihm eindringlich ins Ohr flüstert. Der Junge wirft mir einen Blick zu. Seine Augen weiten sich. Dann schaut er sich nervös um, verbeugt sich und nimmt meine Hand. Er küßt meine Finger.

Die ersten hundert Meter bleiben wir ernst. Dann, als wir weit genug entfernt sind, fangen wir an zu kichern. Unsere ganze unterdrückte Heiterkeit entlädt sich in kleinen Lachsalven, während wir die Straße entlanggehen. Wir wiederholen den Dialog und schmükken ihn dabei aus.

»Wenn wir das auf der Insel üben«, sagt Dixie, »können wir unseren eigenen Film drehen. Die Hundepateninsel, was meinst du?«

»Es hat dem Jungen einen ziemlichen Nervenkitzel bereitet. Er glaubt, er arbeitet mit der Mafia zusammen.«

»Das müssen wir unbedingt wiederholen. Wenn wir den Text auswendig lernen, bringen wir damit die ganze Insel zitternd in Reih und Glied.«

»Wenn wir den Text auswendig lernen, wird es nicht funktionieren. Man braucht Spontaneität. Das war eine einmalige Vorstellung.«

Links von uns liegt der große Asda-Supermarkt, wo wir den Wagen geparkt haben. Rechts von uns, neben, aber oberhalb der Straße, verläuft die Docklands Light Railway, glänzend und neu. Kleine blaue Züge, jeder mit zwei klobigen blauen Wagen, fahren hin und her. Es sind Spielzeugeisenbahnen. Hübsch anzusehen auf dem Zeichenbrett des Architekten, hoffnungslos überfüllt in den Stoßzeiten des Tages. Bei der Menge von Leuten, die sich hier in den Büros drängen, hätte man längere Züge bauen sollen.

Links neben der Straße beginnt eine mit Gras bewachsene Böschung, die sich fast bis zum Fluß zieht. Es ist der Rand der Mudchute, einem ausgedehnten, erhöht gelegenen Brachland mit gestrüppreichen Hügeln und Tälern. Das zähe blasse Gras wächst auf Schlacke und Lehm, der von den Docks angeschwemmt wird. Dixie und ich erklimmen die Stufen des nassen Damms, um die letzte Lieferung für heute loszuwerden.

Die Mudchute ist immer noch dasselbe Brachland. Diese dreizehn Hektar haben sich kaum verändert, seit wir drei – Ludo, Albie und ich – hier als Kinder gespielt haben. Sogar den Musterhof gibt es noch. Als ich noch jung war, wurde der Hof von hiesigen Aktivistengruppen für Schulkinder und alle anderen ins Leben gerufen, die nicht wußten, wie ein Schaf aussieht. Oder eine Kuh, ein Schwein, eine Ziege und ein Pony. Auf dem Hof gab es Hühner und Kaninchen, und es wurden auch landwirtschaftliche Produkte angebaut. Man konnte nicht essen, was angebaut wurde: Der Boden war vergiftet, weil hier einmal eine Bleihütte gestanden hatte. Das Blei blieb in der Erde.

»Das ist der Bursche«, sagt Dixie.

Der Mann lehnt etwa hundert Meter weiter den matschigen Weg entlang am Gatter. Er wartet. Hinter ihm führt der Weg hinunter in eine Senke, die früher eine Schrebergartenanlage war. Familien pflanzten Blumen und Gemüse an. In jenen Zeiten maß noch niemand den Bleigehalt des Bodens. Nicht bei uns. Vor Jahren verschwanden die meisten Schrebergärten, weil die Londoner Hafenbehörde das Land requirierte. Es hieß, die Docks würden erweitert. Alle waren dafür. Unser Vater glaubte, er bekäme vielleicht seinen alten Job wieder, aber er hätte es besser wissen müssen. Das Projekt wurde nie verwirklicht, der Plan zu den Akten gelegt.

Während wir den erhöhten Weg am Rande der Felder entlanggehen, klärt Dixie mich über diesen Mann auf. »Er ist neu, hat sich aber sehr schnell ein Netz aufgebaut. Überraschend schnell. Wir sollten ihn im Auge behalten.«

»Vielleicht hat er sein altes Netz mitgebracht.«

»Vielleicht. Jemand wie er ist entweder sehr gut oder sehr schlecht.«

»Schlecht wie in gefährlich?«

»Schlecht wie in ungewöhnlich. Ich hasse ungewöhnliche Dinge. Er ist sehr zahlungskräftig.«

»Genau mein Typ.«

»Zahlungskräftige Leute haben große Ambitionen.«

Wir sind jetzt fast da. Der Mann hat dunkle Haare und trägt einen braunen Sommermantel. Er rührt sich nicht von dem Gatter weg.

»Wenn du dir seinetwegen Sorgen machst, sollten wir ihn dazu bringen, *zu uns* zu kommen. Das Land fällt hinter ihm ab.«

»Er ist der Kunde. Wir gehen zu ihm.«

Der Wind, der über die Mudchute pfeift, ist feucht. Es könnte bald anfangen zu regnen. Auf diesem feuchtkalten Boden sieht das Gras nicht so aus wie in Bilderbüchern: es ist Stadtgras – büschelig, ungepflegt, auf lehmigen Stellen wachsend. Die Mudchute ist kein ordentlicher Park, sondern eine Wildnis mitten in London. Doch sie wird hier nicht mehr lange überleben. Jetzt nicht mehr. Der Quadratmeter Land kostet bereits über tausend Pfund. Am Rande dieses offenen Landes hat schon neues Geld den Fuß in der Tür: steife Puppenhäuser auf der Westseite, Baukräne im Norden. Spekulanten werden die schlammigen grünen Hügel einebnen und die wenigen Bäume fällen, und dann werden sie bauen. Irgendwo in diesen dreizehn Hektar werden sie einen künstlich angelegten Garten übriglassen. Das ist alles, was von der Muddie übrig bleiben wird, die wir kannten.

Wir sind da. Der zahlungskräftige Kunde fragt, ob ich der neue Mann sei.

»Sie können mich John Burns nennen.«

»Für mich sehen Sie wie ein Carter aus.«

Er lächelt nicht. Aber er hat einen Treffer gelandet – damit wird er zufrieden sein. Ich sehe ihn mir genauer an: eckiges Gesicht, kleine Augen, schwarze, mit Gel zurückgekämmte Haare, die Nase könnte mal einen Kampf erlebt haben. Er sieht nicht wie ein Städter aus. »Kenne ich Sie?« frage ich.

»Sieht nicht so aus.«

»Woher kennen Sie mich dann?«

»Ich hörte, Sie wären wieder da.«

»Sie stammen von südlich des Flusses?«

»Ich wohne auf der Insel.«

Nicht in den feudalen Cascades und auch nicht im pompösen Cotton's Landing. Ich denke, er könnte in einer der wenigen alten Häuserreihen wohnen, die noch nicht abgerissen worden sind. Er sagt es nicht. Meinetwegen. Ich brauche seine Adresse nicht.

Dixie fragt den Dealer, wieviel er wolle. Er sagt, zehn.

»Zehn Unzen?«

»Genau das sagte ich.«

»Die kosten Sie zehn Riesen.«

»Abzüglich des Mengenrabatts.«

»Davon höre ich zum erstenmal.«

»Sie wollen den Stoff doch loswerden, oder? Sie haben viel zuviel auf Lager.«

Ich lasse sie feilschen. Wenn der Mann über den Preis verhandelt, will er auch kaufen. Hinter ihm in dem mit Wildwuchs bedeckten Tal sehe ich, daß doch noch ein paar Schrebergärten übrig geblieben sind. Ein alter Mann arbeitet in einem.

»Okay. Neuneinhalb. Neunfünfzig die Unze.«

»Da habe ich schon Besseres gehört.«

»Aber wir können liefern. Wir sind immer da, immer dieselbe Qualität.«

Hinter mir auf den kargen welligen Feldern kauen ein Dutzend braunweiße Schafe das Gras. Nicht weit von unseren Füßen stehen vertrocknete Brombeersträucher. Ganz in der Nähe, in einem alten Graben, der Newtie genannt wurde, haben Ludo und ich immer Kaulquappen und Molche gefangen. Wir nahmen sie dann in Marmeladengläsern mit nach Hause.

Jetzt kommt kaum noch jemand hierher. Ein ganzes Stück entfernt führen ein Mann und sein Sohn den Hund aus. Sie bleiben auf dem Weg und halten sich von den Schafen fern. Unten im Schrebergarten macht sich der alte Mann an seinem Kohl zu schaffen. Jenseits der Senke tauchen zwei sportliche Typen in Jogginganzügen auf. Sie bleiben stehen, um sich am Gatter auf der anderen Seite zu unterhalten.

»Hier nicht«, sagt der Dealer. »Wir stehen hier wie auf dem Präsentierteller.«

»Wir gehen da runter«, schlägt Dixie vor.

Unten in der Senke werden wir völlig außer Sicht sein. Niemand wird uns sehen. Wir werden niemand sehen.

Ich sage, daß ich oben bleiben werde.

»Warum?« fragt der Dealer. Er ist bereits durch das Gatter gegangen und auf der Böschung. Sogar Dixie schaut überrascht drein.

»Ich bleibe als Ausguck hier.«

»Die Muddie ist leer«, sagt der Dealer.

»Fast.«

Dem Dealer gefällt das nicht, aber Dixie klopft ihm auf die Schulter und lacht. »Wir zwei sind genug«, sagt er.

Ich warte am Gatter, während sie sich zum matschigen Grund der Senke vortasten. Aus der Feuchtigkeit in der Luft wird ein leichter Nieselregen. Ich stelle fest, daß ich den Atem anhalte. Meine Bauchmuskeln haben sich verkrampft.

Dixie und der Dealer bleiben unten in der Senke stehen und wenden sich einander zu. Dixie wischt sich einen Regentropfen von der Stirn. Ein Stück weiter verläßt der alte Mann seinen Garten und zieht sich in eine kleine baufällige Hütte zurück. Die beiden Jogger setzen sich wieder in Bewegung.

Sie traben locker den Weg auf der anderen Seite der Senke entlang. Dixie wartet darauf, daß sie vorbeilaufen.

Aber das tun sie nicht.

Jedenfalls nicht beide. Unten in der Senke bleibt ein Mann neben dem Dealer stehen, der andere läuft weiter. Er braucht weniger als fünf Sekunden, um mich zu erreichen.

»Runter mit dir«, sagt er ruhig.

Er steht einen Meter von mir entfernt auf der anderen Seite des Gatters. Gerade außer Reichweite.

»Ich sagte, runter.«

Ich schaue an ihm vorbei in die Senke. Der Dealer in dem braunen Sommermantel hält jetzt eine Waffe in der Hand. Sie ist klein und schwarz. Der Lauf ragt über seine gekrümmten Finger hinweg und zeigt auf Dixie.

»Hältst du mich für blöd?« frage ich den Mann, während ich mich ihm zentimeterweise nähere.

Seine Hand gleitet durch den geöffneten Reißverschluß seiner Joggingjacke. Dann zieht er sie so weit wieder heraus, daß ich seine Kanone sehen kann.

»Die wirst du hier oben nicht benutzen.«

»Stell mich auf die Probe.«

Das werde ich nicht tun. Die einzigen Zeugen in diesem ganzen durchnäßten Brachland sind der Vater und sein Sohn, die ihren Hund ausführen. Sie sind eine halbe Meile entfernt. Der alte Mann sitzt in seiner Hütte im Trockenen. Für den Sportsmann ist es ebenso leicht, mich hier oben abzuknallen wie dort unten.

Ich öffne das Gatter.

Er tritt beiseite, um mich passieren zu lassen. Unten in der Senke hält der Dealer Dixie in Schach, während der zweite Jogger Dixies Kokain an sich nimmt. Dann löst er Dixies Geldgürtel. Wenn er den an sich genommen hat, wird er Dixies Taschen durchsuchen. Und Dixies Kanone finden.

Oben am Beginn des Weges zögere ich. »Beweg dich«, sagt mein Jogger. Er kommt einen warnenden Schritt näher, die Hand immer noch an seinem Reißverschluß.

Auf dem Weg den schlüpfrigen Pfad hinunter stolpere ich. Unwillkürlich strecke ich den Arm aus. Ich packe das Vorderteil seiner locker sitzenden Jacke und ziehe daran. Wir fallen zu Boden und rollen kämpfend die Böschung hinunter. In einem Sekundenbruchteil sehe ich, wie der braune Sommermantel und sein Jogger uns anstarren. Ich sehe, wie Dixie die Hand in die Tasche steckt.

Aber ich habe genug zu tun. Dieser Mann trägt den Jogginganzug nicht aus Gründen der Tarnung. Er ist fit. Seine Faust trifft meine linke Wange und rammt meinen Kopf gegen den Boden. Seine andere Hand spreizt sich über mein Gesicht, um mich unten zu halten. Er fummelt in seiner Jacke herum. Dann ertönt ein Schuß. Ich kann nicht sehen, ob Dixie geschossen hat oder der Sommermantel. Ich ringe mit dem schweren Haufen auf mir. Er rammt meinen Kopf in den Matsch, während er nach seiner Kanone greift. Als sie oben über dem Reißverschluß der Jacke auftaucht, schmettere ich ihm die rechte Faust ins Gesicht. Ich kann die Kanone nicht mit der linken Hand packen, weil sie noch bandagiert ist. Ich greife mit der rechten danach. Er schlägt mir die andere Faust in mein ungedecktes Gesicht, dann versucht er meine Finger von der Waffe wegzubiegen. Zweimal schlage ich ihm mit meiner bandagierten Hand gegen die Wange und spüre, wie sich die Schnitte an meinen Knöcheln wieder öffnen. Ich versuche meinen Körper zu drehen, so daß ich ihm den linken Ellbogen ins Gesicht stoßen kann. Doch er duckt sich, zerrt weiter an meinen Fingern und reißt seine Pistolenhand los.

Ich stemme den Unterarm unter sein Kinn und drücke nach oben. Etwas von seiner Last verschwindet von meinem Körper. Doch als ich mich unter ihm frei winde, sehe ich seine Kanone auf mein Gesicht einschwenken.

»Fallen lassen!« schreit Dixie.

Er steht neben der Leiche des Sommermantels. Der andere Sportler wartet auf seine Chance. Doch mein Mann schießt. Die Mitte von Dixies Hemd beult sich augenblicklich ein, als habe ein darunter verborgener Mund daran gesogen und Blut erbrochen. Ich werfe das Schwein ab, während Dixie zu Boden geht. Wir ringen auf dem nassen Boden – beide mit einer Hand an der Kanone. Er hat sie fest im Griff, aber ich kontrolliere die Richtung, in die sie zeigt. Seine andere Hand umschließt meine und zerrt an meinen Fingern. Ich versuche ihn mit der linken zu schlagen, obwohl die Hand ein einziger Knoten aus Schmerz ist.

Er schlägt mich. Doch ich winde mich auf ihn. Ich ziehe mein Knie zu seinem Kopf heran und drücke es ihm ins Gesicht. Ich drücke es fest hinein, für Dixie. Der Bursche hält seine Pistole krampfhaft fest, aber er kann sich nicht gegen mein Knie wehren. Seine linke Faust schlägt nach mir. Er hämmert gegen meine Rippen. Doch die Schläge werden schwächer. Plötzlich habe ich ihm die Kanone aus der Hand gerissen – doch sie fliegt von uns weg auf den Boden. Ich steche ihm einen Finger ins Auge. Er schreit vor Schmerzen. Ich nehme das Knie weg, packe seine Kehle mit der rechten Hand und drücke zu. Er dreht den Kopf hin und her. Er versucht meine Finger zu packen. Ich drücke fester zu.

Die ganze Zeit über hat sein Freund an meiner Schulter gezerrt. Jetzt sehe ich, daß er sich die weggeflogene Pistole holen will. Doch ich komme ihm zuvor. Ich bin näher daran. Ich hechte über den Matsch, schaufle sie mir mit der bandagierten Hand zu und nehme sie mit der rechten auf. Der Jogger weicht zurück. Er stolpert rückwärts gegen die Leiche des Sommermantels. Er gerät in Panik.

Als ich mich aufrapple, fängt er an zu rennen. Er rast die Böschung herauf, die er zuerst heruntergekommen ist. Ich lasse ihn. Sein Partner windet sich auf dem Boden und macht Anstalten aufzustehen. Ich versetze ihm einen Tritt. Er trifft ihn seitlich am Kopf, und er bricht zusammen. Ich trete noch einmal zu. Den nächsten Tritt spürt er nicht mehr. Aber ich muß es tun.

Dixie liegt so still und blutüberströmt da, daß ich ihn nicht zu berühren brauche. Es hat keinen Sinn. Ich werde merkwürdig ruhig. Aus meiner Hosentasche ziehe ich ein Taschentuch, um damit die Fingerabdrücke von der Waffe zu wischen. Ich arbeite ganz methodisch. Es ist wie eine Therapie. Die Kanone ist wie ein Rosenkranz für mich.

Als ich fertig bin, werfe ich die Kanone ein paar Meter weit weg in die Brombeersträucher. Ich sehe Dixie an. Seine Augen sind geöffnet, aber er bewegt sich nicht. Seine Brust ist widerlich rot.

Nicht weit von ihm liegt der Mann in dem braunen Übrzieher mit dem Gesicht nach unten. Er bewegt sich auch nicht. Ich stoße ihn mit dem Fuß an.

Dann knie ich mich neben Dixie und durchsuche ihn. Ich weiß nicht, was ich suche, und ich finde es auch nicht. Seine Kanone liegt im Gras. Seinen Umschlag und den Geldgürtel hat der Jogger, der entkommen ist.

Während ich in einer Art Trauer neben Dixie knie, ruft jemand. Der alte Mann humpelt durch seinen Schrebergarten und brüllt herüber. Ich starre in seine Richtung und sehe ihn kaum. Er schwenkt die Faust, und mir wird klar, daß er drei Männer im Gras sieht, während ein vierter einem der anderen die Taschen ausräumt. Er wird sich daran erinnern. An einen blonden Mann in Hose und Blazer mit einer bandagierten Hand. Rot an der Stelle, wo Blut durchgesickert ist.

Er kommt näher. Er hält mich für den Mann, der die anderen auf dem Brachland umgebracht hat, und doch kommt er näher. Ich nehme an, in seinem Alter bekommt man keine Angst mehr. Ich werde verschwinden müssen.

Doch in welche Richtung? Zurück durch die Felder würde ich dem Vater mit seinem Sohn begegnen. Und es ist ein weiter Weg bis zu unserem Wagen. Der alte Mann ist jetzt noch zehn Meter entfernt. Ich stehe auf und erklimme die gegenüberliegende Böschung, die zum nähergelegenen Ausgang führt. Auf dem grasbewachsenen Damm angelangt, betrachte ich die Szenerie, die sich vor mir auf den Straßen ausbreitet. Alles sieht normal aus. Autos mit eingeschalteten Scheibenwischern. Eine alte Dame unter einem Schirm mit Einkaufstüten in der Hand. Mehrere Leute haben sich wegen des Regens am erhöhten Abschnitt der Bahnlinie untergestellt. Die Treppe zum Bahnhof. Ein Mann in einem Jogginganzug auf halbem Weg hinauf.

Er wartet auf einem Absatz, wo die Stufen sich teilen. Wir sind nicht mehr als hundert Meter auseinander. Luftlinie. Zweihundert Meter zu Fuß: die Böschung hinunter, über den Gehsteig und die Treppe hinauf.

Er sieht, daß ich ihn beobachte. Er leckt sich nervös die Lippen, aber er bewegt sich nicht. Er braucht es noch nicht.

Ich folge ihm den rutschigen Pfad entlang. Hinter mir ruft der alte Mann immer noch. Er ist jetzt bei den Leichen angelangt. Ich behalte den Jogginganzug im Auge. Er behält mich im Auge. Ich habe plötzlich die lächerliche Idee, daß er dort abwarten wird, was ich tue, solange ich in normalem Tempo gehe und nicht anfange zu rennen. Aber ich irre mich. Der Mann dreht sich um und trabt von mir weg die rechte Treppe zum Bahnsteig hinauf. Als ich nach links schaue, sehe ich, warum.

Aus Richtung des Flusses kommt ein kleiner blauer Zug. Der Jogger hat die Absicht, ihn zu erwischen. Ich auch.

Ich springe die glitschigen Stufen herunter, die vom Damm der Mudchute herunterführen. Ich stolpere durch das Gatter. Ich laufe zwischen den Betonpfeilern her, welche die erhöhte Bahn stützen, bis zu der steilen Treppe. Ich habe diese Modelleisenbahn noch nie benutzt, aber ich habe gesehen, in welche Richtung er gelaufen ist. Er hat die rechte Treppe genommen.

Auf dem Absatz, wo die Treppe sich teilt, besagt ein Schild, *Übertreten Sie die rote Linie nicht ohne gültigen Fahrausweis.* Ich laufe daran vorbei. Auf der letzten Treppe fragt ein weiteres Schild, *Haben Sie einen gültigen Fahrausweis?* Sie geben sich wirklich alle Mühe.

Als ich auf den leeren Bahnsteig springe, fährt der Zug gerade an. Er fährt sehr langsam. Ich klopfe gegen die Seite eines Wagens, als er vorbeifährt. Leute sehen mich aus ihrem Kokon heraus an. Ich laufe neben dem Zug her über den Bahnsteig und klopfe noch einmal. Ein Passagier runzelt die Stirn. Ein Mädchen in hellblauer Uniform zeigt mir den Finger. Der Zug fährt weiter.

Kaum schneller als in normalem Schrittempo gleitet er davon. Ich schaue mir die Gleise an. Sie sehen sicher aus. Das hier ist nicht die U-Bahn. Die Schienen sind auf Beton verlegt und liegen weit auseinander. Welche auch Strom führen mag, der Abstand zwischen ihnen ist groß. Ich springe herunter.

Ich bin nicht wahnsinnig. Ich weiß, daß die Gleise Strom führen, aber sie liegen einen guten Meter auseinander. Ich kann zwischen ihnen in der Mitte laufen. Bei der Geschwindigkeit, mit der der Zug fährt, werde ich ihn am nächsten Bahnhof einholen. Er ist nur eine halbe Meile entfernt, nicht weit von der Docklands Arena am anderen Ende der Mudchute.

Der letzte Hinweis, als ich den Bahnhof verlasse, lautet, *Warnung: Automatische Züge auf Stromschienen. Treten Sie nicht auf oder an die Gleise.* Ich verfolge den Zug. Aus dem Rückfenster werde ich von einer Mutter und ihrem Kleinkind beobachtet. Das Kind findet mich lustig, aber die Mutter zeigt keine Reaktion. Überhaupt keine.

Der blaue Zug entfernt sich im Nieselregen von mir, nimmt Fahrt auf und beschleunigt mühelos auf dem erhöhten Gleis. Meine Rippen schmerzen. Sie haben in der Mudchute einiges abbekommen. Ich werde langsamer.

Ich stehe nach Luft ringend da, als mir klar wird, wo ich bin: auf einem Betonstreifen zwischen stromführenden Schienen sechs Meter über dem Boden. Links von den Schienen befindet sich ein

Drahtzaun. Zu meiner rechten verläuft eine einen Meter hohe Mittelbarriere und jenseits davon liegt das Gleis für die nach Süden fahrenden Züge.

Ich schaue zurück. Wenn jetzt ein anderer Zug hinter mir auftaucht, habe ich keinen Platz, um auszuweichen. Dieses Gleis ist kein öffentlicher Fußweg. Aber es kommt kein Zug. Ich bin ganz allein.

Niemand kann mich hier oben sehen. Die Gleise können nicht eingesehen werden. Links von mir stehen normalgroße Häuser. Rechts von mir befindet sich offenes Land.

Ich latsche zum Bahnhof Mudchute zurück. Niemand ist auf dem Bahnsteig. Kein Passagier. Kein Personal. Niemand geht an einem regnerischen Nachmittag in der Mudchute spazieren. Ich klettere vom Gleis auf den leeren Bahnsteig. Es ist eine isolierte Welt. Der Spielzeugcharakter der elektrischen Eisenbahn wird durch das Fehlen von Leuten noch hervorgehoben. Ich bin wie ein einsames Kind ohne Aufsicht in der Dachstube. Mein Spielzeugbahnhof ist aus blauem Metall und Glas. Die Handläufe sind rot. Die elektrische Werbefläche hat dreiseitige vertikale Paneelen, die endlos sich wiederholende Reklamen zeigen. Drei zum Preis von einer.

Ich verlasse den Bahnsteig durch den Ausgang und schaue nach unten. Am Fuß der Treppe steht der alte Mann. Ich weiche rasch zurück.

Er hat mich nicht gesehen. Er erzählt gerade den Leuten seine Geschichte, die sich wegen des Regens untergestellt haben. Er hat in Richtung Mudchute gezeigt und erklärt, was passiert ist. Bald wird ihn jemand fragen, ob der Mann, den er gesehen hat, ein blonder Bursche in einem schlammverschmierten Blazer war. Ein

Mann mit bandagierter Hand. Dann werden sie auf den Bahnsteig kommen.

Ein Zug kommt. Ich kann das Rumpeln hören. Als ich auf die Gleise schaue, sehe ich, daß er auf der anderen Seite auf dem nach Süden zum Fluß führenden Gleis einfahren wird. Ich muß diesen Zug erwischen. Aber dazu muß ich die Gleise überqueren.

Wenn ich die Treppe bis zum Absatz heruntergehe und dann die linke zum anderen Bahnsteig nehme, kann ich von unten gesehen werden. Das darf ich nicht riskieren. Die einzige Möglichkeit, auf die andere Seite zu gelangen, besteht darin, wieder auf die Gleise zu springen. Das tue ich. In der Mittelbarriere gibt es keine Lücke. Also laufe ich ein paar Meter nach links, steige auf eine halbmeterhohe Metallplattform, setze mich auf die Barriere und springe auf der anderen Seite herunter. Doch in der Zeit, die ich dafür benötige, hat der einfahrende Zug das andere Ende des Bahnsteigs erreicht. Ich stehe ihm im Weg. Ein Signalhorn tönt, als der Zug abbremst. Ich springe über das äußere stromführende Gleis und klettere rasch auf den Bahnsteig. Wieder ein Signal. Zwei blaue Wagen halten neben mir, und die Zugtüren öffnen sich. Ich steige ein.

An diesem regnerischen Tag befördert der Zug nur wenig Passagiere. Und es gibt keinen Fahrer. Überhaupt keinen. Der Zug hat lediglich einen Schaffner. Der Schaffner drückt auf einen Knopf für Anhalten und Abfahren. Er drückt auf das Signalhorn, wenn er einen Idioten auf den Schienen sieht. Aber das kann nicht richtig sein – kein Fahrer. Das kann so nicht funktionieren. Jemand muß die Züge per Fernsteuerung fahren und die Gleise mit Videokameras überwachen. Er muß in seinem Büro sitzen und Docklands Light Railway spielen wie ein Computerspiel. Der Zug ist tatsächlich ein Spielzeug.

Der Schaffner ist jung, schwarz und unbekümmert. Er sieht mich kopfschüttelnd an. Ich hebe die Hand. »Ich weiß«, sage ich. »Ich weiß. Lassen wir die anderen nicht warten. Lassen Sie uns einfach fahren.«

Ich setze mich rasch. Er schnalzt mit der Zunge. Aber der Grund, warum ich mich so rasch hingesetzt habe, ist der, daß der alte Mann gerade auf dem anderen Bahnsteig aufgetaucht ist. Er hat Leute bei sich. Ich kauere mich auf meinem Sitz zusammen, aber sie ignorieren mich. Sie schauen alle die Gleise entlang nach Norden. Jemand hat gesehen, daß ich die rechte Treppe genommen habe und zum Zug gerannt bin. Er glaubt, daß ich ihn erwischt habe.

Schließlich drückt der Schaffner auf den Knopf. Wir fahren nach Süden.

Nach Mudchute kommt nur noch ein Bahnhof. Island Gardens ist das Ende der Strecke.

Die Straßen rufen Erinnerungen wach, obwohl die Gebäude sich verändert haben. Nicht bedeutsam – hier und da ein Lagerhaus und eine hohe Mauer, die Bahnlinie in Höhe der Dächer. Dies ist ein Winkel der Insel, der von der Sanierung noch nicht völlig aufgefrischt worden ist. Fünfzig Meter vom Bahnhof entfernt erkenne ich den Island Gardens Park, der an der Themse liegt. Er sieht so ruhig und friedlich aus wie immer.

An jedem anderen Tag würde ich den Pie-Stand im Park besuchen. Falls es ihn noch gibt. Ich würde einen Kaffee mit zur Flußmauer nehmen und Greenwich auf der anderen Seite betrachten. Ich würde die beiden weißen Kuppeln des Royal Naval College bewundern. Ich würde zur Cutty Sark und den niemals abwesenden Kränen herüberblinzeln. Ich würde die Möwen über der

Themse beobachten, während braunes Wasser gegen die Kaimauer schwappt. Ich würde einen Blick auf mein Zuhause werfen.

Aber nicht heute. Am Parkeingang steht der vertraute kleine Rundbau. Ich gehe hinein. Anstatt auf den ächzenden Fahrstuhl zu warten, nehme ich die Treppe. Als wir noch jung waren, haben wir immer die Stufen gezählt. Siebenundachtzig. Siebenundachtzig Stufen winden sich zwanzig Meter tief abwärts in den Fußgängertunnel unter der Themse. Der Greenwich Foot Tunnel ist eine lange gerade Röhre, ungefähr zweieinhalb, an manchen Stellen auch nur zwei Meter hoch, deren Wände und Decke weiß gekachelt sind. Autos können ihn nicht benutzen – nur Menschen zu Fuß. Der Tunnel ist wie ein Geheimgang, der die Arbeiter aus Deptford auf die Nordseite des Flusses und abends wieder nach Hause bringt. Er hat uns Kinder unter dem Fluß her zur Isle of Dogs gebracht. Heute besteht seine Aufgabe darin, den Abschaum von der Insel wieder zu seinen Häusern im Süden abfließen zu lassen.

24

»Wir müssen den Wagen holen«, sagt Carmichael.

Das ist sein geringstes Problem, würde ich meinen. Er hat seine rechte Hand, ein halbes Kilo Kokain und etwa zehntausend Pfund in bar verloren.

Ich frage: »Dixies Frau – hat es ihr schon jemand gesagt?«

»Das erledigt die Polizei.«

»Jesus, wir haben heute mittag noch von ihr gesprochen. Ihre Mutter ist zu Besuch.«

Carmichael nickt. »Das wird es leichter für sie machen, nicht? Aber Sie halten sich da raus. Sie gehen nicht zu ihr, klar?«

Ich hole tief Luft. Er erklärt es mir: »Die Polizei wird Dixies

Haus beobachten, um festzustellen, wer kommt. Sie können nicht dorthin gehen, verstehen Sie das? Wir müssen so tun, als hätten wir den Mann gar nicht gekannt, verstanden?«

Ich nicke.

»So ist es eben. Ein Kriegsopfer.«

Ja, so ist es eben. Ich verstehe. Ich frage: »Haben Sie was zu trinken hier?«

»Mögen Sie Lucozade nicht?« Er öffnet den Wandschrank, der ordentlich gefüllt ist, und gießt mir einen Whisky ein, einen großen. Als er ihn mir reicht, fragt er: »Warum gerade heute? Verraten Sie mir das.«

»Sie meinen, woher sie wußten, daß heute viel laufen würde?«

»Genau.« Er behält die Hand an meinem Whisky.

»Alle Dealer wußten davon. Sie sollten zusätzliches Geld mitbringen.«

Carmichael spitzt die Lippen. Er schaut mir direkt in die Augen, während er die Hand von meinem Glas nimmt. Es fühlt sich leicht an. »Sie haben mit niemandem geredet?«

»Nein.«

Er wendet den Blick nicht von mir ab. »Immerhin ist es Ihnen gelungen, einen von ihnen zu töten.«

»Das war Dixie.«

»Also ist einer von ihnen plötzlich reich geworden. Sah er wie ein Süchtiger aus?«

»Zu fit.«

Carmichael nickt. »Sie hätten ihn umlegen sollen, wissen Sie das?«

»Welchen – den, der entkommen ist, oder den, der Dixie erschossen hat?«

»Beide. Warum nicht?«

»Zwei waren bereits tot.«

»Hören Sie auf, wenn beide Seiten einen Mann verloren haben? Wir spielen um den Sieg, Floyd, nicht auf Unentschieden. Sie hatten ein Heimspiel.« Er sieht mich stirnrunzelnd an, dann zuckt er die Achseln. »Sie holen besser den Wagen.«

»Ich hoffe, ich werde nicht erkannt.«

»Was glauben Sie – daß der alte Mann am Supermarkt herumhängt? Natürlich wird er das nicht tun. Wußten diese Burschen, wo Sie geparkt haben?«

»Das bezweifle ich. Aber der Wagen steht dort seit über vier Stunden. Das ist eine lange Zeit für einen Einkauf.«

»Jeden Tag überziehen Autos die Parkzeit. Sie dürfen ihn nur nicht über Nacht dort stehen lassen. Aber *Sie* müssen ihn holen, Floyd. Wenn Sie glauben, Sie können nicht auf die Insel zurück, weil man Sie dort erkennen könnte, sind Sie erledigt. Verstanden?«

»Wenn man vom Pferd fällt, muß man sofort wieder aufsteigen. Ich weiß.«

»Es war kein guter Anfang.«

Ich nehme keine Kanone mit. Dixie hatte eine bei sich, und sie hat ihm nicht geholfen. Ich kehre zur Insel zurück, als wolle ich zur Nachtschicht. Ich nehme einen 188er zur Greenwich Church Street, durchquere den Hafen neben der Cutty Sark und gehe durch den Fußgängertunnel unter dem Fluß hindurch. Ich benutze sogar die Docklands Railway.

Doch ich habe die Kleidung gewechselt. Es besteht immer die Möglichkeit, daß diese kleinen blauen Züge von einem Fahrdienstleiter hinter einem Monitor gesteuert werden, und dieser Fahrdienstleiter könnte sich an den Burschen erinnern, der einen Zug über die Gleise verfolgt hat. Ich trage jetzt einen blauen Pullover unter einem Armeeparka und weite dunkle Hosen. Meine linke Hand ist mit einem sauberen Verband umwickelt. Keine Spur von Blut.

Der kleine Zug bringt mich von der Endstation Island Gardens zwei Haltestellen weiter zu Crossharbour, nicht weit von der Arena. Ich lungere auf der Straße gegenüber dem Asda herum und beobachte den Parkplatz. Der Supermarkt hat noch geöffnet: Leute, die ihre Einkäufe nach der Arbeit erledigen. Ich sehe meinen Wagen.

Ich gehe zum Parkplatz, wobei ich mich sorgfältig nach allen Richtungen umschaue. Ich werde der einzige sein, der ohne Einkaufswagen zu seinem Auto geht. Vielleicht sollte ich kurz in den Supermarkt gehen und etwas einkaufen. Dann schüttle ich den Kopf. Hol einfach den Wagen, Floyd, und verschwinde von hier.

Als ich den Fiesta schließlich in der Malpas Road abstelle, ist es neun Uhr. Ich bleibe noch sitzen, um mir im Radio die Nachrichten anzuhören. Wir sind der dritte Punkt auf der Tagesordnung.

»Zwei Männer starben heute bei einer Schießerei auf der Isle of Dogs. Um etwa fünfzehn Minuten nach drei heute nachmittag traf sich eine Gruppe von fünf Männern in der Mudchute, einem Park im Gebiet von Cubitt Town. Man geht davon aus, daß ein Streit ausbrach, in dessen Verlauf zwei Schüsse fielen. Zeugen zufolge flohen zwei der mutmaßlichen Täter gemeinsam mit der Docklands Light Railway, während der dritte sich zu Fuß durch den Park absetzte. Das Motiv für die Schießerei ist unklar, obwohl ein Sprecher der Polizei jegliche Mutmaßung hinsichtlich einer Fehde zwischen rivalisierenden Verbrecherbanden herunterspielte. In diesem Stadium, sagte er, sei es wahrscheinlicher, daß ein versuchter Raubüberfall auf tragische Weise fehlgeschlagen sei. Die Polizei sucht weitere Zeugen und bittet alle Personen, die sich zwischen drei Uhr und drei Uhr dreißig in der Nähe des Bahnhofs Mudchute aufgehalten haben, sich so schnell wie möglich mit ihr in Verbindung zu setzen.«

Ich bleibe auch noch während der weiteren Schlagzeilen im Wagen, um zu sehen, ob ich noch einen Treffer lande. Aber Vinnies Mann, dem auf einem Stück Brachland in der Nähe des Bahnhofs Deptford der Schädel eingeschlagen wurde, wird nicht erwähnt. Sein Tod ist nicht bemerkenswert genug.

Was denkt die Polizei über die Schießerei in der Mudchute? Vielleicht hatten weder Dixie noch der Sommermantel ein Vorstrafenregister. Der alte Mann wird mit Sicherheit ausgesagt haben, er habe einen Mann gesehen, der sie beraubt habe. Aber wenn die Polizei wirklich glaubt, die beiden Toten seien unschuldige Mitglieder der im Park spazierengehenden Öffentlichkeit, warum glaubt sie dann, Verbrecher hätten sie niedergeschossen? Warum haben sich überhaupt fünf Männer bei Regen in der Mudchute getroffen? Warum? Zu viele Fragen. Die Polizei legt eine falsche Spur. Jemand hat ihr befohlen, alles herunterzuspielen. Jemand glaubt zu wissen, was vorgeht.

Ich steige aus dem Wagen.

Als ich mich Jamies Haus nähere, werfe ich einen Blick hoch zur ersten Etage. Es brennt kein Licht. Ich drücke auf Jamies Klingel. In meiner Tasche habe ich den Schlüssel, den er mir geliehen hat, aber wenn Jamie nicht da ist, will ich nicht im Chaos seiner Bude hocken, bis ihm schließlich einfällt, aus dem Pub nach Hause zu kommen. In diesem Fall werde ich nach Hause zu Ludo gehen.

Auf halbem Weg zurück zum Wagen sehe ich jemanden dort stehen. Es ist Eva. Sie trägt ihre üblichen schwarzen Leggings, und wegen des kühlen Aprilabends hat sie einen schwarzen Wollpullover übergezogen. Sie wartet auf mich.

»Als wir uns zuletzt begegnet sind, hattest du einen Schlüssel.«

»Hast du keinen?«

»Ich wohne nicht hier. Hast du ihn bei dir?«

»Warum willst du hinein?«

Eva kommt mir einen Schritt entgegen. Sie spricht bewußt leise. »Es ist dringend, Mann. Kannst du uns reinbringen?«

In seiner Bude herrscht nicht mehr so ein Chaos. Jamie muß gefallen haben, wie Eva aufgeräumt hat, weil er die Wohnung noch nicht wieder auseinandergenommen hat. Vielleicht nimmt er sie auch gar nicht auseinander, vielleicht löst sie sich nur in ihre Bestandteile auf.

Eva geht sofort ins Badezimmer. Sie verschwendet keine Zeit. Sie erzählt mir, Jamie sei bei einer Drogenrazzia im Cross Keys Pub festgenommen worden. Er und ein Dutzend andere säßen in Lewisham im Kittchen und »hülfen bei Befragungen«. Wenn die Schmiere sich an ihre normale Vorgehensweise halte, werde in diesem Augenblick jemand einen folgsamen Richter aufsuchen, der sich gerade vor den Fernsehnachrichten die Nase putze, um ihn Durchsuchungsbefehle unterschreiben zu lassen. Die Wohnungen aller Leute, die etwas bei sich gehabt hätten, würden in Kürze durchsucht. Und jeder, der jetzt noch in Lewisham einsäße, *würde* etwas bei sich gehabt haben. Wenn noch nicht bei ihrer Ankunft dort, dann mit Sicherheit jetzt. Die Schmiere könne das arrangieren.

Eva taucht mit mehreren Tablettenfläschchen aus dem Badezimmer auf. »Ich lasse nur sein Aspirin da. Alles andere verschwindet.«

»Du hast da eine Tüte Hustenbonbons.«

»Das sind Victory V. Freaks zerstampfen sie manchmal und mischen sie mit Iraner.«

»Jamie auch?«

Eva ist jetzt in seinem Schlafzimmer. »Er nimmt besseren Stoff. Aber der Schmiere ist das egal.«

»Sie können ihn nicht wegen Besitzes einer Tüte Victory V. verknacken.«

»Du bist noch nie verhaftet worden, was?«

Eva steckt Jamies Blechdose mit seinem Besteck ein. Darin wird sich alles Heroin befinden, das Jamie in die Finger bekommen hat, Aluminiumfolie und ein Stück Schlauch zum Rauchen und Spritzen zum Drücken.

»Durchsuch seine Mülleimer und Papierkörbe«, sagt sie zu mir. »Nimm alles heraus, was nicht darin sein sollte – besonders Alufolie. Hast du verstanden?«

»Wie lange haben wir Zeit?«

»Das hängt davon ab, wessen Bude sich die Bullen zuerst vornehmen.«

Ich fahre mit Eva durch den Westteil Deptfords nach Bermondsey. Irgendwo dort kann sie Jamies Sachen verstecken. Ich werde nicht erfahren, wo dieses Versteck ist.

Ich frage Eva, was Jamie bei sich hatte, als er geschnappt wurde. Sie weiß es nicht. Sie schüttelt verbittert den Kopf. »Ich kam so gut bei ihm voran.«

»In welcher Beziehung?«

»Du weißt schon, Mann. Er hat mir versprochen, diesmal wirklich mit dem Drücken aufzuhören. Er sagte, er würde das Zeug nur noch rauchen. Er hat mir sogar ein paar Spritzen gegeben – nach dem Schreck mit dem Soneryl. Ich dachte, ich hätte ihn so weit.«

»Du glaubst, du kannst ihn runterbringen?«

»Das kann nur Jamie. Aber ich habe versucht, ihn vom Drücken abzuhalten. Dann ist es leichter, clean zu werden.«

»Was bist du, Eva – irgendeine Sozialarbeiterin?«

»Ich bitte dich! Nichts von diesem offiziellen Quatsch. Wir helfen unseren Freunden, weißt du?«

Schweigend fahren wir die Woodpecker Road entlang. Der Nieselregen hat aufgehört, und der Abend ist kühl, aber trocken. Während ich ausschere, um einen Bus zu überholen, erzählt Eva mir von der Selbsthilfegruppe, der sie angehört. Man kann eigentlich kaum von einer Gruppe reden – dafür sind die Verbindungen der Mitglieder untereinander zu lose. Sie hat auch keinen Namen. Und eigentlich hat sie auch keine Mitglieder. Doch jeder in der Gruppe, Verbindung, wie man sie auch nennen will, war süchtig. Manche sind es immer noch. Sie wissen, was nötig ist, um süchtig zu bleiben. Sie wissen, was nötig ist, um clean zu werden.

»Wir predigen nicht, klar? Geben kein Urteil ab. Wir versuchen nur, unseren Freunden zu helfen – weißt du, was ich meine?«

»Habt ihr Erfolg?«

»Sicher – wenn sie bereit sind, damit aufzuhören. Aber es geht uns nicht nur darum. Wir versuchen unseren Freunden durch die schlimmen Zeiten zu helfen. Jeder macht mal schlimme Zeiten durch. Wir suchen auch nach reinem Stoff.«

»Dealst du auch?«

Eva sieht mich an, bevor sie antwortet. Sie zuckt die Achseln. »Wenn wir müssen, tun wir auch das, klar. In kleinen Mengen, rein, wenn der Entzug schlimm ist. Manchmal ist das die beste Hilfe, die wir geben können.«

Wir sind jetzt auf der Trundley's Road und bremsen, um hinter dem Deptford Park rechts abzubiegen. Es ist wenig Verkehr. Das Fahren ist leicht.

»Jamie sagt, er hätte Smack unter Kontrolle«, sage ich. »Besteht die Möglichkeit, daß er recht hat?«

»Alle Junkies sagen das.«

»Er sagt, nicht das Smack sei das Problem, sondern die Beschaffung. Wenn Smack wie Zigaretten verkauft würde, könnte er ewig leben. Er würde so normal leben wie jeder Zigarettenraucher.«

»Auch das sagen alle Junkies. Heroin ist stärker als Nikotin, Mann. Ich steige hier aus.« Sie nickt mit ihrem Rotschopf. »Heroin betäubt die Gefühle. Junkies brauchen nicht zu essen. Sie brauchen keinen Sex. Es kümmert sie einen Scheißdreck. Die ganze Welt könnte gegen sie sein, sie würden es nicht spüren. Sie sperren alles aus. Weißt du, wie das ist?« Sie öffnet die Wagentür, hält aber noch kurz inne, bevor sie aussteigt. »Es ist wie sterben – auf eine langsame, wunderbare Art, ohne die geringste Sorge. Eine schöne Art abzutreten, findest du nicht?«

25

Tamsin öffnet die Tür und lächelt. »Du kommst wie gerufen.«

Ich folge ihr hinein. Sie trägt ein riesiges weißes Sweatshirt, das so weit ist, daß es von Ludo sein könnte. Außerdem trägt sie eine hautenge rote Hose. Ihr weißes Sweatshirt ist hinten in die Hose gestopft, so daß ihre Kehrseite betont ist. Und in dieser Hose meine ich »betont« wörtlich.

Sie stolziert ins Wohnzimmer und hält mir die Tür auf. Der Fernseher murmelt vor sich hin. Wir sind allein.

»Wo ist Suzie?«

»Auf Nachtschicht. Sie will, daß ich zu Hause bleibe.«

»Sie macht sich Sorgen um dich. Du bist alles, was sie hat.«

»Ich bin ein großes Mädchen, Floyd. Ist dir das noch nicht aufgefallen?« Im Fernsehen läuft die Erkennungsmelodie der Nachrichten. »Willst du das sehen?« Sie greift zum Ausschaltknopf.

»Nur die Schlagzeilen.«

Tamsin verharrt beim Fernseher, bereit, ihn jeden Augenblick abzudrehen. Wir sehen tatsächlich nur die Schlagzeilen, und ich muß die Hand heben, um die letzte mitzubekommen: »Mord auf der Isle of Dogs – Straßenräuber greifen zu den Waffen.«

»Das ist was Lokales«, sage ich.

»Und langweilig.« Sie schaltet ab. »Setz dich und rede mit mir, Floyd.«

Sie geht durch das Zimmer zurück, schlägt mir verspielt gegen die Brust und läßt sich dann auf das Sofa fallen. Sie rollt sich an einem Ende zusammen und läßt reichlich Platz darauf. Ich wähle einen Sessel. Sie zuckt die Achseln. »Ich sollte dich hassen«, sagt sie.

Ich hebe eine Augenbraue.

»Weil du mich von dieser Party weggeholt hast. Das ist sehr peinlich. Du hast dich wie ein Höhlenmensch auf Brautsuche benommen.« Sie neigt den Kopf. »Du weißt, warum sie es Ecstasy nennen?«

»Ich kann es mir denken.«

»Weil es die Liebesdroge ist. Ich habe noch etwas oben.« Hinter ihren Augen tanzt ein Teufel. »Du wirst es doch nicht Mum erzählen?«

»Nein.«

»Oh, gut.« Sie windet sich auf dem Sofa. Sie ist ein kleines Mädchen, das ein kleines Mädchen spielt. Sie hält sich für einen Vamp, der einen Vamp spielt. »Jetzt haben wir zwei ein Geheimnis, nicht wahr?«

»Suzie hat dein Schlafzimmer nicht durchsucht. Weil sie dir vertraut.«

»Du hörst dich langsam an wie die ältere Generation.«

»Ich bin die ältere Generation.«

»Und dabei so smart.« Sie kichert. »Manche Mädchen stehen auf ältere Männer.«

Sie ändert ihre Stellung auf dem Sofa. Jetzt liegt sie auf dem Rücken, den Kopf auf der Lehne, die Beine angezogen, so daß die nackten Füße flach auf den Polstern liegen. »Mir ist kalt«, sagt sie in kläglichem Tonfall. »Ist dir auch kalt?«

»Ich gehe nach Hause. Ich dachte, Suzie wäre hier.«

»Und ich dachte, du wärst gekommen, um mich zu besuchen.«

Sie läßt nichts unversucht, das will ich ihr zugestehen. Als ich sie anlächle, versuche ich, es väterlich zu tun. Ich glaube nicht, daß es mir gelingt. »Ich bin zu alt dafür, Tamsin.«

»Ich wette, das bist du nicht.« Sie neigt den Kopf.

»Wenn deine Ausgangssperre aufgehoben ist, komme ich in den *Parrot*, um dich singen zu hören.«

»Gib dir keine Mühe.«

»Ich werde nur Augen für dich haben.« Ich stehe auf. Sie bleibt liegen und beobachtet mich.

»Männer sind herablassende Arschlöcher«, sagt sie.

Ich atme so tief ein und wieder aus, daß die Windschutzscheibe beschlägt.

Ich muß meine Gedanken wieder auf das Hier und Jetzt richten. Die Windschutzscheibe abwischen. Wieder klarsehen. Ich lege den ersten Gang ein und fahre zurück zu Jamies Bude.

Ich treffe gerade noch rechtzeitig ein, um die Bullen dabei zu überraschen, wie sie alles auf den Kopf stellen. Sie durchwühlen die Wohnung ganz methodisch, öffnen Polster, verrücken Möbel, schauen unter die Teppiche. Ich stelle mit Interesse fest, daß sie nicht die Verkleidungen der Klinken von den Türen schrauben.

Ein Polizeihund winselt im Badezimmer.

Meine Ankunft deprimiert Jamie noch mehr. Er entzündet eine Zigarette am Stummel der vorherigen. Er funkelt mich an. Ein Hund zerkratzt Vinyl im Badezimmer.

Die einzige Person, die zufrieden aussieht, ist dieser blasierte Bulle Kellard. Ein Hauch von Drogen, und er ist da. Der Schnüffler vom Yard. Er ist groß und schlank, seine Augen funkeln, und er hat ein dünnes Lächeln auf den Lippen, als sei er erfreut, mich zu sehen. Wahrscheinlich ist er das sogar. Ich kann mir schon denken, was er glaubt: die Puzzleteile fallen an ihren Platz. Er weiß nicht, wie das fertige Bild aussehen wird, aber solange er neue Teile findet, wird das Bild langsam immer klarer. Der geduldig latschende Polizist. Er hätte nie aufhören dürfen, als Streifenpolizist die Runde zu machen. Er sieht irgendwie falsch aus ohne Uniform. Seine Zivilkleidung ist schlicht. Er trägt eine altmodische braune Tweedjacke, die aussieht, als klebten überall Kekskrümel daran. Eine beigefarbene Stoffhose. Braune Schuhe mit Schnürbändern und dicken Sohlen. Grüne Krawatte.

»Wohnen Sie hier?«

»Sie wissen, wo ich wohne.«

»Sie haben einen Schlüssel.«

Ich antworte nicht. Es war keine Frage. Es war eine dieser Feststellungen, bei denen man das Gefühl hat, sie korrigieren zu müssen. Er will hören, wie man das macht.

»Hier werden die Drogen verteilt, nicht wahr?«

Das *ist* eine Frage. Ich soll sie jetzt verneinen. Dann wird er mich schweigend anstarren, bis ich mehr sage.

»Haben Sie die Stimme verloren, Mr. Carter?«

»Gegen mich liegt nichts vor.«

»Nein, aber gegen Ihren Freund. Sie sollten ihm helfen, wenn Sie können. Oder vielleicht würde auch alles, was Sie sagen, die Angelegenheit nur noch schlimmer machen?«

Ich zucke die Achseln. Ein Mann in Zivil bringt den Hund aus dem Badezimmer in die Kochnische. Ich sehe ihm zu, wie er sich auf die Hinterbeine stellt und die Schnauze auf die Arbeitsplatte legt. Der Hund schnüffelt sich daran entlang. Jamie fragt, wer aufräumen werde, wenn sie fertig seien.

»Es wäre einfacher, wenn Sie uns sagten, wo die Drogen sind, Sir. Dann könnten wir alle nach Hause gehen.«

»Es gibt keine Drogen«, murmelt Jamie. Er sagt es ohne jeden Nachdruck, versucht nicht einmal zu überzeugen. Wegen seines Mangels an Interesse wirkt er glaubhafter. Er muß erkannt haben, daß Eva hier war.

Kellard steht gelassen vor ihm. Kellard glaubt an die ruhige Methode: Man muß den Leuten genügend Seil lassen, um sich damit aufhängen zu können. In seinem Verhörzimmer würde es genauso laufen: keine Gewalt, keine Drohungen, nur die Ruhe. Sollen ruhig ein, zwei Stunden verstreichen. Und dann noch ein paar mehr. Man bleibt bei dem Mann, beobachtet ihn, wartet Stunde um Stunde, bis der Mann schließlich nachgeben muß und etwas sagen wird, um die ganze Sache endlich zu einem Ende zu bringen.

Ich frage, was passieren werde, wenn sie damit fertig seien, Jamies Küchenschränke zu durchstöbern.

»Das hängt davon ab, was wir finden, Sir.«

»Hier ist nichts. Mittlerweile müßten Sie das doch wissen.«

»Woher wollen *Sie* das wissen, Sir?«

Gute Frage. Woher *könnte* ich es überhaupt wissen, wenn ich nicht selbst sämtliches belastende Material weggeschafft hätte? Ich reagiere, wie Eva es tun würde, indem ich meine eigene Frage wiederhole: »Was passiert, wenn Sie nichts finden?«

»Ich fürchte, die Frage ist rein hypothetisch, Sir.«

Der Mann mit dem Hund steht jetzt hinter mir. Sein Hund beschnüffelt meine Hose. Sein Führer hustet. »Soll dieser Gentleman durchsucht werden, Sir?«

Kellard denkt darüber nach.

»Er ist ein Freund des Beschuldigten, Sir«, sagt der Mann. »Er hat einen Schlüssel zu seiner Wohnung.«

Kellard sieht mich nachdenklich an. »Wir haben Sie schon mal durchsucht«, grübelt er.

»Versuchen Sie's noch mal, wenn Sie dann besser schlafen.«

Kellard betrachtet mich noch einmal mit durchdringendem Blick. »Sehen Sie nach, was er dabei hat«, ordnet er an.

Diesmal muß ich mich nicht gegen eine Mauer lehnen. Ich stehe mit gespreizten Armen und Beinen in der Mitte des Zimmers, während der Hundeführer meine Glieder abtastet. Es ist eine seltsam unpersönliche Erfahrung. Auch als seine Hände sich zu meinem

Schritt hochtasten, ist es weniger peinlich, als mir von einem Schneider die Maße meines Oberschenkels nehmen zu lassen. Es wird peinlicher, als der Bulle meine Taschen durchsucht. Ich habe kaum etwas darin, nichts von Bedeutung, aber bei dem zerknitterten Inhalt, der auf dem Tisch ausgebreitet wird, handelt es sich um meine Habseligkeiten. Sie zeigen, wer ich bin.

Sie ergeben nicht viel.

»Bleiben Sie noch hier, Sir, wenn wir gegangen sind?«

Ich schüttle den Kopf.

»Wenn wir Sie erreichen müssen, Sir?«

»Ich bin zu Hause. – Alles klar, Jamie?«

»So klar wie der verdammte Regen. Es war schön, dich zu sehen, Kumpel. Danke für alles.«

»Na ja. Wenn ich irgendwas tun kann. Du weißt schon.«

»Komm morgen vorbei. Wenn ich noch nicht wieder da bin, öffnest du besser die Fenster. Damit der Geruch abzieht.«

Als ich durch die Haustür komme, höre ich den Fernseher ziemlich laut. Ludo ist noch nicht ins Bett gegangen. Ich gehe zu ihm ins Wohnzimmer, wo er kerzengerade auf einem Sessel sitzt und sich ein Video ansieht. Etwas über Fremde aus dem All. Das Bild zeigt etwas, das wie die Unterseite eines Staubsaugers aussieht und wie ein ungewöhnlicher Ballon an einem klaren Nachthimmel hängt. Ludo schaut verschämt drein. Aber die Szenerie macht einen unschuldigen Eindruck auf mich.

»Bleib schön ruhig, Carter.«

Außer Sicht hinter der Tür stehen zwei weitere Männer, zwei große Männer. Einer hält eine Pistole in der Hand. Wir sind uns schon einmal auf Tod Richardsons Ranch begegnet.

Ich schenke ihnen kein Willkommenslächeln. »Wasserpistolen in eurem Alter?«

»Werd nicht frech.«

»Alles in Ordnung mit dir, Ludo?«

»Ich konnte nichts daran machen, Floyd. Sie haben mich reingelegt.«

»Keine Sorge. Du bist nicht verletzt?«

»O nein«, sagt er und macht Anstalten aufzustehen.

»Setz dich.«

Ludo hält auf halbem Weg inne, denkt nach und setzt sich wieder. Er scheint mehr verwirrt als wütend zu sein. Derjenige mit der Kanone ergreift das Wort. »Du kommst mit uns.«

»Wohin?«

»Wart's verdammt noch mal ab.«

»Was will er?« frage ich.

»Wer?«

Ich schließe die Augen. »Richardson, Dummerchen. Was hast du gedacht?«

»Nenn mich nicht Dummerchen, verdammt.« Er kommt näher.

»Ich nenne dich, wie es mir paßt.«

Er funkelt mich an. Wenn ich ihn dazu bringen kann, noch einen Schritt vorzutreten, steht er direkt neben Ludo. Er ist so dumm, daß er sich in Ludos Gegenwart sicher fühlt. Ludo gibt ihm das Gefühl, clever zu sein.

»Habt ihr Penner das Fenster schon repariert?« frage ich mit einem Grinsen.

»Arschgesicht«, sagt er.

»Komm her und sag das noch mal.«

Er zögert. Seine Augen verengen sich. Sie waren ohnehin schon klein. »Du machst eine Spazierfahrt, Arschgesicht. Wir nehmen dich im Wagen mit.« Er kommt nicht näher. Darauf fällt er nicht herein. »Du.« Er wendet sich an Ludo. »Du rührst dich nicht aus diesem verdammten Sessel. Wenn du es doch tust, ist dein verdammter Bruder tot. Klar?«

Ludo nickt zögernd. Er fragt sich, wie lange er wohl auf dem Sessel sitzen bleiben muß.

Vielleicht hat Dummerchen das schon einmal gemacht. Ich hatte gehofft, nicht. Ich hatte gehofft, er und ich würden es uns hinten auf dem Rücksitz gemütlich machen, während sein Kumpel fährt. Dummerchen würde seine Kanone auf mich richten, und ich würde seine Hand beobachten. Irgendwo unterwegs würde sich eine Möglichkeit ergeben, ihm das Ding zu entreißen.

Aber so machen wir es nicht. Dummerchen setzt mich auf den Beifahrersitz und sich selbst hinter mich. Er preßt mir den Pistolenlauf in den Nacken. »Halt den Kopf schön nach vorn und werd verdammt noch mal nicht frech.«

Dann fahren wir. Zeitweise spüre ich den Lauf im Nacken. Zwischendurch drückt er auch durch die Sitzlehne gegen meinen Rükken. Vielleicht gibt es einen Augenblick, in dem Dummerchen in seiner Wachsamkeit nachläßt, aber ich kann ihn nicht sehen. Also würde ich so einen Augenblick nicht mitbekommen. Ich kann nur da vorn sitzen und warten, bis ich bei Tod Richardson bin.

Was er wohl jetzt von mir will – immer noch die zehntausend Pfund? So knapp bei Kasse kann er nicht sein. Die alte Richardson-Familie hätte sie als Kleingeld abgeschrieben. Aber Tod ist der letzte, der noch übrig ist, und läuft mit zwei Lakaien und seinen

Rottweilern in der leeren Ranch auf und ab. Ich kann mir vorstellen, wie er abends in seinem Sessel sitzt, ein Glas in der Hand, und darüber brütet, wie das Leben ihn doch im Stich gelassen hat. Er ist verbraucht. Sein Imperium ist verschwunden. Das Einkommen, das er noch hat, bezieht er aus Heroin, Erpressung und anderer Leuts Diebstählen. Kleine Fische mit kleinen Leuten. Davon kann er nicht leben.

Aber was will er von mir?

Daß wir das Haus betreten, tröstet mich, ein wenig. Es hätte auch die Möglichkeit bestanden, in die Sümpfe zu fahren. Wo es ruhig und dunkel ist. Ein guter Platz, um eine Leiche verschwinden zu lassen. Meine Sorge ist jetzt, daß wir in seinem Haus zusammenkommen – bevor wir weiterfahren. In die Sümpfe.

Wir sind in seinem Wohnzimmer. Ich registriere das neue Fenster und den Geruch frischer Farbe, aber ich erwähne es nicht.

»Ich bin Ihnen noch was schuldig«, beginnt er.

»Wie das?«

»Sie haben meinen Kumpel umgelegt.«

»Sind Sie deswegen immer noch sauer? Sie waren zu viert, Tod, mit Ketten, und Dirkin hatte ein Messer. Er hat Glück gehabt, daß nicht er es war, der ins Gras gebissen hat.«

»Der verdammte Dirkin ist mir scheißegal. Sie machen zu viel Ärger, Carter, verstanden?«

Ich nicke, als habe er mir einen nützlichen Rat gegeben.

»Sie sind mir einmal zu oft in die Quere gekommen, Carter.«

Ich nicke wieder, weniger zuversichtlich. Ich sage, ich dachte, wir hätten das alles geklärt.

»Wann?«

»Am Telefon, Tod.« Ich rede langsam, wie mit einem Kind. »Sie wollten die zehntausend vergessen, und dafür wollte ich den Bullen nicht verraten, daß Sie eine Leiche hinter dem *Windsor* abgeladen hätten.«

»Zum Teufel damit. Ich rede von diesem verdammten Nachmittag.«

»Von diesem Nachmittag?«

»Sie haben ihn verdammt noch mal abgeknallt.«

Heute nachmittag. Die Isle of Dogs. Dixie und ich in der Mudchute.

»Das waren *Ihre* Männer?«

»Was dachten Sie, wessen Männer es sind?«

Ich schweige mehrere Sekunden lang. Mir wird klar, daß der Bursche in dem Sommermantel kein Einzelgänger war, sondern eine von Richardson aufgestellte Falle. Daß Richardson nicht so hoffnungslos im Hintertreffen ist, wie ich gedacht habe.

»Ihre Idee, Tod?«

»Wessen wohl sonst?«

Richardson schleicht durch das Zimmer und fuchtelt dabei mit den Händen herum. »Was, zum Teufel, haben Sie dort gemacht, Carter?«

»Auf der Insel?«

»Genau.«

Ich ignoriere seine Frage. »Wollten Sie Carmichaels Mann umlegen, oder sollte es beim Ausrauben bleiben?«

»Was glauben Sie wohl? Ich wollte sein Geld und seinen Stoff. Ich wußte nicht, wieviel von beidem da war, aber wen interessiert das? Mir ist das verdammte Geld lieber, um die Wahrheit zu sagen. Den Stoff muß man verkaufen, um zu Geld zu kommen. Also ist es leichter, wenn der andere Wichser einem die Arbeit schon abgenommen hat.«

Er steht dicht vor mir und starrt mich an.

»Was passiert als nächstes?« frage ich.

»Als nächstes?«

»Ja. Warum haben Sie mich herbringen lassen?«

»Weil ich Sie umlegen werde, Carter, darum.«

»Es sei denn?« frage ich.

»Es sei denn?«

»Sie werden mich umlegen, *es sei denn*, ich tue irgendwas. Wie zum Beispiel?«

Er schaut verwirrt drein. »Was habe ich Ihnen bloß getan, Carter?«

»Was?«

»Warum haben Sie sich verdammt noch mal eingemischt? Alles war sorgfältig geplant. Wir nehmen dem Bimbo zwanzig Riesen ab. Wir legen sein Netz lahm. Aber dann kommen Sie uns in die Quere. Sie haben meinen Mann umgelegt.«

»*Ich* habe Ihren Mann nicht umgelegt. Das war Dixie.«

»Wer, zum Teufel, ist Dixie?«

»Derjenige, den sie erschossen haben.«

»Den wer erschossen hat?«

»Ihre Leute. Carmichaels Mann wurde Dixie genannt.«

Tod macht einen verblüfften Eindruck. Ich sage: »Dixie hat Ihren Mann erschossen. Dann hat einer von Ihren Joggern *ihn* umgelegt.«

Er atmet aus. »Wie passen *Sie* da rein, Carter?«

»Ich bin zufällig vorbeigekommen.«

»Verscheißern Sie mich nicht.«

Er sieht aus wie ein Mann, der sein Pulver verschossen hat, also versuche ich es mit einem Ausfall. »Natürlich hatten Sie recht, Tod. Wir sollten es auf Ihre Weise machen.«

»Was soll das jetzt wieder heißen?«

»Sie sind dahintergekommen, daß ich bei Carmichael mitmache, und Sie wollen, daß ich ihn reinlege.«

»Ist das so?«

»Sie sind ein gerissener Schweinehund, Tod. Das muß ich Ihnen lassen.«

Ich halte inne. Ich will hören, daß er abstreitet, gerissen zu sein.

Als ob er das täte. »Genau«, sagt er plötzlich. »Was haben Sie vor?«

»Wir schalten ihn aus.«

»Die Schlange?«

»Wen sonst?«

»Den Bimbo. Genau.«

Eine Pause. Was soll's, denkt er. »Was meinen Sie, wie wir den Wichser ausschalten sollen?«

Ich habe dich, Tod.

»Ich bin in Carmichaels Bande, klar? Wie Sie es sich gedacht haben. Ich weiß über jeden Schritt Bescheid, den er macht.«

»Das gefällt mir. Das gefällt mir wirklich, verdammt noch mal.«

»Ich finde heraus, wann Carmichael seine nächste Lieferung bekommt. Ich sage es Ihnen. Dann kommen Sie und pusten ihn weg.«

Richardson runzelt die Stirn. »Verdammt leicht gesagt.« Er ist nervös. Er zeigt mir, daß er nervös ist.

»*Sie* können es doch mit ihm aufnehmen, Tod.«

»Warum habe ich es dann verdammt noch mal noch nicht getan? Der Bimbo hat ziemlich viel Einfluß, müssen Sie wissen. So leicht ist das nicht.«

»Haben Sie keinen Ehrgeiz?« frage ich.

»Was diesen Scheiß-Bimbo angeht? Der kann sich nicht mit mir messen.«

»Nicht mit Tod Richardson, richtig?«

»Richtig! Verdammt richtig.« Seine Miene hellt sich auf. »Wie sieht der Plan aus?«

Oh, ich habe Pläne, Tod. Aber habe ich auch einen Plan für *dich*?

26

»Ob ich Glück gehabt habe? Das würde ich schon so sagen. Wie lange bin ich jetzt dabei – sieben Jahre, acht? Die ganze Zeit habe ich Heroin genommen, Dickies, Palfium, was du willst. Ich habe sogar Morphium vom Löffel *getrunken* wie eine Medizin. Ich habe Stoff geschluckt, geraucht, durch die Nase gezogen und gedrückt. Und sie erwischen mich mit ein paar DFs. Also das würde ich Glück nennen, verdammtes Glück. Ich kann mich nicht beklagen.«

Jamie grinst. DFs sind Schmerztabletten. DF118. Sie werden so oft verschrieben, daß Sie sie vielleicht selbst schon genommen haben. Aber da ich Sie kenne, haben *Sie* sich in dem Fall mit Sicherheit an die Dosierungsvorschrift gehalten.

»Was hatten die anderen bei sich?« fragt Eva.

»Hauptsächlich DFs. Ein paar hatten auch Dickies dabei.«

»Kein H?«

»Ich sagte doch schon, wir hatten Glück.« Jamie lacht. Wir sitzen in seiner Bude herum und trinken Kaffee, aber man würde meinen, daß wir Chamapagner trinken. Das morgendliche Sonnenlicht brennt sich durch den Schmierfilm auf seinem Wohnzimmerfenster. Es leuchtet auf dem Teppich und versucht bei unserer kleinen Feier mitzumachen.

Eva will die Fakten ganz genau wissen. »Die Anklage lautete Besitz, oder?«

»Ich hatte nur sechs Tabletten bei mir.«

»Das ist nur Besitz. Hast du eine Aussage gemacht?«

»Ja. Ich wollte vor Gericht nicht unkooperativ wirken. Ich sagte, ich würde die anderen nicht kennen, wir wären nur zufällig im gleichen Pub gewesen. Was man eben so sagt, Eva.«

»Was ist mit den anderen – was haben *die* gesagt?«

»Weiß der Teufel. Ich habe mich so verhalten, als hätte ich nichts mit ihnen zu tun. Am Ende mußten uns die Bullen laufen lassen. Die meisten jedenfalls.«

»Hast du später mit irgendeinem von den anderen gesprochen?«

Jamie grinst – sein Kleinjungengrinsen. »Wir hatten eine kleine Feier, weißt du?«

»Wo?« schnauzt sie.

»Keine Sorge, die Bullen waren meilenweit weg. Ein paar von uns sind noch in die Bude von einem der anderen gegangen. Ein richtiger kleiner Schießstand.«

»Du dämlicher Hund, Jimbo, ich wußte doch, daß du was genommen hast.«

»Habe ich das Gegenteil behauptet? Jesus, Eva, ich brauchte *irgendwas*. Ich kann nicht als freier Mann aus dem Knast spazieren und weitermachen, als wäre nichts passiert. Man muß sich auch mal gehenlassen können. Jedenfalls waren meine Nerven ziemlich angeschlagen. Ich brauchte einen Kick.«

Er funkelt uns trotzig an. Wir haben nichts zu sagen, also schweigen wir. Jamie trinkt seinen Kaffee aus und steht auf. »Will jemand einen Drink?« fragt er.

»Zusätzlich wozu?« fragt Eva.

Jamie sieht sie an. Er weiß, was sie meint. »Ich hab nur was geraucht. Ich hab's nicht gedrückt. Ein Drink wird mir nicht schaden.«

Sie studiert die Innenseite ihrer Kaffeetasse. Sie sagt gar nichts. Ich frage, wann sein Gerichtstermin sei. Er sagt, irgendwann in der nächsten Woche. Ich nicke. Jamie beobachtet Eva. Sie hält den Blick weiterhin nach unten gerichtet. Er geht zum Fenster, wischt mit dem Ärmel über die Scheibe und schaut hinaus. Wir befinden uns am Rande eines langen Schweigens.

Doch er bricht es. »Ich sagte doch, daß ich dir dankbar bin, Eva. Wenn sie mein Besteck gefunden hätten, wäre ich immer noch da.«

»Sie werden deine Bude noch mal durchsuchen«, sagt sie.

»Nee, sie haben hier nichts gefunden. Obwohl sie sich so große Mühe gegeben haben.«

»Der Durchsuchungsbefehl ist einen Monat gültig.«

Er runzelt die Stirn. »Sie haben ihn doch benutzt.«

»Ein Durchsuchungsbefehl ist keine Eintrittskarte, die nur einmal gültig ist. Sie können so oft wiederkommen, wie sie wollen.«

»Oh.«

»Ich nehme an, ich soll es für dich aufbewahren?«

»Ja. Danke.« Jamie fragt sich, wann die Polizei ihm wohl den nächsten Besuch abstattet.

»Und sie können die Gültigkeitsdauer verlängern lassen«, sagt sie.

»Dazu brauchen sie einen Grund.«

»Den haben sie bereits.«

Jamie schnauft. »Was denn, ein Vergehen? Eine Handvoll Tabletten?«

»*Hat Umgang mit anderen Süchtigen.* Du bist abgestempelt, Jimbo. Bist du untersucht worden?«

»Irgendein Arzt ist gekommen. Er hat uns alle kurz unter die Lupe genommen«

»Und?«

»Meine Venen sind sauber.«

»Aber du drückst«, sage ich.

»Nicht oft. Ich drücke nur unter die Haut. Narben bleiben nur, wenn man sich den Schuß direkt in die Vene setzt.«

Er und Eva sehen einander an. Irgend etwas ist ungesagt geblieben.

»Eigentlich müßte vor Gericht alles gutgehen«, fährt Jamie fort. »Ein Jahr auf Bewährung, schätze ich. Aber ich gehe in keine Entwöhnungsklinik und schlucke das verdammte Methadon. Nein, danke.«

Seine labile gute Laune ist vergangen. Er tritt niedergeschlagen gegen den Teppich. »Noch was – wenn ich mein Besteck nicht hier bei mir behalten kann, wo soll ich den Stoff dann nehmen?«

»Nicht bei mir«, sagt Eva.

»Auf irgendwelchen stinkenden öffentlichen Toiletten«, murmelt er. »Nee, ich mach's hier. Hier gefällt's mir. Ich habe eine Routine, der ich immer folge. Die ist wichtig dabei. Ich ziehe die Vorhänge zu, räume einen Platz frei, breite alles aus. Lasse mir Zeit. Ich meine, die Vorbereitung ist das halbe Vergnügen. Das beruhigt mich, bevor ich mir einen Schuß setze. Okay, es ist ein Ritual – aber was ist falsch daran? Anders als die Leute, die Zigaretten qualmen: Sie nehmen einfach eine aus dem Päckchen, stecken sie sich in den Mund und denken nicht darüber nach, was sie tun. Heroin ist – wie soll ich es sagen? – etwas, das man genießen muß. Wißt ihr, was ich meine?«

»Du hast Glück gehabt«, sagt Eva. »Du hast immer noch alles einigermaßen im Griff. Und es gibt massig Stoff, der nicht teuer ist. All das könnte sich ändern.«

Das stimmt, Eva, denke ich bei mir: Jetzt, wo Richardson seinen Markt entwickelt hat, könnte sich all das ändern.

»Es gab auch massig Stoff, als ich noch selbst an der Nadel hing«, fährt sie fort. »Ich habe immer eine Unze gekauft und die Hälfte wieder verkauft. Also war ich den ganzen Tag unterwegs und habe verkauft. Das war wie ein Job.«

Ich nicke. Ich frage nicht, was dann passiert ist.

»Dann habe ich meinen Typen verloren. Wir waren beide drauf, also waren wir immer knapp bei Kasse, obwohl wir den Stoff verkauft haben. Er fing damit an, Barbies zu drücken. Jede Woche brauchte er mehr als in der Woche davor, und um noch den *vollen* Kick zu bekommen, mußte er in die Vene drücken. Jedenfalls konnte er nicht so gut mit Nadeln umgehen, und er ruinierte alle seine Venen. Du weißt, was mit den Venen eines Fixers passiert? Sie werden knotig, und dann werden sie zu Rollvenen. Er mußte ständig neue Stellen suchen, die er noch nicht versaut hatte. Eine verläuft im Schritt, die Femoralvene. Sieh mich nicht so überrascht an, Floyd, ich weiß, wie sie heißt. Dicht neben der Femoralvene verläuft die Femoralarterie. Da hat er sich die Nadel reingestochen.«

»In die Arterie? Was hast du getan?«

»Gar nichts. Ich war unterwegs und habe Smack gedealt. Ich weiß auch nicht, was ich getan hätte, wenn ich bei ihm gewesen wäre, weil der Schuß einen Krampf in seinem Bein hervorrief, der die Blutzufuhr unterbrach, und das war es dann.«

»Ist er daran gestorben?«

»Du bist zu dramatisch, Floyd. Nein, er ist immer noch am Leben, irgendwo. Aber er hat das Bein verloren. Es mußte amputiert werden. Natürlich gab er mir die Schuld.«

»Warum dir?«

»Er mußte jemandem die Schuld geben. Also war es das mit uns. Natürlich hatte ich noch das Kind.«

Ich wußte nicht, daß sie ein Kind hat.

»Ich nahm das Kind immer mit, wenn ich kaufte und verkaufte. Tolle Erziehung, nicht? Ich weiß. Na ja, eines Tages habe ich die Tür geöffnet, weil ich einen Kunden erwartete, und da standen drei Fremde vor mir. Sie sahen ziemlich gemein aus. Sie haben uns bedroht – mich und das Kind. Mit Schraubenziehern und einer Flasche Säure. Nahmen mir alles ab, was ich hatte. Ich war vollkommen starr vor Angst. Ich brauchte dringend einen Schuß. Aber ich hatte zu viel Angst, um nach draußen zu gehen. Eine Zeitlang jedenfalls. Aber, weißt du, ich mußte leben, also *zwang* ich mich dazu, nach draußen zu gehen. Ich sagte meinem Pusher – du weißt schon, ich sagte, ich wäre überfallen worden, ich hätte kein Geld mehr und auch keinen Stoff. Ob er mir ein paar Gramm auf Kredit geben könnte? Er war ein kalter Scheißkerl, sagte, er würde darüber nachdenken. Aber ich war verzweifelt. Er wußte das. Er sagte, es gäbe vielleicht eine Möglichkeit, ich sollte mal darüber nachdenken. Eine alternative Vereinbarung.« Evas Augen flackern. »Aber dann hat er mir eine halbe Unze auf Kredit gegeben. Ich verbrauchte einiges für mich und verkaufte den Rest. Ich kaufte mehr. Fing an, meine Schulden abzuzahlen. Ich hab mich richtig reingehängt, verstehst du? Mit Hingabe. Hart gearbeitet. Dann kamen die drei Typen wieder. Dieselben Drohungen. Diesmal *warfen* sie die Säure – damit ich die Wirkung sehen konnte. Sie kamen jede Woche. Jedesmal, wenn mein kleiner Junge ein Klopfen an der Tür hörte, versteckte er sich unter dem Bett. Der arme kleine Wicht. Er kam erst wieder heraus, wenn sie weg waren.«

Sie hält inne. Ich frage: »Gab es keinen, der dir hätte helfen können?«

»Wer zum Beispiel?«

Dumme Frage, Floyd.

»Ich bin in eine andere Bude gezogen. Auch da fanden sie mich. Ich zog wieder um.« Sie atmet tief durch. »Dann habe ich meinen kleinen Jungen verloren.«

Sie atmet geräuschvoll durch gespitze Lippen aus. Dann blinzelt sie, langsam, hält die Augen drei lange Sekunden geschlossen. Als sie sie wieder öffnet, weiß ich nicht, was sie in diesem Moment sieht.

Wir finden alle einen anderen Teil des Zimmers, den wir anstarren können. Dann hustet Jamie und bietet mehr Kaffee an. Niemand will ihn. Er verläßt die Stelle am Fenster, wo er gestanden hat, geht zu Eva und legt ihr eine Hand auf den Arm.

»Es tut mir leid, Eva. Ich habe deine Hilfe gar nicht verdient.«

»Leute wie wir müssen zusammenhalten«, sagt sie. »Allein bist du nicht hart genug.«

Jamie seufzt. »Ich versuche nicht einmal, dagegen anzukämpfen. Ich ergebe mich einfach. Ich nehme Smack, um Dinge auszulöschen. Erbärmlich.«

»Fang nicht an, dir selbst leid zu tun, Jimbo.«

»Ach, Jesus«, sagt er, indem er sich von ihr löst und in dem Zimmer auf und ab marschiert. »Ich hasse dieses Leben, wißt ihr das? Was hat es für einen Sinn? Ich sollte damit aufhören.«

Ich sehe ihn an, dann beobachte ich Evas Reaktion. Es kommt keine. Sie hat das alles schon einmal gehört.

»Nee, ich meine es ernst«, sagt er. »Ich kann problemlos damit aufhören.«

Er wartet.

»Ja«, sagt sie kategorisch.

»Ja was?«

»Ja, das kannst du. Wenn du willst.«

»Das stimmt. Und ich will.«

»Aber du willst eben nicht.«

»Ach, hör schon auf, Eva.«

»Du willst nicht *wirklich*, Jimbo. Du glaubst es zwar in diesem Moment. Aber du hast es nicht satt. Du haßt es nicht. Du bist nicht total angewidert davon. Du willst es nicht mehr als alles andere auf der Welt aus deinem Leben verbannen.«

»Doch, das will ich.«

»Mehr als alles andere auf der Welt?«

»Stimmt genau.«

»Alles?«

»Ja.«

»Absolut alles, was ich aufzählen könnte?« Eva sieht ihn an, hält ihn mit ihrem Blick fest.

Jamie zögert und versucht zu grinsen. »Tja, was zum Beispiel, um Himmels willen?«

»Siehst du? Du haßt es nicht genug, Jimbo. Noch nicht.«

»Schau, schau«, lacht Carmichael. »Was wollen Sie mir damit sagen?«

»Sie halten das nicht für eine Drohung?«

»Drohung?« Er macht einen aufrichtig belustigten Eindruck. Er erhebt sich von seinem Ledersessel und kommt hinter seinem langen weißen Schreibtisch hervor. »Glauben Sie, ich wäre beunruhigt, Floyd?« Er klemmt beide Daumen in seinen Hosenbund. »Ich begrüße es.« Er lacht wieder und geht zu seinem Einweg-Fenster.

»Ich sage Ihnen, was mir wirklich nicht gefällt«, sagt er, wobei er in den Club schaut. »Mir gefällt nicht, wenn ich nicht weiß, wer Freund und wer Feind ist. Mir gefällt nicht, wenn ich nicht weiß, was die Karten für mich bereithalten. Das gefällt mir nicht. Aus diesem Grund spiele ich auch nie.«

Selbst sitzenzubleiben, während er umherschleicht, gibt mir ein unbehagliches Gefühl, also stehe ich auf und geselle mich zu ihm ans Fenster.

»Schlafen Sie mit ihr?« fragt er, wobei er nach unten zeigt. Eine Gruppe probt. Tamsin wartet darauf zu singen.

»Nein.«

»Wollen Sie?«

Ich stutze. »Nein.«

»Sie sind wohl nicht ganz sicher, was?« Seine Stimme wird leiser, als er das fragt. »Das ist das Mädchen, das Sie gesucht haben, nicht?«

»Das ist es.«

Carmichael mustert mein Gesicht. »Sie war ein paar Nächte nicht hier. Ich habe sie vermißt.«

»Jetzt ist sie wieder da.«

»Ich hätte sie feuern können. Aber ich habe es nicht getan. Ich dachte mir, nein, sie ist Floyds ganz besondere junge Freundin. Seine Geliebte oder irgendwas.«

»Ist sie nicht.«

»Nicht einmal?«

»Nein.«

»Okay. Sie ist hübsch. Und eine gute Sängerin. Ich kann sie gebrauchen. Ein hübsches Mädchen mit Talent. Aber Sie sind absolut nicht – Sie wissen schon, Sie können es mir ruhig sagen.«

»Wir sind nicht.«

Huey läßt das Thema abrupt fallen. »Okay, dann also zu diesem Richardson. Er hat versucht, mir meinen Markt auf der Insel zu stehlen?«

»Genau. Und es waren seine Männer, die Dixie umgelegt haben.«

»Sie sind jetzt für diesen Markt verantwortlich, Floyd. Was werden Sie dagegen unternehmen?«

»Richardson will Sie aus all Ihren Märkten drängen. Er hat Sie bereits aus Deptford gedrängt …«

»Er hat was? Was hat dieser Mann Ihnen erzählt?«

»Er sagte, er hätte Ihre Preise unterboten und Sie aus dem Geschäft gedrängt.«

»Einen Dreck hat er! Ich habe ihn dort Smack verkaufen lassen, weil das Peanuts sind. Deptford ist eine arme Gegend, Floyd, ist Ihnen das mal aufgefallen? Wissen Sie, was der Smack-Markt in Deptford wert ist? Ungefähr die Hälfte von dem, was ich mit Speed verdiene. Nicht einmal ein Viertel von dem, was Cannabis bringt. Ich kann mehr Gewinn mit den Drinks machen, die ich unten verkaufe. Jedenfalls verkauft dieser Richardson Smack so billig, daß er nicht einmal etwas daran verdient.«

»Aber er ist ein Dorn in ihrem Fleisch, nicht wahr?«

»Er ist kein Dorn, er ist ein Arschloch.« Carmichael lacht. Er wartet darauf, daß ich auch lache. »Hören Sie. Er ist in Deptford willkommen. Er *war* willkommen.«

»Seine niedrigen Preise stören Sie nicht?«

Er zuckt die Achseln. »Natürlich nicht.«

»Aber Sie üben Druck auf seine Dealer aus?«

Huey kichert. »Wie zum Beispiel auf Ihren Bruder, meinen Sie? Sie glauben, ich könnte vielleicht Ihren Bruder umgebracht haben, weil er für Richardson arbeitete?«

»Irgend jemand *hat* ihn umgebracht.« Unsere Blicke begegnen sich. Ich zucke die Achseln und schaue weg, als sei es mir egal.

Er atmet aus. Er läßt sich Zeit. Dann sagt er: »Hey, sehen Sie mal da unten, Floyd. Ihre Freundin hat angefangen zu singen. Soll ich lauter stellen?«

Ich schüttle den Kopf.

Von hier oben sieht Tamsin wie ein Teenager nach der Schule aus. Sie trägt einen langen gelben Pullover und hellblaue Jeans. Der Pullover ist ziemlich weit, verhüllt aber dennoch nicht die Formen ihres Körpers. Huey und ich sehen zu, wie sie das Mikrofon hätschelt, ihren Mund darumwickelt, es manchmal fast verschluckt. Welche Worte sie auch singt, sie müssen wichtig sein. Sie konzentriert sich darauf.

»Erzählen Sie mir, was Sie über Richardsons Pläne wissen.«

»Das kann nicht sein Ernst sein! Er hat ein Hirn aus Beton.«

»Es ist sein Ernst.«

»Aber die Insel ist ein gehobener Markt für gehobene Ansprüche – sehr gehobene Ansprüche. Diese Leute werden Kokain und Designerdrogen nicht von einem ungeschlachten großen Trottel wie Tod Richardson kaufen.«

»Er wird jemanden einstellen. Einen Mann in einem Anzug.«

»Richardson kann Kokain nicht von Waschpulver unterscheiden.«

»Spielt das eine Rolle?«

Carmichael läßt sich auf seinen weichen Ledersessel fallen und dreht sich nachdenklich im Kreis. »Können Sie sich vorstellen, daß er es auf der Insel schafft?«

»Bis vor ein paar Jahren waren *alle* Leute auf der Insel so wie er.«

»Die Welt hat sich verändert. Wir reden hier über einen der reichsten und anspruchsvollsten Märkte im ganzen Land. Das ist die neue Londoner City, Mann – Millionäre und Yuppies. Meine Art Leute.« Huey grinst, ein bösartiges, hungriges Grinsen.

»Richardson glaubt, er könnte sie zu *seiner* Art Leute machen.«

»Das ist lächerlich. Er ist ein kleiner Ganove. Er gehört dort nicht hin.«

»Seine Familie hat einen langen Stammbaum.«

»Er ist Geschichte, und Sie wissen das.«

»Seine Familie hat hier mehrere Quadratmeilen Land besessen – *besessen*, Huey. Sie hat die Diebstähle, das Glücksspiel, die Getränke und den Sex kontrolliert. Das wird er nicht aufgeben. Er will sein Imperium zurück.«

»Er will den *Parrot* zurück. Darum geht es. Ich habe ihm einen anständigen Preis dafür bezahlt, und ich habe ihn seinen Smackhandel fortsetzen lassen.«

»Aber Sie finden ihn lästig, Huey. Sie wollen ihn abschütteln wie eine Wespe an einem sonnigen Tag. Aber so leicht wird er nicht aufgeben.«

»Dann muß ich ihn dazu zwingen.«

»Sie wissen, wie seine Familie ihr Imperium erhalten hat? Durch Angst, Angst vor Gewalt. Die Richardsons waren nicht raffiniert, sie haben nichts der Phantasie überlassen. Sie haben es einfach getan. Wenn ein Mädchen aufhörte, seinen Anteil zu zahlen, zerschnitten sie ihm das Gesicht. Wenn ein Bursche versuchte, sich vor ihnen zu verdrücken, nagelten sie seine Beine an den Boden. Ich meine es ernst, Huey. Diese Familie kennt nur eine Art der Überzeugungsarbeit: Sie tut einem weh. Richtig weh. Sie verkrüppeln einen, oder sie töten einen. Nichts anderes, nichts Ausgefallenes. Sie kommen mit etwas Scharfem und Schwerem, und damit bearbeiten sie einen. Es ist nicht clever. Es wird Ihren reichen Leuten auf der Insel nicht gefallen. Aber es wird funktionieren. Das sind die Männer, mit denen Sie es zu tun haben, Huey.«

»Ja? Dann lassen Sie mich Ihnen mal was über die Burschen erzählen, mit denen ich es seit Jahren zu tun habe.«

Carmichael wirft den Kopf in den Nacken. Seine weiße Jacke öffnet sich und enthüllt das pinkfarbene Hemd, das er darunter trägt.

»Sie haben von den Yardies gehört? Da, wo Sie herkommen? Auf den Westindischen Inseln werden die Jamaikaner Yardies genannt, weil die Leute glauben, daß wir die ganze Zeit in ihrem Hinterhof sitzen und glauben, uns gehörte die Karibik. Hier in diesem kalten Land bezeichnet das Wort Yardie einen jamaikanischen Verbrecher. Wissen Sie, warum das so ist? Die Polizei kann den Unterschied nicht erkennen – ein junger männlicher Jamaikaner ist ein junger männlicher Verbrecher, so einfach ist das. Sehen Sie diese Kanone?«

Er zückt die kleine schwarze Pistole, die immer in seinem Hosenbund steckt, und nimmt sie in die Hand. Er richtet sie nach oben, als wolle er ein Loch in die Decke schießen.

»Wissen Sie, was das ist? Eine Achtunddreißiger Browning. Eine nützliche Pistole. Aber wissen Sie, was ein Yardie mit sich herumträgt – ein *richtiger* Yardie? Er hat mindestens eine Fünfundvierziger bei sich – vielleicht sogar eine Neunziger. Das sind riesige Kanonen. Magnums wie die von Dirty Harry. Sie pusten ein Loch ins Herz, als sei ein Pfahl durchgestoßen worden. Wenn jemand von der Kugel einer Magnum getroffen wird, ist er tot. Was ich meine, ist, wenn er irgendwo oberhalb seiner Eier am Körper getroffen wird, ist er tot, unbestritten. Bei diesen Kanonen gibt es so etwas wie Verwundungen nicht.«

»Sie tragen nicht so eine Kanone.«

Huey lächelt. Er hält mir beiläufig die kleine Pistole hin, mit dem Kolben voran, damit ich sie mir ansehe. Ich kann einen Blick darauf werfen. Aber er hält sie mir nicht so nah hin, daß ich sie nehmen könnte.

»Floyd, ich hätte mehr Angst vor einem Mann mit so einer Waffe. Mit einer Pistole wie dieser kann man sein Ziel einigermaßen genau treffen. Eine Magnum macht einen Höllenkrach und hinterläßt ein erschreckend großes Loch, aber man muß erst einmal mit ihr treffen. Eine Magnum hat einen Rückschlag wie ein Artilleriegeschütz. Man muß sie mit beiden Händen festhalten, sorgfältig zielen, die Beine spreizen, um einen sicheren Stand zu haben, und man muß stark sein. Dann springt einem die Kanone vielleicht nicht aus den Händen. Vielleicht fliegt die Kugel dann auch ungefähr in die Richtung, in die man gezielt hat. Sehen Sie, der Witz an einer Magnum ist, daß sie reine Metallpsychologie ist: Der Bursche, auf den sie gerichtet ist, macht sich vor Angst in die Hose, und der Bursche, der sie in der Hand hält, ist echt stolz auf sich.«

Huey steckt die Browning wieder in seinen Hosenbund. Ich sage: »Was wollen Sie mir damit erklären – daß die Yardies mit großen Kanonen herumstolzieren, mit denen sie nicht umgehen können? Tod Richardsons Jungens sind nicht so. Sie benutzen Sachen wie Hammer und Nägel, einen Holzklotz, sogar eine Säge. Die Sachen hören sich nicht besonders furchterregend an – bis man ihre Wirkung am Körper eines Mannes gesehen hat.«

Carmichael schnalzt gereizt mit der Zunge und fährt fort, seine Truppe zu verteidigen.

»Yardies können all diese Dinge auch. Ich habe früher mal ein Gebiet in Islington bearbeitet. Da war ein kleiner Dealer namens Innocent Egbulefu. Ein Nigerianer. Er hat ein paar Jamaikanern einen Beutel mit getürktem Cannabis verkauft. Ein Fehler, aber andererseits war Innocent nicht besonders schlau. Ein anderer seiner Fehler bestand darin, in einer Bude im achten Stock zu wohnen. Yardies kamen vorbei, brachen seine Tür auf, packten den Mann und warfen ihn durch sein Fenster im achten Stock. Aber der Witz ist, Floyd, sie taten es schnell. Als die Polizei unten Innocents Leiche vom Boden kratzte, wissen Sie, was Sie da in seiner Hand gefunden haben? Die Fernbedienung für seine Glotze. Ihm war nicht mal die Zeit geblieben, sie loszulassen.«

»Genauso würden die Richardsons auch vorgehen.«

Huey will nichts davon wissen. Er glaubt, wir wären mitten in der großen Nummer aus *Annie Get Your Gun: Alles, was du kannst, kann ich noch besser.*

»Aber die Yardies wissen, wie man mit Kanonen umgeht. Hören Sie zu. Als Shankie Alfred drüben in Acton abgeknallt wurde, ist das in einem Club passiert. Gerammelt voll. Zwei Yardies kommen rein – Danger Mouse Campbell und Sammy Dread Miller. Miller schießt Shankie Alfred den halben Kopf weg. Buchstäblich den halben Kopf, ein Schuß. Alles wirft sich auf den Boden. Wissen Sie, was die Zeugen anschließend ausgesagt haben? Campbell und Miller hätten die ganze Zeit gelächelt. Stellen Sie sich das mal vor, Floyd! Sie kommen mit ihrer Schrotflinte rein. Lächel. Hallo, Shankie. Lächel. Wir haben da was für dich, Shankie. Lächel. Wumm! Campbell und Miller sehen die Gäste an, die auf dem Boden liegen. Okay, Leute, entspannt euch, unser Geschäft ist erledigt. Lächel. Raus aus dem Club. Und die ganze Zeit lächeln sie. Ihnen ist klar, was das bedeutet?«

»Sie waren großspurig.«

»Sie dachten, man würde sie nicht schnappen. *Könnte* sie nicht schnappen. Sie dachten, sie könnten in einen brechend vollen Club marschieren, sich ganz offen hinstellen und den Mann *hinrichten.* Niemand würde gegen sie aussagen. Niemand würde es wagen. Metallpsychologie.«

»Sie haben sich geirrt.«

»Sie wurden geschnappt. Aber so verhalten sich Yardies. Manche von ihnen glauben, daß sie durch Magie geschützt werden und niemand sie aufhalten kann. Die halten sich wirklich für Supermann. Ja. Mit diesen Burschen hab ich zu tun gehabt. Und Sie glauben, ich hätte Angst vor Tod Richardson!«

Huey ist extrem selbstbewußt. Wenn er sagt, daß die Yardies sich für unverwundbar halten, unterscheidet er sich darin gar nicht so sehr von ihnen. Der leichte Schweißfilm auf seiner braunen Haut ist Erregung. Er würde einen Kampf begrüßen.

»Wie sind Sie mit den Yardies fertiggeworden, Huey – mehr Feuerkraft?«

Er lächelt und schüttelt den Kopf. »Das ist nicht meine Art, Floyd. Sie sollten mich besser kennen.« Wieder ganz der urbane Geschäftsmann. »Ich habe mit ihnen geredet und eine Vereinbarung getroffen. London ist eine große Stadt. Verschiedene Gebiete, verschiedene Produkte. Den Yardies gefällt es nördlich des Flusses – in Dalston, Acton, Harlesden. Mir gefällt der Süden und der Fluß selbst – die Isle of Dogs, die City. Diese Gebiete sind mir wichtig.«

»Sie wollen in der City jemand sein, ist es das?«

Huey lächelt geschäftsmännisch. »In der City gibt es eine Nachfrage, die befriedigt werden muß. Sie kann nicht von Richardson oder den Yardies befriedigt werden, also kann ich das ebensogut übernehmen. Warum auch nicht? Die City und ich sind füreinander geschaffen. Wir können zusammen Geschäfte machen. Finden Sie nicht auch?«

27

»Ich glaube, die Italiener haben recht. Sie sagen, man soll sich nur tagsüber lieben. Sex im Dunkeln ist etwas für Bauern.« Ich drehe mich im Bett auf die Seite und drücke das Kissen herunter, so daß ich sie sehen kann. Dann grinse ich. »Was meinst du?«

Sie liegt auf dem Rücken und schaut an die Decke. »Jetzt verstehe ich, warum sie Siestas so mögen.«

»Es hat keinen Sinn, die besten Stunden des Tages zu vergeuden.«

»Mm.« Sie reckt sich träge. »Vielleicht hätte ich mir einen italienischen Liebhaber suchen sollen.«

»Sind die englischen nicht gut genug?«

Sie lächelt mit geschlossenen Augen. »Ich bin noch nicht sicher. Ich werde darüber schlafen.«

»Rechne nicht damit zu schlafen, während ich hier bin.«

»Bist du immer noch nicht satt?«

Sie dreht sich um, so daß sie ebenfalls auf der Seite liegt und mich ansieht. Wir liegen so nah beieinander, daß unsere Hände den nackten Körper des anderen berühren. Zwischen unseren Oberkörpern ist eine Fingerlänge Platz. Wir küssen uns.

»Du hast noch Hunger«, sagt sie.

»Keine Geheimnisse mehr. Ich kann nichts vor dir verbergen.«

»Na ja, *das* jedenfalls nicht.«

Ihre zerzausten blonden Haare liegen auseinandergebreitet auf dem zerknitterten Kissen. Ihre Wimperntusche ist verschmiert. Dünne weiße Falten breiten sich von den Winkeln ihrer grünen Augen aus und überziehen sanft ihr Gesicht. Auf ihrer Haut breiten sich winzige braune Venen wie die Netzfäden einer Spinne vor einem staubigen Fenster im Sommer aus.

Sie ist wunderschön.

An ihrem Hals sind noch mehr Falten. Die Höhlung am Halsansatz ist von schlaffer Haut erfüllt. Ihre Brüste haben eine reife Üppigkeit, und wenn sie auf dem Rücken liegt, rutschen sie ein wenig nach außen und herunter wie eine schmelzende Quarkspeise auf einem Teller.

Sie ist wunderschön.

Keine normale Frau kann eine runde Weichheit am Bauch vermeiden. Vorhin, als sie vor mir gestanden hat, stand dieser kleine runde Bauch vor wie die Andeutung einer Schwangerschaft. Jetzt, wo sie hier liegt, ist er ein weiches Kissen für meinen Kopf.

Sie ist wunderschön.

In der Badewanne sitzen wir einander gegenüber. Um ihre blonden Haare nicht naß werden zu lassen, hat sie sie in einem Handtuch hochgebunden. Ihre Haut glänzt vor Nässe. Sie hebt das linke Bein und stemmt die rosa Sohle eines Fußes gegen meine Brust. Ich nehme die Seife.

Während ich ihre Beine wasche, lehnt Suzie sich in dem unruhigen Wasser zurück und lächelt mich an. Sie ist achtunddreißig Jahre alt. Sie hat ihr Make-up abgewaschen. Sie hat nichts zu verbergen.

»Ich hätte nicht gedacht, daß du bleiben würdest«, sagt sie. »Nach der Beerdigung.«

Es ist eine simple Bemerkung, aber darin ist eine Frage verborgen: bleibst du noch länger? Sie stellt diese Frage nicht direkt. Es ist noch zu früh.

Das Stück Seife rutscht mir aus der Hand ins Wasser. Ich lasse es unter die Oberfläche gleiten, da ich ihr Knie einschäume. »Ich bin jetzt für Ludo verantwortlich. Ich kann ihn nicht einfach sich selbst überlassen.«

»Wirst du ihn mitnehmen?«

Die Frage ist heraus: bleibst du oder gehst du? Ich sage: »Ludo würde niemals Deutsch lernen. Es hat lange genug gedauert, bis er Englisch gelernt hat.«

»Ach, Floyd.« Suzie taucht mit der Hand tief ins Wasser, um die Seife zu suchen. »Ludo ist nicht dumm. Er ist ein wenig langsam, aber er ist nett.«

Ich stelle eine *meiner* Fragen. »Wie seid ihr miteinander ausgekommen, als er hier übernachtet hat?«

»Gut. In mancherlei Hinsicht habe ich kaum mitbekommen, daß er da war. Er war wie ein Hund, würde ich sagen, der ruhig in der Ecke sitzt, glücklich ist, denselben Raum mit einem zu teilen, und mit dem Schwanz wedelt, wenn man ihm Zuneigung erweist. Klingt das gönnerhaft?«

»Ludo mag Hunde. Ich bin froh, daß ihr miteinander ausgekommen seid.«

Sie runzelt ein wenig die Stirn. »Soll ich dir den Hals waschen?«

»Das wäre schön.«

Suzie kniet sich hin, was schaumige Wellen durch die Wanne schwappen läßt. Ihre Brüste schwingen vor meinem Gesicht hin und her. Während ihre warmen Hände meinen Hals streicheln, fragt sie: »Warum bist du froh, daß ich Ludo mag?«

»Er braucht Freunde. Eines Tages könnte er vielleicht jemanden brauchen.« Ich küsse die blasse Knochenplatte über ihren Brüsten.

»Warum sollte er jemanden brauchen? Wirst du denn nicht mehr da sein?«

Bevor sie mit meinem Hals fertig wird, fahre ich mit den Händen über die nassen Seiten ihres Körpers. »Ich kann es nicht garantieren. Alles könnte passieren.« Ich küsse sie zwischen die nassen Brüste.

Sie lacht, ein kehliges Kichern. »Nichts wird passieren.«

»Und wenn doch?«

Sie lehnt sich zurück, immer noch kniend, und nimmt mein Gesicht zwischen die Hände. Sie will lächeln, ist aber zu unsicher. »Was zum Beispiel?«

»Ach«, sage ich vage und schaue weg. »Ich weiß es nicht. Aber falls etwas passierte, würdest du dann ein Auge auf ihn haben?«

Sie schaut mir tief in die Augen. »Floyd Carter, bist du in Schwierigkeiten?«

»Schwierigkeiten?«

»Ja, Schwierigkeiten. Du hast einen Job gefunden, über den du nicht reden willst. Du hattest ein paar Schlägereien.«

»Schlägereien?«

»Du bist wie ein kleiner Junge, Floyd, weißt du das?« Jetzt sitzt sie auf den Fersen, eine Armeslänge entfernt. »Wenn du einem ausweichen willst, fängst du an zu murmeln. Du sprichst nicht mehr in ganzen Sätzen. Du murmelst Fragen, die aus einem Wort bestehen, und wiederholst das, was ich dich frage. Was ist los?«

»Was soll los sein?«

»Das sind vier Worte, Carter, aber das ist immer noch nicht genug.« Sie sitzt da und wartet auf meine Antwort.

Plötzlich schaudere ich und erhebe mich. »Es wird kalt, nicht? Zeit rauszugehen.«

Sie hält mich an der Schulter fest. »Wage es nicht, mich hier sitzenzulassen, Carter. Du hast irgendwas vor und machst dir Sorgen, du könntest dabei zu Schaden kommen. Zu Schaden kommen! Vielleicht sogar getötet werden und Ludo allein zurücklassen. In was für Schwierigkeiten steckst du?«

Sie richtet sich auf, und ich umarme sie. Wir halten einander in der Badewanne fest, und sie vergräbt ihr Gesicht an meiner Schulter. Sie fängt an zu weinen.

Ich sage Ludo, daß er mit einer Krawatte gut aussieht. In den Sachen, in denen er normalerweise herumläuft, sieht er wie ein Boxer am Morgen nach einem schlimmen Kampf aus. Doch mit einer Krawatte und einem sauberen Hemd sieht er wie ein Boxer am Abend davor aus. Das ist ein Unterschied.

Die Krawatte, die er trägt, ist von einem italienischen Hersteller. In München habe ich über fünfzig Mark dafür bezahlt, also sollte er auch gut damit aussehen. Er strahlt sich in seinem Schlafzimmerspiegel an. »Oh, danke, Floyd, die ist echt elegant.«

»Wenn du elegant aussehen willst, deine Garderobe enthält einen Haufen Klamotten, die du ausrangieren solltest.«

»Sie sind noch nicht richtig aufgetragen, Floyd.«

»Gib sie der Heilsarmee. Mach einen alten Landstreicher glücklich.«

»Ich putze deine Schuhe für dich, Floyd. Als Gegenleistung.«

»Du wirst dir das Hemd schmutzig machen.«

»Ich kann gut Schuhe putzen, Floyd. Ich binde mir eine Schürze um.«

Er wird sich besser fühlen, wenn er den Gefallen erwidern kann. Er wird stolz auf sich sein. Er will zeigen, daß er im Haushalt seinen Mann stehen kann. Als er meine Schuhe nach unten trägt, fängt er an zu singen.

»Was, zum Teufel, wollen Sie, Carter? Ich sehe mir gerade *The Sweeney* in der Kiste an.«

»Auf der Suche nach Ideen?«

»Machen Sie voran, Carter. Ich verpasse die Sendung.«

»Ich habe mit Carmichael geredet.«

»Der verdammte Bimbo. Was hat er gesagt?«

»Wollen Sie die lange oder die kurze Version hören?«

»Die verdammte kurze. Machen Sie schon.«

»Er würde sich gern mit Ihnen treffen.«

»Einen Scheiß würde er.«

»Sie bereiten Ihm Kopfzerbrechen, Tod. Sie haben seinen besten Mann umgelegt.«

»Den Scheißkerl auf der Insel?«

»Genau den.«

»Na und, der Wichser hat dafür meinen umgelegt. Damit sind wir quitt.«

»Carmichael will eine Besprechung. Von Angesicht zu Angesicht.«

»Es geht richtig zur Sache, deswegen. Das gefällt ihm nicht.«

»Sie haben ihn aufgescheucht, Tod.«

»Verdammt richtig.«

»Wollen Sie Ihren Vorteil ausnutzen?«

»Wie?«

»Treffen Sie sich mit dem Mann. Sagen Sie ihm, was Sie wollen.«

»Ja … Und was will ich?«

»Einen fairen Anteil. Von jedem Gebiet die Hälfte.«

»Ganz genau.«

»Sie müssen das Eisen schmieden, solange es heiß ist.«

»Ganz genau.«

»Ich regle das für Sie.«

»Ganz genau.«

Das ist mein lieber Junge Tod. Das ist genau das, was ich hören wollte.

»Ich will Ihnen noch was sagen, Tod.«

»Und was?«

»Über die Drogen. Er hat eine Lieferung bekommen. Wenn Sie sich mit ihm im *Parrot* treffen, liegt der Stoff in seinem Safe. Mehrere Kilo.«

»Was heißt mehrere?«

»Ich zähle sie nicht, Tod.«

»Tja, mehrere … Das könnten auch nur fünf oder sechs sein.«

»Das sind immer noch fünfzig Riesen im Einkauf. Mindestens. Auf der Straße bekommen Sie das Doppelte. Wir reden hier über mindestens hunderttausend Kröten.«

»Ich weiß nicht. Ich sagte ja, ich will mich mit dem Mann treffen, aber … ich weiß nicht.«

Er weiß nicht? Das ist Tod Richardson, der letzte aus dem schrecklichen Clan. Ich sollte ihn zurückhalten.

»Haben Sie nicht mehr alle Tassen im Schrank, Tod?«

»Habe was?«

»Da liegen hundert Riesen, Sie brauchen nur zuzugreifen, und Sie sagen, ich weiß nicht. Das Geld wartet in dem Safe auf Sie.«

»In welchem?«

»Das sagte ich doch: in dem Safe in seinem Büro. Im *Parrot*. In *Ihrem* alten Safe, um Himmels willen.«

»In *meinem* Safe?« Er denkt darüber nach. »Nee, das ist nicht so verdammt toll.«

»Warum nicht?«

»Er wird die Kombination geändert haben.«

Ich bekomme langsam Kopfschmerzen. »Na, dann sprengen Sie einfach die Tür auf, Tod.«

»Sie haben leicht reden.«

»Wo liegt das Problem? Sie werden eingeladen, Tod, in sein Büro. Wo der Safe ist.« Führe das Pferd zum Wasser. Ziehe seinen Kopf herunter. Wird es trinken?

»Nee. Davon halte ich nichts. Zu riskant.«

»Zu riskant?«

»Es stinkt irgendwie.«

»Es stinkt?«

»Hören Sie mal, Carter, wissen Sie, was Ihr Problem ist? Was Sie ständig machen? Wenn Ihnen nicht gefällt, was Sie hören, wiederholen Sie, was ich sage. Wie ein verdammtes Kind. Sie wiederholen einfach, was ich sage. Wissen Sie das eigentlich?«

»Sie sind heute schon die zweite Person, die mir das sagt.«

»Die zweite?«

»Sehen Sie? Jetzt fangen Sie auch schon damit an.«

Aber wenigstens ist er bereit, sich mit Carmichael zu treffen. Das ist nicht viel. Das ist nicht alles, worauf ich gehofft habe. Ich wollte ihn anstacheln, bis er entschlossen gewesen wäre, den ganzen Laden auseinanderzunehmen. Aber vorher hätte ich Carmichael gewarnt. Dann hätten sich die beiden getroffen, wobei jeder von ihnen geglaubt hätte, er sei schlauer als der andere, und wumm! Möge der Bessere gewinnen. Damit wären dann meine Probleme auf einen Schlag erledigt gewesen. Aber jetzt wird es nur eine Besprechung mit Sicherheit geben. Wie ich mein Glück kenne, könnte sie damit enden, daß sie einander mögen.

Apropos Glück. Carmichael und seinem Horoskop zufolge habe ich dasselbe Glück wie der arme tote Dixie. Wir sind beide Steinbock. »Seien Sie nicht rücksichtslos, sonst könnten Ihre

Pläne zunichte gemacht werden.« Tja, Dixies Pläne wurden zunichte gemacht. Seine Pläne haben ihn in der Mudchute mit blutiger Hemdbrust flach auf dem Rücken liegen lassen. Wieder eine Beerdigung. Ich werde Carmichael fragen, wo und wann sie stattfindet.

Trotzdem, das war gestern. Und ich glaube nicht an Horoskope. Nur, daß ich an einem Abend, an dem ich nach Catford Bridge zum Hunderennen will, die Dinger auch ebensogut lesen kann. Man kann nie wissen.

»Ein aufregendes neues Liebesabenteuer könnte durch kleine Eifersüchteleien beeinträchtigt werden, und Ihre großen Hoffnungen könnten sich in Luft auflösen. Eine wichtige Geschäftsangelegenheit schwebt zwischen Erfolg und Chaos. Sie müssen gut hinschauen, bevor Sie springen.«

Was willst du mir also damit sagen, meine liebe Zigeunerfreundin?

Ich interpretiere dich wie folgt: Wette im Rennen um halb neun nicht auf einen Hund namens High Hopes – Große Hoffnungen –, er würde sich »in Luft auflösen«. Ein Hund namens Look Before You Leap – Schau Gut Hin, Bevor Du Springst – wäre ein garantierter Sieger, würde doch nur ein Hund dieses Namens laufen, was nicht der Fall ist. Etwas anderes wird nicht empfohlen. Wetten an sich wird nicht empfohlen. Alles rings um mich »schwebt zwischen Erfolg und Chaos«. Unberechenbar. Wie das Leben.

Also wette ich nicht auf High Hopes, und tatsächlich kommt er stolpernd aus der Startmaschine und hängt hinter der Meute zurück. Der beste Ersatz, den ich für »Look Before You Leap« finden kann, ist Good Looker im Rennen um viertel vor neun und Jumping Jack um viertel nach neun. Keiner der beiden läuft gut.

Ludos Sterne sind hilfreicher. »Eine Zufallsbekanntschaft könnte eine gewaltige Wirkung haben. Lassen Sie schlafende Hunde nicht noch einen Tag länger ruhen. Vergessen Sie nicht: Wissen ist Macht und kann Ihr Paß zum beruflichen Erfolg sein.«

Was für Ludo alles ist, was er von einem Horoskop braucht. Für seine »Zufallsbekanntschaft« wettet er auf Brief Encounter und Wotcher, die erster und dritter werden. Wolf Hound und Scotty My Boy gehen als »schlafende Hunde« durch. What Do You Know ist eine klare Sache für »Wissen ist Macht«. Und Passport Photo scheint direkt in den Sternen zu stehen, nur daß ihm im Finish die Puste ausgeht und er als Vierter einläuft.

So beendet Ludo den Abend mit einem Plus von sechzig Mäusen, und zwar *nach* Abzug seiner Drinks und Zigarre. Er strahlt über das ganze Gesicht, glättet seine Haare und richtet seine italienische Seidenkrawatte.

Er denkt daran, Profi zu werden.

Wir sind noch im *Mechanic's Arms* und in der *Harp of Erin* eingekehrt und sitzen seit vierzig Minuten in unserem Wohnzimmer, wo wir unsere Zehen vor dem Gasofen rösten und unsere Bäuche mit irischem Whisky wärmen, als wir ein Klopfen an der Haustür hören.

Ludo macht Anstalten, sich zu erheben.

»Warte mal«, sage ich. »Laß uns erst nachsehen, wer es ist.«

Er setzt sich wieder. Ich bewege den Vorhang und luge in die Nacht hinaus. Vor der Tür stehen mehrere dunkle Gestalten. Ich kann nicht erkennen, wer es ist.

»Dieses Haus braucht eine Außenleuchte«, murmele ich. »Komm mit in die Küche.«

Ludo springt auf. Er hat sich die Schuhe ausgezogen. »Was ist los, Floyd?«

»Wahrscheinlich nichts. Komm mit.«

Er folgt mir durch die Diele in die Küche. Als wir dort ankommen, flüstert er mir zu, er habe Albie tatsächlich gut zugeredet, draußen eine Lampe anzubringen. »In Greenwich habe ich eine Kutschenlaterne aus Messing gesehen. Die hätte richtig schön ausgesehen.«

»Warte hier.«

Ich gehe wieder in die Diele, schalte das Licht ein und laufe nach oben. Es kann nicht schaden, vorsichtig zu sein. Wer es auch ist, wird gesehen haben, daß das Licht eingeschaltet wurde, und jetzt darauf warten, daß sich die Tür öffnet. Das Licht wird mir dabei helfen, sie zu erkennen.

Ich werfe einen Blick durch das Fenster in der Diele im ersten Stock. Zwei Männer und ein Junge. Nein, ich erkenne den Jungen. Er ist gar kein Junge. Er ist Tamsin in einem langen gelben Mantel und Jeans. Die Männer bei ihr sind schwarz. Als sich einer von ihnen bewegt, erkenne ich *ihn* ebenfalls. Ich laufe nach unten und öffne die Tür.

»Hey, Mann, warst du schon im Bett, oder was?«

Rufus und Des quetschen sich mit Tamsin durch die Tür. Sie sind nicht gerade höflich zu ihr. Nicht richtig.

Ich rufe Ludo aus der Küche, und wir gehen alle fünf in unser Wohnzimmer. Des geht gleich weiter zum Gasofen, hockt sich davor und wärmt seine Hände. »Oh, Baby, dich hab ich wirklich gebraucht.«

Rufus wartet bei Tamsin. Er sieht mich mit ausdrucksloser Miene an. Sie schaut zur Wand. Ich frage sie, wie es ihr gehe.

Sie bewegt den Kopf, antwortet jedoch nicht. Ich wende mich an Rufus.

Er trägt seinen bequemen marineblauen Trainingsanzug und ein weißes Polohemd, dasselbe wie in der Nacht, als sie mich zum Flußboot gebracht haben, um Tamsin zu holen. Des ist der schicker gekleidete von beiden. Anstelle des weiten Anzugs, den er in jener Nacht trug, hat er jetzt eine Freizeitjacke aus Wolle und Wildleder, flaschengrün, über eine dunkle Hose mit scharfen Bügelfalten geworfen. Beide Männer tragen Turnschuhe.

Rufus fragt: »Paßt du immer noch auf dieses Mädchen auf?«

Ich nicke.

»Ist sie deine Freundin oder was?«

»Die Tochter einer Freundin.«

Ludo hustet. »Möchte jemand eine Tasse Tee?« fragt er.

»Nicht jetzt. Was ist los, Rufus?«

»Als wir sie das letztemal gefunden haben, war sie auf Drogen, richtig? Wie stehst du dazu?«

»Du weißt, wie ich dazu stehe, Rufus. Ihr habt mir dabei geholfen, sie nach Hause zu bringen.«

»Dealst du?«

Das ist eine merkwürdige Frage. Er hat mir dabei geholfen, das Mädchen von einer Drogenparty wegzuholen und sie nach Hause zu ihrer Mutter zu bringen. Er hat gesehen, wie ich den anständigen Bürger gespielt habe. Anstatt jetzt anzunehmen, daß ich genau das bin, springt er ins andere Extrem und fragt mich, ob ich deale. Warum sollte er das glauben?

Ich wende mich an Tamsin. »Wieder Ecstasy?«

Sie antwortet nicht. Sie steht da, den Kopf ein wenig zur Seite geneigt, das ganze Gewicht ihres Körpers auf ein Bein verlagert und die mürrische Miene von einer Million Teenager auf dem Gesicht, während ihre dunkelbraunen Augen die Wand anstarren.

»Es war nicht Ecstasy«, sagt Rufus.

Tief in meinem Bauch verkrampfen sich die Muskeln. »Sagt mir, was los ist.«

»Sie ist zu Crack übergegangen. Das gefällt uns nicht.«

Tamsin stolziert zu einem Sessel und wirft sich hinein.

»Wo habt ihr sie gefunden?« frage ich.

Des schaut von den Gasflammen auf, an denen er sich immer noch wärmt. »In einem schönen großen Bett, richtig nett und gemütlich. Stimmt's nicht, Mädchen? Sechs Kids zusammen, die sich alle richtig schön wärmten.«

»Ihr wart zu sechst?« frage ich sie.

Tamsin funkelt Des an. »Geh von dem Feuer weg, du Klugscheißer. Du blockierst die ganze Wärme.«

Des erhebt sich lässig. Er fragt: »Ist dir wieder kalt?« Dann entfernt er sich vom Feuer. Er und Rufus warten darauf, daß ich etwas sage.

»Sechs in einem Bett?« Ich versuche es noch einmal. Sie antwortet nicht.

»Vollkommen mit Crack zugedröhnt«, sagt Rufus.

»Bekleidet oder unbekleidet?«

»Manche waren bekleidet«, sagt Rufus.

»Und hatten sie Sex miteinander?«

Tamsin mischt sich vom Sessel aus ein. »Hey! Bin ich Luft? Oder magst du deinen Sex lieber aus dritter Hand wie eine schmutzige Geschichte?«

»Okay, Tamsin, erzähl mir, was passiert ist.«

»Was willst du denn wissen, Floyd? Welche Farbe mein Höschen hatte? Wie oft ich flachgelegt worden bin?«

»Erzähl es so, wie du willst.«

»Scheißkerle. Ihr denkt alle nur an Sex.« Sie schlägt die Hände vor das Gesicht. Mehrere Sekunden kriechen dahin.

Rufus tritt von einem Fuß auf den anderen. »Wir gehen wohl besser, Mann.«

Ich begegne seinem Blick. »Ich bin euch sehr dankbar. Gibt es sonst noch irgendwas, das ich wissen sollte?«

»Nur weiter so«, spottet Tamsin. »Redet ruhig über mich, als ob ich gar nicht hier wäre.«

Ich wende mich an sie. »Was ist dir lieber – daß *sie* es mir erzählen oder du?«

»Dich geht das nichts an.«

»Okay, Rufus, was ist passiert?«

»Ach, verpißt euch doch!« ruft sie. »Laßt mich bloß alleine.« Sie preßt wieder die Stirn in die Hände. »Gib mir irgendwas zu trinken.« Sie räuspert sich.

Rufus schaut an die Decke. Er will möglichst rasch verschwinden.

Ludo bricht das Schweigen. »Will noch jemand einen Tee?«

»Nein, ich nicht!« schreit sie. Der Schrei geht in ein trockenes Husten über. Ihre Hand gleitet an ihren Hals. Wir beobachten sie. Niemand rührt sich.

»Ja, von Crack bekommt man einen rauhen Hals«, stellt Des ganz allgemein fest. »Manche Leute spucken sogar Blut.«

Als Tamsin ihn anfauchen will, hustet sie statt dessen wieder.

Ludo sagt: »Ich hole dir ein Glas Milch.«

Sie schüttelt den Kopf.

»Ich hole Wasser.« Er eilt durch die Tür.

»Wir gehen, Mann«, sagt Rufus. »Aber vorher sollten wir noch auf ein Wort in deine Küche gehen.«

Des bleibt bei Tamsin im Wohnzimmer. In der Küche fragt Ludo, ob Tamsin wohl einen Spritzer Zitronensaft in ihrem Wasser möge. Wir verneinen. Er eilt zu ihr zurück.

»Passiert ist Folgendes«, sagt Rufus zu mir. »Wir haben gehört, daß es Ärger auf einer Party gibt – in einer Bude auf dem Pepys Estate. Wir hören, daß dort Crack geraucht wird. Tja, du weißt, was das heißt.«

»Polizei.«

»Ja, und eine Menge Ärger. Wir ziehen es vor, das selbst zu regeln, weißt du? Wenn wir die Schmiere in der Gegend haben, laufen sie mit einem Dutzend Wagen auf, umzingeln den Block und durchsuchen die Hälfte der Wohnungen. Das kommt nicht gut. Eine Menge Leute könnten dabei zu Schaden kommen.«

»Und sind die Bullen gekommen?«

»Nein, sie haben nichts davon mitbekommen. Nach dem, was die Schmiere im Milton Court Estate angerichtet hat, halten wir sie raus. Sie haben einen Haufen Leute verletzt, ein paar Kids verhaftet und sie dann auch noch eingebuchtet. Daran wirst du dich erinnern.«

»Ich war nicht hier, als das passiert ist.«

Rufus sieht mich an. »Nicht. Tja. Wir hatten monatelang die Bullen da, die Überwachungen, die Journalisten. Die Zeitungen nannten es Crack City, die ganze Siedlung. Eine Gegend wie Milton Court, die schon genug Probleme hat, kann diese Art Ärger nicht verkraften. Den Familien wird es einfach zuviel. Der letzte Strohhalm wird ihnen auch noch genommen.«

»Aber was war heute abend?«

»Na ja, wir haben rumgesessen. Irgendein Bruder ruft an und sagt uns, daß es Ärger im *Pepys* gibt. Er erzählt uns von dem Crack, also gehen wir hin.«

»Wer ist ›wir‹?«

»Wir haben unser eigenes Einsatzkommando in Deptford. Jedenfalls haben wir die Kämpfe beendet und die Dinge etwas beruhigt.«

»Wenn die Leute gekämpft haben, wie kommt es dann, daß Tamsin noch im Bett war?«

»Die Kämpfe waren draußen. Weil nicht genug Crack für alle da war. Es ist nie genug da. Jedenfalls hatten die Kids oben im Schlafzimmer kein Interesse daran zu kämpfen.«

»Was ging vor – Gruppensex?«

»Glaube ich nicht, Mann. Ich hab sie nur erkannt. Wir haben zwei Kids rausgeholt und nach Hause gebracht, und sie war eines davon.«

»Danke, Rufus. Wie kann ich mich revanchieren?«

»Sei nett zu dem Mädchen, klar? Sie braucht jetzt Hilfe.«

»Ich meinte eigentlich – wie sage ich danke?«

»Das hast du gerade getan.« Er macht Anstalten, das Zimmer zu verlassen, ändert dann aber seine Meinung. »Hör mal, ich kannte deinen Bruder. Ich wußte über ihn Bescheid. Ich weiß nicht, was du gehört hast?«

»Worüber?«

»Darüber, womit er sich seinen Lebensunterhalt verdient hat.«

Ich halte inne. »Du meinst, ob ich weiß, daß Albie Drogen verkauft hat?«

»Genau. Sag mal, ist das ein Familiengeschäft bei euch?«

»Albie hat nie Crack verkauft.«

»Er hat Heroin verkauft. Er war ein Dealer, weißt du das?«

»Ich habe davon gehört.«

Rufus mustert mich einen Augenblick. »Heroin ist schlimm, Mann, aber Crack ist noch schlimmer. Wenn du bei Heroin deinen Nachschub bekommst, bist du okay. Du hast alles im Griff. Aber bei Crack hast du ein Zehn-Minuten-Hoch und dann, zack – brauchst du mehr, klar? Wenn du einmal auf Crack bist, mußt du ständig nachlegen. Ist die schnellste Tretmühle, die es gibt. Deshalb werden wir Crack aus Deptford raushalten.«

»Dafür ist es zu spät.«

»Das sagt ein Mann, wenn er aufgibt und stirbt. Wir stehen vor einer einfachen Wahl, Floyd. Entweder lassen wir Crack zu, oder wir tun uns zusammen und bekämpfen es. Gemeinsam werden wir siegen.«

Tamsin schreit.

Es ist mehr ein Schrei der Wut denn der Angst, aber er reicht, um uns rasch aus der Küche stürmen zu lassen. Im Wohnzimmer windet sie sich in Ludos Griff. Er hält sie an den Armen fest, und sie steht mit ihrem Rücken zu seiner Brust. Sie ist wütend. Aber ein Mädchen ihrer Größe, das sich gegen Ludo wehrt, ist so hilflos wie ein Schmetterling im Schnabel eines Rotkehlchens. Sie spuckt und faucht. Des umkreist sie wie ein Ringrichter in einem Catchring.

»Ich glaube, sie will gehen«, sagt er.

Neben mir auf dem Beifahrersitz des Fiesta sieht Tamsin wie ein Schulmädchen mit einer Erkältung aus. Sie zittert und starrt auf ihre Knie. Jedesmal, wenn wir an einer Ampel halten, spanne ich mich für den Fall, daß sie versucht, aus dem Wagen zu springen.

Aber das tut sie nicht. Sie ist förmlich in ihren gelben Mantel hineingeschrumpft und brütet vor sich hin.

Als wir in der kleinen Straße in Crofton Park ankommen, ist es nach Mitternacht. In den anderen Häusern sind die Lichter hinter den Vorhängen aus. Die Nachbarn liegen im Bett.

Ich bringe sie zur Haustür und stehe neben ihr, während sie aufschließt. Wir treten ein. Ich schließe die Tür. Die Diele ist dunkel und wird nur durch das Sternenlicht erhellt, das durch die Milchglasscheibe fällt. Sie wendet sich mir zu. »Was passiert jetzt?« fragt sie. »Du hast mich nach Hause gebracht.«

Darüber habe ich mir schon auf der Herfahrt Gedanken gemacht. Wenn ich jetzt kehrtmache und nach Hause fahre, könnte Tamsin gleich wieder losziehen. Sie könnte wieder im *Pepys Estate* sein, bevor ich zu Hause bin.

»Wann kommt Suzie zurück?«

»Zum Frühstück. Sie hat Nachtschicht.«

Tamsin wendet sich ab und schlurft in die Küche. »Ich brauche was zu trinken«, sagt sie.

»An was hattest du gedacht?«

»Wasser, Daddy, nur Wasser.« Vor der Spüle wirft sie einen Blick über die Schulter. »Du kannst einen richtigen Drink haben, wenn du willst.«

Ich schüttle den Kopf. Der Strahl aus dem Hahn klatscht auf den rostfreien Stahl, während sie zwei Gläser kaltes Wasser trinkt. Das dritte gießt sie weg. »Bäh. Das Londoner Wasser ist widerlich.« Sie dreht den Hahn zu.

Sie lehnt sich gegen die Spüle, wischt sich mit dem Ärmel über den Mund und beobachtet mich. Ich beobachte sie. »Und was jetzt?« fragt sie.

»Du solltest ins Bett gehen.«

»Was machst du?«

»Ich bleibe hier unten.«

Sie wirft den Kopf in den Nacken. Unter ihrem gelben Mantel trägt sie eine zerknitterte weiße Bluse. Eine Seite ist aus der Jeans gerutscht. »Bleibst du die ganze Nacht auf?«

»Ich komme schon zurecht.«

»Du willst ernsthaft hierbleiben und Wache halten?«

»Wenn ich muß.«

»Jesus, was für eine Scheiße.« Sie dreht sich um und füllt ihr Glas neu.

»Ziemlicher Durst, den du da hast.«

Sie spuckt Wasser in die Spüle. »Mein Hals tut weh.«

»Du willst Sängerin werden, also ruinierst du dir den Hals mit Crack.«

»Zeit für die Bettpredigt, Floyd?«

»Du würdest nicht zuhören.«

»Doch, das würde ich.« Sie öffnet ihre dunklen Augen, deren Blick mich verspottet. »Ich würde mich tief in mein Bett kuscheln, während du neben mir säßest und mich in den Schlaf redetest.«

Ich verziehe das Gesicht. »Geh schon nach oben.«

»Du kommst doch, Floyd? Ich könnte mich fürchten, so ganz allein.«

Sie stößt sich von der Spüle ab und stolziert am Küchentisch vorbei. »Natürlich trage ich kein Nachthemd oder irgendwas. Aber ich kann dir doch vertrauen. Oder, Floyd?«

»Geh einfach ins Bett.«

»Ich warte auf dich.«

Wollen Sie der Welt einen Gefallen tun? Erfinden Sie ein Sofa, auf dem man auch schlafen kann. Wenn man sich nämlich ausstreckt, stellt man fest, daß die Armlehnen zu hoch sind, um den Kopf darauf zu legen. Man bekommt einen steifen Hals. Wenn man weiter nach unten rutscht, damit der Kopf nicht auf der Armlehne liegt, hängen die Beine am anderen Ende über der Lehne und baumeln herunter, so daß die Blutzufuhr unterhalb der Knie abgeschnitten wird. Man versucht mit angezogenen Knien auf dem Rücken zu liegen, so daß die Zehen gegen das andere Ende stoßen, aber so kann man nicht schlafen. Also dreht man sich auf die Seite. Wieder zieht man die Knie zu einer halb-fötalen Stellung an. Man stellt fest, daß das Polster gerade breit genug ist, vorausgesetzt, man bewegt sich nicht. Auf der einen Seite zu liegen, bedeutet, das Gesicht ist in der Sofalehne vergraben. Auf der anderen Seite zu liegen, ist erträglich, nur daß die Knie immer noch angezogen sind und man sie gerne strecken würde. Was man auch versucht, um es sich bequemer zu machen, aber entweder drücken die Füße gegen das untere Ende oder der Kopf bohrt sich in das obere.

Dann wird einem kalt. Man kommt zu dem Schluß, daß man eine Decke braucht.

Man steht bereits mitten im dunklen Zimmer, als einem eine bessere Idee kommt. Man nimmt die Polster vom Sofa und wirft sie auf den Boden. Um noch etwas Länge zu gewinnen, legt man noch ein Polster aus dem Sessel dazu. Man ordnet sie zu einer Reihe. Man legt sich darauf. Man streckt sich aus. Doch auf dem harten Boden sind diese Polster, die sich auf dem Sofa noch fest und tragfähig anfühlten, schlaff und dünn geworden. Man dreht sich um. Ein Unterarm liegt unruhig auf dem Boden. Die Finger kratzen über den Teppich. Jetzt ist es richtig kalt. Man richtet sich auf. Man kommt mühsam wieder auf die Beine. Man geht zur Tür.

Auf der Toilette kommt man zu dem Schluß, daß man in einem Bett besser dran wäre.

Ich muß die Haustür nicht die ganze Nacht bewachen. Sie wird nicht versuchen auszurücken, jetzt nicht mehr. Jedenfalls, wenn ich im Wohnzimmer schlafe, bewache ich gar nichts.

Ich überprüfe die Haustür. Sie hat ein Sicherheits- und auch ein Steckschloß. Das Sicherheitsschloß allein könnte sie von innen leicht und lautlos öffnen, und schon stünde sie auf der Straße. Doch um das Steckschloß zu öffnen, braucht sie diesen Schlüssel. Ich drehe ihn im Schloß um, ziehe ihn ab und stecke ihn in die Tasche. Dann schleiche ich mich mit einem Gefühl der Sicherheit nach oben.

Auf dem Gästebett wickle ich mich in das Federbett und wärme mich erst einmal. Ich strecke mich und seufze. Manchmal verirren sich meine Füße auf kalte Stellen, doch nun, da der Rest meines Körpers warm ist, gestatte ich meinen Zehen, diese kühleren Regionen zu sondieren und zu erforschen. Ich atme flacher.

Da ich mein Leben lang in der Stadt gewohnt habe, bin ich mit dem Zählen von Schafen nie weit gekommen. Das funktioniert bei mir nicht. Ich gehe statt dessen die Stationen der U-Bahn-Linien durch. Ich zähle sie der Reihe nach herunter. Weil ich so lange weg war, fange ich mit der leichtesten an, der Circle-Linie. Die einzige Stelle, wo ich ins Stocken gerate, findet sich in der oberen Hälfte von Baker Street nach Aldersgate. Farringdon ist die Station, die ich ausgelassen habe.

Als ich mit der Circle-Linie fertig bin, beginne ich mit der

District. In der Mitte stimmen ihre Stationen für eine Weile mit der Circle überein, aber in den Vororten gabelt sie sich in mehrere Strecken. Es gibt die Richmond- und Wimbledon-Strecke, die Edgware Road und die Strecke ins East End, wo zwei weitere Strekken einerseits durch Barking nach Upminster führen und–

»Was willst du?«

»Du hast doch noch nicht geschlafen, Floyd?«

»So gut wie.«

Tamsin kommt weiter ins Zimmer und setzt sich aufs Bett. Sie hockt sich auf die Kante, die der Tür zugewandt ist, und schaut auf mich herunter. Im Dämmerlicht, das von der Diele hereinfällt, sehe ich, daß sie einen pastellfarbenen Hausmantel aus Nylon übergeworfen hat, der von einem Gürtel zusammengehalten wird. Ich habe den Verdacht, daß sie darunter nackt ist.

»Ich kann nicht schlafen«, sagt sie.

»Zu voll mit Crack.«

Sie kichert. Sie fährt mit dem Finger über das Federbett. »Aber du hast auch nicht geschlafen.«

Ich grunze und verkrieche mich tiefer unter das Bett.

»Ist es warm darin?«

Ich atme schwer aus, so unverführerisch, wie ich kann. Dann schnaufe ich. Wiederum unverführerisch.

»Du bist ein ungezogener Junge, weißt du das?«

Ich wechsle die Stellung.

»Hör mal, bevor du ins Bett gegangen bist, hast du deine Sachen nicht aufgehängt. Du hast sie einfach überall verstreut.« Sie hält inne. »Aber du hast alles ausgezogen, nicht?«

»Geh wieder ins Bett, Tamsin.«

»Du bist nackt unter dem Bett, stimmt's nicht, Floyd?« Ihre

Augen lachen mich aus. Sie sehen groß aus in der Nacht. Die Hand, die über das Federbett gestrichen ist, gleitet darunter und tastet nach meinem Körper. Ich zucke über die schmale Matratze zur Seite und stoße mit der linken Hand über dem Bett auf ihre herab.

»Hör auf. Das reicht jetzt.«

Sie kichert und zieht die Hand zurück. »Schau, schau«, sagt sie. »Wer ist hier der Empfindliche? Hast du was zu verbergen?«

»Geh wieder ins Bett.«

»Ich friere, wenn ich hier so sitze. Kann ich mich nicht ein bißchen bei dir wärmen?«

»Nein«, sage ich fest und in verantwortungsbewußtem Tonfall. Der Blick, den ich ihr zuwerfe, ist kurz und kalt, als sei sie eine Fremde, die zufällig meinen Weg kreuzt. Ich tue so, als bemerke ich nicht, daß sie achtzehn und wunderschön ist, daß sie nur diesen weiten Nylonmantel trägt, daß ihr nacktes Bein nur ein paar Zentimeter von meiner Hand entfernt ist. Ich tue so, als sei ich aus Stein.

»Ich bin wählerisch, mit wem ich schlafe.«

»Ja?« Meine Kehle scheint verklebt zu sein.

»Als diese beiden Freunde von dir mich in der Wohnung gefunden haben, hatten wir keinen Sex in dem großen Bett.«

»Das haben sie auch nicht behauptet.«

»Nicht? Und wir waren auch nicht ausgezogen. Wir haben uns nur warm gehalten. Und Spaß gehabt.«

Ich grunze.

»Läßt du mich deswegen nicht zu dir kommen?«

Ihre Laune hat sich wieder geändert. Sie ist ernst geworden. Ihre großen braunen Augen haben aufgehört zu lachen. Sie brennen sich in mein Gesicht, zwingen mich, sie anzusehen, zwingen mich, sie auf eine andere Weise zu sehen.

»Ich bin nicht so, Floyd.«

Ein Blick kann alles verändern. Ihre schelmische Neckerei scheint nie stattgefunden zu haben. Jetzt zeigt sie mir in diesem intim abgedunkelten kleinen Zimmer, daß sie eine Frau ist. Ihre nächsten Worte werden die einer Erwachsenen sein. Das darf ich nicht zulassen.

»Willst du wirklich Sängerin werden?«

Sie blinzelt.

»Ist es das, was du aus deinem Leben machen willst?«

Sie nickt.

Es ist das einzige Thema, das genügend Durchschlagskraft hat. Ich hätte sie aufziehen können: spöttisch lachen, einen Witz machen. Aber das konnte ich nicht. Oder ich hätte sie packen, ihr diesen fadenscheinigen Morgenmantel herunterreißen und sie ins Bett ziehen können. Aber das konnte ich auch nicht.

»Du weißt, daß ich Sängerin bin, Floyd. Also, was soll das?«

»Du ruinierst dein Leben.« Sie lehnt sich weg von mir. »Das Crack wird deine Stimme zerstören.«

Sie schaut weg.

»Du wirst mehr bekommen als einen wunden Hals. Du weißt, wie dieses Zeug ist.«

»Hör auf damit, Floyd.«

»Du willst nur noch deine nächste Dröhnung. Du wirst alles dafür tun.«

»Halt mir keine Vorträge.«

»Dann hör auf, dein Leben zu ruinieren.«

Ich habe mich jetzt aufgerichtet und stütze mich auf einen Ellbogen. Im Dämmerlicht ist ihre Miene mürrisch und verschlossen. »Du bist ein scheinheiliger Scheißkerl«, sagt sie. »Für Carmichael zu arbeiten. Glaubst du, ich wüßte nicht, was du tust?«

Ich antworte nicht.

»Du dealst mit Stoff wie dein Bruder. Und du hast den Nerv, mir zu sagen, wie ich leben soll.«

»Wer sagt, daß ich Stoff verdeale?«

Ihre Augen sind kalt und leblos. »Für dich gibt es nur ein Gesetz, Floyd, hab ich Recht? Was du auch tust, es ist richtig. Wie alle beschissenen Männer.«

»Wovon redest du?«

»Typisch Mann. Habe ich dein kleines Geheimnis entdeckt? Du verdealst Drogen für Huey Carmichael – an jeden, der sie kauft. Aber wenn ich auf einer Party einen kleinen Joint rauche, machst du auf tugendhaft.«

»Crack ist nicht Marihuana.«

»Ach, spar dir das! Ich hasse Heuchelei.«

Tamsin schwingt die Beine vom Bett, so daß sie nur noch auf der Kante sitzt, und starrt verdrossen zur Tür.

»Woher hattest du das Crack?«

»Was glaubst du wohl?« Sie beugt sich vor und schlingt die Arme um die Knie.

»Carmichael?« frage ich leise.

Sie seufzt theatralisch, wieder ganz der Teenager. »Er hat uns nur etwas zum Probieren gegeben. Ein klein wenig. Nicht einmal ein halbes Gramm.«

»Wer ist ›uns‹ – die Band?«

»Ein paar Freunde von mir.«

»Mädchen?«

Sie dreht sich zu mir um. »Was bist du – ein verdammter Bulle oder was? Warum fragst du ihn nicht selbst? Schließlich ist er dein Boß.«

»Er ist nicht mein Boß. Was glaubst du, warum er dir eine Gratisprobe gegeben hat?«

»Das müßtest du doch am besten wissen, Floyd. Wird es nicht so gemacht?«

»Nicht auf dieser Ebene. Er will Dealer, keine Süchtigen. Aber wenn er ein Mädchen auf Crack bringt, gewinnt er die Kontrolle über sie.«

Sie lacht höhnisch. Ich unterbreche sie.

»Du glaubst, ich mache Witze? Ein Crackhead tut alles für seinen Stoff. Bei einer Crackhure – du hast die Bezeichnung vielleicht schon gehört? – hat ihr Zuhälter das Crack, und er hat das Mädchen im Griff wie eine Marionette an Fäden. Er zieht, sie tanzt. Für jeden Klumpen Crack schiebt sie eine Nummer.«

Tamsin steht auf. »Nicht mit mir, Floyd.« Sie geht einen Schritt in Richtung Tür, ändert ihre Absicht und geht dann um das Fußende des Bettes herum zum Fenster. Sie zieht eine Seite des Vorhangs zurück und schaut auf die dunklen Hintergärten. Dann läßt sie den Vorhang wieder zurückfallen.

»Glaubst du, ich wüßte nichts über solche Dinge? Glaubst du, ich hätte sie nicht mein Leben lang gehört? Männer probieren es bei mir, seit ich vierzehn bin – wenn ich etwas will, muß ich ihnen Sex geben. Ein Vorsingen? Komm ins Bett. Ein Job? Wieder Sex. Aber auf diesen männlich chauvinistischen Scheiß falle ich nicht herein. Das habe ich noch nie getan. Ich will dir mal was sagen, Floyd Carter. Ich wollte schon mein Leben lang Sängerin werden. Und ich will nach ganz oben. Dahin werde ich es mit Singen schaffen, nicht mit Bumsen. Jesus, wenn man mit Bumsen Geld verdienen will, dann muß man Hure werden – eine mit Klasse, das ist meine Meinung. Es muß mehr bringen als Singen.«

Sie ist wieder lebendig geworden. Wir reden über ihre Philosophie, ihre Ambitionen. Sie grinst sogar.

»Weißt du was, Floyd? Du glaubst immer noch an den Sklavenhandel mit weißen Frauen, nicht? Du glaubst, Huey Carmichael wird mich in die Kasbah verschleppen. Du bist hoffnungslos altmodisch.«

»Nur die Namen haben sich geändert.«

»Du glaubst wirklich daran, was? Tja, ich kann keine weiße Sklavin sein, Floyd, weil ich schwarz bin.« Sie betont das Wort »schwarz« und läßt es in der Luft hängen wie einen abschließenden Paukenschlag am Ende eines Liedes. Ich frage, warum es einen Unterschied mache, daß sie schwarz ist.

»Schwarz zu sein, macht immer einen Unterschied. Ich bin schwarz genug, um mich mit all den Widrigkeiten herumschlagen zu müssen, denen Schwarze ausgesetzt sind. Aber ich bin nicht schwarz genug für die Vergünstigungen.«

»Arme kleine Tammy.« Ich sage es spöttisch und will gerade fortfahren, als ich sehe, daß sie mich wieder so schmachtend aus weit aufgerissenen Augen ansieht wie bei ihrer Ankunft in diesem Zimmer. Nach einer kleinen Pause sagt sie: »Mein Dad hat mich immer Tammy genannt.«

Sie umrundet wieder das Fußende des Bettes und setzt sich dorthin, wo sie auch zuvor gesessen hat. »Erinnerst du dich noch an meinen Dad?«

»Natürlich.«

»Das scheint schon so lange zurückzuliegen. Damals war ich

noch ein Kind. Jetzt ist es so, als hätte er gar nicht wirklich existiert.«

Sie zupft am Saum des Federbettes herum. »Ich erinnere mich an ihn, ich erinnere mich an hundert Dinge, die wir gemeinsam gemacht haben. Ich erinnere mich gut an sie. Aber sie kommen mir nicht real vor. Es ist, als – ich weiß nicht –, als schaue ich auf ein anderes Leben zurück. Wie auf eine Fernsehserie, die man echt toll fand, zu der man sich zugehörig fühlte, die aber zu Ende ist. Die Serie ist einfach beendet. Ich meine nicht wie nach einem Traum – es ist viel stärker als das –, aber es ist trotzdem nicht wie das richtige Leben. Ich kann es nicht erklären.«

»Alte Familienfotos«, sage ich ruhig. »Sie kommen einem bekannt vor – man erkennt die Leute darauf, aber die Leute und Orte sind anders, als man sich daran erinnert. Sie scheinen nicht richtig zu sein. Auf diesen Bildern ist nichts, worauf man den Finger legen und sagen könnte, das stimmt nicht. Alles ist richtig, und doch ist es falsch. Was ist also real – deine Erinnerung oder die Fotos?«

»Sie sind beide verzerrt. Die einzige Realität ist das Jetzt.« Tamsin zittert. Es ist einer dieser großen Gedanken, bei denen ein Teenager im Geiste noch länger verweilt. »Auf der Bühne kommt es mir manchmal realer vor als das richtige Leben. Das ist der einzige Ort, an dem ich die vollkommene Kontrolle habe. Ich bin nicht nervös, wenn ich dort stehe. Ich erschaffe jeden Augenblick. Das Publikum sieht zu mir hoch, beobachtet mich, hört mir zu. Ich will damit nicht sagen, daß die Leute verzaubert sind oder in meinem Bann stehen – jedenfalls nicht alle.« Sie grinst mich über die Schulter hinweg an. »Aber manche von ihnen sind verzaubert, das sehe ich. Andere, die mich scheinbar beobachten, denken vielleicht an alles mögliche, stellen sich seltsame Dinge im Zusammenhang mit mir vor, geben sich ihren Phantasien hin. Das macht mir nichts aus. Ich genieße es. Sie schenken mir Beachtung, das ist es, was zählt. Was sie sich auch vorstellen, es dreht sich um mich. Ich bin diejenige, die sie ansehen, und ich will, daß sie mich einfach nur immer weiter ansehen. Sobald sie damit aufhören, bin ich ein Niemand. Genau so ist es, wenn ich nicht auf der Bühne bin.« Sie zittert wieder, und als sie sich zu mir umdreht und mich ansieht, hat sie Tränen in den Augen.

Ich berühre ihren Arm. »Du wirst niemals ein Niemand sein. Das darfst du nie denken.« Mehrere Sekunden lang schauen wir einander tief in die Augen.

Dann läßt sie langsam den Kopf an meine Schulter sinken, stößt den langen tiefen Seufzer aus, den sie zurückgehalten hat, und fängt an zu weinen.

Nach einer Weile geht sie wieder ins Bett.

28

Zuerst reagiere ich nicht. Konditionierung, nehme ich an. Man gewöhnt sich an den Klang der eigenen Türglocke, und ein anderer Klang hinterläßt keinen Eindruck. Diese klingelt nicht: es ist eine von denen mit einem Zweiklang-Läuten. Ding-dong. Oder, wenn man den Finger darauf läßt, dido, dido, dido, dido: Wie ein Kinderxylophon, das das Geräusch einer vorbeifahrenden Sirene nachahmt. Höchste Eile geboten, besagt es, steh endlich auf.

Ich schwinge die Beine aus dem Bett und greife nach meiner Hose. Als ich sie anziehe, habe ich Schwierigkeiten, auf einem Bein zu stehen, da ich kaum die Augen aufbekomme. Ich stolpere gegen eine Wand, hopple zurück und setze mich schwer aufs Bett.

Unten in der Diele ruft Tamsin etwas. Jemand klopft an die Tür. Tamsin ruft meinen Namen und läuft die Treppe herauf. Wir treffen uns auf dem Absatz.

»Hast du den Schlüssel?« fragt sie. »Er steckt nicht in der Tür.«

»Den Schlüssel?«

Ich erinnere mich. Ich habe ihn letzte Nacht aus dem Schloß gezogen, um Tamsin im Haus zu halten. Er ist in meiner Tasche. Als ich ihn ihr gebe, läutet die Türglocke wieder. Dido, dido, dido, dido. Tamsin läuft die Treppe herunter. Ich warte auf dem Absatz.

Kaum hat Tamsin die Tür aufgeschlossen, stolpert Suzie herein. »Warum war diese Tür abgeschlossen? Wen hast du gerufen?«

Sie bleibt wie angewurzelt stehen. Von ihrer Position in der Diele können wir uns beide gut sehen. Hinter ihr schließt Tamsin die Tür. Ich sage: »Hi.«

Sie sieht Tamsin an. Sie sieht mich an. Sie sieht, daß Tamsin unter ihrem Nylonmorgenmantel nackt ist. Sie sieht mich und meine nackte Brust. Ich gehe die Treppe herunter.

»Warum bin ich ausgesperrt worden?«

»Floyd hatte den Schlüssel.«

»Na, jedenfalls hast du mich daran gehindert, einfach so reinzuplatzen. Bin ich zu früh gekommen?«

»Mum –«

»Bin ich zu früh gekommen, Floyd?«

»Beruhige dich, Suzie –«

»Dachtest du, dir würde noch genug Zeit bleiben, durch die Hintertür zu verschwinden?«

»So ist es nicht.«

»Sieh dich doch an! Wo sind deine gottverdammten Kleider?« Sie fährt zu Tamsin herum. »Wo sind deine?«

»Er ist die Nacht über geblieben –«

»Was du nicht sagst! Wie konntest du, Floyd?«

»Ich habe im Gästezimmer geschlafen. Es ist nichts passiert.«

»Nichts?« Sie wendet sich ungläubig an Tamsin.

»Nichts«, sagt Tamsin.

Es dauert weitere zwei, drei Minuten. Die erste, um ihr zu versichern, daß Tamsin und ich tatsächlich in getrennten Betten geschlafen haben. Die nächste, um zu erklären, warum ich hier bin. Erst, als sie beide Geschichten von Anfang bis Ende gehört hat, ist sie bereit, die Diele zu verlassen. Erst dann läßt sie sich von mir in die Arme nehmen. Sie ist unförmig in ihrem Mantel. Er fühlt sich kalt auf meiner Brust an.

Während ich ihr über das Haar streiche und sie beruhige, schaue ich Tamsin in die Augen. Sie schaut zurück. Sie nimmt das Bild ihrer Mutter in meinen Armen auf. Dann nickt sie und geht nach oben.

»Ich setze Wasser auf«, sagt Suzie.

»Ich ziehe mich wohl besser an.«

»Du hältst mich für blöd.«

»Nein, nein.«

Wir lösen uns voneinander. Als sie in die Küche geht, komme ich zu dem Schluß, daß es richtig von Tamsin und mir war, sie zu belügen.

Es war keine Zeit, eine Lüge vorzubereiten. Wir hatten nicht nachgedacht. Ich habe einfach gesagt, Tamsin habe mich von einer Party angerufen und mich gebeten, sie nach Hause zu fahren. Sie habe Angst gehabt, alleine zu Hause zu bleiben. Es sei spät gewesen, also habe sie vorgeschlagen, die Nacht zu bleiben. Ich erwähne das Crack nicht. Das ist ein Geheimnis zwischen uns. Es stellt ein Band dar.

Richtige Familien sind so.

Wie das mit Lügen manchmal so ist, erweist diese sich als recht nützlich. Sie ermöglicht Suzie, darauf zu bestehen, daß Tamsin nicht mehr zu so vielen Partys geht. Wie Tamsin auch zu der Bootsparty stehen mag, bei dieser hat sie um Hilfe gerufen. Selbst sie müsse doch einsehen, daß ihr eine Grenze gesetzt werden muß. Es sei eine Sache, sagt Suzie, bis Mitternacht im *Parrot* zu arbeiten, aber eine ganz andere, danach mit Gott weiß wem auf irgendwelche spontanen Partys zu gehen – das müsse aufhören.

»Ja, Mum«, sagt Tamsin.

Da sie sich an die Geschichte halten muß, daß sie mich angerufen habe, kann Tamsin sich nicht gegen das wehren, was Suzie sagt. Sie versucht es auch gar nicht. Sie sitzt mit uns am Küchentisch, nickt verständig, beobachtet uns zwei zusammen. Wir sind wie ein Paar neue Haustiere, die zu Tamsins Unterhaltung gekauft worden sind, damit sie etwas hat, das sie necken kann.

»Hörst du mit der Nachtschicht auf?« fragt sie unschuldig. »Hey, vielleicht brauche ich eine Anstandsdame im *Parrot*, und Floyd könnte mitkommen? Oder brauchst du ihn hier? Eigentlich habe ich gedacht: Vielleicht bleibe ich heute den ganzen Tag zu Hause – wenn es euch nichts ausmacht?«

Ich werfe ein, daß es Ludo ein Vergnügen wäre, sie in den *Parrot* zu begleiten. Sie brauche nur zu fragen.

»Mach dich nicht lustig über Ludo. Er ist nett.«

»Ich richte es ihm aus.«

»Vielleicht ist an dieser Idee etwas dran«, sinniert Suzie. »Ludo wäre ein idealer Wachhund. Er sieht so stark aus.«

»Aber er ist nicht grimmig genug«, sagt Tamsin.

»Daß du dich da mal nicht täuschst.«

Sie sehen mich überrascht an. »Sind Mädchen vor ihm sicher?« fragt Tamsin.

»Er ist sehr schüchtern.«

»Die schüchternen sind die schlimmsten. Könnt ihr euch das vorstellen – mit Ludo?« Sie kichert.

Eine Pause tritt ein. Wir haben alle das Gefühl, hinter Ludos Rücken über ihn zu lachen.

»Also«, sagt Tamsin, indem sie sich auf ihrem Küchenstuhl zurücklehnt und uns betrachtet. »Das ist neu, nicht wahr? Suzie und Floyd.«

Suzie lächelt, vorsichtig. »Wie findest du das?«

Ich warte auf Tamsins Antwort. Sie sagt: »Ich habe es kommen sehen.«

Wir lachen alle.

Eva stellt den Topf auf den Tisch und schöpft jedem eine Kelle dampfende Suppe auf den Teller. Sie hat die Farbe von Aprikosen.

»Karotten und Orangen«, sagt sie.

»Meine Güte«, murmelt Jamie. »Das treibt das gesunde Leben etwas zu weit.«

»Und Vollkornbrot«, sagt sie.

»Mit allem Wichtigen darin«, zitiert Jamie. »Sogar mit Schrot.«

»Die Suppe ist gut«, finde ich.

»Ja?« Jamie rührt argwöhnisch mit seinem Löffel darin herum.

»Iß sie einfach«, sagt Eva.

Jamie hebt den Löffel und kostet. Er zuckt zusammen. »Zu heiß.«

Eva beobachtet ihn, wie er in der Suppe herumrührt. »Hast du wieder Schmerzen?« fragt sie.

»Ist schon okay.«

»Was tut denn weh?« frage ich.

»Iß deine Suppe.«

Eva beobachtet uns wie eine Katze ihre Jungen. Über ihrem üblichen schwarzen Pullover und den schwarzen Leggings trägt sie eine Schürze mit einem Aufdruck von Bells Whisky. Sie gehört Jamie.

»Du solltest hier einziehen«, schlage ich vor.

»Keine Chance.«

»Ich hab's schon mal versucht«, sagt Jamie. »Ich könnte es noch mal versuchen.«

»Du würdest dieselbe Antwort bekommen«, erwidert sie. »Ich lebe nicht mit einem Junkie zusammen. Ich habe mehr Verstand.«

»Ex-Junkie.«

Wir sehen ihn beide an, und er lacht. »Ich muß doch daran glauben! Ich versuche meine Bestes.«

Wir lachen ebenfalls. Wir nehmen es alle auf die leichte Schulter. Er hat null Hoffnung.

»Allein kann er nicht runterkommen.«

»Warum nicht?« Eva schüttelt den Schaum des Spülmittels vom Suppentopf und gibt ihn mir zum Abtrocknen.

»Heroin, Eva. Man hört damit nicht einfach auf.«

Sie greift ins Spülbecken und tastet in dem Wasser herum, ob vielleicht noch etwas darin liegt. Sie findet einen Löffel. »Glaubst du, es müßte irgendwas Magisches passieren? Wenn du runterkommen willst, hörst du einfach auf. So wird's gemacht.«

»Es ist nicht so, als würde man aufhören zu rauchen, Eva.«

»Es ist ganz genau so.«

Jamie ruft aus dem Wohnzimmer. Er fragt, ob wir über ihn sprächen.

»Stimmt genau, Jimbo«, ruft Eva zurück. »Floyd glaubt, du kannst nicht damit aufhören.«

»Danke, Kumpel.«

»Wirst du mich eines Besseren belehren?«

»Ja, ich habe schon öfter mit Smack aufgehört.«

»Siehst du?« erwidert Eva. »Genau wie das Rauchen.«

Die Dealer fertigzumachen, sagt sie, nütze überhaupt nichts. Das verknappe nur den Nachschub und erhöhe die Preise. Entweder der Junkie stehle mehr, bevor er zum Schuß komme, oder er wechsle auf Chemikalien.

»Wenn die Weltverbesserer davon reden, das Übel Heroin an der Wurzel auszurotten«, sagt sie, »meinen sie damit, daß sie den Stoff über Dealer und Importeure zurück nach Pakistan oder Iran bis zu irgendeinem kleinen Bauern zurückverfolgen, der auf irgendeinem Berg in der Erde herumwühlt. Diese Bauern sind nicht die Wurzel. Die Wurzel ist hier. Die Wurzel ist Jimbo. Die Leute verdrehen Ursache und Wirkung. Es ist nicht das Heroin, das aus den Bergen Pakistans zu Jimbo führt – es ist seine Sucht, die Tatsache, daß er dafür *bezahlt*, die den ganzen Weg stromaufwärts in die Mohnfelder führt. Jimbo ist die Ursache des Handels. Er ist derjenige, mit dem sie sich auseinandersetzen müssen. Aber die Behörden wollen nicht zugeben, daß das Problem in *ihrem* Hinterhof ist.

Sie geben dem Ausländer die Schuld. Er ist nicht zu sehen. Sich mit Jimbo auseinanderzusetzen, ist zu schwierig.«

»Wenn ich dir zuhöre, komme ich mir richtig wichtig vor, Mädchen.«

»Werd bloß nicht eingebildet.«

Er grinst. »Du hast gesehen, wie sie sich mit mir auseinandersetzen wollen, nicht, Floyd? Dieser Bulle, der hier war.«

»Kellard.«

»War das sein Name? Bullen glauben, wenn sie einem hart genug zusetzen, bringt einen das dazu aufzuhören. Sie könnten sich nicht mehr irren.«

»Was sollte Kellard also tun?« frage ich. »Es ist sein Job, dich zu filzen.«

Eva antwortet für ihn. »Es sind nicht nur die Bullen. Alle sagen, ›Werdet bloß nicht weich bei den Drogies, zwingt sie mit der Peitsche zur Vernunft‹.« Zu Jamie gewandt sagt sie: »Wie geht's deinem Bein, Jimbo?«

»Ganz gut.«

Ich frage, was er damit gemacht habe.

»Nichts. Es tut nur weh.« Jamie gähnt.

»Das ist der Entzug«, sagt Eva. »Nichts Spektakuläres, aber genau das ist es.«

Heroin betäubt, indem es Schmerzen beseitigt. Wenn es keine bestehenden Schmerzen findet, die es beseitigen kann, wirkt es auf die Nervenenden ein, um selbst einen Schmerz zu schaffen. Dann betäubt es den. Nun, da Jamie das Schmerzmittel abgesetzt hat, kann er den Schmerz spüren, den es betäubt hat. In den nächsten paar Tagen, sagt Eva, werden sich die Schmerzen verschlimmern.

»Wie lange wird es dauern?«

Jamie unterbricht. »Ein paar Tage. Nie länger als zwei Wochen. Das habe ich schon öfter überstanden. Aber es ist die Zeit danach, die mich schafft – tagein, tagaus. Und dann werde ich rückfällig.«

»Und diesmal?«

»Wer weiß?« Er grinst mich an. »Könnte ein weiterer Probelauf sein. Jedesmal, wenn ich aufhöre, finde ich irgendwas an mir, das ich zuvor noch gar nicht kannte. Die Zeit ist nicht vergeudet.«

Eva sagt, die schwierigste Zeit werde die Zeit seiner Verhandlung und danach. Dann werde er eine Menge Streß haben, Gespräche mit der Polizei, Bewährungsauflagen. Er werde sich nach einem Schuß sehnen. »Dann braucht er am dringendsten Freunde.«

Wenn sein Fall vor Gericht komme, sagt sie, werde er über die Entzugsschmerzen hinweg sein. Er werde die Grippe, den Durchfall, die Krämpfe und den Schüttelfrost hinter sich haben. Er werde ängstlich sein. Und deprimiert.

»Und dann ist der Punkt gekommen, an dem die Entziehungskuren scheitern. Wenn er mies drauf ist und es an seinen Freunden ausläßt.«

»Selbst du wirst mich dann im Stich lassen, Floyd.«

»Nein, werde ich nicht.«

»O doch, du wirst.«

29

»Was soll das heißen, wir sind eingeladen?«

Ludo strahlt mich über das Bügelbrett hinweg an. »Das wird schön.«

Er konzentriert sich darauf, die Schulternaht seines Hemdes zu bügeln. »Du, ich und Suzie, um Tamsin singen zu sehen.«

»Sie ist heute abend nicht im *Parrot*. Sie hat frei.«

»Sie hätte frei gehabt.« Das Hemd wirft unter dem Bügeleisen Falten, und Ludo runzelt die Stirn. Das ist das Schwierigste: die Schulternähte zu plätten. »Eine andere Band hat die Grippe, oder vielleicht auch die Sängerin, ich weiß es nicht. Jedenfalls haben sie Tamsins Band gebeten, für sie einzuspringen.«

»Sie kann heute nacht nicht singen.«

»Sie kann.« Ludo nickt. »Sie hat heute abend noch nichts vor.«

»Aber es ist ihr freier Abend.«

»Es ist – na ja – eigentlich ganz praktisch.« Ludo dreht das Hemd um und beginnt mit dem Bügeln der Vorderseite. »Suzie hat keine Nachtschicht, und wir hatten ohnehin nichts vor ...«

»Ich schon.«

Ludo sieht auf. »Ach, hast du? Du hast mir nichts davon gesagt.« Er sieht sich das Hemd eingehend an, während er die Stellen zwischen den Knöpfen bügelt. »Wohin gehst du heute abend?«

»Arbeiten.«

»Abends? Es tut mir leid, Floyd. Ich habe gesagt, wir würden kommen.«

»Das geht nicht.«

»Oh.« Er ist mit der Knopfseite fertig und beginnt mit der anderen. »Dann muß ich allein gehen.«

»Nein.«

Er stellt das Bügeleisen ab und fragt: »Warum nicht? Ich muß dich nicht um Erlaubnis bitten.« Er sieht mich bedrückt an.

»Es tut mir leid, Ludo. So habe ich es nicht gemeint.«

»Ich kann – na ja, ich kann auf mich aufpassen. Ich weiß, wohin ich gehen muß. Ich bin nicht – ich bin nicht so dämlich.«

»Was ich meinte, Ludo, ist, daß es heute abend dort Ärger geben könnte. Es ist am besten, sich von dem Club fernzuhalten.«

»Was für Ärger?«

»Eben einfach Ärger.«

»Tja«, erklärt er, indem er die Hände in die Hüften stemmt, »dann muß ich auf jeden Fall hingehen, um auf die Frauen aufzupassen.«

»*Die* dürfen auch nicht hingehen.«

»Aber Tamsin singt. Sie muß gehen.«

Ich schüttle den Kopf. »Sie wird absagen müssen. Du verbrennst dein Hemd.«

Er reißt das Bügeleisen hoch und stellt es an die Seite.

»Ach, sieh doch.« Er nimmt das Hemd vom Bügelbrett. »Jetzt ist ein Brandfleck darauf. Es ist ganz braun.« Er wedelt mit dem Hemd in der Luft herum. »Ich glaube, ich habe es ruiniert.«

»Laß mich mal sehen.« Ich wische mit der Hand über den Brandfleck. »So schlimm ist es nicht. Man sieht es kaum.«

»Das ist mein bestes Hemd.«

»Ich leihe dir eines.«

»Das wäre mir zu klein.« Er nimmt das Hemd und hält es ins Licht. »Ach, ich weiß nicht.«

»Was weißt du nicht?«

»Ob ich das Hemd oder lieber ein anderes anziehen soll. Was meinst du?«

»Zieh das an. Kein Mensch wird den Fleck sehen.«

Ludo denkt einen Augenblick nach, dann schaut er grinsend auf. »Dann kann ich also doch gehen?«

Sie gehen erst nach sechs Uhr ans Telefon. Sie waren gemeinsam einkaufen. Tamsin hat Suzie dabei geholfen, ein Kleid auszusuchen.

»Es ist nur ein Nachtclub, Suzie.«

»Soll ich wie eine Vogelscheuche aussehen?«

»Hör mal, das wird dir nicht gefallen, aber du kannst heute abend nicht hingehen.«

»Was?«

Sie war den halben Tag mit Tamsin einkaufen und hat sich mit ihr über Farben und Stoffe, Mini oder Maxi, die besten Plätze im *Parrot*, die beste Ankunftszeit und die Lieder unterhalten, die Tamsin singen wird, und Suzie wird ihren Besuch nicht auf einen anderen Abend verschieben. Als sie heute morgen Tamsin gegenüber habe durchblicken lassen, daß sie in den Club kommen werde, um sie singen zu hören, sei sie überrascht gewesen, wie erfreut das Mädchen darauf reagiert habe. Der Vorschlag, mich und Ludo mitzubringen, sei ebenfalls gut aufgenommen worden. Es sei so gewesen, als hätten sie neu angefangen, der erste Tag eines neuen Lebens. Jetzt sind beide Frauen auf einem labilen Hoch, und Suzie wird nichts tun, um sie davon herunterzuholen.

»Es heißt, im *Parrot* könnte es heute abend Ärger geben.«

»Gerüchte. Weißt du es mit Sicherheit?«

Tja, natürlich weiß ich es. Aber das kann ich Suzie nicht sagen. »Carmichael bekommt vielleicht Besuch. Der könnte unangenehm werden.«

»Erwartet er den Besuch?«

»Ja. Er hat eine Besprechung, die vorher vereinbart wurde.«

»Dann wird er darauf vorbereitet sein.«

Sie ist entschlossen, einen netten Abend zu haben. Sie sagt, sie *müsse* gehen, wegen Tamsin.

Und ich muß auf sie aufpassen.

Wir fahren in dem Fiesta hin, aber als wir eintreffen, könnte man meinen, wir stiegen aus einem Rolls Royce. Beim Gang über den Parkplatz müßte uns eigentlich ein roter Teppich ausgerollt werden. Suzies neues Kleid kann nicht einfach im Kleiderschrank hängen und betrachtet werden – es muß getragen werden. Jetzt. Es besteht aus dunkelgrünem, fließendem Satin, tief ausgeschnitten, lang und trägerlos. Es schmiegt sich wie Seide um ihren Körper. Es hat kein sichtbares Futter und keine Polster und sieht so leicht aus wie das Seidenpapier, in das es eingepackt war. Gegen die Kälte trägt sie ein schwarzes Samtcape.

Tamsin trägt einen keksfarbenen Hosenanzug, dessen leichte Jacke so stark ausgeschnitten ist, daß man sie nur von hinten als solche erkennen kann. Ihr weißes Hemd wird von drei kleinen Zierknöpfen gehalten, die zu zerbrechlich aussehen, um geschlossen zu bleiben. Vielleicht haben sie an der Unterseite Haken, ich weiß es nicht.

Ludo schleppt die Tasche mit Tamsins Bühnenkostüm. Er trägt seinen schwarzen Anzug, der aussieht, als sei er bei der Reinigung eingelaufen. Dazu trägt er sein verbranntes Hemd und meine italienische Krawatte.

Ich bin im Anzug.

Der Tisch, an dem wir sitzen, befindet sich am Rand der Tanzfläche, nicht weit von der Bühne entfernt. Ein *Reserviert*-Schild steht darauf. Ich bestelle für alle etwas zu trinken.

»Ich kann nicht lange bleiben«, warnt Tamsin.

Bevor sie geht, tanzt Tamsin mit dem großen Ludo, während ich mit Suzie tanze. Dann setzt sich Ludo mit einer Miene, die ausdrückt, daß er sehr zufrieden mit sich ist. Als ich ihn bitte, am Tisch zu bleiben und auf Suzie achtzugeben, leuchten seine Augen.

»Oh, es wird mir ein Vergnügen sein. Wenn es dir recht ist, Suzie?«

»Sicher. Wohin gehst du, Floyd?«

»Ich muß mit jemandem reden.«

»Na, so eine Überraschung.«

»Ich bin nicht weit weg. Du bleibst bei Ludo.«

»Worauf du dich verlassen kannst.«

»Mach dir keine Sorgen, Floyd«, sagt Ludo eifrig, »du kannst auf mich zählen.«

Als ich den Tisch verlasse, ruft Suzie: »Versuch dich eine Minute von deiner Besprechung loszueisen, um meine kleine Tamsin singen zu hören.«

»Keine Sorge, das lasse ich mir nicht entgehen.«

»Ich habe Sie beobachtet«, sagt Carmichael. Er zeigt hinter sich auf das große Einweg-Fenster. »Sie haben ein paar Freunde mitgebracht. Das ist gut fürs Geschäft.«

Er lächelt strahlend. Während er in seinem Büro auf und ab marschiert, reibt er die Knöchel seiner Hände aneinander. Seine Augen huschen umher, als habe er gerade sein Büro neu einrichten lassen und als gefalle ihm, was er sieht. Er muß etwas geschnupft haben.

»Was glauben Sie, wann Richardson kommen wird?«

»Spät. Als Demonstration.«

»Er sollte mich besser nicht warten lassen. Ich bin ein beschäftigter Mann.«

Und dein Hoch hält nicht ewig an, obwohl du in deinem weißen Anzug, dem weißen Rollkrangenpullover und den hellbraunen

Schuhen im Zimmer herumstolzierst. Du könntest direkt aus einer Reklame für Waschpulver stammen, Mr. Schnee.

»Also haßt mich der Trottel immer noch, was?«

»Er ist der nachtragende Typ.«

»Man könnte meinen, ich hätte ihm den *Parrot* gestohlen. Ich habe ihm einen guten Preis dafür gezahlt. Na ja, einen ziemlich guten.« Er lacht plötzlich, lauter als üblich. Ich kann seine Zähne sehen. »Und ich habe ihm das Königreich Deptford überlassen. Was kann er mehr wollen?«

»Ein größeres Gebiet. Und er will Kokain verkaufen. Mit Smack kann er kein Geld verdienen.«

»Nicht bei seinen Preisen!« Huey lacht wieder. Der Gedanke daran, wie Tod Richardson einen Preiskrieg gegen ihn führt, erfüllt die Schlange mit Vergnügen. »Ich muß es ihm mal erklären – es ist ein Geschäft, das nach Geschäftsregeln gespielt wird. Das wird er doch verstehen, Floyd, oder?«

»Das wäre das erste Mal.«

»Der Mann ist doch bestimmt Geschäftsmann? Nein, ich nehme an, Sie haben recht. Er ist ein Kretin. Wollen Sie einen Drink?«

»Was haben Sie denn da?«

»Sie kennen mich doch, Floyd. Ich habe alles da. Ich nehme Lucozade. Wollen Sie auch was?«

»Ich nehme einen Whisky.«

Mit dem Getue eines Cocktailkellners gießt Huey Drinks aus seinem niedrigen Barschrank ein. Aus einem Kühlschrank mit Holzverkleidung holt er einen Kübel Eis.

»Ich nehme ihn pur.«

Aber er hört mich gar nicht. Ich bekomme zwei Eiswürfel, plop, plop, in mein Glas. Als er mir den Drink reicht, hole ich die beiden

Eiswürfel jeweils mit Daumen und Zeigefinger heraus, und da Aschenbecher in Hueys Büro verboten sind, lege ich sie in den Topf einer Yuccapalme. Da können sie keinen Schaden anrichten. Die Palme ist aus Seide.

»Also, worum geht es dann, Floyd – will Richardson Rache? Das ist doch alles längst Geschichte. Kein Wunder, daß seine Firma Geld verliert.«

»Er macht sich nicht um seine Firma Sorgen, sondern um seine Familie.«

»Ist er Italiener?«

»Er sorgt sich um seine Stellung in der Gemeinde. Behalten Sie den Mann im Auge, solange er hier ist, Huey. Er will Ihnen an den Kragen.«

»Hier wird er nichts versuchen.«

»Sie wären überrascht.«

»Nein, *er* wäre es. Er würde niemals lebend aus dem Club kommen.« Carmichael hat wieder diesen streitsüchtigen Ausdruck. »Ich hoffe, dieses Treffen ist keine Zeitverschwendung, Floyd.« Er setzt sich auf die Kante seines weißen Schreibtisches und erklärt: »Richardson sollte besser nicht herkommen und versuchen, große Töne zu spucken. Das ist seine letzte Gelegenheit, ins Geschäft zu kommen.«

Ich stelle mein Glas ab. »Und wenn er es doch tut?«

Carmichael zuckt die Achseln. »Ich hatte schon früher Ärger mit den Richardsons und bin damit fertiggeworden.«

»Wann war das?«

Seine Schlangenaugen haben sich umwölkt. »Vor kurzem. Ich nehme an, Albie hat Ihnen davon erzählt.«

»Nein.«

»Es war die große Idee der Richardson-Familie – wie sie mich von der Straße treiben wollten.«

Ich warte darauf, daß er mehr erzählt.

»Ein alter Trick, wissen Sie? Nichts, was sie sich selbst ausgedacht haben könnten. Damals hatte ich auch noch Heroin im Angebot. Und es hatte gerade eine weitere Runde von Erpressungsversuchen gegenüber Supermärkten gegeben – Sie wissen schon, Gift im Aspirin, Glassplitter in der Babynahrung. Die Richardsons glaubten, sie könnten dasselbe tun und etwas in das Heroin mischen, das ich verkaufte.« Huey lächelt.

»Was zum Beispiel?«

»Zerstoßenes Glas. Die Idee war, daß Junkies sich das Zeug schießen würden, genau wie sonst, und dann schwere Blutungen bekommen würden. Netter Plan, was?«

»Ganz reizend. Und die Schuld hätte man Ihnen in die Schuhe geschoben?«

»Oder meinen Dealern auf der Straße. Sie hätten untertauchen müssen.«

»Sind die Richardsons damit durchgekommen?«

»Nein. Sie konnten nicht in mein Netz gelangen. Obwohl sie alles versucht haben.«

»Wie haben Sie es herausgefunden?«

»Albie hat es mir erzählt. Einer von den Richardsons hat versucht, ihn zu bestechen, und dann ein paar Drohungen ausgestoßen. Aber Ihr Bruder ließ sich nicht vor den Karren anderer Leute spannen. Ich stellte Richardson zur Rede. Solche Dinge kann ich nicht leiden.«

Ein merkwürdiges Lächeln huscht über Hueys Gesicht. »Jedenfalls war das ein Fehler von Richardson. Er ist ins Fettnäpfchen getreten. Man könnte sagen, er ist mit beiden Füßen hineingetreten und steckengeblieben.«

Ein paar Sekunden reagiere ich nicht. Dann registriere ich den erwartungsvollen Ausdruck in Hueys Augen, als habe er einen Witz gemacht, über den ich nicht gelacht habe.

Aber mir geht erst ganz langsam ein Licht auf. »Welchen Richardson meinen Sie – doch nicht Tod, oder?«

Huey schüttelt den Kopf. »Nein, natürlich nicht. Ich meine Frank.«

Frank Richardson. Möge er in Frieden ruhen. Drei Wochen lag er in einem Sack auf dem Grund des Flusses, die Füße in einem Zementkübel. Und mein Bruder Albie hat mitgeholfen, ihn dorthin zu bringen.

Niemand wisse davon, sagt Huey. Für den Mord an Frank würden allgemein die Miller-Jungens verantwortlich gemacht, doch weder die Bullen noch Bruder Tod hätten den Zusammenhang herstellen können. Huey zufolge kann Tod unmöglich wissen, daß Albie alles verraten hat. Albie hat es Huey erzählt, Huey hat es Frank erzählt, Frank hat es niemandem erzählt.

Aber Albie ist überfahren worden.

Tod Richardson hatte mit Sicherheit einen Grund. Nur weiß er nicht, daß sein Bruder von Snake Carmichael umgelegt worden ist. Tod kommt heute abend in den Club, um mit ihm zu reden. Er verabscheut den Mann, aber nur wegen des Preises, den er für den *Parrot* bekommen hat, und wegen Hueys Hautfarbe. Mehr steckt nicht dahinter.

Aber Albie ist überfahren worden.

Und Tod hatte genug Zeit zum Nachdenken. Er wird angestrengt nachgedacht haben. Er muß zumindest andeutungsweise gewußt haben, was Frank im Schilde führte. Er muß gewußt haben, daß es gegen Carmichael ging. Nur ... Tod hat vor mir damit geprahlt, er und seine Brüder hätten Huey aus dem Gebiet gedrängt. Er sagte, Carmichael sei auf die Isle of Dogs beschränkt. Falls Richardson also einen Rivalen in Deptford gehabt hätte, wäre es jemand anders gewesen. Er wußte, daß Frank vor seinem Tod mit Albie gesprochen hatte.

Also ist Albie deshalb überfahren worden?

In der Tür zum Hauptclubraum halte ich inne, um nachzudenken. Die Band jagt durch eine Nummer, zu der die Leute tanzen. Überall sind farbige Lichter und Rauchwolken. Aber ich bin so losgelöst von alledem, wie ich es auf Albies Beerdigung war. Damals sind die Leute zu mir gekommen und haben mir die Hand geschüttelt. Sie haben mit mir geredet, und ich habe geantwortet. Nicht mehr.

Ich nehme an, es muß Tod Richardson gewesen sein. Er wußte, daß Albie von Frank ausgewählt worden war. Er wußte, daß Frank versucht hatte, ihn zu bestechen. Er wußte, an welchem Tag Frank es tun wollte.

Und dann verschwand Frank.

Als ich mich durch die überfüllten Tische zwänge, habe ich immer noch das Gefühl, daß etwas nicht zusammenpaßt. Etwas ist unlogisch. Als ich mich zu Ludo und Suzie an ihren Tisch geselle, bemerken sie nicht, daß mein Gesicht zu einer steinharten Maske erstarrt ist. »Du kommst gerade rechtzeitig«, sagt Suzie.

Ich starre blicklos auf die Band, bevor ich sie wiedererkenne. Das ist Tamsins Band: Pepys Dairy Crunch. Baß, Gitarre, zwei

Saxophone, ein Keyboard und das Schlagzeug. Ihre Nummer scheint sich dem Ende zu nähern.

Während des stürmischen Applauses wendet Suzie sich an mich. Sie macht einen aufgeregten Eindruck. »Als nächstes müßte Tamsin kommen.«

Ludo sagt: »Das war nur zum Aufwärmen.« Er nickt weise.

»Du siehst so grimmig aus«, sagt Suzie. »Ist alles gut gelaufen?«

Sie drückt meine Hand.

Ich erkenne das Kleid. Es ist dasselbe, das Tamsin auf der Bootsparty getragen hat, das Partykleid eines kleinen Mädchens – weiß, an den Rändern mit Spitze besetzt, steif vor Gaze. Die Volants und Schleifen auf dem Kleid finden ihre Entsprechung in ihrem Haar. Ihre Augen sehen riesig aus, die Arme schlank und verletzlich. Sie singt barfuß. Wie sie vor den großen Schwarzen in der Band am Mikrofon steht, sieht Tamsin wie ihr Maskottchen aus, wie eine Strohpuppe.

Ihr Lied ist sexy und traurig, der Text melancholisch und intensiv. Der Baß pulsiert wie ein Herzschlag, bis die Leadgitarre einsetzt. Das Saxophon jault. Tamsin wendet sich zur Seite. Obwohl wir nur fünf Meter von ihr entfernt sitzen, sieht sie uns nicht an. Sie schaut niemanden an. Sie steht halb abgewandt da, den Daumen am Mund, und wartet auf ihren Einsatz. In der letzten Strophe klammert Tamsin sich an das Mikrofon und singt in verbittertem Trotz über die Qualen der Liebe. Die Saxophone brennen, Baß und Gitarre beben, das Keyboard seufzt. Warmer Applaus.

Bevor das Klatschen nachläßt, gehen Dairy Crunch gleich zum nächsten Stück über – das schneller und von der Stimmung her unbeschwerter ist. Tamsin kennt ihr Publikum. Es kann eine traurige Nummer verkraften, braucht dann aber etwas Flottes. Die Leute kommen her, um sich zu amüsieren. Sie wollen ihren Schmerz nicht teilen.

Während des Instrumentalteils beugt Suzie sich vor und fragt: »Bleibst du jetzt hier? Ist die Arbeit für heute beendet?«

»Noch nicht ganz.« Sie hat kaum angefangen.

Tod Richardson taucht auf, als Tamsin ihr nächstes Stück beendet. Er kommt durch den Haupteingang und zwängt sich unbeholfen zwischen den Tischen hindurch, ohne die Show zu beachten. Er hat zwei Lakaien mitgebracht.

Sie gehen direkt zur großen Mittelbar. Er hat mich noch nicht bemerkt. Heute abend soll seine Kleidung beeindrucken. Er trägt ein weißes Abendjackett mit einer gelben Blume im Knopfloch. Die Lakaien tragen graue Anzüge: Tod ist der Boß.

Als ich mich vom Tisch erhebe, schauen Ludo und Suzie beide auf. Ich mache eine beschwichtigende Geste mit der linken Hand, indem ich in der warmen abgestandenen Luft dreimal mit der Handfläche nach unten deute. Suzies Augen haben einen fragenden Ausdruck, doch ich lächle und schüttle den Kopf. Während Tamsin wieder anfängt zu singen, verlasse ich den Tisch.

Tod und die anderen beiden drehen mir den Rücken zu. Ich gleite leichtfüßig zwischen den Tischen hindurch. Meine Handflächen sind schweißfeucht, die Lippen trocken. Ich bin versucht, den Sitz meiner Krawatte zu korrigieren, aber ich tue es nicht. Ich habe keinen Grund, irgend etwas nachzubessern.

Tod spürt, daß ich eingetroffen bin. »Sie wollen 'nen Drink, richtig, Carter?«

Ich lasse mir von ihm einen irischen Whisky kaufen. Seine beiden Lakaien stehen da und sehen mich an. Sie erinnern sich noch an die Nacht, als ich durch das Fenster gesprungen bin und die Schuld auf die Hunde geschoben habe. Sie erinnern sich, daß sie die halbe Nacht aufbleiben und das Fenster mit Brettern vernageln mußten. Sie fragen sich, warum mir ein Whisky spendiert wird.

Richardson reicht mir das Glas. »Beschissene Preise hier.«

»Sie können sie sich leisten.«

»Der Laden hat keine Klasse.«

»Anders als zu Ihrer Zeit?«

Seine Augen sondieren kurz meine. Er weiß nicht genau, ob ich ihn aufziehe. Doch mein Gesicht verrät nichts: Mir ist völlig egal, was er für einen Club geführt hat. Vielleicht hat er meinen Bruder umbringen lassen.

»Er hat 'ne beschissene Bimbo-Einrichtung.« Er sieht sich mit unverhohlener Verachtung um. Als er an seinem Drink nippt, verzieht er das Gesicht. Den mag er auch nicht.

»Alles vorbereitet?« fragt er.

»Oben.«

Richardson starrt mich mit seinem härtesten Blick an. »Wird er irgendwas versuchen?«

»Er will nur reden.«

»Ich wette, daß er das will.«

»Er will mit Ihnen eine Vereinbarung über die Aufteilung der Gebiete treffen, Reviere abstecken. Er will mit Ihnen eine geschäftliche Besprechung in seinem Büro abhalten. Das ist das Büro mit dem Safe darin«, füge ich leise hinzu.

»Ich kenne das beschissene Büro.«

»Dann kennen Sie auch den Safe.«

»Ich hab's Ihnen doch schon mal gesagt, ich bin an dem Safe verdammt noch mal nicht interessiert. Benehmen Sie sich wie ein Erwachsener, Carter. Das Haus wimmelt von seinen Leuten.«

»Vielleicht ein andermal.«

»Vielleicht.«

Richardson sieht sich weiterhin wütend in dem überfüllten Raum um. Jeder Tisch ist besetzt. Der Laden pulsiert vor Leben und Musik.

»Wenn der Bimbo irgendwas versucht, brennen wir den Laden nieder.«

»Carmichael ist das klar. Er weiß, wer Sie sind.«

Tods Lippen kräuseln sich. »Sie haben uns einfach so reingelassen, die Scheißer an der Tür. Die wissen gar nicht, wer ich bin.«

»Sie haben kein Lokalverbot hier oder irgendwas.«

Er beugt sich zu mir vor. »Ich hab ein paar Leute hier drinnen, eingeschmuggelt.«

»Leute?«

»Ja. Ich kann die Arschlöcher jetzt sehen.«

Ich wende den Kopf.

»Geben Sie sich keine Mühe, sie zu erkennen. Sie sind hier drinnen, nur das zählt.«

»Brauchen Sie Schutz?«

»Worauf Sie sich verlassen können. Ich komme doch nicht allein hierher.«

»Ich sagte Ihnen doch, Tod. Carmichael wird nichts versuchen.«

Als ich mir der Reihe nach die Tische ansehe, um herauszufinden, an welchen er seine Männer sitzen hat, sehe ich Ludo zu uns starren. Ich schaue weg. Ich bin jetzt bei der Arbeit. Ich wollte es nicht tun, während die drei Leute, die mir am meisten bedeuten, unten im Club sind, aber jetzt ist es zu spät. Wenn diese andere dämliche Sängerin nicht mit Grippe im Bett läge, würden die Dinge anders gelaufen sein. Alles wäre so gewesen, wie ich es geplant habe.

»Dann lassen Sie uns anfangen«, sage ich.

Einer seiner Lakaien bleibt an der Bar zurück. Ich stelle klar, daß Carmichael nicht sonderlich begeistert sein wird, wenn Tod auch nur einen Mann mitbringt, aber er zuckt lediglich die Achseln.

»Damit muß er sich eben abfinden.« Wir gehen die vordere Treppe zu Hueys Büro hinauf.

»Ich muß Sie fragen, ob Sie eine Kanone dabeihaben«, sage ich höflich.

»Und wenn?«

»Haben Sie?«

»Der Wichser da oben hat keine, wollen Sie mir das sagen? Hören Sie mal, Carter, er hat eine, und ich habe eine. Auf die Art fühlen wir uns beide sicher.«

»Wenn Sie eine Kanone ziehen, werden Sie den Laden nicht lebend verlassen.«

»Er auch nicht, wenn er eine zieht.«

Ich nehme an, es macht irgendwie Sinn. Abgesehen davon, daß ich langsam das Gefühl habe, diese beiden Männer greifen so nach ihren Pistolen wie andere Leute nach ihren Zigaretten. Ihnen gefällt, wie sich die Dinger in der Hand anfühlen.

Tja, von mir aus können sie sich mit Maschinenpistolen gegenübertreten. Meinetwegen können sie sich ruhig gegenseitig in die Hölle befördern.

Ich klopfe an Hueys Tür.

Er wartet alleine in seinem Büro mit den kastanienfarbenen Wänden. Er hat sich die schwarzen Haare gekämmt. Er sitzt bequem auf seinem karamelfarbenen Luxussessel hinter seinem langen weißen Luxusschreibtisch wie ein Mogul der Schallplattenindustrie. Vor ihm liegt ein Kassenbuch mit Zahlenkolonnen. Carmichael schließt es, schraubt die Hülle auf seinen mit Intarsien verzierten Füllfederhalter und legt ihn dann behutsam neben das Buch auf seinen ansonsten leeren Schreibtisch. Die Idee ist, wir sollen glauben, wir hätten ihn bei der Arbeit unterbrochen. Wir sollen hoffen, daß er eine Minute seiner kostbaren Zeit für uns erübrigen kann.

Was von Tod Richardson abtropft wie Wasser von einem hartgekochten Ei.

»Wollen Sie sitzen bleiben und uns hier stehen lassen?«

»Nehmen Sie Platz, wo Sie wollen. Wer ist dieser Mann bei Ihnen?«

»Ein verdammter Freund von mir.«

Carmichael zuckt die Achseln, entfaltet sich aus seinem Ledersessel und steht auf. »Jeder einen Mann, was? Ich schätze, das ist fair.«

Was mich Carmichaels Lager fest zuordnet. Als er hinter seinem Schreibtisch hervortritt, fällt mir die Art auf, wie seine leichte Leinenjacke an der Hüfte hängen bleibt. Er hat dort eine Ausbuchtung ungefähr von der Größe einer silberläufigen Pistole, einer Cowboykanone mit Intarsien im Kolben.

Während Huey Drinks mixt, schlendere ich zu dem Einweg-Fenster und schaue in den Club hinunter. Tamsin singt immer noch. Aus ihren Bewegungen schließe ich, daß es wieder ein lebhaftes Stück ist, eine starke Nummer, um ihren Auftritt zu krönen.

Von den Leuten, die an den Tischen sitzen, sehen ihr manche zu, während andere lachen und sich unterhalten. Als Tamsin zu Anfang ans Mikrofon trat, hatte sie jedermanns Aufmerksamkeit. Doch jetzt haben sie sich an sie gewöhnt. Sie lassen sie mit dem Clubhintergrund verschmelzen. Daraus läßt sich eine Lehre ziehen: Wenn man einen Eindruck hinterlassen will, hat man dazu im Moment des ersten Auftretens die beste Gelegenheit. Wenn man die verpaßt, ist man ein Niemand.

Tod Richardson sieht das anders. Er ist ungefähr fünfzig und hat einen Haufen Gelegenheiten gehabt. Tod glaubt, daß sich jede dieser Gelegenheiten auszahlen könnte. Er glaubt, wenn er sich beständig abrackert, muß sich irgendwann eine auszahlen. Eine Gelegenheit ist alles, was er braucht.

Huey auf der anderen Seite glaubt, daß er es bereits geschafft hat. Er lehnt sich gegen seinen weißen Schreibtisch, die Hautfalte unterhalb seines Hinterns bequem auf der Schreibtischkante und das unvermeidliche Glas Lucozade in der Hand. Seine Augen funkeln. Seine Zähne glänzen. Sein Kokain wirkt.

Ich wähle den Sessel gegenüber von Richardsons Lakai. Ich lehne mich darin zurück. Der Lakai, der sich auf seinem Sessel nicht so wohl fühlt, beugt sich vor – sein grauer Anzug zerknautscht, die Arme auf den Oberschenkeln, das Glas Bier ein wenig schräg in der Hand. Ich halte nach einer Stelle Ausschau, wo er eine Waffe tragen könnte, aber ich entdecke keine. Vielleicht ist das der Grund, warum der Mann sich vorbeugt. Das bewirkt, daß seine Jacke locker herabhängt, weit weg von einem etwaigen Halfter, so daß er die Kanone leicht erreichen kann. Ganz im Gegensatz zu Richardson. Als der in den Club kam, hat er seine weiße Smokingjacke zugeknöpft, als sei er zu einem Interview gekommen. Der schwere weiße

Stoff spannt sich über seiner Brust und hinterläßt eine Ausbuchtung unter der Brusttasche links von seiner albernen gelben Blume.

Sie bereitet mir keine Sorgen. Ich trage keine Kanone und habe keine Waffe in der Tasche, und doch komme ich mir nicht nackt vor. Ich mache mir nicht einmal die Mühe, mich in die Nähe der Tür zu setzen.

»Die Idee ist«, beginnt Carmichael, »daß wir über unsere Differenzen reden, frank und frei.« Das Wort Frank läßt Tod Richardson zusammenzucken. Es erinnert ihn an seinen Bruder.

Was mich an meinen erinnert.

Carmichael scheint sich dessen nicht bewußt zu sein. Der Name Frank Richardson bedeutet ihm jetzt nur noch wenig. Er hat ihn vergessen. Die Akte liegt nicht in seinem Büroschrank: sie ist zerrissen und weggeworfen worden. Carmichael gehört ebenfalls zu der Sorte Mensch, die vergessen kann, daß sie jemanden umgebracht hat. Das sollte ich mir immer vor Augen halten.

»Es war dumm von uns«, sagt er mit entwaffnender Offenheit, »wie wir unsere Geschäfte geführt haben. Wir haben dasselbe Gebiet bearbeitet, und zwar in Konkurrenz zueinander. Wir führen Preiskriege. Wir jagen einander Kunden ab. Wir bringen uns sogar gegenseitig unsere Leute um. Auf der Insel haben wir jeder einen Mann verloren. Das muß aufhören.«

Richardson unterbricht ihn. »Sie haben einen Spitzenmann verloren, stimmt's? Ihren verdammten Unterführer, richtig?«

Carmichael hält stirnrunzelnd inne. »Halten Sie das hier für ein Schachspiel? Glauben Sie, Sie hätten für Ihren Bauern einen Läufer getauscht?«

»Das trifft es ungefähr.« Tod grinst ihn höhnisch an. Er reizt Huey. Das überrascht mich. Vielleicht habe ich ihn unterschätzt.

Vielleicht will er Carmichael so sehr reizen, daß dieser damit herausrückt, er habe dafür Frank Richardson getötet.

Doch wenn das die Idee dahinter ist, funktioniert sie nicht. Carmichael schüttelt den Kopf, als belästige ihn ein Insekt, und fährt mit seiner Ansprache fort.

»All das ist keine Art, ein Geschäft zu führen. Der schlimmste Feind für jeden Geschäftsmann ist Konkurrenz. Leute, die die eigenen Preise unterbieten, die Profitmarge schmälern und den Kunden eine Alternative geben. Das ist *schlecht* fürs Geschäft. Statt dessen müssen wir Monopole schaffen. Wir wollen hier ein Kartell errichten.« Er hält inne, um die Reaktion abzuwarten.

»Was, zum Teufel, ist das?« fragt Tod.

»Ein Kartell?«

»Was ist das, verdammt?«

Carmichael hebt beide Augenbrauen und kichert – ein herablassendes Kichern, bei dem sich Tods gemeine Augen verengen. Die beiden Männer beobachten einander. Dann klopft es an der Tür. Ihre Gesichter erstarren. Noch einmal drei Klopfer. Niemand rührt sich.

Carmichaels Gesicht ist erstarrt wie brauner Ton. »Ein Freund von Ihnen?« fragt er.

Tod schüttelt den Kopf. Huey starrt auf die Tür, als könne er durch sie hindurchsehen. »Es ist besser, Sie öffnen, Floyd«, sagt er, und ich stehe auf.

Noch bevor ich ganz aufgestanden bin, bemerke ich, daß Tods Lakai die Hand in seine Jacke geschoben hat. Als ich den Raum durchquere, sehe ich, daß Tod seinen Jackenknopf öffnet. Hinter mir wartet Carmichael an seinem Schreibtisch.

Ich öffne die Tür.

Ich hätte nicht gedacht, daß es Ludo sein würde. Aber er ist es. Mein Bruder steht zitternd auf dem Absatz wie ein Schuljunge, den man auf die Bühne gestoßen und der seinen Text vergessen hat.

»Ich bin beschäftigt, Ludo.«

Hinter mir fragt Carmichael: »Ist das Ihr Bruder?«

Ich bejahe. Das Geräusch, als die drei Männer ausatmen, ist wie das entfernte Rauschen einer Meeresbrandung.

»Äh – kann ich mal kurz mit dir reden, Floyd – unter vier Augen?«

»Nicht jetzt, Ludo. In ein paar Minuten.«

»Es ist ziemlich dringend.«

»Später. Wir sehen uns unten.« Er wirkt verunsichert. Ich sage: »Ich komme in ein paar Minuten herunter«, und schließe die Tür.

Ich bin noch nicht wieder bei meinem Sessel angelangt, als Ludo wieder klopft.

»Sie sollten ihm wohl besser seinen Willen lassen«, schnurrt Carmichael.

Als ich diesmal die Tür öffne, lege ich Ludo eine Hand auf die Brust, um ihn zurückzuhalten. Ich gehe hinaus und schließe die Tür.

»Ludo, ich bin mitten in einer sehr wichtigen Besprechung. Ich sagte dir, bevor wir hierher gefahren sind, daß ich heute abend arbeiten muß.« Ich vergewissere mich, daß er meinen Blick auf die Armbanduhr mitbekommt.

»Es tut mir leid, Floyd, aber es ist wichtig. Wirklich.«

»Mit Suzie alles in Ordnung?«

»Sie sitzt am Tisch. Ich – äh – ich bin nicht deswegen gekommen.« Ich warte, daß er zur Sache kommt. »Der Mann da drinnen, weißt du? Den habe ich schon mal gesehen.«

Ich nicke ungeduldig.

Ludo zupft nervös an seiner Krawatte – meiner italienischen Krawatte – und hüstelt. Er leckt sich die Lippen. »Kennst du diesen Mann, Floyd?«

»Welchen Mann?«

Ludo runzelt die Stirn.

»Welchen Mann?« frage ich. »Jemand in dem Zimmer?«

»Ja.«

»Was hat er an?«

»Na ja, eine weiße – äh …«

»Einen weißen Anzug?«

»Ja.«

»Du meinst den Schwarzen – na ja, eigentlich ist er eher braun?«

»Nein, er ist weiß.«

»Du meinst den weißen Mann in der weißen Jacke?«

»Na ja …«

»Eine weiße Jacke und eine schwarze Hose. Ein großer Mann. Ein weißer Mann?«

Ludo legt das Gesicht in Falten. Er mustert stirnrunzelnd die Wand hinter mir. »Du meine Güte, Floyd, ich kann mich an seine Hose nicht erinnern. Aber er trägt eine hübsche Blume.«

»Eine gelbe?«

»Und eine weiße Jacke. Das sagte ich doch.«

»Das ist Tod Richardson.«

»Oh.«

»Was ist mit ihm?«

»Das ist er.«

»Das ist wer?«

»Das ist der Mann, der Albie umgebracht hat.«

Ich halte den Atem an. Fünf Sekunden lang stehe ich mit offenem Mund auf Hueys Treppenabsatz wie die Wachsfigur eines Sängers. Ich höre Geräusche von unten – Musik, Gelächter, das Gemurmel von Unterhaltungen. Und ich höre Geräusche wie ein entfernter Trommelwirbel. Es könnte das Blut sein, das in meinen Ohren rauscht.

»Woher weißt du das?«

»Na ja, ich habe ihn doch gesehen, nicht? Er hat in dem Wagen gesessen.«

Ich starre in Ludos ernstes Gesicht. »Du hast Albies Mörder *gesehen*?«

»Ja, nun, sicher. Ich habe ihn in dem Wagen gesehen. Ich konnte ihn sehr gut erkennen.«

»Warum hast du mir das nicht gesagt?«

»Ich hab's versucht. Ich hab's auch der Polizei erzählt. Aber niemand hört mir zu.«

»Jesus.«

»Als ich gesehen habe, wie du dich unten mit ihm unterhalten hast, dachte ich – äh – na ja, du weißt schon.« Er sieht mich bewundernd an, den Bruder, auf den er sich verlassen kann. »Wirst du ihn fertigmachen, Floyd?«

Ich nicke.

»Äh – kann ich – brauchst du meine Hilfe?«

»Ich komme schon zurecht.«

»Kommst du wirklich alleine klar? Sind die Männer in dem Zimmer alle auf derselben Seite?«

»Nein. Geh wieder nach unten.«

»Ich habe dir früher auch schon geholfen, oder nicht?«

»Du hast deine Sache gut gemacht. Aber jetzt brauche ich dich unten, damit du auf Tamsin und Suzie aufpaßt. Unten könnte es bald Ärger geben.«

»Aber die Männer sind hier oben.«

»Mach dir deswegen keine Gedanken. Geh wieder nach unten.«

Ludo sträubt sich dagegen. »Albie war auch *mein* Bruder.«

»Bitte, Ludo.«

Er sieht mich an wie ein Hund, dem man das Gassigehen verweigert hat. Dann nickt er abrupt, macht auf dem Absatz kehrt und geht die Treppe hinunter.

In Carmichaels Büro hat sich die Stimmung mittlerweile verschlechtert. Richardson hat sich eine Zigarette angezündet. Er sitzt auf einem niedrigen Sessel, schnippt Asche auf Hueys Teppich und bläst Rauch in seine saubere Luft. Die Rauchwolke und die Art, wie sie einander anfunkeln, läßt es so aussehen, als sei die Lufttemperatur um zehn Grad gestiegen. Richardson pafft seine Zigarette. Carmichael marschiert in seinem Büro auf und ab und hält eine Vorlesung über Preisstrategien und Kostenminimierung. Der Lakai im grauen Anzug starrt auf den Teppich.

Ich gehe zu meinem Sessel und setze mich. Carmichael redet weiter. Ich kann jetzt erkennen, wie Richardson denkt. Sein Verstand arbeitet immer eine Sache nach der anderen ab. Als er zu dem Schluß kam, daß Albie irgendwie in Franks Tod verwickelt sein mußte, schlug er einfach zu. Albie war tot, bevor Tods Ärger sich abgekühlt hatte. Erst danach fiel ihm wieder ein, daß er Albie zehn Unzen H gegeben hatte. Daß er soeben zehntausend Pfund verloren hatte. Daß er sein Heroin wiederhaben wollte. Bisher hatte ich geglaubt, Richardson würde keinen Mann töten, nur weil dieser sich weigerte, zehntausend Pfund zurückzuzahlen, und damit hatte ich auch recht. In gewisser Weise. Er hat Albie nicht dafür getötet. Er hat ihn für Frank getötet. Doch wie er vorgestern schon gesagt hat, als ich mit ihm gesprochen habe: Nur weil man tot ist, sind die Schulden von einem noch lange nicht gestorben. Die Gläubiger müssen dennoch bezahlt werden. Ich schaue auf die Uhr. In Kürze werde ich handeln müssen. Ich stecke eine Hand in die Tasche.

Richardson unterbricht plötzlich Hueys Redeschwall. »Beschissene Wörter, die Sie da benutzen.«

Carmichael hält inne.

»Was, zum Teufel, bedeuten sie? ›Segmentierung.‹ ›Marktanteil.‹ Können Sie nicht verdammtes Englisch reden?«

Carmichael verbirgt seine Verachtung. »Lassen Sie es mich so ausdrücken.«

Ich nehme die Hand aus der Tasche. Niemand achtet auf mich.

»Aber diesmal auf Englisch.«

»Ich spreche Englisch.«

»Wollen Sie uns beibringen, wie man unsere verdammte Sprache spricht? Was Sie meinen, Bimbo, ist, daß *Sie* all die reichen Gegenden wollen und mir den Scheiß überlassen. Sie halten mich für verdammt blöd, was?«

Die Belastung zeigt sich jetzt in Hueys Gesicht. Seine Wangen sehen aus, als seien sie mit weißer Schminke hervorgehoben worden. »Ich gebe Ihnen Deptford, New Cross, Brockley und Ladywell.«

»Den letzten Scheiß. Runtergekommene Gegenden.«

Meine Hand sinkt beiläufig herab und schiebt ein Päckchen unter den Sessel.

»Runtergekommene Gegenden?« fragt Carmichael nach. »Ich dachte, Sie wohnen dort. Das ist Ihr eigener Hinterhof!«

»Ich soll im beschissenen Deptford wohnen? Nein, ich komme aus Blackheath, das hat einen Hauch von Klasse. Etwas, wovon Sie verdammt noch mal keine Ahnung haben.«

»Also was wollen Sie dann? Blackheath auch noch?«

»Ich wohne verdammt noch mal in Blackheath. Das gehört mir sowieso. Ich will die Insel.«

»Die Isle of Dogs?«

»Verdammt richtig.«

Ich mache es mir bequemer auf meinem Sessel, die Finger zur »Intellektueller-im-Gebet«-Pose unter dem Kinn verschränkt. Es soll zeigen, daß ich nichts in den Händen habe. Huey hat jetzt aufgehört, im Zimmer auf und ab zu marschieren. Er steht unheilverkündend neben seinem Schreibtisch und spannt die Finger seiner rechten Hand, die an der Seite herabhängt. In seiner weißen Jacke, fünfzehn Zentimeter oberhalb dieser Finger, trägt er sein silberläufiges Schießeisen. Ich frage mich, ob er sich Cowboyfilme ansieht.

»Ich habe diese Insel drei lange Jahre bearbeitet, Richardson. Ich habe sie bestellt wie ein Bauer seinen Acker. Die Leute auf dieser Insel sind meine Art Leute. Sie gehören mir.«

»Beschissene Yuppies. City-Typen.«

»Genau. Ich spreche ihre Sprache. *Ihre* Sprache wird hier in Deptford gesprochen. Deswegen gebe ich es Ihnen. Sie gehören hierher.«

Huey verliert langsam seine Gelassenheit. Richardson hat in dieser Beziehung niemals etwas zu verlieren gehabt. »Ich gehöre verdammt noch mal hierher – was soll das heißen?«

»Sie sagten, Sie wohnen hier. Also gehören Sie hierher. Ins schmutzige Deptford.«

Richardson macht Anstalten, von seinem niedrigen Sessel aufzuspringen. Beide Füße sind so positioniert, daß er sich mit ihnen abstoßen kann. »Was ist verdammt noch mal schmutzig daran?«

»Sie haben es Scheiß genannt. Das waren Ihre Worte!«

Als Richardson aufspringt, klingelt plötzlich das Telefon. Er starrt es an. Während er über dem Sessel schwebt und unsicher ist, was er tun soll, nimmt Carmichael den Hörer ab. »Ja?«

Ich werfe einen Blick unter meinen Sessel, um mich zu vergewissern, daß das Päckchen nicht zu sehen ist.

Was Carmichael am Telefon auch hört, es verdrängt bei ihm jeden Gedanken ans Geschäft. »Was?« schnauzt er, während seine kalten Augen Richardson fixieren. »Was für eine Bande?« Er hört noch zwei Sekunden zu, bevor er den Hörer auf die Gabel knallt und auf Richardson zeigt. »Was ziehen Sie hier ab, Mann?«

Aber er wartet die Antwort gar nicht erst ab. Er flitzt zu seinem Einweg-Fenster und wirft einen Blick nach unten. »Jesus Christus!« ruft er.

Jetzt springen Richardsons Lakai und ich ebenfalls auf. Der Lakai steht verdutzt da, während ich zu Huey eile. Ich schaue ebenfalls durch das Fenster.

Da unten herrscht Chaos. Alle sind auf den Beinen und rennen durcheinander. Stühle sind umgeworfen, die Massen wogen. Durch das Einweg-Fenster sieht es wie eine Panikszene aus einem Stummfilm aus.

Neben mir fährt Carmichael zu den anderen herum. Er hat seine Pistole in der Hand. »Die Hand aus der Jacke«, bellt er Richardsons Lakai an. »Ich sagte, *raus damit*!«

Richardson steht völlig verdutzt da. Beide Hände von ihm sind sichtbar und halten den Rest eines Drinks. Sein Lakai steht wie erstarrt an der Wand gegenüber dem Einweg-Fenster, den Blick auf Huey gerichtet, die Hand irgendwo in seiner grauen Jacke.

»Zum letztenmal!« ruft Carmichael. »Nimm die Hand ...«

Der Lakai hechtet nach links, und seine rechte Hand fährt aus der Jacke und zuckt uns entgegen. Er hält eine Kanone, schwarz und klobig. Als sie schießt, habe ich mich noch nicht bewegt. Doch während der Knall noch durch das Zimmer hallt, liege ich bereits auf dem Boden. Carmichael schießt mit seiner Pistole, die etwas leiser ist als die des Lakaien. Beide Schüsse haben nicht getroffen. Von der Decke fällt Gipsstaub auf Hueys Schultern.

»Aufhören!« brüllt Richardson. »Kein Scheißer rührt sich!« Er hat jetzt seine eigene Kanone gezogen.

Alle drei Männer erstarren mit schußbereiter Waffe. Richardson und sein Lakai zielen auf Huey. Huey zielt auf den Lakai. Ich liege auf dem Boden und wünsche mir, ich hätte eine Kanone mitgebracht.

»Was, zum Teufel, ist eigentlich los?«

»Sie haben Ihre Bande in den Club gebracht, Richardson. Sie versuchen uns fertigzumachen.«

Für einen Mann, dessen Chancen schlecht stehen, bleibt Huey bemerkenswert kühl. Er hält seine silberläufige Kanone weiterhin auf den Lakai gerichtet und hält den linken Unterarm zwischen sich und Richardson, als sei dieser Arm mit einem unsichtbaren Schild ausgestattet, der ihn vor Tods Kugeln schützen kann. In der Luft hängt eine Wolke aus feinem Gipsstaub.

»Was für eine verdammte Bande?«

»Da unten!« Carmichael deutet mit der linken Hand hinter sich. Die rechte rührt sich nicht. »Sie haben das inszeniert.«

Das Stirnrunzeln auf Richardsons Gesicht ist wie das von Ludo, wenn der eine Zeitung liest. Selbst ein Kind könnte erkennen, daß er nicht weiß, was los ist. Ich richte mich langsam auf. »Laßt uns die Kanonen runternehmen«, schlage ich vor. Niemand rührt sich.

»Wir machen Folgendes«, sage ich, indem ich mich vorsichtig erhebe. »Ich zähle bis drei. Wenn ich bei drei bin, nehmen alle die Waffe herunter.«

»Verpiß dich«, sagt Richardson.

Ich frage, ob er eine bessere Idee habe. Er sagt, die habe er. Er hat mittlerweile erkannt, daß er von ihrem Patt nicht betroffen ist. Carmichael und sein Lakai halten sich mit ihrer Waffe gegenseitig in Schach. Richardson hat die überzählige Kanone und ist frei. Er dreht sich um und richtet die Kanone auf mich.

»Ich bestimme, was verdammt noch mal passiert«, erklärt er.

Tja, wenn Richardson hier das As in der Hand hat, weiß ich jedenfalls, wer die Zwei hält. Das einzige, was sich jetzt über das Spiel sagen läßt, ist, daß sich die Situation vom Standpunkt eines neutralen Beobachters verbessert hat. Zuvor, als er und der Lakai beide ihre Waffe auf Huey gerichtet hatten, hätte Richardson nur abzudrücken brauchen und das Spiel damit gewonnen. Er hätte den Pott eingefahren. Der neutrale Beobachter würde also zu dem Schluß kommen, daß Richardson eine Gelegenheit ausgelassen hat, als er seine Kanone von Huey genommen hat. Aber der neutrale Beobachter schaut auch nicht in den Lauf von Tods Pistole, die auf seinen Bauch gerichtet ist. Ich schon.

Der Lakai schießt.

Der Knall läßt mich zusammenfahren wie einen erschreckten Frosch. Richardson und Carmichael schießen ebenfalls.

Carmichaels Schuß trifft den Lakai im Gesicht, und der Mann kippt nach hinten. Richardsons Kugel schlägt entsetzlich dicht neben mir in die Wand. Die letzte Kugel des Lakais hat das Glas hinter Carmichaels Kopf getroffen. Das Fenster bebt in seinem Rahmen. Dann wird es undurchsichtig wie eine zerschmetterte Windschutzscheibe.

Ich greife nach der Kanone des Lakais, als Tods Pistole erneut schießt. Hueys ebenfalls. Der Raum wird dunkel.

»Faß das Ding nicht an! Nimm deine verdammten Finger weg!«

Ich erstarre. Auf der anderen Seite des fast dunklen Raums richtet Tod Richardson seine Pistole auf mich. Das elektrische Licht ist erloschen. Eine Kugel hat die Glühbirne getroffen.

Es muß Carmichaels gewesen sein. Er befindet sich in halb liegender und halb sitzender Stellung unter dem Fenster. Überall auf seinem Hemd ist Blut. Durch das Fenster über ihm fällt das wenige Licht, das uns einigermaßen zu sehen ermöglicht. Ich rechne immer noch damit, daß Carmichael jeden Augenblick etwas unternimmt. Aber er tut es nicht. Dann bewegt er sich. Sein Kopf fällt vorwärts auf seine Brust, dann rührt er sich nicht mehr.

»Sie wollten mich reinlegen, Carter.«

Ich muß dafür sorgen, daß Richardson redet – und nicht schießt.

»Sie müßten mich eigentlich besser kennen, Tod.«

»Sie haben mich förmlich hierher geschleift, verdammt.« Er hebt die Kanone. Ich rede schnell.

»Da unten ist die Polizei, Tod, wissen Sie das?«

»Die Polizei?«

»Die Bullen machen eine Razzia. Carmichael dachte, Sie hätten ihn reingelegt.«

Richardson sieht mich in dem matten Licht an. Seine Kanone senkt er jedoch nicht.

»Sie werden jeden Augenblick hier sein, Tod. Am besten, wir verschwinden.«

»Die Bullen?« Er schüttelt den Kopf.

»Sehen Sie durch das Fenster.«

»Einen Scheiß werde ich.« Er denkt einen Augenblick nach. »Gehen Sie rüber zu Carmichael.«

Ich erhebe mich und schleiche zu Hueys Leiche unter dem Fenster. Richardson gesellt sich zu mir. Er hält die Kanone auf mein Herz gerichtet. Nach einem raschen Blick durch das gesprungene Fensterglas weicht er wieder einen Schritt zurück und denkt nach. Er ist es nicht gewöhnt nachzudenken. Unten auf der Tanzfläche sieht er blaue Uniformen. Hier oben in dem düsteren Büro sieht er zwei Leichen und den einzigen lebenden Zeugen.

»Ich kann Sie rausbringen«, sage ich.

Er starrt mich an. Der Ausdruck in seinen Augen ist so, als sei ich bereits tot.

»Ich kann Ihnen einen Weg hier raus zeigen.«

»Verpiß dich, Carter. Der verdammte Laden hier hat mir mal gehört.«

»Benutzen Sie nicht die Treppe, Tod. Die werden auf Sie warten.«

Er zögert. Entspann deine rechte Hand, Tod.

»Es gibt keinen anderen Weg hier raus.«

»Es gibt einen. Kommen Sie.«

Ich gehe zur Tür. Ich gehe selbstsicher dorthin – als ob ich mehr Ausgänge kennen würde als er. Ich muß uns einfach aus der Enge dieses Büros herausbringen.

»Wohin, zum Teufel, wollen Sie, Carter?« Ich erstarre. Er springt an mir vorbei. »Kommen Sie nicht auf dumme Gedanken.«

Er steht mit der linken Hand auf dem Türknopf da und winkt mit der Kanone, wie er einem unartigen Kind mit dem Finger drohen würde. Dann öffnet er die Bürotür. Er dreht sich um und will hindurchgehen. Aber er kann nicht. Weil Ludo in der Tür wartet. Und Ludo schlägt ihn.

Tod Richardson ist ein großer Mann, aber Ludo ist noch größer. Der Schlag, den Ludo ihm verpaßt, läßt Tod drei Schritte in das Büro zurücktaumeln. Er schwankt hin und her. Er richtet seine Kanone auf Ludo, doch bevor er abdrücken kann, ist Ludo bei ihm, packt sein Handgelenk, reißt Tods Arm hoch in die Luft und hämmert ihm die Faust in die Rippen.

Der Mann krümmt sich. Da seine rechte Hand hoch über seinem Kopf blockiert ist, versucht er mit der linken, Ludos Gesicht zu zerkratzen. Er versucht ihn zu treten und verliert das Gleichgewicht. Ludo schlägt noch einmal zu. Mit jedem Schlag, den Ludo landet, wird der Griff schwächer, mit dem Richardson seine Pistole festhält. Aber er wird sie nicht loslassen. Auch wenn er sie nicht benutzen kann, wird er sie nicht loslassen. Ich nähere mich ihm von hinten und versuche sie ihm aus der Hand zu winden, aber ich kann sie kaum erreichen. Richardson rammt mir den Ellbogen ins Gesicht. Dann versucht er Ludo zu Boden zu ziehen. Doch Ludo reißt ihn einfach wieder hoch, dann duckt er sich plötzlich und wirft sich den massigen Mann über die Schultern. Eine Hand unverrückbar an Richardsons Kanone, wankt Ludo vorwärts. Er schwankt durch den Raum wie ein Catcher, der kurz vor dem entscheidenden Wurf steht. Ich könnte ihn nicht aufhalten, selbst wenn ich es wollte. Er taumelt zu Carmichael, der unter dem gesprungenen Fenster liegt, dann schleudert er den zappelnden Richardson durch das Glas.

Das große Einweg-Fenster hat bereits durch die Kugel des Lakaien Schaden genommen, aber die gesprungene Glasscheibe ist an Ort und Stelle geblieben. Jetzt nicht mehr. Richardson trifft sie mit den Füßen zuerst und fliegt hindurch. Er und tausend Glasscherben segeln über die Tanzfläche. Während sein fliegender Leib sich in der Luft über den verblüfften Leuten dreht, schießt er. Er schießt noch einmal, als er abstürzt. Bevor er auf dem Boden aufschlägt, hat er zwei Schüsse abgegeben. Glassplitter fallen rings um ihn auf den Boden wie Regentropfen. Ich luge durch die Dunkelheit auf dreihundert Gesichter, die uns zugewandt sind, dann ziehe ich Ludo rasch vom Fenster weg und aus ihrem Blickfeld.

»Wir gehen wohl besser«, sagt Ludo, der die Situation nach wie vor mit völliger Klarheit erfaßt.

Doch auf dem Weg zur Tür mache ich noch einen kleinen Umweg. Ich ziehe das kleine Päckchen hervor, das ich unter dem Sessel versteckt hatte. Ich möchte nicht, daß die Polizei es übersieht. Also reiße ich den Umschlag auf und schüttle den Inhalt heraus. Kleine Zellophantüten mit Albies Heroin verteilen sich im Raum. Sie fallen auf den Teppich, den Sessel und Hueys Schreibtisch. Dann schiebe ich den leeren Umschlag in meine Tasche und folge Ludo rasch durch die Tür.

»Carter, Sir, ein Gast. Nichts Ungewöhnliches in seinem Besitz.«

»Vielen Dank, Wachtmeister. Das wäre dann alles.«

Der Polizist geht. Als die Tür sich hinter ihm schließt, wird es still in dem Raum. Die Polizei hat einen Lagerraum hinter der Bühne in eine Art Verhörzimmer verwandelt, wie ich sie schon in tausend Filmen gesehen habe: cremefarbene Wände, grelle Beleuchtung, ein grober Holztisch und harte Stühle. In dem Raum befinden sich nur zwei Personen – Sergeant Kellard und ich.

Er deutet auf den Stuhl ihm gegenüber auf der anderen Seite des Tisches. Ich setze mich.

»Tut mir leid, daß wir Sie so lange aufgehalten haben, Mr. Carter. Wir mußten eine Menge Leute vernehmen.«

»Das ist mir nicht entgangen. Es scheint so, als hätten Sie jeden hier im Club verhaftet.«

»Verhaftet? Wir verhaften keine unschuldigen Unbeteiligten. Nein, Sie haben nur eine Aussage gemacht. Eine kurze. Name und Adresse, diese Dinge.«

»Meinen Namen kennen Sie bereits.«

»Wir haben mehrere Leute mit Drogen gefaßt. Nicht viel. Kleinkram eben.«

»Und?«

»Der einzige wirkliche Fund war Ihrer oben in dem Büro.«

»Meiner?«

»Wir sind ganz unter uns, Floyd. Ich darf Sie doch Floyd nennen?«

Ich nicke zögernd.

»Keine Sorge, das Gespräch wird nicht aufgezeichnet. Sie haben das sehr effektvoll für uns inszeniert. Zwei Bandenführer, wie Sie gesagt haben. Überall Drogen. Manche lagen einfach auf dem Teppich. Und als wir Carmichaels Safe geöffnet haben, fanden wir einen großen Vorrat von Narkotika. Wie Sie es prophezeit haben. Sie haben uns hier einen hübschen Fischzug ermöglicht, Floyd.«

Ich grunze. »Mit wie vielen Bullen sind Sie angerückt?«

»Mit hundertzwanzig. Unnötig viel, wie sich herausgestellt hat.«

»Das können Sie laut sagen.«

»Niemand wird sich daran stören. Der Zweck heiligt die Mittel. Schließlich wußten wir nicht, worauf wir stoßen würden. Unseren Informationen zufolge sollte ein Treffen zwischen zwei Banden stattfinden, um eine große Drogenlieferung aufzuteilen. Unsere Erfahrung ließ vermuten, daß diese Banden sich als in der Tat sehr gemein erweisen würden. Dazu neigen sie nämlich. Wir rechneten mit Schußwaffen, und wir haben auch welche gefunden.«

»Ihre Männer hatten auch Kanonen.«

»Was auch gut so war, wie sich herausstellte.«

»Ist jemand erschossen worden?«

»Das tun wir nie gerne, Sir.«

»Ich sagte, Sie würden die Dealer *oben* finden. Sie mußten nicht den ganzen Laden auseinandernehmen.«

»Das war Ihre Meinung, Floyd. Wie es der Zufall will, haben wir unten ebenfalls eine ganze Reihe von Verhaftungen vorgenommen.«

»Kleine Fische.«

»Aus kleinen Eicheln werden irgendwann einmal große Eichen. Wir haben unten vier Männer mit Schußwaffen verhaftet, ganz zu schweigen von den sieben Personen wegen Drogenbesitz, drei wegen Drogenhandel und elf wegen Widerstand und Behinderung. Das ist für sich genommen schon ein ganz beachtlicher Fang.«

»Drei wegen Drogenhandel – was für Drogen?«

»Cannabis, glaube ich.«

»Cannabis«, grinse ich höhnisch.

»Hören Sie schon auf, Floyd, wir stehen auf derselben Seite. Diese kleinen Dealer zählen im Grunde nicht. Was die Razzia zu einem Erfolg macht, sind die Waffen und die harten Drogen oben. Dafür sind wir Ihnen sehr dankbar. Was können Sie mir über die Todesfälle sagen?«

»Todesfälle?«

»Es hat drei Todesfälle gegeben, Floyd. Alle haben *einen* miterlebt: als Richardson durch das Fenster fiel. Aber Sie haben die beiden anderen miterlebt.«

»Ich?«

Kellard setzt wieder dieses Lächeln auf, das besagt, wir sind doch alle vernünftige Leute. Es steht ihm nicht. »Ihr Bruder Ludo hat sein Bestes getan, um uns zu verwirren, aber ... Er ist nicht sehr helle, was?«

Ich antworte nicht.

»Keine Sorge, Floyd, wir werden uns an unsere Abmachung halten. Die Polizei bricht ihre Zusagen nicht, auch wenn manche Leute etwas anderes behaupten. Aber ich muß wissen, was passiert ist. Sie waren zum Zeitpunkt der Morde in dem Büro.« Er hält inne. »Entspannen Sie sich, Floyd. Niemand wird erfahren, daß Sie dort oben waren.«

»Was ist mit diesen beiden Bullen, die uns auf der Treppe begegnet sind?«

Kellard hebt die Augenbrauen. »Die beiden Beamten scheinen diese Begegnung nicht in ihren Notizbüchern vermerkt zu haben. Im offiziellen Bericht heißt es, daß Sie unten bei den anderen Gästen angetroffen wurden. Ich wage zu behaupten, daß die beiden mit Ihnen befreundeten Damen das bestätigen würden?«

»Haben Sie sie gefragt?«

»Dazu bestand keinerlei Notwendigkeit.« Er beugt sich über den Tisch zu mir vor. »Aber inoffiziell, Floyd, ganz unter uns, muß ich wissen, was tatsächlich passiert ist.«

»Sie haben gestritten.«

»Und einander erschossen?«

»Ja.«

»Und danach fühlte sich Tod Richardson als letzter Überlebender schuldig und sprang durch das Fenster?«

Ich zucke die Achseln.

Kellard sagt: »Von Reue übermannt, Euer Ehren. Er konnte mit der Schande nicht mehr leben. Sehen Sie mein Problem, Floyd? Jemand muß noch am Leben gewesen sein.«

»Vielleicht hat Carmichael zuerst Tod Richardson durch das Fenster geworfen, und dann haben er und Richardsons Lakai sich gegenseitig erschossen?«

»Glauben Sie ehrlich, die Öffentlichkeit würde uns so eine Geschichte abkaufen?«

Ich zucke wiederum die Achseln.

»Richardsons Lakai, hm?« grübelt Kellard. »War er das?«

Ich nicke.

»Kommen Sie, Floyd, helfen Sie mir ein wenig. Gab es einen vierten Mann abgesehen von Ihnen und Ihrem Bruder?«

»Nein.«

Er mustert die Tischplatte. »Unangenehm, nicht wahr?« Er saugt an seinen Zähnen. »Wissen Sie, was meiner Ansicht nach passiert sein muß? Ich glaube, Tod Richardson hat zuerst die beiden Männer in einem Anfall blinder Wut umgebracht. Als er dann erkannte, daß die Polizei ihn in die Enge getrieben hatte, machte er einen letzten verzweifelten Fluchtversuch. Doch er glitt aus. Und fiel durch das Fenster. Was halten Sie davon?«

»Klingt etwas dünn. Aber die Presse glaubt immer, was die Polizei ihr erzählt.«

Er ist einem Lachen so nah, wie ihm das überhaupt möglich ist. »Ich wollte, es wäre so, Floyd. Glücklicherweise ist Richardsons Tod diesmal nur ein kleiner Bestandteil eines viel größeren und dramatischeren Presseberichts.«

»Und der wäre?«

»Rivalisierende Banden mit Kanonen. Unser größter Drogenfang in diesem Jahr. Eine Viertelmillion Pfund Sterling.«

»So viel?«

»Grob geschätzt – Straßenverkaufswert.«

Hatte ich es Ihnen nicht gesagt? Die Polizei nennt immer den Straßenverkaufswert, um ihre Fischzüge aufzuwerten.

»In Carmichaels Safe haben wir drei Kilogramm Kokain im Wert von einhundertachtzig bis zweihundert*tausend* Pfund gefunden. Des weiteren war eine kleine Menge Heroin im ganzen Büro verstreut – im Wert von vielleicht noch einmal zehntausend Pfund. Obendrein haben wir alle die kleinen Dealer auf der Isle of Dogs geschnappt, die Sie uns genannt haben. Denen haben wir insgesamt ein weiteres halbes Kilo im Wert von vielleicht noch einmal dreißigtausend Pfund abgenommen. Also hat die ganze Nacht, wenn man mit den runden Zahlen rechnet, die die Presse bevorzugt, eine satte Viertelmillion Pfund eingebracht.«

»Das klingt beeindruckend.«

»Genau. Die Arbeit einer gelungenen Nacht. Sie und ich wissen, daß in London dreieinhalb Kilogramm Drogen kaum die Oberfläche ankratzen. Aber ich werde nicht auf das Gewicht eingehen. Ich werde in Beträgen reden. Ich werde vom Erfolg reden. Der Tod dreier bekannter Verbrecher wird zusätzlich zu unserem Erfolg beitragen.«

»Alles in allem sollten Sie danach zum Inspektor befördert werden.«

»Darauf würde ich traurigerweise nicht zählen. Obwohl es nett von Ihnen ist, daß Sie an mich gedacht haben. Nein, bei einer derart großen Polizeiaktion mußte ich ein paar hohe Tiere einschalten. Die werden die meisten Lorbeeren ernten. Wenn ich Glück habe, bekomme ich eine lobende Erwähnung. Mehr nicht.«

Zur Abwechslung begegne ich einmal seinem Blick. »Es gibt keine Gerechtigkeit, nicht wahr?«

Schau, schau, denken Sie jetzt, so war das also. Carter war die ganze Zeit ein Bullenspitzel.

Nein, nicht die *ganze* Zeit.

Als ich zum ersten Mal zu Huey Carmichael ging, tat ich es, weil *er* nach *mir* geschickt hatte. Ich ging hin, weil einer meiner Brüder kürzlich ermordet worden war und ein ganzer Vorort gespannt darauf war, was ich deswegen unternehmen würde. Deptford ist eine kleine Gemeinde. Jemand mußte wissen, wer Albie getötet hatte. Jemand würde reden. Das Flüstern würde mich erreichen, wenn ich nur die Ohren aufsperrte.

Carmichael schickte mir seine Nachricht: er würde sich gern mit mir unterhalten. Wir trafen uns. Ich spielte mit.

Dann war da Vinnie Dirkin. Er sagte, ich habe Schulden geerbt, die Albie mir hinterlassen habe. Ein unvollendetes Geschäft. Dirkin führte mich schließlich zu Tod Richardson, und bingo! Ich hatte ein weiteres großes Tier gefunden. Noch jemanden, der Albie getötet haben könnte. Oder vielleicht wußte, wer es war.

Carmichael oder Richardson: sie hatten die Dinge hier im Griff. Ich war sicher, daß einer von ihnen es wußte.

Auf der Insel spielte ich den Boten für Carmichael – indem ich Erregung an Yuppies verhökerte, Kokain an reiche junge Geschäftsleute. Wenn diese Kerle Schnee brauchten, um ihren schicken Lebensstil aufrechtzuerhalten, war das von mir aus okay. Den Leuten, die zuvor auf der Insel gewohnt hatten, war ihr Lebensstil von ein paar Pinkeln ruiniert worden. Warum sollte es mir etwas ausmachen, wenn ein paar Pinkel sich ihr Leben vermurksten?

Kellard war zur richtigen Zeit am richtigen Ort. Obwohl er heute abend zu weit gegangen ist. Ich nehme an, Bullen tun das. Mit hundertzwanzig Bullen – plus einer Einsatzgruppe der bewaffneten Sondereinheit D11 – im *Parrot* aufzulaufen, ist obszön. Kellard sagt, er habe es nicht verhindern können. Er sagt, das System habe die Kontrolle übernommen. Heutzutage, sagt er, sei der Bobby auf Streife für die Bürokratie in ein Sondereinsatzkommando umgewandelt worden.

Aber der Tag, an dem er mich auf der Insel angehalten hat, war günstig. Er konnte mir nichts anhängen, aber er war sicher, daß ich mit Drogen handelte. Ich war mir in bezug auf gar nichts sicher, aber ich erkannte, daß Kellard nützlich sein konnte. Wir konnten einander helfen. Als ich den Plan ausheckte, um Carmichael und Richardson auf einen Streich hochzunehmen, wußte ich nicht, wer von den beiden für Albies Tod verantwortlich war. Aber ich war verdammt sicher, daß es einer von ihnen war. Also rief ich Kellard an und erzählte ihm, ich würde die beiden

Männer an einen Ort locken, der von harten Drogen nur so überquellen werde. Kellard könne dort eine Razzia veranstalten. Er würde zwei berüchtigte Verbrecher auf frischer Tat ertappen. Sie würden sieben Jahre Knast bekommen. Und ich hätte meine Rache.

Wir haben alle mehr bekommen, als wir erwartet haben.

Draußen auf dem Parkplatz sind die meisten Wagen verschwunden. Der kleine Fiesta steht am anderen Ende unter einer Straßenlaterne. Vielleicht gehört der Wagen jetzt mir. Schließlich ist Carmichael tot: Er wird ihn nicht mehr brauchen. Ich nehme an, er ist irgendwo in seinem Betriebsvermögen erwähnt. Eines Tages, in einem Monat oder so, wird irgendein Buchprüfer wegen eines Eintrags in den Büchern stutzen. Fiesta, einer: Verbleib unbekannt.

Während ich im Dunkeln darauf zu gehe, sehe ich Suzie durch die Windschutzscheibe. Ich hebe eine Hand. Ludo sitzt hinter ihr auf der Rückbank. Sie haben sich unterhalten. Sie sehen aus, als sei ihnen kalt.

Ich öffne die Wagentür und schwinge mich hinter das Steuer. »Ich habe doch gesagt, daß sie mich gehen lassen«, sage ich. »Wo ist Tamsin?«

»Dort drüben.«

An der Seitenwand des *Parrot* steht Tamsin und unterhält sich mit einem Mann in einem leichten Mantel. Er hat den Kragen hochgeschlagen. Während sie miteinander reden, schreibt er hin und wieder etwas in sein Notizbuch.

»Noch ein Bulle?«

»Ein Reporter. Sind wir jetzt fertig?«

»Ja, es wird Zeit fürs Bett.«

»Ich bin zu müde, um zu schlafen«, sagt Suzie. »Mein Körper glaubt, er wäre auf Nachtschicht.«

Ludo meldet sich von der Rückbank zu Wort. »Ich könnte sofort schlafen, wenn es nicht so kalt wäre. Wenn wir nach Hause kommen, setze ich sofort heißes Wasser auf.«

»Da kommt Tamsin«, sagt Suzie.

Am Wagen angelangt, quetscht Tamsin sich hinten neben Ludo auf die Rückbank. Sie hat darauf gewartet, daß ich aus dem Club komme. Ich lasse den Motor an. Er springt erst beim zweiten Versuch an. Als wir losfahren, frage ich, ob das der einzige Reporter gewesen sei. Sie sagt, es seien noch zwei andere da gewesen, aber die seien mittlerweile wieder verschwunden. Sie winkt dem letzten durch das Fenster zu. Er lächelt und steckt sein Notizbuch in die Tasche.

»Worüber habt ihr geredet?«

»Über mich und Huey Carmichael.«

Wir fahren die dunkle leere Straße entlang. »Über dich und Huey – was gibt es da zu erzählen?«

»Ach, ich habe mir alles von dem Reporter aus der Nase ziehen lassen.«

»Aus der Nase ziehen lassen? Was?«

»Natürlich hat er bemerkt, daß ich völlig durcheinander war. Aber schließlich habe ich es zugegeben.«

Suzie unterbricht sie, um sie zu fragen, wovon, in aller Welt, sie rede. Tamsin lacht. »Ich habe dem Burschen erzählt, ich wäre Hueys Geliebte.«

»Seine Geliebte?« Ich werfe einen Blick über die Schulter.

»Warum nicht?«

Ich schüttle den Kopf und konzentriere mich aufs Fahren.

»Das wird ein interessanter Artikel. Von einem anderen habe ich mich fotografieren lassen.«

»Um Himmels willen!« sagt Suzie.

»Na ja, wer wird je die Wahrheit erfahren?« fragt Tamsin. »Carmichael ist tot. Er kann es nicht mehr abstreiten. Ich habe den Zeitungen einen schönen menschlichen Aufhänger gegeben, wißt ihr? *Der stille Kummer der Gangsterbraut. Sexy Sängerin trauert um ihren Mann.*«

»Du brauchst diese Art von Reklame nicht«, schnauzt Suzie.

»*Sie war die Sexsklavin der Schlange*«, fährt Tamsin fort. »*Die Schlange, die mich einwickelte.* Was meint ihr?« Sie lacht wieder.

Vor mir springt die Ampel auf gelb, und ich gebe Gas. Ich grinse ebenfalls. »Komm schon, was hast du ihnen wirklich erzählt?«

»Was ich gesagt habe. Daß ich seine Geliebte war. Daß ich furchtbar traurig bin. Aber ich habe ihnen keine Einzelheiten erzählt, keine Sexbekenntnisse. Das konnte ich nicht. So kurz nach seinem Tod kam mir das nicht richtig vor. Wohlgemerkt, wenn die Geschichte einschlägt, überlege ich es mir noch. Ich könnte noch ein paar Einzelheiten verlauten lassen, vielleicht nächste Woche.«

»Sie werden dich an den Pranger stellen«, sagt Suzie. »Du hast ja keine Ahnung, was diese Zeitungen sich für einen Schmutz aus den Fingern saugen.«

»Zähl einfach nur die Artikelzeilen«, erwidert Tamsin. »Ich habe ihnen eine Sache über ›unsere Beziehung‹ erzählt. Ich sagte, Huey wäre wie ein Vater zu mir gewesen. Ich sagte, er hätte die Crunch und mich bei sich auftreten lassen, weil jeder weiß, daß wir die heißeste Truppe südlich des Flusses sind, und er hätte mich als sein exklusives Eigentum behalten wollen. Aber jetzt, wo er tot ist, habe ich gesagt, sind wir natürlich wieder frei. Wir werden die

Attraktion sein, sagte ich, wo wir auch auftreten. Ich hoffe, die Zeitung druckt das alles.«

»Du müßtest es weit bringen«, sage ich.

»Darauf kannst du dein Leben wetten. Aber ich konnte mir doch so eine Gelegenheit nicht entgehen lassen, oder?«

Neben mir entspannen sich Suzies Schultern. »Ich muß langsam alt werden«, sagt sie. »Ich habe nicht deine Einstellung: Nimm alles mit, was du kriegen kannst. Der neue Realismus.«

Tamsin beugt sich vor, um sie auf die Wange zu küssen. »Verzeihst du mir?« fragt sie.

Suzie streicht über die schwarzen Haare ihrer Tochter. »Natürlich, natürlich.«

Wir fahren durch die verlassene Brockley Road und sitzen dabei warm und gemütlich in dem freundlichen kleinen Wagen – Suzie und ich vorn, Ludo und Tamsin hinten gequetscht wie erwachsene Kinder. Eine ganze Weile sagt niemand etwas. Wir fühlen uns wohl in der Gesellschaft der anderen. Es gibt keinen Grund, etwas zu sagen. Wir können uns zurücklehnen und die stillen Häuser bei Nacht durch die Wagenfenster betrachten. Wir können uns den Abend noch einmal durch den Kopf gehen lassen und uns überlegen, was er bedeutet hat. Dann hüstelt Ludo. Er sagt: »Äh, es tut mir leid, Tamsin. Wirklich.«

»Was denn?«

»Na ja, wegen Mr. Carmichael. Mir war nicht klar, daß du ihn liebst ...«

Wir lachen.

»Nein, ehrlich«, beharrt er. »Floyd und ich haben ihn nicht umgebracht. Richardson war es. Wenn ich gewußt hätte, daß er ein Freund von dir ist ...«

Tamsin erklärt ihm, wie es sich tatsächlich verhält. Bevor Ludo sich zu albern vorkommen kann, küßt sie ihn auf dieselbe offene, unbekümmerte Art, wie sie zuvor Suzie geküßt hat. »Ich bin froh, daß du mitgekommen bist, Ludo, um uns zu beschützen.«

»Oh –«

»Und mir hast du das Leben gerettet«, werfe ich ein. »Richardson hätte mich umgebracht.«

Ludo ist verlegen. Er windet sich in seiner Ecke des Wagens. »Ich habe es für Albie getan«, murmelt er. »Richardson hat ihn umgebracht. Ich weiß, daß er es war.«

»Du hast ihn gerächt«, sage ich. »Du warst heute nacht der Held, der einzige.«

Ich biege von der Brockley Road in die kleine Seitenstraße am Crofton Park und halte an. Suzie öffnet die Beifahrertür. »Macht schon«, sagt sie. »Ich brauche mein Bett.«

Tamsin steigt aus und sagt zu Ludo, er solle auch aussteigen.

»Das geht nicht«, erklärt er. »Ihr habt nur ein Gästebett. Also fahren wir am besten nach Hause.« Er sieht mich an und kichert. »Weil ich mir kein Bett mit Floyd teile«, sagt er und lacht wieder.

Suzie und Tamsin zögern auf dem Gehsteig. Ich kann sehen, daß sie sich in diesem Augenblick fragen, wann wir es Ludo erklären werden.

»Er hat recht«, sage ich. »Es ist am besten, wenn wir heute nacht alle einfach in unserem eigenen Bett schlafen. Ich komme morgen vorbei.«

»Bring Ludo mit«, sagt Suzie. Er kichert hinten im Wagen immer noch über seinen Witz.

Tamsin beugt sich zu meinem Fenster herab. »Morgen können wir gemeinsam die Zeitungen lesen«, sagt sie. »Wer weiß? Es könnte das glücklichste Ereignis meines Lebens sein.«

Ludo sagt, er werde sie alle kaufen. »Wir können sie auf dem Tisch ausbreiten, wie es die reichen Leute immer am Sonntag tun. Ich glaube, das würde Spaß machen.«

Als wir abfahren, sagt Ludo: »Ich hoffe, du und ich stehen nicht in der Zeitung, Floyd. Das wäre nicht gut.«

»Ja, du hast recht. Du hattest den ganzen Abend recht. Du wirst ziemlich clever auf deine alten Tage, weißt du das?«

Er kichert hinten im Wagen vor sich hin, so zufrieden wie ein Welpe, der einen neuen Knochen gefunden hat.

Eva ist angewidert. »Zweihundert Bullen«, sagt sie. »Kanonen und alles. Und wofür?«

Ich antworte nicht. Ich korrigiere ihre zweihundert nicht auf Kellards hundertzwanzig. Ich erzähle ihr nichts von der Rolle, die ich gespielt habe.

»Sie sind so stolz auf sich«, faucht sie. »Sie haben ein paar Kilo Kokain beschlagnahmt und nennen das einen bedeutenden Drogenfang. Sie haben gar nichts.«

»Dann ist es ja gut.«

»Sie trampeln auf uns herum.«

»Die Bullen werden dafür bezahlt, Drogenringe zu sprengen«, sage ich ruhig. »Das können sie nicht, indem sie auf Katzenpfoten herumschleichen.« Zwar behalte ich den beiläufigen, gleichgültigen Tonfall bei, aber ich habe das Gefühl, als müßte ich irgendeine Art von Verteidigung vorbringen. Ich kann mich von den Vorfällen nicht so einfach distanzieren.

Jamie schaut auf. »Aber es ist 'ne ziemliche Geldverschwendung.«

Er liegt auf seinem Wrack von einem Sofa, blaß und unrasiert, und trägt einen dunklen Rollkragenpullover, der ihn aussehen läßt wie ein Matrose am Morgen danach. Neben ihm auf dem Teppich steht eine Tasse mit kaltem Tee, die einen Sprung hat.

»Immer nur verdammte Schikanen«, sagt er. »Das wird nicht helfen.«

»Sie waren hinter den großen Tieren her.«

Eva mischt sich ein. »Die großen Tiere schnappen sie nie – nur die Mittelsmänner und Süchtigen. Völlige Zeitverschwendung.«

»Richardson, Carmichael. Das waren doch keine Mittelsmänner.«

»Natürlich waren sie das«, sagt sie höhnisch. »Einheimische Verteiler, mehr nicht. Sie sollten die verdammten Dealer ignorieren und sich um *ihn* kümmern.« Sie zeigt auf Jamie, der sie empört anschaut. »Sie sollten dem Junkie dabei helfen, von seiner Sucht loszukommen. Wenn sie die Kunden heilen, stellen sie den Handel damit automatisch ab.«

»Vollkommen richtig«, stimmt Jamie zu, der jetzt aufrechter auf seinem unordentlichen Sofa sitzt. »Sie können mühelos zweihundert Bullen auftreiben, die den *Parrot* auseinandernehmen, aber es gibt keinen einzigen, der Leuten wie mir hilft.«

Ich lächle, schließe die Augen und lehne mich in meinen schäbigen Sessel zurück. Soll Jamie ruhig das letzte Wort haben. Ich weiß ohnehin nicht, was ich sagen soll. Der Gedanke daran, daß Floyd Carter mit der Polizei zusammengearbeitet hat, verblüfft mich. Diesen beiden könnte ich es ganz gewiß nicht erklären. Ich komme mir vor, als hätte ich die Seiten gewechselt, als sei ich ein Geheimagent, der insgeheim gegen seine Freunde arbeitet.

Tief in mir meldet sich natürlich diese entrüstete kleine Stimme: Du hast nichts getan, dessen du dich schämen müßtest. Du hast deine Freunde nicht verraten. Du hast etwas gegen die Schurken unternommen. Du hast ihnen den Mord an Albie heimgezahlt. Das ist ein edles Motiv, oder nicht? Ein ehrenhaftes. Und doch bin ich nicht stolz auf mich.

Es ist merkwürdig, daß ich mir schmutzig vorkomme, weil ich mit den Mächten der Obrigkeit zusammengearbeitet habe. Aber es ist so. Ich nehme an, es liegt an dem Wort Obrigkeit – diejenigen, denen man zu gehorchen hat. Und an dem Bild, das ich von den Bullen habe. Hier in der Gegend sind wir von ihnen schon oft herumgeschubst worden. Wir haben sie schlagen und treten sehen. Wir haben erlebt, wie sie sich bewaffnet haben. Und wir wissen, was in ihren vergitterten Betonzellen passiert. Bei dem Gedanken daran, mit solchen Männern zusammenzuarbeiten, winde ich mich innerlich. Es läuft allem zuwider, wozu wir erzogen wurden.

»Langweile ich euch?« fragt Jamie. »Oder seid ihr eingeschlafen?«

In unseren Sesseln blinzeln Eva und ich und setzen ein höfliches Lächeln auf. Jamie sitzt zusammengekauert auf der Kante des Sofas und beobachtet uns. Er zittert, dann streicht er sich eine Locke dunkler Haare aus dem Gesicht. »Ich bin das Leben ohne Smack schon leid«, sagt er. »Wißt ihr, was ich wirklich gern täte?«

»Ja«, sagen wir.

»Wenn ich nach draußen ginge, würde ich keine fünf Minuten brauchen, um mir was zu besorgen. Nur einen ganz kleinen Schuß, wißt ihr?«

Eva reckt sich und sagt ziemlich gleichmütig: »Bis jetzt habe ich zwei Tage mit dir verschwendet, Jimbo. Das Schlimmste hast du jetzt halb überstanden. Also kannst du auch ebensogut sitzen bleiben, während ich uns noch eine Tasse Tee mache.«

»War nur ein Test«, sagt er. »Um zu sehen, ob ihr wach seid.« Er lächelt müde. »Ihr zwei werdet mich runterbringen, ob ich will oder nicht, was?«

Eva lächelt.

»Gott helfe mir«, sagt Jamie.

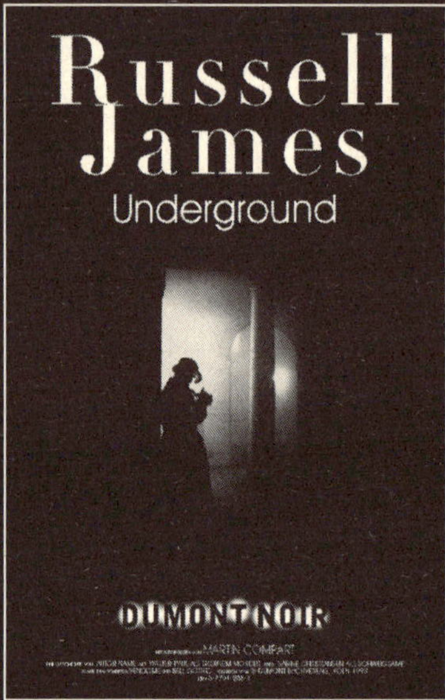

NOIR 2 **Russell James Underground**

Ein Mann auf der Flucht. Wer ist er, und vor wem flieht er? Die Vorstädte der Farbigen und das nächtliche London sind sein Versteck. Die richtige Tarnung für einen Profi – bevor seine Organisation aus dem Underground zum Gegenangriff auf die Zivilisation übergeht. Er lernt eine junge Frau kennen, die arbeits- und hoffnungslos versucht, im Land der Job-Wunder zu überleben.

In einer Dramaturgie, die in Sorgfalt und Detailreichtum an einen Gangsterfilm von Jean-Pierre Melville erinnert, zeichnet Russell James eine Noir-Ballade. *Underground* ist ein schwarzer Thriller mit scharfem Blick auf die gesellschaftliche Realität.

NOIR 3

Jonathan Gash
Lovejoys Duell
Band 1 der Lovejoy-Serie

»Kennen Sie dieses Prickeln, das durch sexuelle Erwartungen ausgelöst wird? Wenn Sie es sich tausendfach verstärkt vorstellen, haben Sie eine schwache Ahnung von der fiebrigen Erregung eines Antiquitätenhändlers, der einen Kunden wittert; sie läßt ihn alles vergessen, Erziehung, gesunden Menschenverstand, Vernunft – oh, und das Gesetz.« Die Geschichten des amoralischen Antiquitätenhändlers und zynisch-witzigen Frauenhelden Lovejoy gehören zu den erfolgreichsten britischen Kriminalromanen. Lovejoy ist einer der originellsten Charaktere der Kriminalliteratur – wer den ersten Lovejoy gelesen hat, wird süchtig.

NOIR 4 **Harry Whittington**
Im Netz

Anwalt Bower und seine atemberaubende Sekretärin Laura lieben Sex und Geld. Was liegt näher, als Bowers steinreiche Ehefrau umzubringen?

Noch nie hat man derartige Plots vom perfekten Mord gelesen, wie Harry Whittington sie schreibt. Kaum ein anderer Autor nimmt den Leser auf eine so schweißtreibende Achterbahnfahrt durch unvorhersehbare Handlungen mit.

»Wenn man Bowers Schicksal mitfühlt, weiß man, daß es schlimmere Strafen als den elektrischen Stuhl gibt. Wie immer schreibt Whittington mit der Geschwindigkeit einer abgefeuerten Kugel.«

Anthony Boucher

NOIR 6 **George P. Pelecanos**
Das große Umlegen

Washington in den 40er und 50er Jahren: In den Gangs und unter den kleinen Leuten der griechischen Einwanderer spielt *Das große Umlegen*. In diesem ersten historischen Noir-Roman einer Trilogie zeigt Pelecanos überzeugend, wie damals die Weichen gestellt wurden für Entwicklungen im organisierten Verbrechen, wie wir es heute kennen.
Pelecanos' Romane beleuchten Washington D.C. und die Welt der Immigranten, die sich mehr schlecht als recht durchbeißen um ein Stück vom Kuchen des amerikanischen Traums herunterwürgen zu können.

NOIR 7 **James Sallis**
Deine Augen hat der Tod

Ein Mann ist auf der Suche nach seinem Doppelgänger. Eine plan- und ziellose Fahrt quer durch halb Amerika, ein Road-Movie in Worten, eine episodenhaft erzählte Odyssee durch schäbige Motels, Truckstops und miese Bars voller skuriller Hinterwäldler und paranoider Kleinstadt-Sheriffs. Deine Augen hat der Tod ist ein Noir-Thriller als Bildungsroman, in dem der Held entscheidende Wandlungen erfährt und am Ende seiner Reise das amerikanische Herz der Finsternis erlebt.

NOIR 8 **Jonathan Cash**
Lovejoys Gold
Band 2 der Lovejoy-Serie

Wieder einmal sucht Lovejoy entgegenkommende Damen – und findet Ärger. Römische Goldmünzen sind aus dem örtlichen Museum verschwunden. Bei seinen Nachforschungen macht Lovejoy unerwünschte Bekanntschaften, die ihn in tödliche Gefahr bringen. Er wird durch Englands idyllische Countryside gejagt, wo die Bedrohung blüht wie das Heidekraut.

DUMONT NOIR

»Harte Zeiten brauchen harte Bücher«

NOIR 1 **Derek Raymond** Die verdeckten Dateien

NOIR 2 **Russell James** Underground

NOIR 3 **Jonathan Gash** Lovejoys Duell

NOIR 4 **Harry Whittington** Im Netz

NOIR 5 **Ulf Miehe** Puma

NOIR 6 **George P. Pelecanos** Das große Umlegen

NOIR 7 **James Sallis** Deine Augen hat der Tod

NOIR 8 **Jonathan Gash** Lovejoys Gold

NOIR 9 **Russell James** Payback

NOIR 10 **J. Robert Janes** Salamander

NOIR 11 **James Sallis** Die langbeinige Fliege
(erscheint September 1999)

NOIR 12 **Harry Whittington** Du bist als nächster dran!
(erscheint September 1999)